품 안에 든 독

멜랑꼴리 장편소설

1

동아

틈안에 듬뿍 1

초판 1쇄 인쇄일 | 2020년 11월 30일
초판 1쇄 발행일 | 2020년 12월 8일

지은이 | 멜랑꼴리
펴낸이 | 박성면
펴낸곳 | (주)동아

출판등록 | 제406 - 3960100251002007000071호
주소 | 경기도 파주시 문발로 115, 세종대학교출판부 206호
전화 | (031)8071 - 5201
팩스 | (031)8071 - 5204
E - mail | bear6370@hanmail.net

정가 | 12,000원

ISBN 979-11-6302-422-4 (04810)
ISBN 979-11-6302-421-7 (set)

틈 안에 드 듬

멜랑꼴리 장편소설

1

동아

차 례

1장

나라가 패망했다.

순간순간 돌을 집어 머리를 찍어 버리고 싶을 정도로 원망했던 오라버니는 우습게도 도끼에 머리가 깨져 죽었다고 들었다. 그날 이후 거들떠보지도 않았던 어머니는 병사들에게 겁간을 당하기 직전에 스스로 목에 은장도를 꿰뚫었다고 했다. 마지막까지 어머니다웠다.

그 외의 가솔들 대부분도 대호국에서 온 병사들의 칼날에 무참히 짓밟혔다고 들었다.

일찍이 도망쳤던 왕은 개처럼 질질 끌려와 백성들이 보는 앞에서 목이 잘렸다. 고고하던 왕비는 겁간을 당했고 왕과 마찬가지로 목이 잘렸다. 후궁들도 모두 마찬가지였다. 개중 얼굴이 반반한 이는 저들의 노리개가 되었다.

10년을 냉궁에 갇혀 지냈던 가현은 나라가 패망한 뒤에야 밖으로 나왔다. 그것이 못내 우스워 웃음이 새어 나왔다.

저를 밧줄로 옭아매고 질질 끌고 가는 병사들은 나라가 무참히 찢어 발겨지는데도 실실거리는 가현을 미친년 보듯 쳐다보았다. 그러나 이내 납득한 듯 고개를 끄덕거렸다. 10년을 냉궁에 틀어박혀 있었으니, 미치지 않는 게 더 이상하였다.

그들이 어떤 눈으로 쳐다보든 가현은 어차피 보이지 않았다. 검은 천으로 눈이 가려진 가현은 그저 그들이 이끄는 데로 비틀비틀 걸어갈 뿐이었다.

어디로 가는 것일까. 이대로 죽어 버리면 좋으련만.

생에 아무 미련이 남아 있지 않은 가현은 부디 이 길이 저승길이길 빌었다. 이승 따위 처음부터 미련 없었다.

'운이 그 아이가 전쟁터에서 비참하게 생을 마감하였다고 합니다.'

개처럼 궁으로 끌려 들어와 늙은 왕의 후궁이 된 지 얼마 지나지 않은 날이었다. 유모는 온몸을 벌벌 떨면서 가현의 앞에 엎드려 통곡했다.

가현은 그저 무감한 표정으로 유모를 보았다.

차라리 잘 되었다. 저승에서 만나면 되는 게 아니겠는가. 가현은 유모가 방을 나서자마자, 소매에 숨기고 있던 은장도를 꺼내 자결을 시도했다.

그러나 궁 안엔 보는 눈이 많아 자결이 쉽지 않았다.

가현이 정신을 놓았다고 여긴 왕은 미련 없이 냉궁으로 그녀를 보내 버렸다. 그렇게 10년을 자결도 하지 못한 채, 냉궁에 틀어박혀 세월을 흘려보냈다.

불행히도 가현은 마차를 타고 어디론가 떠났다. 덜커덩거리는 마차를 오랫동안 타고 있는 것을 보니 먼 길을 가는 게 분명했다.

그때, 다 낡아서 떨어진 문틈 사이로 들어온 차가운 무언가가 볼 위에 닿았다.

눈.

눈이다.

눈이 내리고 있었다.

죽기 전에 한 번이라도 만져 보고 싶은데, 손이 뒤로 묶여 있었다. 그저 안타까울 따름이었다.

가현은 아쉬운 얼굴을 하며 뒤로 묶인 손을 꼼지락거렸다. 그러다 단 한 번도 품 안에서 놓지 못했던 은장도가 손끝에서 느껴졌다.

아, 이것이 있었지. 이것만은 빼앗기지 않았지. 내내 건조하던 입가에 작은 미소가 지어졌다. 소매에 잘 숨겨 둔 터라 병사들은 눈치채지 못했다. 다행이었다.

눈과 손이 모두 자유롭지 못한 채로 가현은 거의 열흘을 넘게 마차 안에 갇혀 어디론가 이동했다. 병사들의 소리와 말의 울음소리 밖에 들리지 않았던 때와 다르게, 활기찬 사람들의 목소리가 시끄럽게 울렸다.

와아아아!

황제 폐하 만세!

흑운 전하 만세!

울음과 악만 가득하던 춘국과 다르게 대호국은 흥겨운 노랫소리와 환호성으로 가득했다. 전쟁의 승리를 기뻐하며 제 나라를 무참히 짓밟은 병사들을 향해 환호성을 내지르는 대호국 백성들의 목소리를 들으니 이상하게 우스웠다.

마차는 덜그럭거리며 사람들의 환호성을 벗어나 어딘가에 멈추었다. 사람들의 소리가 멀어진 걸 보니 인적과 멀리 떨어진 곳인듯했다.

"내려!"

거칠게 마차 문을 열어젖힌 병사가 소복 차림으로 고고하게 앉아 있는 가현의 팔뚝을 무자비하게 붙잡아 당겼다. 오랫동안 마차에 쭈그려 앉아 있던 탓에 다리가 제 말을 듣지 않고 이리저리 휘청거렸다.

"정신 나간 년을 왜 데려오라고 하신 건지! 나, 참!"

병사의 욕지거리를 들으며 가현은 안간힘을 써 바로 서려고 애를 썼다. 그러나 열흘이 넘게 한 자세로 앉아 있다 보니 힘이 들어가질 않았다. 결국 힘없이 주저앉고 말았다.

"이 미친년이!"

짝!

병사가 욕지거리를 내뱉으며 가현의 뺨을 내려쳤다.

풀썩!

병사의 힘에 못 이겨 엎어지듯 쓰러진 가현은 눈과 뒤섞인 흙바닥에 얼굴이 뭉개졌다.

"똑바로 걸으라고 했어, 안 했어!"

퍽퍽!

병사는 귀찮고 성가신 일을 시킨 주군을 향한 원망을 가현에게 풀었다. 안 그래도 장정인 사내의 발길질은 거셌다. 배 속이 짓이겨질 듯한 통증이 몰려왔으나, 가현은 신음 하나 흘리지 않고 매질을 견뎌 냈다.

"네년이 아직도 후궁인 줄 아는 것이……, 억!"

버럭버럭 소리를 내지르던 병사의 발길질이 갑자기 멈추었다. 몸을 둥그렇게 말고 있던 가현은 갑자기 조용해진 분위기에 움찔했다.

"저, 전하!"

갑자기 누군가 기함할 듯이 놀라더니 전하를 불렀다.

악!

동시에 조금 전에 저를 무자비하게 폭행했던 남자의 곡소리가 들려왔다. 찢어질 듯한 소리는 금세 사라졌다. 그사이에 무언가가 퍽, 하고 묵직하게 떨어지는 소리와 사람들의 신음이 뒤섞여 들렸다.

무슨 일이 일어난 것일까.

앞이 보이지 않아 답답했다.

그때 누군가 제 앞으로 다가서는 게 느껴졌다. 아무것도 보이지 않으니 가현은 그저 숨을 죽이고 제 앞에 선 자가 누구인지 가늠했다. 당연하게도 아무것도 느낄 수 없었다.

순간 거북이 껍질 같은 딱딱한 무언가가 볼에 닿았다. 가현은 저도 모르게 움찔했다. 곧 그것이 어떤 이의 손이라는 것을 알게 되었다.

"방으로 데려다 놔."

굳은살이 잔뜩 박인 사내의 서늘한 손처럼 목소리 또한 냉기가 흘렀다. 그런데 이상하지. 이상하게 무섭지가 않았다.

사내의 수하인 듯한 자가 '예, 전하'라고 말하며 가현을 조심스럽게 안아 들었다. 그러곤 그녀를 어디론가 데려갔다.

"전하께서 당도하실 때까지 얌전히 있어라."

조금 전 저를 부축해 안아 들었던 이였다. 약간 마르고 길쭉한 눈매를 가진 사내는 가현의 눈을 가리고 있던 검은 천을 풀어 주었다. 오랫동안 가리고 있었던 탓에 눈이 시리도록 부셨다.

느리게 여러 번 눈을 깜빡이자 눈물이 찔끔 새어 나왔다. 그 사이로 흐릿하게 남자가 보였다. 가현을 못마땅하게 보던 남자는 그대로 돌아서 문을 열고 나가 버렸다.

탁!

경쾌한 소리와 함께 문이 닫혔다.

멀거니 닫힌 문을 보고 있던 가현은 곧바로 계획을 실행에 옮겼다. 이대로 있다가는 분명 겁간을 당할 게 분명했다.

마차를 타고 이동하던 중에 똑똑히 들었다. 저가 흑운왕이라는 자에게 팔려 왔다는 것을.

그의 밤 시중을 들 노비로 말이다. 생각만 해도 끔찍했다. 어떻게 지킨 몸뚱이인데. 어떻게 지킨 것인데. 이대로 허무하게 빼앗길 수는 없었다.

가현은 서둘러 소매 속에 숨겨 두었던 은장도를 꺼내 들었다. 그러곤 망설이지 않고 목을 꿰뚫으려 하늘 높이 치켜드는데, 벌컥 문을 열고 들어온 누군가의 손에 손목이 붙들렸다.

"얌전히 있으라고 전했는데."

소리 소문 없이 나타난 남자의 등장에 놀란 가현은 그를 뿌리치기 위해 버둥거렸다.

"이거 놓지 못하겠느냐! 놓아라!"

버둥거리던 가현이 제풀에 벌러덩 뒤로 넘어갔다. 그 위로 올라탄 사내가 가현의 손목을 꺾었다.

"아윽!"

고통스러운 신음이 터져 나올 정도로 무자비하게 꺾어 버리는 그의 손아귀 힘에 못 이겨 손에 힘을 풀자 은장도가 툭, 이불 위로 굴러떨어졌다. 사내는 그것을 집어 구석진 곳으로 던져 버렸다.

탁! 둔탁한 소리와 함께 벽에 부딪쳐 구석에 처박히게 된 은장도를 원망스럽게 바라보던 가현이 고개를 돌려 사내를 맹렬하게 노려보았다.

"날 죽이⋯⋯!"

악에 받친 얼굴로 소리치려던 가현은 그만 우뚝 멈추었다. 악을 쓰며 버둥거리던 움직임도 멈추었다.

"아."

가현의 잇새로 알 수 없는 신음이 흘러나왔다. 동시에 가현의 까만 눈동자가 일렁였다.

말도 안 돼⋯⋯.

내가 보고 있는 것이 정녕⋯⋯.

"운⋯⋯?"

토해지듯 그녀의 입에서 이름 하나가 흘러나왔다. 주변을 모두 얼릴 것처럼 냉랭하던 사내의 새까만 동공이 흐려졌다가 원래대로 돌아왔다.

"이제껏 날 기억하는 줄은 몰랐습니다."

저를 향해 웃던 미소는 독이 서린 비틀림으로 변해 있었다. 차가운 어느 겨울날, 제가 다칠까 염려가 되어 저를 업고 개울을 맨발로 걷던 그는 없었다. 그는 손목 하나 꺾이는 것쯤 아무렇지 않다는 듯 제 양 손목을 붙들고 있었다.

지난 세월, 아니 죽기 직전까지도 떠올리던 얼굴인 것을. 짙은 눈썹 하며, 움푹 파인 눈 하며, 제가 가끔 엄지로 살살 문지르던 오른쪽 눈가 아래 점 하며. 모든 것이 똑같았다.

허나 10년의 세월이 흐른 것처럼 그의 얼굴은 조금 더 성숙하게 변하긴 했다. 저보다 가녀리던 얼굴선도 남성스럽게 변해 있었다. 짧던 머리카락도 등허리까지 길게 내려와 있었다. 그러나 운이었다. 이 얼굴을 어찌 기억하지 못할까.

"운아."

이곳은 저승인가. 아니면 이승인가……

가현의 입술이 파르르 떨렸다. 가현은 손을 들어 그의 볼을 매만 졌다. 손끝에 닿은 피부가 차가웠다. 운은 새까만 눈으로 가현을 가만히 내려다보았다. 충격과 애틋함으로 물든 가현의 눈과는 확연히 달랐으나, 가현은 제 마음을 보는데도 바빠 알아채지 못했다.

"살아 있었구나."

"안타깝게도 살아 있었습니다."

말이 이상했다. 무언가 뒤틀려 있었다. 조심스럽게 그의 볼을 더듬던 가현의 손이 멈추었다.

"아가씨 원대로 죽어 없어져 버렸어야 했는데 말입니다."

"그것이 무슨……"

도대체 그게 무슨 의미인지 물었으나 그는 답하지 않았다. 그저 비뚤어진 미소를 지으며 고개를 내렸다. 냉혹한 그의 얼굴에 가현의 안색이 창백해졌다.

"저 같은 천것의 시중을 드는 것이 끔찍하겠으나, 어찌하겠습니까."

고개를 숙인 운이 얼어붙은 가현의 귓가에 속삭였다.

"한낱 천한 노비에 불과한 것을."

아…….

그의 말이 날카로운 창이 되어 심장을 찌르고 들어왔다.

가현은 숨조차 제대로 쉬지 못하고 그대로 멈추었다.

운인 줄 알았는데. 내 운인 줄 알았는데. 그가 아니었다. 그는 이렇게 절 타인 보듯 보지 않았다. 가끔 타박을 놓기는 했으나, 따뜻하게 응시하곤 했다. 연심을 보여 주었다.

그런데 그는 지금 철옹성처럼 차갑게 얼어붙은 눈을 하고 가현을 보고 있었다. 멍하니 그를 올려다보던 가현이 그의 손을 붙들었다.

"우, 운아 도대체 왜 이러느냐."

먼저 가 버린 운이 살아 돌아온 것도 혼란스럽기 그지없는데. 그의 냉혹한 눈빛과 표정에 가현의 눈빛이 속절없이 흔들렸다. 그러나 그는 어떠한 것도 말해 주지 않았다. 그저 경멸과 분노로 뒤섞인 새까만 눈으로 가현을 내려다볼 뿐이었다.

"못 들으신 겝니까."

노골적으로 비웃는 그의 표정에 그를 붙들고 있던 손에 힘이 풀렸다.

"그리도 제가 역겨우십니까. 하나 어찌합니까. 당신은 이제 제 노비인 것을. 제가 당신의 말을 들어야 할 연유가 있습니까."

그가 비웃듯 물었다. 가현은 울컥 치밀어 오르는 눈물을 참듯 입술을 꾹 깨물며 운을 밀쳤다.

"불을!"

그러곤 제 옷고름을 붙들었다. 생명줄 잡듯 옷고름을 붙들고 있는 그녀의 손이 하염없이 떨렸다. 안간힘을 쓰고 무언가를 가리려고 애를 쓰는 듯도 했다.

"불만 꺼다오. 허면, 네 원대로 해 줄 것이니."

가현은 빌지 않았다. 그저 거래를 하듯 그를 쏘아보았다.

운의 시선이 잠시 그녀의 목덜미에 닿았다. 한 손으로 쥐어도 단번에 숨통을 끊을 수 있을 것 같았다. 그만큼 가현의 새하얀 목덜미는 마른 가지처럼 볼품없고 가늘었다.

그래, 이대로 손을 뻗는다면, 아마도 저 팔딱팔딱 뛰는 푸른 핏줄이 움직임을 멈추겠지……. 한데 손 하나 까딱할 수가 없다.

"하."

당장에라도 손을 뻗어 가현의 숨통을 끊어 놓을 것처럼 가녀린 목덜미를 사납게 노려보던 운이 결국 시도도 하지 않고 그녀를 내팽개치듯 밀쳐 버렸다. 그러곤 그대로 돌아서 자리를 박차고 나가 버렸다.

탁!

부서질 듯 닫힌 문소리가 귓가에 윙윙 울렸다. 그때까지 얼어붙어 있던 가현이 눈빛이 극도의 혼란으로 흔들렸다.

"어찌하여……."

저승에서나 만날 줄 알았던 운과의 재회는 처참하게 끝이나 버렸다. 참으로 이상했다. 제가 지금 꿈을 꾸고 있는 것인가.

이따금 꿈속에서 찾아와 주었던 운은 제게 사랑을 속삭였고, 애틋하게 바라보았는걸. 그렇다면 이것은 정녕 꿈이 아닌가…….

어찌하여 그는 저를 마치 혐오스러운 벌레 보듯 쳐다본 것일까. 그의 냉혹한 눈빛이 서러운 것인지. 아니면 꿈에서나 그리던 그가 너무나도 다른 사람이 되어 나타난 것에 대한 슬픔인지. 어느 것 하나 명확하지 않은 채로 가현은 한참을 멍한 시선으로 굳게 닫힌 문만 보았다.

* * *

서가현.

춘국의 명망 높은 가문의 막내딸로 태어난 가현은 여덟 살이 되었을 즘, 아비가 직접 사 온 제 또래 나이의 사내아이를 보곤 신이 났다.

또래보다 머리 하나는 더 큰 운은 여노비 아이들의 눈길을 사로잡을 만큼 귀공자 같은 얼굴을 하고 있었다. 땀과 얼룩이 가득한 거적을 걸치고 있어도 운이 입으면 빛이 났다.

거친 지푸라기 같은 머리카락 사이로 보이는 눈은 깊이를 알 수 없을 정도로 새까맸고, 밤하늘보다 아름다웠다. 어린 마음에 불을 지필만큼 아름다운 눈이었다. 다른 아이들처럼 탁한 색이 아니라, 곱게 그을린 피부는 태양처럼 생명의 기운을 느끼게 했다.

가현은 제 노리개보다 예쁜 운의 눈이 갖고 싶었다. 그가 마음에 쏙 들었다.

"같이 놀자니까!"

그러나 그 마음은 얼마 가지 못했다. 저보다 두 살이 많은 운은 가현과 놀아 주지 않고 매일 일만 했다. 제 몸집만 한 항아리에 물을 길어 오거나, 나무를 해 오고, 장작을 팼다. 가끔은 부엌 여노비들을 도왔다. 가현은 그게 몹시 못마땅했다.

"이씨!"

결국 손에 쥐고 있던 나무 인형을 그에게 냅다 집어 던져 버렸다.

"윽!"

무시하고 장작을 패던 운은 가현이 내던진 목각인형에 정수리를 맞곤 주저앉았다. 가현은 씨근덕거리며 발을 동동 굴렀다. 그러면서 삿대질하며 운에게 소리쳤다.

"참으로 못난 놈이구나! 넌 내 노비가 아니냐! 내 것인데 어찌 네 멋대로 군단 말이냐!"

정수리를 벅벅 문지르며 몸을 일으킨 운이 잔뜩 찌푸린 눈을 했다. 정말 성가시다는 표정을 하는 그가 서러워 눈물이 찔끔찔끔 새어 나왔다. 저는 좋아 그러는 것인데. 운은 저가 좋지 않은지 매번 저런 얼굴을 하고 있었다.

"꽃분이에게는 웃어 주면서! 내게는 매번 못난 얼굴을 보여 주고!"

또 왜 저렇게 화가 났나 했더니 역시나 이유가 있었다. 저번엔 옆집 여노비가 물 길어 오는 것을 도와주는 것을 보곤 성을 내었고, 다른 날에는 저 없이 다른 아이들과 함께 맛난 것을 먹었다고 성을 냈다. 오늘 역시 황당무계한 연유로 저를 괴롭히고 있었다.

서가의 금지옥엽 딸로 자란 가현은 속된 말로 철이 없었다. 그래서 운은 가현이 마음에 들지 않았다. 한 대 콱 쥐어박고 싶을 정도로 성가셨다.

"내게도 웃어 주란 말이다!"

꽃분이한테 웃어 준 것보다 더 어여쁘게!

가현이 악을 써 대며 생고집을 부렸다. 온 집안이 또다시 가현으로 인해 소란스러워지자 사랑채에서 서 대감과 가현의 어머니 옥씨 부인이 밖으로 나왔다.

"어허, 가현이 네 녀석 또 운을 괴롭히고 있었더냐."

엉엉엉.

급히 마루에서 내려온 서 대감이 가현을 덥석 안아 들었다. 아비의 품에 얼굴을 묻은 가현이 더 소리 내며 울었다. 여러 번 있는 일이기에 노비들은 그저 고개질 하며 일을 하러 다시 가 버렸다. 운은 아비의 품에 얼굴을 묻고 얼굴이 시뻘겋게 변할 정도로 울어 대는 가현을 못마땅하게 쳐다보았다.

"운이를 괴롭히지 말라 일렀건만."

금지옥엽 딸에게 무척이나 약한 서 대감은 야단도 아닌 것 같은 목소리로 부드럽게 가현을 타일렀다.

"괴롭힌 것이 아닙니다. 서러워서 그럽니다. 운이가 저를 싫어하지 않습니까."

가현의 말이 귀여워 껄껄 웃던 서 대감이 슬쩍 운에게 눈짓을 주었다. 저를 데려와 보살펴준 은인이나 마찬가지인 서 대감의 말이라면 죽는시늉까지 하는 운은 귀신같이 알아듣곤 최대한 공손히 입을 열었다.

"제가 어찌 감히 아가씨를 싫어하겠습니까."

"그럼?"

코를 훌쩍이던 가현이 동그랗게 뜬 눈으로 운을 돌아보았다. 기대가 가득한 눈은 눈물로 번져 있었다. 낯간지러운 말을 내뱉어야 할지 고민하던 운은 가현의 눈을 차마 외면하지 못하고 우물거렸다.

"좋, 좋아합니다."

"참이냐?"

히, 참이라니.

저런 철없는 것을 누가 좋아한다고.

하나 운은 서가의 노비였다.

"예, 참입니다."

운은 눈을 딱 감고 거짓을 고했다. 가현은 거짓말도 좋은지 금세 신이 난 얼굴로 방긋거렸다.

"정말 참이지?"

"허허, 이제 되었지?"

"운이와 함께 장터에 놀러 가면 아니 됩니까? 가서 운이 좋아하는 유과를 사 줄 참입니다."

운은 기가 막힌다는 표정으로 가현을 보았다.

또 제멋대로 저를 데리고 장터에 나가려고 한다. 할 일이 태산인데. 제가 저처럼 한가한 줄 아나. 부디 서 대감이 저 철없는 것을 막아 주면 좋으련만. 역시나 서 대감은 아이의 기대를 저버릴 수 없어 마루 위에 서서 지켜보고 있는 부인에게 눈치를 주었다.

옥씨 부인은 결국 한숨을 내뱉으며 유모를 불렀다. 그녀의 부름에 달려온 유모는 가현과 운을 따라 장터로 향했다.

운은 유모와 가현의 뒤를 따라 걸으며 괜스레 발끝에 차이는 돌멩이를 굴리며 한숨을 푹푹 내쉬었다.

빌어먹을.

운은 그날 배가 터지도록 가현이 건네주는 유과를 받아먹었다. 이후에 운은 유과를 거들떠보지도 않았다. 보기만 해도 토악질하며 부리나케 도망쳤다.

"운아, 마님께서 부르신다."

평소처럼 대감마님이 시키신 일을 하고 있는데, 행랑어멈이 운을 불렀다. 손에 들고 있던 곡괭이를 바닥에 던지고 손을 툭툭 턴 운이 서둘러 안채로 들어섰다. 다 해져 가는 짚신을 고이 벗어 두고 마루 위에 올라선 운이 공손히 무릎을 꿇고 앉았다.

"부르셨습니까, 마님."

날이 좋아 안채 문은 열려 있었고 대신 대나무대로 이어 짠 막이 문을 대신하고 있었다. 그 사이로 희미하게 옆선만 보여 주고 있던 옥씨 부인이 운에게 나지막한 목소리로 심부름을 시켰다.

"내 일러두었으니 제조 공방으로 가 은장도 하나만 찾아오너라."

"예, 마님."

꾸벅 고개를 숙인 운이 몸을 일으켜 세웠다. 그러곤 다시 한번 두 손을 공손히 모으고 허리를 숙였다.

"바로 다녀오겠습니다."

마루 아래로 내려설 때까지 뒷걸음질을 한 운이 맨발로 마루에서 내려와 짚신을 신었다. 그러곤 마당을 벗어나려는데, 반쯤 벗어나기도 전에 가현에게 붙들리고 말았다.

"운아!"

손엔 무슨 짓을 한 건지. 온통 붉게 물든 손을 흔들며 가현이 달려왔다. 불그죽죽한 것이 행여나 제 옷에 닿을까 겁이 났던 운은 슬그머니 뒤로 몸을 뺐다.

"무슨 장난질을 한 것입니까. 마님께 호통이 나기 전에 가서 얼른 씻으십시오."

"에이, 장난질이 아니라 꽃물을 들인 것이다."

입술을 비죽거리던 가현이 헤헤 웃음을 흘렸다. 그러더니 슬쩍슬쩍 주변을 살피다가 목소리를 죽였다.

"내가 왜 이 꽃물을 들인 줄 아니?"

알긴 개뿔.

알고 싶지도 않았다. 지저분하게 뭣 하러 저런 것을 하는지. 알다가도 모를 일이었다. 가현은 재촉하듯 운을 빤히 쳐다보았다. 운은 마지못해 궁금한 척 물어보았다.

"왜 들였습니까?"

"너 때문이다!"

미리 준비한 말인지 가현의 입에서 시원하게 터져 나왔다. 저 엉망진창인 것을 저 때문에 한 것이라니. 저절로 눈살이 찌푸려졌다.

"유모가 그러는데 첫눈이 올 때까지 이 꽃물이 손톱에 남아 있으면 사랑이 이루어진다더라."

이어 들려오는 말은 더 기이했다. 사랑이라니. 한낱 어린아이의 입에서 나올 소리가 아니었다.

"내 꼭 첫눈이 올 때까지 이 손톱을 귀히 여길 것이다. 손도 이

틀에 한 번만 씻을 참이야."

"그러다간 사랑도 이루어지기 전에 도망갈 것입니다. 구린내가 나서요. 별 헛소리 그만하고 어서 들어가세요. 전 마님의 심부름을 하러 가야 합니다."

"그래? 그럼 같이 갈까?"

가현은 운의 말은 들은 척도 안 하고 해맑은 얼굴로 먼저 대문을 나서려 했다. 다행히도 가현을 찾던 유모가 나타나 그녀를 덥석 안아 들고 갔다. 끝까지 떼를 쓰는 가현을 모른 척하며 서둘러 대문을 빠져나온 운은 급하게 나오느라 저도 모르게 목에 걸린 가락지를 그대로 갖고 나온 걸 뒤늦게 깨달았다.

사실 저번부터 심심치 않게 저잣거리 근처에서 도령들에게 괴롭힘을 당했던 운이었다.

한번은 어머니의 유품인 가락지를 빼앗길 뻔했지, 뭔가. 다행히 그날은 대감마님과 함께였기에 빼앗기지 않았다. 이후에 될 수 있으면 밖을 나갈 땐 목걸이는 방 깊숙이 숨겨 놓고 나섰다.

운은 속으로 가현을 탓하며 부디 오늘은 그 도령 패거리를 만나지 않길 바랐다.

"이게 누구야. 노비 주제에 고개 뻣뻣이 들고 다니는 상놈 아니야?"

역시 운에겐 불행만 따랐다. 제조 공방 근처로 다가서기도 전에 도령들을 마주하게 된 운은 날 선 눈으로 그들과 대치했다.

"비키십시오. 마님의 심부름을 가야 합니다."

"아이고, 그러셔요?"

킬킬거리며 운의 말을 무시하던 도령은 갑자기 재미난 생각이 났는지 눈을 빛냈다.

"그리도 원한다면 내 길을 내어 주지."

순순히 길을 내어 준다는 그의 말에 오늘은 다행히 큰일 없이 지나가나 했는데.

"자! 내 밑으로 지나가거라! 그리하면 곱게 보내 주마, 으하하!"

맨 앞에선 도령은 운이 비굴하게 용서를 빌기를 바라며 웃어 댔다. 그 곁에서 도령의 동무들이 자지러지듯 웃어 댔다. 안타깝게도 운은 그의 바람을 들어주지 않을 생각이었다. 정말 아무렇지 않은 무심한 눈을 하고 선 그대로 엎드린 운이 그의 아래를 기어 지나갔다.

"되었습니까?"

아무렇지 않게 일어선 운이 손과 흙으로 더러워진 바지를 툭툭 털며 물었다. 뒤통수를 퍽, 한 대 얻어맞은 사람처럼 얼빠진 얼굴을 하고 서 있던 도령의 얼굴이 순간 종잇장 구겨지듯 구겨졌다.

"이 새끼가!"

제 바람대로 되지 않는 운에게 화가 난 도령은 제 무리에게 소리쳤다.

"저 새끼 밟지 않고 뭐 해!"

＊ ＊ ＊

"운이는 은장도를 만들어오나? 해가 다 지도록 왜 안 오는 거야?"

발을 동동 굴리던 가현이 결국 벌떡 일어났다. 근처에서 구멍 난 옷을 꿰매고 있던 유모가 엄한 표정을 하며 금방이라도 문을 박차고 나가려고 하는 가현을 막아 세웠다.

"어딜 가십니까. 얌전히 기다리세요."

"유모는 운이 걱정도 안 돼?"

"걱정됩니다."

"전혀 걱정하고 있지 않은 얼굴이잖아."

가현이 툴툴대며 유모를 흘기고 있는데, 밖에서 소란스러운 소리가 들려왔다.

"아이고, 운아! 세상에 이게 뭔 일이야!"

"어떤 놈이 이런겨!"

집안 하인들이 모두 나와 웅성거렸다. 도대체 뭔 일인가 싶어 나가보니, 마당에 모두 나와 있는 게 아니겠는가.

"무슨 일이길래 이렇게 소란인가."

가현의 아버지 서 대감과 옥씨 부인도 소란스러움에 밖으로 나왔다. 서 대감의 목소리에 노비들이 웅성거리던 목소리를 죽이고 옆으로 비켜섰다. 그러자 보이지 않던 운이 드러났다.

밤톨을 깎아 놓은 듯 곱상하던 얼굴은 온통 피멍이 들어 퉁퉁 부어 있었다. 옷은 거의 찢어져 너덜거리고 있었고, 목이며 다리며 성한 곳이 없었다. 그러나 눈빛만은 형형하게 살아 있었다. 저를 때린 이들 때문에 분한 건지 살벌할 정도였다.

"운아!"

거의 얼빠진 얼굴을 하고 운을 보던 가현이 신도 제대로 신지 않고 버선발로 마루를 뛰어내려 운에게 달려들었다.

"어떤 놈이 그런 것이야!"

가현의 속에서 열불이 일었다. 저도 아까워 매번 조심히 보는 운의 얼굴을 어떤 미친 놈팡이들이 이리 만들었는가. 내 당장에라도 뛰쳐나가 주리를 틀고 싶었다.

"누가 그랬는데, 응?"

가현이 까치발을 하며 덥석 운의 얼굴을 붙들었다.

"윽."

저도 모르게 운의 상처를 건드렸는지 운이 낮게 신음을 흘렸다. 놀란 가현이 서둘러 손을 뗐다.

"괘, 괜찮니?"

뒤에서 옥씨 부인과 유모가 못마땅하게 보고 있는 것은 보이지 않는 건지. 가현은 그저 운이 걱정된다는 듯 발을 굴렀다.

"유모는 가현일 데리고 들어가게."

서 대감은 야단법석을 피우는 여식을 유모에게 들려 보냈다. 가지 않겠다며 버둥거리는 가현을 덥석 붙든 유모는 성큼성큼 별채로 가 버렸다.

"행랑아범은 운을 데리고 가 고약이라도 발라 주어라."

가현이 사라지고 조용해지자, 서 대감이 행랑아범에게 운을 치료하라 이르고 안으로 들어가 버렸다.

"도대체 어디서 처맞은겨? 못 살겠다, 참말로."

운을 제법 아들처럼 아끼는 행랑아범은 연신 혀를 차며 멍든 곳을 찾아 고약을 발라 주었다. 운은 뭐가 그렇게 분한지 입을 꾹 다물고 인상을 쓰고 있었다.

"맞은 게 그렇게 억울혀?"

그게 아니었다. 그놈들이 내 어머니의 유품을 빼앗아 버렸다. 그게 너무 분하고 원통했다. 그래서 쫓아갔다. 도령의 집으로 갔으나, 대문을 넘어서기도 전에 그 집 하인들에게 얻어맞았다.

솔직한 말로 도령들의 주먹은 솜방망이 같았다. 그러니까 지금 운의 얼굴과 몸을 피죽으로 만들어 놓은 놈들은 바로 하인들이었다.

운은 행랑아범이 뭐라 하던 그대로 고개를 돌려 버렸다. 원하고 분통했으나 저는 할 수 있는 일이 없었다. 그게 빌어먹을 노비의 운명이었다.

다음날 가현은 아침 댓바람부터 일어나 운을 들들 볶았다.

"아, 얼른 말하라니까! 네 얼굴을 이리 만든 작자들이 누구냐고!"

운은 가현을 무시하고 계속해서 도끼로 나무를 내리쳤다.

쩍!

쩍!

반으로 쪼개진 땔감을 툭, 던지고. 다시 쩍! 도끼질하고. 그렇게 서너 번을 반복했을까. 옆에서 계속해서 징글맞게 들러붙는 가현에 의해 결국 인내심을 잃어버린 운이 성난 얼굴로 도끼를 내던져 버렸다.

퍽!

공중에서 빙빙 돌던 도끼는 묵직한 소리와 함께 땅바닥에 그대로 내다 꽂혔다. 갑자기 성난 얼굴로 쏘아보는 운에게 움찔한 가현이 슬쩍 목소리를 죽였다.

"나, 난 그저 널 괴롭힌 놈들이 누구인지 해서……."

"알아서 뭘 하게요. 저 대신 가서 혼쭐이라도 내 줄 것입니까?"

비뚜름하게 입매를 비틀어 올린 운이 비웃듯 물었다.

"하찮은 노비 일로요?"

"운아."

"그리 부르지 마세요. 아니! 제발 저 좀 가만히 놔두시란 말입니다!"

버럭 소리를 내지른 운은 그길로 돌아서 멀어졌다. 어차피 똑같은 빌어먹을 양반인 것을.

무엇이라도 해 주려는 듯 제게 묻는 가현이 꼴사나운 것도 있었지만, 아무 말도 못 하고 빼앗겨 버린 어머니의 유품으로 내내 화가 나 있던 운은 참지 못하고 가현에게 분풀이하고 말았다. 가현은 눈물을 꾹 참으며 멀어져 가는 운을 지켜보았다.

꽃분은 저 대신 물동이를 머리 위에 짊어지고 걷는 운을 살피다가 조심스럽게 물었다.

"몸은 괜찮니? 아버지가 크게 걱정하시던데."

꽃분이는 행랑아범의 딸이었다. 지금은 같이 물을 길어 오는 중이었다. 운은 대수롭지 않다는 듯 고개를 끄덕였다.

"별것도 아니었다."

"다행이구나."

꽃분이 수줍게 웃으며 고개를 숙였다. 그러곤 조용히 운을 따라 걸었다. 꽃분의 얼굴은 보이지 않는지, 운의 온 신경은 요 며칠 보이지 않는 가현에게로 향해 있었다.

너무 심했던 것일까. 그렇게 매번 쫓아내려 애를 써도 고집을 부리던 가현이었는데. 그날 이후 가현이 모습을 보이지 않았다. 운은 차라리 잘 되었다 싶으면서도 한편으론 가현이 신경이 쓰였다.

저도 모르게 짜증스레 한숨을 푹, 내쉬는데 저 멀리 행랑아범이 뛰어왔다.

"아버지?"

"아이고, 운아 큰일 났다!"

헐레벌떡 뛰어온 행랑아범은 숨을 거칠게 몰아쉬며 허리를 숙이고 헉헉거렸다.

"큰일이라뇨?"

아무래도 심각해 보여 운의 얼굴에도 걱정이 서렸다.

"아, 글쎄 아가씨가 최가 도령의 팔을 물었단다!"

"예에?"

"지금 최가 주변에 사람들이 모여들고 난리도 아니래!"

최가 도령이라면 그때 운을 가랑이 사이로 지나가게 했던 도령이었다. 멍청하게 서 있던 운은 저도 모르게 머리 위에 짊어지고 있던 물동이를 놓쳤다. 그대로 떨어져 내린 물동이가 와장창 깨졌다. 그 안에 가득 찼던 물이 순식간에 터지듯 흘러나와 운의 짚신과 바지를 적셨다.

얼떨결에 덩달아 젖게 된 꽃분은 휘둥그레진 눈으로 운과 깨진 물동이를 번갈아 보았다.

"피가 철철 흐르고 난리도 아니었다지 뭐야!"

"하, 이 망할 망아지가 다 있나."

힘들게 길어 온 물이 아깝지도 않은지. 가현만 생각하며 낮게 읊조리던 운이 잽싸게 튀어갔다.

* * *

"당장 가자니까, 이 망할 놈아!"

유모가 곱게 매 준 댕기는 이미 땅바닥에 나뒹군 지 오래였다. 머리는 산발이었고, 유모가 잘 매어 준 저고리의 옷고름 역시 풀린 지 오래였다. 가현은 저보다 머리 하나는 더 큰 도령에게 훌쩍 날아올라 머리채를 휘어잡았다. 가현이 어찌나 쥐어 댔는지 도령의 머리는 이미 산발이었다.

"아아악!"

최 도령은 악을 쓰며 가현을 밀치려 애를 썼다. 조그만 게 어찌나 힘이 센지 밀치려 해도 밀쳐지지 않았다.

"당장 저년을 끌고 가지 못할까!"

"그, 그것이 도련님. 저 가현 아가씨는 서가 집안의 여식으로 저희가 함부로 잡을 수가 없습니다."

노비들은 슬금슬금 뒤로 빠졌다.

서가가 누구인가. 현재 춘국에서 권세 높은 가문 중 하나로 최가는 발밑의 때만큼도 미치지 못했다. 도령에게 혼이 나는 것보다 서가가 더 두려웠다. 가현은 기세등등하게 도령의 머리를 휘어잡은 그대로 쥐고 흔들며 소리쳤다. 이따금 뜯겨 나온 도령의 머리카락이 흙바닥으로 후드득 떨어져 내렸다.

"당장 가서 내 운에게 사과하란 말이다!"

"아악! 뭐 이런 정신 나간 계집애가 다 있어! 내 아비에게 일러 널 관아에 처박아 주마!"

"흥, 나도 널 관아에 처박을 테야! 감히 내 운에게 손찌검을 했지? 내가 널 봐줄 성싶으냐?"

최가 도령의 머리를 이리저리 돌리고 있는데, 순간 익숙한 물건이 눈에 띄었다. 도령의 머리를 쥐어뜯던 손을 멈춘 가현은 그의 목에서 달랑거리고 있는 목걸이를 유심히 보다가 눈을 번뜩였다.

"이, 이 망할 놈이! 심지어 운의 것을 도둑질하였어?"

가현의 살벌한 기세에 흠칫 놀란 도령이 슬금슬금 뒤로 물러서려 했다. 머리를 쥐고 있던 손에서 힘을 푼 가현은 그대로 다시 손을 들어 그의 목에 걸린 목걸이를 낚아챘다.

그리고는 뺨을 내리치려고 했으나, 안타깝게도 솜털 하나 건드리지 못했다. 누군가 가현의 손목을 붙들었기 때문이었다.

"정녕 미치신 게요? 여기가 어디라고 온 것입니까!"

운이었다. 운이 찾아온 것이다. 날뛰던 망아지는 어디로 가고 가현이 순한 얼굴로 운을 맞이했다.

"우, 운아."

긴장하고 지켜보고 있던 최가의 하인들은 갑자기 나타난 운과 순해진 가현은 멍하니 바라보았다. 운은 엉망진창인 가현의 꼴을 기가 막힌다는 듯 바라보았다.

"내가 진짜 아가씨 때문에 못 살겠습니다. 이만 가요."

"가긴 어딜 가! 내 저것의 다리 한 짝을 더 부러뜨려 놓아야 성이 찬단 말이다!"

순하게 서 있던 가현의 얼굴에 다시금 화가 차올랐다. 다리를 한 짝 더 부러뜨려 놓겠다는 가현의 외침에 기겁한 최가 도령이 슬금 슬금 뒤로 빠졌다. 가현의 고집에 으득으득 이를 갈던 운이 그녀를 어깨에 들쳐 멨다. 얼떨결에 운의 어깨에 엎어지게 된 가현은 가지 않겠다며 버둥거렸다.

"싫다니까!"

"얌전히 있지 못합니까?"

운은 손으로 가현의 엉덩이를 내리치며 사색이 된 도령에게 꾸벅 인사까지 하고 나섰다. 그 뒤에서 멍하니 서 있던 도령은 그만 힘이 풀려 털썩, 주저앉았다.

조금 전보다 한결 누그러진 가현은 어느새 운의 등에 업혀 있었다.

"다시는 저 못난 것들에게 당하지 마. 그리하면 내 이번에는 널⋯⋯."

"저 도령에게 한 것처럼 제 팔을 깨무시렵니까."

"그, 그건 못 한다."

"왜요."

"그야 넌 내 운이 아니더냐. 내 널 어찌 아프게 할 수 있겠어? 그건 생각만 하여도 몸서리가 쳐지게 끔찍하다."

가현의 말에 운은 어쩐지 가슴이 먹먹해졌다. 괜스레 운은 쓸데 없는 소리라며 투덜거렸다. 운은 그때부터 말없이 뒤에서 종알거리는 가현을 무시하고 집으로 향했다. 누가 볼까 싶어 집 앞에 도착하자마자 가현을 내려 주었다.

"얼른 들어가서 잘못했다고 비세요. 아무리 세가 약하다 하나 엄연히 한 가문의 도령이 아닙니까. 대감마님께서 화가 몹시 나셨을 겁니다."

"쳇, 난 옳은 일을 한 것이다."

툴툴대던 가현은 문득 까먹고 있었던 걸 기억해 내곤 씩 웃었다.

"자, 받아라."

아까부터 주먹을 꼭 쥐고 있더니.

도대체 그 안에 뭐가 들었나 싶어 보는데, 가현이 운의 얼굴 앞에 손을 쫙 펼쳤다. 그 안엔 땀이 묻은 목걸이가 있었다.

"이건……."

"어미의 유품인데 소중히 간직해야지."

운은 일하다가 힘이 들 때 가끔 바위에 앉아 목에 걸린 것을 만지작거리곤 했는데. 그것이 무엇인지 궁금해 그나마 운의 사정을 아는 주방 어멈들을 통해 사정을 물어보았다.

알고 보니 운이 서가로 오기 직전 어머니를 잃었다는 것이 아닌가. 그때 남은 것이 가락지 하나뿐이었다. 그것을 운은 매일같이 목에 걸고 다니는 것이었다.

얼떨결에 목걸이를 받아든 운이 빤히 보고만 있자, 당황한 가현이 제 입을 손으로 막았다.

"어, 그러니까! 우연히 들었지 뭐야? 난 참말로 운이 너의 이야기를 캐묻고 다닌 게 아니다. 참이다!"

가현은 또 운이 제 뒤를 캐고 다녔냐고 성을 낼까 봐 서둘러 변명했다. 사실 궁금해 물어본 것은 맞았지만. 사실대로 토해 내었다간 운이 저를 보지 않을 게 분명했다.

그러나 운은 성을 내지도, 그렇다고 어떠한 말도 하지 않았다.

"아, 아무튼 찾아서 다행이구나."

어색하게 웃음을 흘리는 가현을 운은 조금 멍하니 바라보았다. 그러다가 뒤늦게 가현의 고운 뺨에 생채기가 나 있는 걸 발견했다.

순간 울컥 무언가가 아랫배에서부터 치솟았다.

"다시는 그러지 마세요."

차갑게 내리꽂히는 운의 목소리에 연신 웃던 가현의 입가에 웃음기가 사라졌다. 가현은 또 제가 잘못한 게 아닌가 싶어 안절부절못하며 운을 살폈다.

"운아?"

"늦었습니다. 이만 들어가세요."

가현을 외면한 운이 먼저 안으로 들어가 버렸다. 어안이 벙벙한 얼굴로 운의 뒤를 쫓던 가현이 뒤늦게 따라 들어갔다.

"운아!"

"네 이놈!"

그러다가 대청마루 위에 서서 뒷짐을 지고 선 아버지의 성난 언성에 멈칫했다. 오금이 저릴 정도로 무서운 얼굴을 하고 가현을 응시하던 서 대감이 격노하여 외쳤다.

"당장 무릎을 꿇지 못할까!"

"아이고, 주인님!"

아버지의 분노에 이러지도 저러지도 못하고 바짝 졸아 있는데, 별채 뒤편에서 유모가 뛰어 들어와 넙죽 엎드렸다.

"제가 잘못 돌봐 그런 것이니, 저를 벌하시고 아가씨는 용서하세요. 예?"

"유모는 썩 물러서지 못할까!"

이러다 유모에게 불똥이 튈 것을 염려한 행랑아범은 남노비들과 함께 유모를 끌어냈다.

"주인님!"

유모는 눈물을 질질 흘리며 버둥거렸다. 사태의 심각성을 뒤늦게 깨달은 가현은 순식간에 몰려오는 무서움에 닭똥 같은 눈물을 뚝뚝 흘렸다.

"어허, 어디서 눈물 바람이야! 썩 그치지 못할까!"

"힉!"

집이 떠나갈 듯한 아버지의 낯선 언성에 놀란 가현이 저도 모르게 딸꾹질을 했다. 보다 못한 가현의 어머니 옥씨 부인이 나서려 했다.

그런데 먼저 나선 이는 아까부터 멀찍이 떨어져서 불구경하듯 보고 있던 운이었다. 서 대감의 앞에선 운이 땅바닥에 그대로 무릎을 꿇으며 죄를 청했다.

"최가의 도련님이 제 어미의 유품을 빼앗은 걸 아가씨께서 우연히 아시곤, 그걸 찾아주느라 그리하셨습니다."

어미의 유품이라니. 처음 듣는 소리였다. 그저 자신의 여식이 멀쩡한 최가의 외동아들 팔을 물었다는 것밖에는 듣지 못했다. 일의 전말을 뒤늦게 알게 된 서 대감은 당혹스럽게 운을 내려 보다가 어느새 경기할 듯 벌벌 떨고 있는 가현을 돌아보았다.

"그게 참이냐?"

안타깝게도 가현은 말할 수 있는 정신이 아니었다. 겁을 잔뜩 먹고 헤까닥 뒤로 넘어가 버린 것이다.

"아이고, 아가씨!"

놀란 노비들이 뛰어가 가현을 붙들었다.

"가현아!"

옥씨 부인과 서 대감 역시 버선발로 뛰쳐나갔다. 운은 저도 모르게 뛰쳐나가려는 발을 억지로 붙들며 노비들에게 둘러싸여 있는 가현을 초조하게 바라보았다.

다행히 가현은 이틀 만에 깨어났다. 가현은 깨어난 후에 열흘이나 더 넘게 아버지를 알은체하지 않았다.

* * *

시간이 흘러 어느덧 가현은 꽃다운 나이로 완연히 성장했다.

운을 향한 가현의 고집은 해가 지날수록 줄어들었다. 집안사람들은 모두 가현이 이제 철이 들었다고 생각했다. 그러나 그것은 겉으로 보이는 것일 뿐이었다. 운에 대한 가현의 집착은 나날이 심해졌다.

어엿한 숙녀가 된 가현처럼 운도 나날이 장성했다. 인근의 콧대 높은 여식들도 하나같이 입을 헤 벌리고 쳐다볼 정도였다.

가현의 딴청에 유모가 엄하게 불렀다.

"아가씨."

유모의 부름에 가현은 안 그런 척 놓고 있던 수틀로 고개를 돌렸다. 유모는 의심스럽게 가현을 보았다. 그렇게 한참을 되지도 않는 수틀과

씨름을 하고 있는데 문밖 너머에서 여노비 하나가 가현을 불렀다.

"아가씨, 손님이 오셨습니다."

"손님?"

안 그래도 한계였다. 냅다 수틀을 밀어 낸 가현이 벌떡 일어나 도망치듯 방을 나가 버렸다.

홀로 남은 유모는 나이를 먹었는데도 여전히 철없이 구는 가현을 향해 혀를 끌끌 차며 자리를 정리했다. 도대체 뭐가 철이 들었다는 건지. 다른 사람들은 몰라도 갓난아기 때부터 제 손으로 직접 가현을 키운 유모의 눈은 못 속였다.

유모의 마음이 썩어 문드러져 가는 건 모르는 것인지. 가현은 신이 난 얼굴로 나서다가 마루 밑에 서 있는 꽃분을 보곤 미간을 찌푸렸다.

"꽃분이구나?"

어릴 적부터 이유도 모른 채 가현의 미움을 받던 꽃분은 어느새 완연한 숙녀로 피어났다.

마르고 작은 가현과 달리 꽃분은 뭇 남성들의 마음에 불을 지필 정도로 농염한 몸매를 갖고 있었다.

볼록 솟아오른 큰 가슴 하며, 잘록한 허리 그리고 풍만한 엉덩이까지. 무엇 하나 부족하지 않은 게 없었다.

쳇, 어째 저리 변할까.

가현은 조금 시무룩한 얼굴로 제 납작한 가슴을 내려다보았다. 다시 고개를 들어 날이 갈수록 저와 다르게 풍만해지는 꽃분을 시샘하듯 훑다가 새침하게 물었다.

"누가 찾아왔는데?"

"최가 도련님이십니다."

최가 도련님이라 함은 바로 그날 머리가 쥐어뜯겨 한 귀퉁이에 주먹만 한 구멍이 난 놈이었다. 그리고 팔뚝엔 아직 가현의 이빨 자국이 희미하게 나 있었다.

놈은 정말 이상한 녀석이었다. 그렇게 쥐어뜯겼으면 도망을 치고도 남았을 텐데. 반내로 어느 순간부터 가현의 집에 들락날락하는 게 아닌가. 얼떨결에 그와 친우 아닌 친우가 되었다.

"그놈은 또 왜 온 것인데?"

"그놈이라니. 녀석, 나이가 몇인데 이제 좀 사근사근한 말투를 써야 하지 않겠어?"

제가 들어오라고 허락을 하기도 전에 최가 도령은 멋대로 별채 마당으로 들어섰다. 그러곤 유들유들한 미소를 띠며 제게 훈계질까지 했다.

'재수 없는 놈!'

흥, 콧방귀를 낀 가현은 눈을 가늘게 뜨고 그를 쏘아보았다.

"넌 또 웬일이니?"

"날이 따뜻하니 같이 꽃구경이나 갈까 하여 왔지."

"내가 너랑 꽃구경을 왜 하는데? 일 없으니 너나 실컷 구경하렴."

"그래? 그럼 그 재미없는 수틀이나 계속해야겠구나."

최가 도령은 그렇게 말하며 가현을 곁눈질로 살폈다. 예상대로 가현은 최가 도령의 말에 거의 반쯤 넘어간 상태였다. 다른 건 몰라도 수를 놓는 걸 죽기보다 싫어하는 가현이었다. 한마디로 수틀보다 나은 게 최가 도령이라는 말이었다. 그렇다고 놈이 좋은 건 아니지만.

"그래, 꽃구경은 어디로 간다고?"

잽싸게 마루 밑으로 내려와 신을 신은 가현이 새침하게 물었다. 최가 도령은 키득거리다가 오만하게 턱 끝을 세웠다.

"날 따라오면 된다."

그러다가 별채로 들어서는 놈을 발견하곤 표정을 굳혔다.

"갑자기 웬 똥 씹은 표정인……, 어!"

이상하게 군 최가 도령을 살피던 가현의 눈에 뒤늦게 운이 잡혔다. 세월이 흘러 어느덧 장성한 사내가 된 운은 노비의 복색이었으나 노비 같지 않았다. 피부색이 희멀건 최가 도령과 달리 그을려 있었지만, 얼굴은 옛날 그대로 기품이 느껴졌다.

'노비 주제에.'

매서운 놈의 눈빛이 마음에 들지 않아 최가 도령이 쯧, 혀를 찼다. 하지만 나무라지는 않았다. 어린 시절 맨 앞에서 운을 괴롭혀 왔던 게 바로 자신이 아니었던가. 특히나 제가 만약 여기서 운을 나무란다면 가현이 눈에 쌍심지를 켜고 달려들게 뻔했다.

"인사는 안 하는 게냐?"

그의 타박에 운은 그제야 시선을 내리깔며 허리를 숙였다.

"오셨습니까."

"오냐. 넌 어째 가면 갈수록 건방지구나."

"운이한테 뭐라 할 거면 썩 나가거라!"

조금 누그러졌던 가현의 눈초리가 다시금 사나워졌다. 꼭 운을 건드릴 때만 그러했다. 이렇게 죽일 듯 노려보는 눈이. 그래서 더 운이 마음에 들지 않았다.

"알았다, 네 노비는 건들지 않으마."

"운!"

"그래, 운."

흥, 그제야 사나운 눈초리를 거둔 가현은 콧방귀를 뀌곤 쪼르르 운에게 달려갔다. 그리고는 슬쩍슬쩍 눈치를 보다가 조심스럽게 물었다.

"운아, 안 바쁘면 나와 함께 꽃구경에 나서지 않으련."

마치 계집애가 좋아하는 사내에게 알랑방귀를 뀌는 듯했다. 저렇게나 티가 나는데. 이 집안은 도통 뭘 하느라고 여태 저놈을 한집에 놔둔 건지.

"네 운이는 바쁜 듯하니 그냥 두고 나와 함께 얼른 가자."

게다가 뭐? 놈과 꽃구경을 간다고? 어림없지!

최가 도령이 서둘러 나서서 가현을 막았다.

"이러다가 해 다 지겠다."

"아닙니다. 이 장작만 놓아 두면 시간이 좀 됩니다."

시무룩해지던 가현의 얼굴이 금세 살아났다.

"참이냐?"

반대로 최가 도령의 얼굴은 썩을 대로 썩어 버렸다. 순간 운이 그를 보며 비웃은 듯했다.

"예, 아가씨."

너무 찰나여서 최가 도령은 제가 헛것을 본 게 아닌지 눈을 비볐다. 운은 여전히 시선을 내리고 있었다.

산길을 쭉 따라 이동할수록 들꽃이 만개했다. 그중 하나를 뽑아 든 가현은 알 수 없는 콧노래를 부르며 산길을 따라 걸었다. 그 옆으론 맑은 계곡물이 졸졸 흘렀다. 이따금 어디선가 날아온 꽃잎이 가현의 샛노란 치맛자락 주위를 빙빙 돌다가 바람을 타고 다시 떠나갔다.

뒷짐 지고 가현의 옆을 나란히 걷던 최가 도령은 조금 뒤에서 따라오고 있는 운을 살피다가 가현에게 속삭였다.

"나이가 몇인데. 인제 그만 철 좀 들어야 하지 않겠어?"

"뭐라고?"

이 망할 것이 또 절 골려 먹으려 하는 게 아닌가 싶어 눈을 가늘게 뜬 가현이 최가 도령을 노려보았다.

"그렇게 보지만 말고. 농담으로 하는 소리 아니다. 내가 네 마음 하나 모를 줄 아느냐?"

"……그게 무슨 소리야."

"너 운이 저놈을 마음에 두고 있잖아."

가현의 눈이 순간 커다래졌다.

"그, 그걸 어찌 아는데?"

"어찌 알긴. 모르는 게 병신이다."

최가 도령은 가현의 질문을 비웃었다.

"아무튼, 너 얼른 그만둬."

"네, 네가 무슨 상관인데."

"네 친구니까 하는 소리다. 반가의 여인이 노비와 잘 될 수 있다고 보느냐? 그것도 이 춘국에서?"

어릴 적엔 운과 당연하게 혼인을 할 수 있다고 장담했다. 하나,

지금은 아니었다. 그만큼 커 버렸다.

그런데도 마음은 사라지지 않았다. 풋내가 술술 나던 마음은 어느새 깊이를 알 수 없을 만큼 커져 버렸다. 요즘 따라 노비들 사이에서 운을 꽃분이와 혼인시키자고 하는 소리가 들릴 때마다 성질이 나 자다가도 벌떡 일어날 지경이었다.

가현은 제 이런 마음을 괜한 최가 도령에게 풀 듯 쏘아보았다.

"네가 상관할 일이 아니야."

"가현아."

"그만하라고 했⋯⋯!"

"무슨 일 있습니까?"

잘 가다가 갑자기 멈춰 서서 최가 도령을 노려보는 가현이 이상했는지 운이 다가와 물었다. 가현은 애써 마음을 누그러트리며 억지로 입꼬리를 올렸다.

"무슨 일은. 아무것도 아니다. 도령이 내게 또 이상한 농지거리를 하여서. 그렇지?"

가현이 슬쩍 최가 도령에게 눈짓을 주었다. 살쾡이같이 비쭉 솟아오른 것이 제대로 답을 안 하면 죽일 기세였다. 최가 도령은 한숨을 푹 내쉬며 고개를 끄덕였다.

"맞는 말일세."

그의 말에 운이 날 선 눈으로 그를 보았다.

"아가씨를 놀리지 마십시오."

경고가 날아들었다. 살벌한 그의 표정에 최가 도령이 헛웃음을 내뱉었다.

"알았다, 알았어. 너희들 마음대로 하라. 그러다가 누구 하나 잘 못되어도 난 모르는 일이니!"

아무것도 알지 못하는 운은 최가 도령이 헛소리를 늘어놓는다고 생각하곤 이상하게 쳐다보았다. 답답한 표정으로 주먹을 들어 가슴을 퍽퍽 친 도령이 앞서 걸어가 버렸다. 가현은 그를 가시눈을 뜨고 쏘아보았다.

* * *

"운이를?"

"예, 꽃분이와 연령대가 비슷하니 맺어 주는 게 어떠할까 해서요."

한창 틀 앞에 앉아 매화를 수놓고 있던 옥씨 부인은 손을 멈추고 유모의 제안에 고민하듯 미간을 좁혔다.

"운이가 올해 연차가 어찌 되었지?"

2장

"성년이 된 지 한, 두 해를 넘겼습니다."

"가도 이상하지 않을 나이구나. 그래, 네가 알아서 잘 준비해 보려무나."

옥씨 부인의 허락이 떨어지자마자 유모는 가슴에 막혀 있던 돌이 툭 내려가는 느낌이었다. 이대로 있다가는 큰 사달이 나도 날게 분명했다. 가현의 눈빛이 예사롭지 않았다. 어서 빨리 운을 혼인시켜 싹을 잘라 버려야 했다.

유모는 제 속을 숨기며 그저 인자한 미소를 지었다.

"예, 마님."

* * *

최가 도령이 이상한 말만 하지 않았어도 꽃놀이는 제법 재미있게 마칠 뻔했는데. 어쨌든 운과 함께하였으니, 나름 나쁘지 않다는 생각이 들었다.

운은 어느 순간부터 가현에게 화를 내지 않았다. 가끔은 이렇게 나들이도 같이 가 주었다. 가현은 피곤하다며 먼저 가 버린 최가 도령을 신경도 쓰지 않고 운과 함께 노을빛으로 물든 하늘 아래를 걸었다. 그것마저도 좋아 연신 웃음이 새어 나왔다.

'꽃분이면 운이에게 딱이지 않아?'

'나도 그렇게 생각했는데.'

'운이 나이가 올해 어떻게 되더라?'

그러다가 순간 얼마 전 부엌 근처를 지나다 들었던 말이 떠올랐다. 가현의 입가에 서려 있던 미소가 순식간에 사라졌다. 사실 운이 성년이 된 지 두 해가 넘었으니 늦은 나이였다.

어쨌거나 저쨌거나 운은 혼인해야 할 테지. 나 역시 혼처가 들어오기 시작했으니까. 참으로 싫었다.

"운아."

속에 찬 울분을 애써 감춘 가현이 아무렇지 않은 척 물었다.

"네가 성년이 된 게 작년 이맘때인가?"

"그렇습니다, 아가씨."

"그러면 혼인해도 이상하지 않을 나이구나."

가현이 슬쩍 운을 살폈다. 운은 평소처럼 무표정으로 걷고 있었다.

"그러면…… 혹 생각해 둔 이가 있니?"

제발 그러지 말아라. 아니라고 해 다오.

가현은 속으로 빌며 그를 애원하듯 바라보았다. 멈춰 선 운은 말 없이 그녀를 눈에 담았다.

"주인 나리께서 지어 주신 짝과 하게 될 겁니다."

하, 차라리 있다 하는 게 나을 뻔했다.

자신의 아비가 지어 준 이와 하겠다니. 그 무슨 망발인가.

"그게 노비의 운명입니다, 아가씨."

그는 마치 제게 더는 넘어오지 말라는 듯 선을 그어 버렸다. 냉담한 목소리와 다르게 노을빛에 반짝이는 그의 새까만 눈엔 이름 모를 슬픔이 스치듯 지나쳤다.

가현은 그것이 무엇인지 알지는 못했다. 다만 코끝이 괜스레 시큰거릴 정도로 덩달아 울적해졌다.

"해가 곧 지겠습니다. 서둘러 가시지요."

가현의 가슴에 대못을 박아 버린 운이 먼저 앞서 걸었다. 그를 멍하니 바라보던 가현의 눈가가 눈물로 젖어 든 건 순식간이었다.

"난 네가 그리 말할 때마다 내 운명이 원망스럽구나, 운아."

운이가 양인이라도 되었으면. 아니, 차라리 내가 노비로 태어났다면. 그랬다면 이 마음을 꺼내 보기라도 할 수 있을 텐데.

목구멍을 턱, 하고 막아 버린 수많은 말들을 차마 하지 못한 채 가현은 애꿎은 눈물만 삼켰다.

* * *

"아이고, 왜 이제 오는 겨!"

조금 멀찍이 떨어진 채로 대문을 넘어 들어서는 두 사람 사이에 어색함이 감돌았다. 그때, 그들을 기다리고 있던 행랑아범이 헐레

벌떡 뛰어왔다. 어쩐지 집안이 소란스러웠다. 가현은 어리둥절한 표정으로 주위를 살피다가 행랑아범에게 물었다.

"집에 무슨 일이라도 있는 거니?"

"그게 시상에!"

아마도 좋은 일인 듯했다. 행랑아범의 얼굴은 금방이라도 날아갈 것처럼 싱글벙글했다.

"우리 운이가 드디어 장가를 가지 뭡니까. 그것도 제 딸아이와 말이지요!"

가현은 웃을 수 없었다.

"그게 무슨……."

쨍, 하는 소리가 귓가를 때렸다. 규칙적으로 뛰어 대던 가현의 심장이 순간 멈추었다.

가현은 돌아가지 않은 고개를 억지로 돌려 아무 말 안 하고 있는 운을 바라보았다. 가현의 시선에도 운은 돌아보지 않았다. 매정하게도 옆모습만 보여 주었다.

"운이는 안으로 들어오렴."

그때, 사랑채 안에서 옥씨 부인이 나와 운을 불렀다.

"꽃분이도 따라 들어오고."

그리고 꽃분이도 불렀다. 지척에 서 있던 꽃분은 얼굴을 붉히며 수줍게 고개를 숙였다.

"예, 마님."

슬쩍 시선을 들어 올린 꽃분이 운을 살피곤 다시 곱게 웃었다.

"예, 마님."

한참 만에 옥씨 부인의 말에 답한 운이 걸음을 옮겼다. 그러나 그의 소맷자락을 붙든 가현의 손길에 몇 걸음도 채 가지 못하고 멈추었다.

"아니 된다."

가현의 떨리는 목소리를 들었음에도. 운은 냉정하게 가현의 손을 뿌리치고 꽃분이와 함께 나란히 안체로 들어가 버렸다. 매정하게 내팽개쳐진 손이 마치 자신 같았다. 어쩐지 시린 손을 꼭 붙든 가현이 우두커니 서서 옥씨 부인을 따라 안으로 들어서는 두 사람을 지켜보았다.

"아이고, 드디어 가는구먼!"

"경사 났네, 경사 났어!"

옥씨 부인은 상석에 앉아 제 앞에 나란히 무릎 꿇고 앉은 운과 꽃분을 물끄러미 바라보았다. 이렇게 보니 새삼 잘 어울렸다.

"꽃분이가 올해로 성년이 되었지?"

"예, 마님."

"운이 작년 즈음일 것이고."

"……그러합니다."

"그래, 연차도 잘 맞는구나. 혼인 날짜는 행랑어멈에게 일러두었으니 상의하여 정하고, 원한다면 바깥에서 혼인 생활을 할 수 있도록 해 주마. 너희들의 생각은 어떠하니."

꽃분은 그러고 싶다는 대답을 차마 하지 못한 채 운의 눈치만 살폈다. 운은 무슨 생각을 하는지 알 수 없는 얼굴로 시선만 내리깔고 있었다.

"말들이 없는 걸 보니, 그 또한 내가 알아서 행랑어멈과 상의하도록 하마. 이만 나가 보렴."

"예, 마님."

"예, 마님."

천천히 일어선 둘이 예를 갖추곤 뒤로 물러서 밖을 나섰다. 마루를 내려와 짚신을 먼저 신고 걸어가는 운을 서둘러 따라나선 꽃분이 머뭇거리다가 조심스럽게 그를 불렀다.

"운아."

그녀의 부름에 운이 멈칫했다.

"너, 나와 혼인하는 거."

"피곤하다. 그 이야기는 나중에 하자."

"아, 그래."

언뜻 차가운 그의 말투에 꽃분이 머쓱하게 웃으며 그를 놓아주었다. 운은 가라앉은 얼굴을 하고 제 방으로 들어섰다. 그러다가 익숙한 향내에 멈칫했다. 운의 눈빛이 일순간 흔들렸다. 그 흔들림은 곧 분노로 바뀌었다.

"정말 철이 없으신 겁니까, 아니면 알면서도 다 큰 사내의 방에 기어들어 온 것입니까."

구석에 서 있는 가현에게 운의 싸늘한 시선이 날아들었다. 어둠 속에 가려져 있던 가현이 천천히 앞으로 걸어 나와 운의 코앞에 섰다.

"할 거니?"

운을 올려다보는 가현의 눈은 몹시 초조한 듯 빠르게 흔들리고 있었다.

"꽃분이와 혼인 할 거냐고!"

순간의 초조함이 바깥으로 튀어나오듯 가현의 목소리가 커졌다. 빠르게 그녀의 입을 틀어막은 운이 가현을 벽으로 쿵! 밀쳤다. 갑작스러운 그의 행동에 벽에 날갯죽지가 부딪쳤다. 그 미약한 통증은 부글부글 끓고 있는 속에 비할 바가 아니었다.

"소리 낮추세요. 들키기 싫으면."

여전히 이성적으로 구는 그가 미웠던 가현이 그대로 그의 손을 콱, 물어 버렸다.

"윽!"

운이 낮은 신음을 흘리며 손을 부여잡는 사이 가현이 닭똥 같은 눈물을 뚝뚝 흘렸다.

"할 거니?"

"예, 할 겁니다."

운은 아무렇지 않게 가현의 말을 받아쳤다. 가현은 볼이 씰룩거릴 정도로 얼굴을 일그러뜨렸다. 화가 미친 듯이 치밀어 오른다. 당장에라도 저 목을 틀어쥐고 하지 않겠다고 말하게 만들고 싶다.

"꽃분이는 좋은 여자입니다."

"그만해, 알았으니까."

매번 저를 돌아보지 않고 꽃분이에게만 잘해 주는 운이 너무 싫었다.

그런데……. 잘 알고 있었다. 자신이 말도 안 되는 고집을 부린다는 것을 말이다.

그런데도 마음은 마음대로 되지 않았다. 처음 운을 본 순간부터 가현은 그를 마음에 담았다. 그가 저절로 가현의 심장에 자리 잡은 것이다.

그 마음은 사라지지 않고 점점 깊어져만 갔다. 그리고 그 마음이 깊어질수록, 두려움도 커졌다. 어쩌면 이런 순간을 맞이하게 될 것이라는 걸 알았기 때문일지도.

언젠가 운을 마음에서 지울 준비를 해야겠다고 생각하였는데, 이렇게 빨리 그를 지워 내야 할 줄은 꿈에도 몰랐다.

가현은 입술을 꾹 깨물고 그를 노려보았다.

어둠이 내리깔린 천장 아래에서 운은 무슨 생각을 하는 것인지 그저 음영이 짙게 깔린 눈으로 가현을 내려다보았다. 언제나 탐했던 그의 새까만 눈동자는 가현에 대한 일말의 감정도 느껴지지 않았다.

그래. 나 혼자만 정리하면 되는 것을.

손톱이 손바닥에 깊게 파고들 정도로 주먹을 쥐고 있던 가현이 서서히 힘을 풀었다.

"그래 네 말대로 노비의 운명은 그런 것이지."

"……."

"내 더는 널 괴롭히지 않을 것이다."

그의 어깨를 퍽! 밀친 가현이 도망치듯 방을 뛰쳐나갔다. 홀로 남은 운의 표정에 균열이 인 건 그때였다. 운은 흐려진 눈으로 미세하게 욱신거리는 손등을 가현을 보듯 내려다보다가 조심스럽게 문질렀다.

"예, 아가씨. 그러니 멀리 도망치세요. 이 노비가 감히 아가씨를 탐하기 전에."

언제부터였을까. 저 철없는 계집을 눈에 담은 것이.

양반으로 태어나 제멋대로 구는 계집이 못내 재수가 없었다. 바보같이 그곳이 어디라고 찾아가 최가 도령의 팔뚝을 아작 내고, 어미의 유품이라며 해맑은 얼굴로 돌려주질 않나. 유과를 좋아한다니까 매일 저녁에 몰래 제 방 앞에 놔두질 않나. 매번 슬금슬금 다가와 절 보아 달라고 고집을 부리질 않나.

언제 한번은 자신이 열병으로 다 죽어 갈 때, 얼굴에 시꺼먼 검둥이를 묻히고 직접 약을 달여 올 때도 있었다. 거의 죽다 살아나 눈을 떴을 때, 어린 가현이 눈물을 뚝뚝 흘리고 있었다.

'지금 여기서 뭘…… 하시는 겁니까?'

너무 어처구니가 없었다. 귀한 댁 여식이 천한 노비의 방에 들어앉아 울고 있다니. 운의 얼굴이 황당함으로 물들든 말든 가현은 그가 깨어난 것에 크게 기뻐했다. 그러곤 긴장의 끈이 풀렸는지 통곡하기 시작했다.

'운아, 난 네가 죽으면 따라갈 것이야!'

고사리 같은 손으로 그를 덥석 끌어안은 가현의 몸은 이상할 정도로 따뜻했다.

'따라가긴 어딜 따라갑니까.'

그래서 차마 밀치지 못했다. 타박을 놓으면서도 이상하게 코가 매워 눈물이 날 것만 같았다. 제 품 안에 있는 여린 가현이 너무 따뜻해서. 그래서 저도 모르게 가현과 같이 울 뻔했었다.

그때부터였을까. 가현이 미운 짓을 해도 실없이 웃음만 나왔다.

고집만 세고, 무엇 하나 미운 구석밖에 없는데. 이상하게 마음이 갔다. 아무것도 보지 않고 오직 저만 보고 달려오는 그 마음이 못내 우스워서, 기특해서, 좋아서. 그래서 마음에 담아 버렸는지도.

"그래서 보내 주는 겁니다."

조금만 덜 좋아했으면, 단숨에 낚아채 잡아먹어 버렸을 테니까.

운은 쓰게 웃다가 조금 전 가현이 문 손등에 입술을 묻었다. 가현의 앙증맞은 이빨에 물린 손등이 욱신거렸다.

* * *

"그게 무슨 소리입니까?"

"아, 글쎄! 가현 아가씨가 여태 집에 돌아오지 않았다지, 뭔가!"

새벽부터 일어나 노비 몇과 함께 온종일 정자를 짓고 오던 운은 그만 어깨에 짊어 메고 있던 자루를 떨어트렸다.

"어디로 갔다는 말은 못 들었습니까?"

"그게, 유모가 잠시 눈을 붙인 사이 없어졌다지 뭐야! 아니, 도대체 나이가 몇인데 아직 꺼정 그렇게 철이 없나 몰라!"

"제가 찾아볼 테니, 얼른 들어가 계세요."

하.

천둥벌거숭이 같은 계집이 진짜.

속으로 가현을 욕한 운은 빠르게 몸을 돌려 뛰기 시작했다. 잡히기만 해 봐라. 이번엔 무조건 어깨에 메고 엉덩이부터 두드려 줄 테니!

그사이 가현은 정처 없이 떠돌아다녔다. 그놈의 수틀 앞에 앉아 있다가는 미쳐 버릴 것 같았다.

운은 이대로 정말 꽃분이와 혼인을 치를 모양이었다. 참으로 몹쓸 놈이었다. 그래, 안다. 잘 알고 있다. 그와 난 이루어질 수 없다는 것. 머리로는 이해가 가나, 마음은 계속해서 운과 꽃분을 향한 원망으로 들끓었다. 그를 마음에서 지워 버리기로 다짐하였는데도 마음은 멋대로 들쑥날쑥했다.

제 마음의 길을 저조차 멋대로 할 수가 없으니 어찌 아무렇지 않은 얼굴로 수틀 앞에 앉아 있을 수 있겠는가.

그렇게 유모가 잠든 사이 몰래 빠져나와 길도 정하지 않은 채 걷고 있던 가현은 갑자기 제 앞을 가로막는 이들로 인해 멈춰 서고 말았다. 주춤거리며 뒤로 물러서던 가현이 부러 소리를 높였다.

"······무엄하구나!"

"무엄하구나, 키킥."

왈패로 보이는 사내들은 가현의 말을 놀리듯 따라 하며 킬킬 웃었다. 성난 눈으로 그들을 노려보던 가현이 목에 핏대가 설 정도로 크게 외쳤다.

"네 이놈들! 내가 누구인지 알면 네놈들이 이러지는 못할 것이다!"

"아가씨가 누구인지 우리는 아무 관심 없는디?"

껄렁하게 되받아친 놈이 성큼 다가와 가현의 코앞에 섰다. 당황한 가현이 주춤거리면서 뒤로 물러섰다. 가현은 두려운 마음을 감추면서도 그들을 노려보는 걸 잊지 않았다.

"반가의 여인을 이리 대하면 관아로 끌려가 매질을 당한다는 것을 모르는가!"

"당연히 알지. 그런데 아가씨 주변을 돌아보시구려. 이곳이 어디인 것 같소?"

사내의 물음에 당황한 가현이 주변을 돌아보았다.

저도 모르게 산속까지 걸어온 모양이었다. 다니는 사람 하나 보이지 않는 산은 으슥한 분위기를 풍기고 있었다. 산등성이 너머에선 가끔 새소리만 들렸다.

"깊은 산속까지 기어들어 오셨으면, 당연히 우리를 만날 걸 예상은 하고 있었어야지. 아니 그렇소?"

'아, 글쎄! 요즘 따라 산적인지 뭔지가 산길을 지나는 반가의 여인들에게 몹쓸 짓을 한다지 뭐예요?'

제정신이 아닌지라 새까맣게 잊고 있었는데. 분명 얼마 전에 여노비에게 들었던 것이 문득 기억났다. 그들이 말하기론, 근처에 사는 마님 한 분이 절에 갔다가 그만 몹쓸 짓을 당해 그 자리에서 자결했다고 했다.

분명 들었는데, 멍청하게 정신을 빼놓고 산 깊숙이까지 들어오다니.

가현은 스스로를 욕하며 제 소매 끄트머리를 만지작거렸다. 다행히 소매 위쪽에 은장도가 있는 게 느껴졌다. 다른 건 몰라도 이것만은 옥씨 부인 때문에 항상 지니고 있었다. 처음엔 성가시기만 했는데, 어머니가 왜 들고 다니라고 했는지 알 것 같았다.

"당장 비키지 못할까!"

가현은 사내들을 맹렬하게 노려보며 소리쳤다.

그 마님처럼 은장도로 자결을 할 생각은 추호도 없었다. 빈틈을 찾아 앞에 있는 놈의 얼굴을 그어 버리곤 도망칠 생각이었다.

아니면, 대장으로 보이는 놈 하나만 제대로 잡으면 될 터였다. 한 놈쯤이야, 가현에겐 일도 아니었다.

놈들은 그저 낄낄거리며 가현에게 다가섰다. 그들의 눈치를 살피던 가현이 소매 안에 들어있는 은장도를 슬그머니 꺼내 들었다.

그러곤 그대로 은장도를 빼내 맨 앞에 있는 놈의 눈을 찌르려고 하는데, 갑자기 어딘가에서 돌 하나가 날아와 맨 앞에 서 있던 놈의 뒤통수를 퍽! 가격했다.

"억!"

갑자기 날아온 돌에 그대로 얻어맞은 놈은 뒤통수를 손으로 감싸며 주저앉았다. 돌은 계속해서 날아와 나머지 놈들도 가격했다.

퍽! 퍽!

"윽!"

"악! 어떤 놈이야!"

도대체 이게 무슨 일인지. 도무지 알 길이 없어 가현은 어리둥절한 얼굴로 눈만 깜빡였다. 이윽고 저 앞에 보이는 운을 발견하곤 눈을 크게 떴다.

"운……?"

운은 처음 보는 낯선 얼굴을 하고 가현을 노려보고 있었다. 그러다가 제게 달려드는 놈을 향해 발차기를 날렸다.

"이, 이 새끼 뭐야!"

시원하게 뻗은 그의 발에 그대로 나가떨어지는 동료를 보고 당황하던 놈들은 부랴부랴 운에게 달려들었다. 뒤늦게 정신을 차린 가현이 덩달아 운에게 주먹을 날리는 놈의 뒤통수에 돌을 던져 버렸다.

퍽! 소리와 함께 놈이 나가떨어졌다. 가현은 만족스러운데, 한창 바삐 움직이던 운이 가현을 매섭게 노려보았다. 웃고 있던 가현이 슬그머니 입술을 내리며 그의 눈을 피했다.

"죽여!"

순간 놈들의 외침이 산등성이에 크게 울려 퍼졌다. 가현에게서 눈을 뗀 운은 속도를 내 놈들을 제압해 나갔다. 운은 도대체 그런 무술은 어디서 배운 것인지. 입이 떡 벌어질 정도였다.

"도대체 여기가 어디라고!"

얼굴에 피멍이 들도록 얻어맞은 놈들은 끝까지 두고 보자는 듯 허세를 부리더니 허둥지둥 도망쳤다. 가현에게 다가선 운은 사나운 눈으로 그녀를 노려보다가 결국 화를 참지 못하고 버럭 소리 질렀다.

"도대체 나이는 어디로 드신 겁니까!"

"네, 네가 상관할 일이 아니다."

"아, 그래요?"

운이 비아냥거리듯 입매를 비스듬히 올렸다.

"그럼 상관 안 할 테니 어디 혼자 잘 와 보십시오."

그리고는 더는 상관치 않겠다는 듯 먼저 가 버리는 게 아니겠는가. 정말 저를 두고 먼저 내려가 버리는 그를 쏘아보던 가현은 다시금 몰려오는 두려움에 얼른 운의 뒤를 따라붙었다.

집에 들어설 때까지 가현은 운과 고집스럽게 입을 꾹 다물고 말하지 않았다. 집에 들어서자마자 아버지와 어머니에게 크게 혼이 났는데도 가현은 얼굴을 굳히곤 들은 척도 하지 않고 피곤하다며 별채로 쌩하니 들어가 버렸다.

그런 가현을 뒤에서 지켜보는 운은 복잡한 얼굴을 하고 있었다.

* * *

다행히도 가현은 더는 말썽을 부리지 않았다. 그토록 싫어하는 수틀 앞에 온종일 앉아 있었다. 그리고…… 운을 거들떠보지도 않았다.

"아가씨에게 무슨 잘못한 게 있는 게야?"

"너 말고 석칠이보고 오라고 하던데?"

"잘못한 게 있으면 얼른 가서 빌어. 좀 철이 없긴 하나 우리 같은 노비들 챙겨 주는 분이 어디 있다고."

별채 장작은 항상 운이 도맡아 했는데, 가현은 운이 말고 석칠이보고 하라고 명했다. 가끔 마당을 지날 때면 없는 사람 취급도 했다. 그게 오래되다 보니 집안사람들이 하나둘 이상한 낌새를 눈치채곤 운에게 한마디씩 건넸다. 꽃분이도 걱정스러운 얼굴로 다가와 물었다.

"운아, 아가씨에게 혹 무슨 잘못한 거니?"

"잘못한 일 없다."

"다행이구나."

운의 단호한 대답에 꽃분이 안도하며 웃었다.

"그나저나 행랑어멈께 이야기 들었니?"

"무슨 이야기?"

하던 일을 멈춘 운이 꽃분을 무심히 돌아보았다. 그의 무심한 시선에도 꽃분은 심장이 뛰는 걸 느끼며 수줍어했다. 사실 꽃분은 예전부터 운을 마음에 담고 있었다. 그래서 그와 혼인 하게 되었을 때 기뻐서 날아갈 뻔했다.

"저, 우리 혼인날 말이다. 이번 달 말에 하는 거 어떠냐고 물으시던데."

기쁜 것은 꽃분뿐인지. 혼인을 입에 담자마자 운의 얼굴이 미세하게 굳었다. 꽃분의 말에 알겠다고 답해야 하는데, 입이 떨어지지 않아 망설이고만 있는 때였다.

"이야, 운이 너 혼인하는구나?"

최가 도령이 제집처럼 들어와 운의 어깨를 툭툭 치며 호탕하게 웃었다.

"도련님 오셨습니까."

갑작스러운 최가 도령의 등장에 당황하던 꽃분이 서둘러 그에게 허리를 숙였다. 최가 도령은 꽃분과 운을 번갈아 보더니 다시금 크게 소리 내어 웃었다.

"아주 잘 어울리는 한 쌍이구나. 그래, 너라도 정신을 차려야지. 아무렴."

알 수 없는 말을 중얼거리던 최가 도령이 가현을 크게 부르면서 별채로 쏙 들어가 버렸다. 도통 그의 말을 이해할 수가 없어 꽃분이 고개를 갸웃거렸다.

"정신을 차리다니? 무슨 말씀이시지?"

그가 한 말이 무슨 뜻인 줄 진즉 알아들은 운은 저와 달리 멋대로 별채로 들어가는 최가 도령의 등을 싸늘하게 응시했다.

* * *

"운이 그놈 혼인한다던데."

모처럼 날이 좋아 별채 근처에 만들어 둔 정자에서 차 한잔 즐기는데, 최가 도령이 불쑥 운에 대한 이야기를 꺼냈다.

잠시 멈칫하던 가현은 아무렇지 않게 차를 한 모금 마셨다. 지금쯤이면 가현의 입에서 온갖 험한 말과 함께 당장에라도 내쫓겼을 텐데. 가현은 아무것도 하지 않았다. 최가 도령은 그제야 가현이 정신을 차린 건가 싶어 내심 기뻐했다.

"그래, 이제라도 정신을 차렸다니 친우로서 참으로 기쁘……, 가현아?"

고개를 끄덕이던 최가 도령의 눈에 가현의 눈물이 잡혔다. 가현은 떨리는 손으로 찻잔을 내리며 쓰게 웃었다. 뽀얀 볼 위를 타고 흐른 눈물이 붉은색 치마에 톡, 하고 떨어져 내렸다.

"지금에라도 엎어 버리고 싶다."

"가현아."

"이번 달 말이라고 하더구나."

최가 도령은 가현을 안타깝게 바라보았다.

"어차피 운은 내게 마음 한 자락 내준 적이 없으니. 나 혼자

정리하면 그만인 것을."

가현은 몰랐다. 운이 가현을 마음에 담고 있다는 것을. 하나, 최가 도령은 말해 주지 않았다. 이대로 멀어지는 게 두 사람을 위한 거라고 생각했기 때문이었다.

"내 너에게 청혼서를 보낼까?"

"지금 그것을 위로라고 하는 것이니?"

쓱 눈물을 닦아 낸 가현이 눈을 치켜뜨며 최가 도령을 노려보았다. 최가 도령은 실없이 웃었다.

"왜, 나 정도면 좋은 남편감이 아닌가?"

"너와 혼인을 하였다간 속 터져서 죽을 것이다."

"농이 아니다."

내내 웃던 최가 도령의 눈빛은 어느새 진지해졌다.

"네 마음이 어떠한지 아니, 마음까진 바라지 않으마."

장난기 하나 없는 그의 진지한 눈빛에 가현의 눈빛이 흔들렸다.

"날 그저 도피처로 여겨도 좋다. 너 역시 혼기가 차 여기저기에서 혼서가 올 터인데."

"……."

"얼굴도 이름도 모르는 놈들보단 내가 낫지 않겠니?"

가현은 혼란스러운 눈으로 최가 도령을 보았다. 최가 도령은 가현의 마음을 충분히 이해한다는 듯 다정한 미소로 마주했다.

"잘 생각해 보려무나."

"……."

"충분히 기다리고 있을 터이니."

＊ ＊ ＊

"오늘도 꽃구경하기 참 좋은 날씨인데. 저번엔 운과 셋이 가서 꽃이 눈에 들어오지 않았지."

가현은 다시 실없는 도령으로 돌아온 그를 보며 웃음을 흘렸다.

"이번엔 둘이 가는 것이 어떠하냐."

뒷짐을 지고 앞서 걷던 최가 도령이 쓱 뒤를 돌아보며 가현에게 물었다. 가현은 어림없다는 듯 단호하게 고개를 저었다.

"요즘 내 사고를 많이 쳐, 밖으론 한 발자국도 못 넘어간다."

"넌 항상 사고를 치지 않니? 이상하구나."

"허, 실없는 소리 그만하고 어서 가렴."

그를 장난스럽게 흘기는데, 누군가의 시선이 느껴졌다. 옆을 돌아보니 멀찍이서 운이 저를 보고 서 있었다. 순간 얼굴을 굳힌 가현이 외면하듯 몸을 돌렸다. 그리고는 아무렇지 않게 최가 도령을 배웅하며 대문 앞까지 나섰다.

"그럼 잘 생각해 보아라."

"……알았다."

그의 말대로 이제 저 또한 여기저기에서 혼서가 올 것이다. 아무 놈이나 골라 시집을 갈 바엔 차라리 최가 도령이 나을지도 모르겠지.

"진지하게 생각해 보마."

가현의 눈빛에서 진심을 읽은 최가 도령은 만족스럽게 웃으며 멀어졌다. 푸른색의 도포 자락을 휘날리며 멀어지는 그를 한참을 눈에 담다가 돌아서려는데, 누군가 가현의 팔목을 붙들고 담 쪽으로 끌고 갔다. 운이었다. 운은 성난 얼굴을 하고 담벼락까지 가현을 끌고 가서 담에 밀어붙였다.

"절 무시하십니까?"

저를 붙잡은 운을 사나운 기세로 쏘아보던 가현은 그의 손에 붙들려 있던 제 손목을 거칠게 빼내며 답했다.

"널 무시하는 것이 아니다."

"무시하는 것이 아니면요?"

"널 보면 내 또 너에게 고집을 부릴까 그러했다."

"무슨 고집이요."

무심한 그의 말에 순간 간신히 가라앉았던 울분이 불쑥 튀어나왔다.

"무슨 고집이겠어?"

"……"

가현은 이 순간 철옹성처럼 단단한 운의 얼굴을 할퀴어 버리고 싶었다. 가현은 그 속을 드러내듯 얼굴을 일그러트렸다.

"아직도 싫다. 가끔 벌떡 일어나 찬물을 들이켜고 싶을 정도로 답답하고 속이 뒤틀린단 말이다! 한데 하지 않고 있지 않니. 네가 바라던 대로 외면해 주는데, 또 뭐가 불만이야?"

내가 바라는 대로……?

운의 눈빛이 혼란으로 일그러졌다.

그래, 분명 그리했다. 저는 제 분수에 맞은 여인과 혼인하고, 마음 따위 외면해 버리면, 그냥 다 괜찮을 거로 생각했다. 그게 맞으니까.

빌어먹을 이 땅에서 가현과 연모의 감정을 나누는 것이 가당키나 하단 말인가?

결코 아니었다. 저는 물론이고 가현까지 다칠 것이다. 그냥 저는 지금처럼 평생, 노비로 가현의 곁에서 살아가면 괜찮다고 생각했다. 그런데…… 가현이 절 외면한다니. 그런 걸 바란 것이 아니었다. 상상조차 해 본 적이 없었다. 게다가 다른 사내의 아내가 된다고……?

순간 운의 눈빛이 초조함으로 일렁였다. 그래서 알면서도 부러 물었다.

"제게 연심이라도 말하는 겁니까."

그의 물음에 가현은 기가 막힌다는 눈을 하고 그를 쏘아보다가 버럭 소리를 질렀다.

"내가 지금껏 너에게 보여 준 게 그럼 무엇이겠느냐!"

"한데 왜 생각하겠다고 하신 겁니까?"

"……무슨 소리를 하는 게야."

"최가 도령이 보내는 청혼서를 받을 거면서 지금 제게 연모의 감정을 보이는 것입니까?"

운의 눈빛이 한층 가라앉았다. 당혹스럽게 그를 보던 가현이 살쾡이처럼 눈매를 날카롭게 세웠다.

"네가 무슨 상관인데! 비켜라, 이제 너에 대한 연심을 끊고, 당장에라도 최가 도령과 혼인 할 것이다!"

"싫습니다."

"……뭐?"

싫다니. 그럼 도대체 나보고 어쩌란 말인 건지.

도통 알 수가 없어 그저 운을 멍하니 보는데, 갑자기 운의 얼굴이 가까워졌다. 곧 거칠거칠하면서도 부드러운 무언가가 입술에 닿았다.

비겁하게 남의 말을 엿듣고 싶지는 않았으나. 운은 저도 모르게 정자와 조금 떨어진 매화나무 뒤에 숨어서 두 사람의 말을 엿듣고 말았다.

"내 너에게 청혼서를 보낼까?"

최가 도령의 말보다, 생각해 보겠다고 한 가현의 대답에 심장이 멈추는 듯했다.

가현이 다른 사내의 아내가 된다니. 단 한 번도 생각지 않았다. 빌어먹게도, 자신은 꽃분이와 혼인을 한다며 가현의 가슴을 온통 헤집어 놓았으면서도. 막상 가현이 다른 사내의 아내가 된다는 말을 들으니 온몸이 떨릴 정도로 분노가 치솟고 속이 뒤틀려 토악질이 나오려고 했다.

운은 그 뒤틀린 분노와 자신의 신분에 대한 서글픔을 터뜨리듯 가현의 목덜미를 거칠게 붙들고 혀를 더 안쪽으로 집어넣었다.

"읍! 읍!"

제 혀를 뽑을 듯 빨아 당기는 그의 행위에 가현은 숨이 막혀 죽을 것 같았다.

단 한 번, 우연히 여노비들이 흘린 춘화 집을 본 적이 있었다. 그 안엔 온갖 해괴한 자세로 교합을 벌이는 남녀가 그려져 있었다. 그들 대부분은 입술을 맞대고 있었다. 그땐 너무 역겹고 더럽다고 느껴졌는데.

막상 하니 이상하고 묘한 느낌이 들었다. 참으로 이상하고도 낯선 기분이었다. 아마 운이라서 더럽지 않은 것 같았다.

만약 다른 사내가 제 입 안에 혀를 집어넣는다는 생각만 해도 끔찍했다. 당장 놈의 혀를 물어 잘라 버릴 것이었다. 하나, 이 숨 막히는 것을 계속하다가는 그만 혼절해 버릴 것 같았다.

픽!

가현이 온 힘을 다해 그의 가슴팍을 밀쳐 냈다. 단단한 바위처럼 움직이지 않던 그가 쉽게 뒤로 물러났다.

벌겋게 달아오른 얼굴로 그를 멍하니 바라보던 가현은 뒤늦게 제가 운과 무슨 짓을 한 건지 깨닫곤 도망쳐 버렸다. 운은 막지 않았다. 운 역시 제가 무슨 짓을 벌인 건지 지금에서야 깨달았기 때문이었다.

"하아……."

이제 어찌해야 하지.

마른 손으로 얼굴을 쓸어 올린 운이 거칠게 숨을 몰아쉬었다. 그의 얼굴엔 여러 가지 감정들이 복합적으로 나타났다가 사라졌다. 그중 가장 오래 남은 감정은 허탈함이었다. 고작 이렇게 하려고 그동안 가현에게 모질게 군 자신이 우스웠다. 앞으로 어찌해야 할지 벌써부터 머리가 다 지끈거렸다.

방으로 뛰어 들어온 가현은 문을 걸어 잠갔다. 그러곤 그대로 방바닥에 털썩, 주저앉았다. 심장이 미친 듯이 방아질을 하고 있었다. 쿵쾅대는 제 가슴을 꾹 누르며 가현은 멍하니 허공을 보았다.

"지금 나 그것을 한 것이지?"

운이가 제게 그⋯⋯것을 한 것이지?

다른 사람도 아닌 운이.

여전히 꿈과 같았다. 그러다가 문득 의문이 들었다. 운은 어째서 제게 여인에게만 할 법한 걸 한 것일까.

"꽃분이와 혼인한다면서."

그가 꽃분이와 혼인하기로 결정된 것을 뒤늦게 기억해 낸 가현은 순간 열이 확 올랐다.

"설마 지금 내게 농지거리한 것인가?"

운을 노려보듯 허공을 노려보던 가현이 벌떡 일어나서 문고리를 붙잡다가 그만 멈추었다.

"내, 내일 물어봐야지."

지금 얼굴을 마주할 수는 없지 않겠는가. 조금 전까지 연인처럼 입술을 맞대고 있었는데. 마주했다간 안 그래도 화끈거리는 얼굴이 터져 나갈 것이다.

가현은 우선 내일 이야기를 하기로 하고 잠자리에 들었다. 그러나 가현은 아침 해가 떠오를 때까지 잠을 자지 못했다. 밤새 가슴이 쿵쾅거리고 계속해서 열이 올랐기 때문이었다.

* * *

"지금⋯⋯ 뭐라고 했니?"

꽃분은 창백하게 질린 얼굴로 운을 보았다. 운은 꽃분을 무표정으로 보고 있었다. 꽃분은 그게 더 서러워 눈물이 날 것만 같았다.

"혼인은 네가 물린 것으로 하겠다."

"……이유가 무엇인데. 갑자기 이렇게."

"갑자기가 아니다."

"그럼? 갑자기가 아니면? 혹……."

순간 꽃분은 불길한 느낌이 들었다. 운에게 사모하는 여인이 따로 있는 것일까? 꽃분은 제 입 밖으로 꺼내기 힘든 말을 혀끝으로 굴리며 망설이다가 떨리는 입술로 물었다.

"여인이 있는 것이야?"

"그래."

어찌 저리 대답이 빠르고 쉬운 것인지. 꽃분은 결국 참지 못하고 눈물을 흘렸다. 그러자 운의 무표정이 당혹스러움으로 물들었다. 하나, 그것마저 미미하여 꽃분의 화를 돋우었다.

"널 연모해."

"……뭐?"

"그래서 혼인하자고 한 것이야. 한데, 넌 그저 마님께서 시키신 것이니 하려고 한 것이지?"

전혀 모르고 있었다. 꽃분이 제게 그런 마음을 가지고 있을 거라고는 추호도 생각하지 않았다. 어쩌면 꽃분은 물론 어떠한 여인도 그의 관심 밖이었기에, 오직 제 시선은 가현에게만 향해 있었기에, 아는 것이 불가능했다.

그래서 꽃분에게 혼인을 무르자고 하는 말이 쉬울 수 있었다. 저처럼 그저 마님이 하라고 하시니까. 원래 노비의 운명은 그런 것이니까. 그래서 꽃분도 아무 말 안 하고 시키는 대로 한다고 생각했는데.

그 모든 게 다 착각이었다. 운은 생각지도 못하게 꽃분의 마음에 생채기를 낸 것에 자책하며 고개를 숙였다.

"미안하다."

"그 말이 더 아프게 한다는 걸 모르는 거니?"

눈물과 분노가 뒤섞인 눈으로 운을 노려보던 꽃분이 그대로 돌아서 뛰어가 버렸다. 운은 그저 한숨을 내뱉으며 지그시 눈을 감았다. 무언가를 고심하듯 내내 눈을 감고 있던 운이 천천히 눈을 뜨며 뒤를 돌아보았다.

운의 시선이 벽 끄트머리를 비집고 나온 다홍색 비단 천 끝자락으로 향했다.

"나오십시오."

그의 묵직한 목소리에 고운 색으로 물든 천 자락이 움찔거렸다. 운은 미간을 좁히며 그쪽을 향해 다시 힘주어 말했다.

"안 나오십니까."

그제야 몸을 숨기고 있던 가현이 슬금슬금 앞으로 나왔다. 눈치를 살살 살피며 제게로 걸어오는 가현을 물끄러미 바라보던 운이 한참 만에 입을 뗐다.

"어디까지 들으신 겁니까."

그의 코앞에 선 가현은 고개를 푹 숙이고 우물거렸다.

"다."

"처음부터요?"

"그…… 네가 혼인을 물러 달라고."

가현은 꽃분이에 대한 미안함과 그가 혼인을 물렀다는 기쁨에 이러지도 저러지도 못하는 얼굴을 하고 발끝으로 애먼 땅바닥만 푹푹 팠다. 가현이 하는 걸 가만히 바라보던 운은 결국 한숨 섞인 웃음을 흘렸다.

"노비들만 기거하는 처소입니다. 마님께 들키면 또 어떤 사달이 날 줄 알고 이리로 오신 겁니까."

"그, 어제 네가 한 그거 말이다. 그 연유가 궁금하여 왔다. 혹, 네가 내게……."

"농이라도 한 것일까 봐 화가 나셔서 달려오신 겁니까."

운은 귀신같이 가현의 마음을 알아채곤 대신 말해 주었다. 가현은 샐쭉거리며 그를 올려다보았다.

"그래, 네가 그저 날 골린 것이라면, 정강이에 피멍이 들 정도로 때려 주려고 했다."

"어찌 감히 제가 아가씨를 놀립니까."

다만…….

운은 조금 복잡한 표정을 하고 가현을 내려다보았다.

이제 정말 어떻게 해야 할 것인가. 그는 이대로 가현을 품에 안아도 될 것인가.

자신은 천한 노비였다. 가현은 나는 새도 떨어트린다는 서가의 금지옥엽 딸이었다. 서 대감은 분명 좋은 사람이었다. 다른 양반들과 달리 노비들을 사람으로 대했다. 하지만 그건 어디까지나 제가 충실한 종노릇을 할 때일 것이다.

그런데도 운은 가현을 원한다. 운은 조금 복잡하고 애틋한 심경을 담은 눈으로 가현을 내려다보다가 솔직한 자신의 심경을 꺼내었다.

"전 두렵습니다."

덤덤한 그의 목소리에서 옅은 떨림이 묻어났다.

"……뭐?"

두렵다는 그의 말에 가현의 눈빛이 흐트러졌다.

"저와 아가씨의 미래가 보이기 때문입니다. 해서 받아들이지 못했습니다. 받을 수 없었습니다. 한데, 그런 마음 헤아릴 수 없을 정도로 이 노비가 아가씨를 연모한다면."

"……."

"아가씨는 어찌하시겠습니까?"

올곧고 새까만 그의 눈은 미세하게 흔들리고 있었으나 가현을 향한 진심을 말하고 있었다. 전혀 생각지도 못한 그의 연심에 가현은 멍하니 넋을 놓고 그를 올려다보다가 그만 눈시울을 붉혔다.

"어쩌긴."

가현은 비죽 새어 나온 눈물을 소매로 아무렇게나 닦으며 환하게 웃었다.

"곱게 잘 받아 꼭 쥐어야지. 절대 달아나지 못하게 말이다."

막 피운 꽃처럼 가현의 새하얀 볼이 붉게 물들었다. 그 위로는 계속해서 말간 눈물방울이 떨어져 내렸다. 코앞으로 다가선 운은 손을 들어 그녀의 볼을 조심스럽게 닦아 주었다. 그러곤 가만히 가현과 눈을 마주치며 입매를 늘였다.

"예, 달아나지 못하게 꼭 쥐십시오."

두 사람이 서로의 마음을 확인했다고 해서 달라지는 것은 없었다.

운은 평소처럼 똑같이 가현을 대했다. 운이 어떤 걸 염려하고 있는지 잘 알기에 가현 또한 운을 괴롭히지 않았다. 그래도 작게나마 표현을 하기는 했다.

가령.

"이야, 웬일로 달걀이여?"

게다가 하얀 쌀밥이라니.

"누구 생일인 것이여?"

행랑아범뿐만이 아니었다. 모두 수북하게 쌓아 올린 흰쌀밥 아래에 뽀얀 달걀 한 개씩이 전부 숨겨져 있었다. 가끔 마님이 수고했다며 흰쌀밥과 고기를 내려 주긴 했으나, 오늘은 별다른 일이 없었다. 그런데 이렇게나 진수성찬이라니.

"오늘 무슨 날인가?"

행랑아범과 다른 남노비들이 고개를 갸웃거리며 어리둥절한 표정으로 수군거렸다. 그때, 행랑어멈이 들어와 수북이 쌓인 산적을 들고 상 위에 하나씩 내려놓으며 말했다.

"아가씨께서 다들 수고하신다고 직접 내게 부탁하신 일이야."

"아가씨가?"

그때까지 무심히 밥을 뜨던 운은 가현이 그랬다는 말에 잠시 멈칫했다. 그러곤 조금 전보다 맛있게 밥그릇까지 싹싹 긁어 먹었다.

가현은 어머니를 회유해 노비들 모두에게 미리 겨울을 대비한 솜옷을 지어 입게 했다. 아직 봄인데 벌써 솜옷이냐 했지만, 그때가 되면 집안 어른들의 옷을 만드느라 정작 노비들은 솜옷을 만들어 입을 수 없기 때문에 가현이 고집을 부리며 어머니를 설득했다.

그 또한 운에 대한 연심을 표현하는 방법이었다.

연심을 표현하는 건 가현뿐만이 아니었다.

밤만 되면 쌀쌀해지는 날씨에 운은 밤새 별채 아궁이를 지키며 불이 꺼지지 않는지, 아주 뜨겁지 않은지 알맞은 온도로 가현이 푹 잘 수 있도록 해 주었다. 이따금 가현에게 몰래 들꽃을 꺾어 가져다주었다. 가현은 그걸 모두 버리지 않고 곱게 말려 제가 아끼는 서적에 꽂아 두었다.

그렇게 두 사람의 마음은 점점 깊어져만 갔다.

* * *

"혼인하지 않겠다니?"

"그냥, 그렇게 되었어요."

요즘 통 보이지 않더니. 어디 아픈 게 아닌지 걱정되어 방으로 찾아든 유모는 생각지도 못한 꽃분이의 말에 당혹스러웠다.

"아니, 어찌하여? 혼인날까지 다 잡아 놓고 이제 와 물리다니. 무슨 사정이라도 있는 게야?"

분명 무슨 일이 있는 것 같은데. 꽃분은 고집스럽게 입을 다물고 유모에게 말하지 않았다. 결국 할 수 없이 밖으로 나온 유모는 홀로 서서 눈을 게슴츠레하게 뜨고 중얼거렸다.

"분명 뭔가 있는데."

쯧, 이윽고 유모가 혀를 찼다.

손가락에 작은 가시 하나가 박힌 것처럼 거슬리던 운을 이대로 치워 버릴 수 있을 줄 알았는데. 유모는 아쉽게 되었다 생각하면서도, 한편으로는 가현이 예전과 달리 운을 따라다니지 않아 다행이었다.

"뭐, 이제는 상관없는 일인가."

부디 괜한 기우였길 바라며 유모는 자리를 떠났다.

* * *

"절에요?"

"그래, 절에 갈까 하는데 같이 가련?"

아침 일찍 입궁하는 아버지를 배웅하던 길이었다. 어머니의 말에 가현이 눈을 동그랗게 떴다.

"절은 왜요?"

절은 이미 저번 달에 갔는데. 가현이 되묻자 옥씨 부인이 옅게 웃었다.

"네 오라비의 공부가 이제 거의 끝이 나지 않니. 이제 곧 과거시험이 시작될 것이니 부지런히 네 오라비의 운을 빌어야지."

"아, 그러면 오라버니께서 이제 곧 집으로 오시겠네요."

가현의 오라비 서가진은 그다지 좋은 사람이 아니었다.

서 대감과 다르게 야심가였다. 노비들은 짐승으로 여겼고, 성질 또한 괴팍해 서 대감에게 혼이 난 적도 있었다. 가현과 열 살 넘게 차이가 나는 오라버니는 일찍이 부인을 맞아 분가하였다. 현재는 분가한 집에서 과거 공부에 매진하고 있었다.

서가진은 욕심이 많은 사람이었으나, 운이 잘 따라 주지 않아 매번 과거에서 낙방하였다. 그런데도 어머니는 오라버니가 과거에 붙을 거라며 호언장담했다.

집에 와도 말 한마디 섞지 않을 정도로 서먹한 오라버니의 운을 빌지 않는 것은 아니나, 가현이 보기엔 현실적으로 오라버니는 과거와 먼 사람 같았다. 그러나 가현은 이 말을 꺼내면 어머니에게 매질을 당할 게 뻔했기에, 입을 꾹 다물고 공손히 머리를 조아렸다.

"예, 어머니."

그러다가 문득 떠오른 생각에 눈을 빛내던 가현이 조심스럽게 물었다.

"그럼 노비들은 몇이나 데리고 갑니까?"

"그게 왜 궁금하니?"

"아, 아니 그냥……. 저번에 노비를 몇 데리고 가지 않아 큰 사달이 나지 않았습니까. 해서 묻는 것이옵니다."

"걱정 말렴. 이번엔 장정으로 데리고 갈 참이다. 운과 석칠이를 포함해서 다섯이면 충분하지 않겠니."

운과 함께 가게 된 가현은 신이 났으나, 허벅지를 꼬집으며 웃음을 참았다.

"나와 널 보필할 여노비로는 유모와 꽃분이면 될 듯하고."

그러다가 뒤이어 들리는 말에 순간 멈칫했다. 꽃분이라니. 꽃분이도 함께 간다고?

그날, 운에게 연모한다고 고백하던 꽃분이 떠올랐다. 운의 매정한 거절에 꽃분은 눈물까지 흘리며 도망치듯 사라졌고 이후에 며칠 동안 앓아누웠다. 운과 마음이 통한 것은 매우 기뻤으나, 괜히 꽃분의 마음을 다치게 한 게 자신 같아 자책이 들었다.

* * *

어쩐지 하늘이 심상치 않았다.

잿빛으로 얼룩진 하늘은 이따금 으르렁거리며 울어 냈다. 가현은 살짝 가마 창문을 열고 하늘을 걱정스럽게 올려다보았다. 다행히 아직 비는 떨어지지 않았으나, 가현이 걱정하는 건 따로 있었다. 저 뒤에서 짐을 어깨에 메고 묵묵히 따라오고 있는 운이었다.

가현은 맨 앞에 앞서가고 있는 어머니의 가마를 살피다가 슬쩍 고개를 빼곤 뒤를 돌아보았다. 그러다가 운과 눈이 마주쳤다. 가현이 눈을 빛내며 물었다.

'괜찮은 것이야?'

귀신같이 알아들은 운은 아무도 눈치채지 못하게 미세하게 고개를 끄덕이는 걸로 가현의 물음에 대답했다. 가현은 그것만으로도 그저 설레는지 수줍게 웃고는 빼고 있던 머리를 다시 창문 안으로 집어넣었다.

"야."

가현이 더는 보이지 않는 마차 뒤꽁무니를 보는데, 뒤에서 걷던 석칠이 다가와 운의 어깨를 툭, 쳤다.

"너 혼인 안 한다며?"

은근슬쩍 물은 석칠이 가현과 마님의 가마 사이를 따라 걷고 있는 꽃분을 곁눈질로 살폈다.

사실 석칠은 꽃분에게 마음이 있었다. 꽃분은 여노비들 사이에서도 눈에 띌 정도로 선이 고운 여인이었기 때문이었다. 그래서 내심 마음 표현까지 하였으나, 꽃분은 쌀쌀맞았다.

그러던 중, 꽃분과 운의 혼인 소식을 들었다. 석칠이 보기에도 9척이나 되는 운은 일반 다른 남노비들과 확연히 다른 풍채와 기품이 흐르는 얼굴을 갖고 있었다. 말도 거의 없어 과묵하였다. 그 때문에 더 분위기가 달라 보였다. 그래서 분하고 억울해도 아무 말 못 했다. 꽃분이와 운은 제가 보기에도 잘 어울렸으니까.

그런데 얼마 전에 꽃분과 운이 혼인을 안 한다는 이야기를 들었다. 석칠은 내심 기대하며 물었다.

"그거 진짜야?"

묵묵히 걷던 운은 살짝 고개를 끄덕임으로 석칠의 질문에 답했다. 평소라면 답답한 녀석이라며 타박하였겠지만, 오늘만큼은 석칠은 타박하지 않고 대신 운의 어깨를 끌어안았다.

"자식! 어찌 된 일인지는 모르겠으나 사람 인연이라는 게 마음처럼 되는 것이 아니다."

운의 마음을 다독이는 척하면서 석칠은 어여쁜 꽃분을 힐끔 곁눈질했다.

운이 녀석이 아니면 꽃분이와 혼일 할 만한 놈은 나밖에 없는 것 아니겠어? 그렇게 김칫국을 한 사발 먹으면서 말이다. 운은 석칠이 옆에서 치근덕대는 걸 귀찮아하며 먼저 앞서 걸었다.

다행히 비는 절에 도착하고 나서야 오기 시작했다. 어머닌 절에 도착하자마자 점심도 먹지 않고 곧바로 안에 들어가 내리 절만 올렸다. 툇마루에 앉아 어머니의 절이 끝나기를 기다리던 가현은 손을 들어 처마 아래로 떨어지는 빗물을 받았다. 그 위에 매달린 종이 가끔 비바람에 흔들려 댕댕 맑은 소리를 내었다.

톡.

톡.

동그란 물방울이 가현의 손바닥에 닿자마자 퍼졌다가 아래로 떨어져 내리길 반복했다. 그것도 계속하다 보니 영 심심했다. 그때, 옥씨 부인이 밖으로 나와 신을 신는 모습이 보였다.

"어머니 다 끝나신 거여요?"

"그래."

두세 시간을 내리 절만 올린 터라 옥씨 부인의 얼굴이 많이 지쳐 보였다. 가현이 걱정스럽게 보자, 옥씨 부인은 괘념치 말라는 듯 고개를 저으며 살짝 웃어 보였다.

"난 이만 들어가서 일찍 쉬어야겠다. 가현이 너도 함께 들어가련?"

"전 요 근처 산보만 좀 하다가 들어가겠습니다."

"혼자는 아니 되느니."

때마침 사가에서 가져온 짐 정리를 끝내고 그들 앞을 지나는 운이 보였다.

"운아."

마침 잘 되었다는 듯 옥씨 부인이 운을 불렀다. 그냥 부른 것인데도 이상하게 심장이 벌떡거렸다. 가현은 아무렇지 않은 척하며 어머니를 곁에서 운을 곁눈질로 보았다.

"부르셨습니까, 마님."

바로 달려온 운이 아래에서 머리를 조아렸다.

"가현이 산보를 한다고 하니, 네가 따라나서거라. 오래는 아니
되고 유시(17시-19시)까지 들어오너라."

"예, 마님."

운과 함께 산보하게 되었다니. 이게 웬 떡인가 싶어 가현은 냉큼
운을 따라 답했다.

"예, 어머니. 꼭 유시까지는 들어오겠습니다."

모처럼 나들이에 신이 났다고 여긴 옥씨 부인은 여식을 사랑스
럽게 쳐다보았다.

"마님, 방에 이불을 깔아 두었습니다."

저 멀리서 유모가 다가와 옥씨 부인을 불렀다. 돌아선 옥씨 부인
이 유모에게로 걸어갔다. 그리고는 몇 마디를 나누었다. 뒤늦게 두
사람이 산보를 하러 간다는 말을 들은 유모가 당혹스러운 표정을
지었으나, 옥씨 부인에게 가로막혀 따라나서지는 못했다. 가현은
어머니에게 끌려가는 유모를 살피곤 운을 향해 웃어 보였다.

"그럼 갈까?"

"예, 아가씨."

* * *

꽃분은 저녁상을 준비하고 있었다. 그때 석칠이 운을 대신하여 장
작을 들고 부엌간으로 들어섰다. 한창 나물을 무치던 꽃분은 운이

아니라 석칠이가 들어온 것에 의문을 표했다.

"장작은 운이 가지러 갔는데, 어째서 네가 왔어?"

"운은 가현 아가씨를 모시고 산보를 나갔다. 쳇, 운이는 하여튼 운도 좋아. 이름이 운이라서 그런가."

석칠은 시답지 않은 농담을 하며 낄낄 웃었다. 그리고는 곁눈질로 꽃분을 살폈다. 꽃분은 영 기분이 안 좋아 보였다. 사실 오늘만이 아니라 요 며칠 안색이 까칠했다.

"운이는 네게 마음이 없어 보이더라."

그게 다 운 때문이라는 것을 알기에 석칠은 꽃분의 마음을 대신 끊어 줄 요량으로 한마디 던졌다. 그게 오히려 역효과를 낸 것인지 꽃분이 단 한 번도 보지 못한 살벌한 눈으로 석칠을 쏘아보았다.

"네가 상관할 일이 아니야!"

"난, 그저!"

"장작은 그쪽에 놓아두고 얼른 나가렴. 저녁 준비하는 데 방해만 되니까."

날 선 그녀의 목소리에 못 이긴 석칠은 씨근덕거리며 나가 버렸다.

"머저리같이! 마음 한 자락 안 내주는 놈을 왜 그리 못 붙잡아 안달인 게야!"

쾅!

입구 쪽에 나뒹굴고 있던 가마솥 뚜껑을 발로 뻥 차고 나가 버리는 석칠을 죽일 듯이 노려보던 꽃분은 결국 화를 이기지 못하고 들고 있던 수저를 내팽개쳤다.

챙그랑!

요란한 소리와 함께 구석으로 가 박히는 꼴이 꼭 저 같아 더 성질이 났다.

도대체 운이 좋아하는 여자는 누구일까.

아무리 생각하여도 운과 접점을 가지고 있는 여노비는 없었다. 운은 원체 말이 없었고, 여노비들과 농담하나 주고받지 않았다.

"도대체 누구냐고."

꽃분은 이름 모를 여자를 노려보듯 허공을 노려보았다.

* * *

조금 그쳤던 비는 다시금 쏟아지기 시작했다. 심상치 않게 쏟아지는 거센 빗줄기에 중간에 길을 틀었으나, 이대로 비를 맞았다간 가현이 크게 앓을까 걱정이 되었다.

"잠시 비를 피해야겠습니다."

"그래야겠다."

운은 가현의 손을 덥석 잡고 비를 피할 곳을 찾았다.

그러던 중 운의 눈에 한 허름한 폐가가 보였다. 금방이라도 쓰러질 것 같은 폐가는 오랫동안 사람이 살지 않는 곳 같았다. 그 주위엔 사람의 손길을 받지 못한 풀이 허리 높이까지 무성하게 자라 있었다.

먼지가 가득하여 가현에게 해가 될까 걱정되었으나, 비를 맞는 것보다는 나았다. 운은 더는 망설이지 않고 가현을 이끌고 폐가 안으로 들어섰다.

"내일 일찍 산에서 내려가야 하는데 큰일이구나."

"내일이면 그칠 것이니 너무 걱정하지 마십시오."

살짝 찢어진 창호지 구멍 사이로 바깥을 살피던 운은 안심하라는 듯 가현을 향해 고개를 돌렸다. 그러다가 그만 멈칫했다. 가현의 옷이 전부 젖어 뽀얀 살을 그대로 드러내고 있었기 때문이었다.

안 그래도 오늘따라 얇고 옅은 색의 저고리를 입어 속살이 더 잘 보였다. 미간을 타고 흘러내리는 물방울은 턱 끝에 매달렸다가 가현의 뽀얀 가슴 위로 떨어져 내리길 반복했다.

밑에서부터 오르는 낯선 열기에 당황한 운이 황급히 고개를 돌렸다. 가현은 그의 변화를 알지 못하고 그저 구멍 사이로 보이는 하늘만 걱정스럽게 보았다.

그러다가 툭, 갑자기 무언가가 어깨 위에 내려앉는 걸 느끼곤 고개를 옆으로 돌렸다. 운이 입고 있던 저고리를 벗어 가현의 어깨에 덮어 준 것이다. 저는 맨몸을 그대로 드러내고 말이다.

"난 괜찮아! 그러다가 감모라도 걸리면 큰일인데 어찌하려고 내게 옷을 벗어 주는 것이야."

가현이 급히 옷을 건네려고 하자 운이 돌아서 가현의 손을 붙들었다. 크흠, 괜스레 헛기침한 운이 가현의 가슴 부근을 눈짓했다.

"그…… 보입니다."

"뭐가?"

"보인다고요."

답답하다는 듯 운이 미간을 좁히며 손으로 가리키자, 그제야 운의 말을 알아들은 가현이 순식간에 얼굴을 붉혔다.

세상에나!

이렇게 남세스러운 일이 다 있나.

가현은 황급히 운이 건네준 옷으로 몸을 가렸다. 심장이 미친 듯이 두근거렸다. 적막까지 흐르니 두 사람의 심장박동 소리가 더 크게 들리는 듯했다.

쿵쿵쿵.

심장박동은 가라앉지 않고 더 빨라졌다. 온 신경이 팔딱거리고 괜스레 마른침만 꼴깍 삼키는 때였다.

저도 모르게 손으로 바닥을 짚다가 운의 손가락과 닿고 만 가현은 그만 황급히 손을 떼려고 했다. 그러나 운이 그 손을 잡아당겼다. 그대로 운의 품 안으로 들어가게 된 가현의 심장은 금방이라도 밖으로 나올 정도로 크게 뛰었다.

"운아."

운을 부르는 가현의 목소리가 미세하게 흔들렸다.

그녀의 맑고 선명한 검은 눈동자도 떨렸다. 가현의 얇은 허리를 붙든 채 그녀를 가만히 내려다보던 운이 조심스럽게 고개를 내려 입을 맞추었다. 반사적으로 몸을 굳혔으나 가현은 피하지는 않았다. 운이 내주는 뜨거운 숨결을 따라 입을 벌렸다.

서서히 벌어지는 입 안을 파고 들어간 운이 조심스럽게 가현을 눕혔다. 동시에 운이 혀끝으로 입천장을 훑자, 발가락이 오그라들었다.

"흐읏!"

순간 가현이 옅게 신음을 흘렸다. 그녀의 소리가 그를 더 자극했다. 계속해서 가현의 입천장을 쓸어내리던 그가 혀로 옭아매듯 그녀의 혀를 잡아당겼다. 가현의 어깨가 파르르 떨렸다. 내내 허공을 배회하던 운의 손이 가현의 가슴께에 닿은 건 그때였다.

망설이는 듯 가현의 옷고름을 만지작거리던 운이 천천히 옷고름을 풀었다.

드러난 가슴은 빗물에 젖어 탐스러운 꽃처럼 물기를 머금고 있었다. 배회하듯 쇄골과 가슴 주위를 쓸어내리던 그의 손가락이 이윽고 가슴께에 닿았다. 오래된 노동으로 굳은살이 박인 그의 손가락 끝이 음률을 타듯 살갗을 더듬을 때마다 솜털이 바짝 솟았다.

그저 몽롱하게 눈을 치뜨고 있던 가현은 그의 거침없는 행위에 놀라 순간 바르작거렸다. 이미 이성의 끈을 놓아 버린 운은 멈추지 않았다. 운이 입술로 가현의 턱 밑을 미끄러지듯 내려갔다. 입술로 지분거리던 그가 이로 여린 목덜미를 깨물었다.

헉!

"우, 운아!"

이대로 있다가는 정말 그와 일을 칠 것 같아 순간 불쑥 두려움이 찾아왔다. 가현의 새된 목소리에 뒤늦게 운이 이성을 차렸다.

아, 이런.

도대체 제가 무슨 짓을 저지르려고 하였단 말인가.

가현에 대한 욕망으로 탁해져 있던 그의 눈동자가 순식간에 원래대로 돌아왔다. 잇새로 나지막하게 욕설을 내뱉은 운은 서둘러 가현의 저고리를 꽁꽁 매어 주었다. 그리고는 얼어붙어 있는 가현을 조심스럽게 일으켜 주었다.

가현은 운과 눈이 마주치자 부끄러운지 얼굴을 붉히며 시선을 피했다.

하아.

짧게 한숨을 뱉어 낸 운이 가현의 허리를 잡아 제 품에 안았다. 맞닿은 두 사람의 심장이 튀어나올 것처럼 빠르게 뛰었다.

어깨가 들썩일 정도로 거칠기만 하던 숨결이 이따금 들려오는 빗소리에 씻겨 내려가듯 서서히 차분해졌다. 조금 차분해진 운은 안심하라는 듯 가현의 뒤통수를 부드럽게 쓰다듬어 주었다. 그러다가도 여태 남아 있는 감정에 참지 못하고 그녀의 목덜미 부근을 입술로 지분거렸다.

"송구합니다, 아가씨."

그가 입술을 움직일 때마다 뜨거운 숨결이 피부에 닿아 간질거렸다.

"아, 아니다 운아."

"다시는 이런 일 없을 겁니다."

"으응."

가현은 어쩐지 다행이다 싶으면서도 이상하게 서운했다. 가현은 알 수 없는 제 마음을 감추며 그의 탄탄한 상체에 이마를 기대었다.

뿌연 김이 목간을 가득 에워쌌다. 두 명은 충분히 들어갈 것 같은 목간통 안에 들어가 앉아 있던 가현은 순간 아까 전 일을 떠올리곤 얼굴을 붉혔다. 운은 절 앞에 도착해서까지 연신 가현에게 미안하다며 사과했다. 그러나 사실 싫지 않았다. 오히려…….

"좋았어."

발가락이 오그라들고, 아랫배가 저릿한 게 낯설고 무섭긴 하였으나. 이상하게 싫지 않았다. 만약 그녀 역시 이성을 차리지 못했다면 운이 하는 대로 그냥 내버려 두었을 것이다.

"아가씨, 저 꽃분이여요."

운과의 일을 떠올리며 실실 웃고 있던 가현은 그만 우뚝 멈추고 문 쪽을 돌아보았다.

"저 들어갑니다."

"어, 응. 들어와."

당황하던 가현이 서둘러 꽃분에게 답했다. 꽃분은 기다렸다는 듯 문을 열고 안으로 들어섰다. 그녀의 손엔 마른 천이 들려 있었다.

"유모께서 마님의 시중을 드시느라, 아가씨 목욕 시중을 대신하러 왔습니다."

"아, 그래."

가현은 이상하게 꽃분이 어색하고 불편했다. 꽃분 역시 마찬가지인지 어색하게 웃다가 조심스럽게 다가와 가현의 뒤에 쭈그려 앉았다. 그리고는 제가 들고 온 천을 물에 담가 적신 뒤 가현의 등과 어깨를 닦아 주기 시작했다.

그러다가 문득 꽃분의 눈에 이상한 것이 잡혔다. 원체 새하얀 피부를 가지고 있어서 그런지 목덜미 한 부근에 붉고 동그란 반점이 선명하게 드러나 있었다. 꼭 뭐에 물린 것도 같았다.

"벌레가 있나?"

저도 모르게 중얼거리는데, 가현이 고개를 갸웃하며 꽃분을 돌아보았다.

"모기?"

"예, 벌레에 물린 듯합니다."

"난 물린 적이 없는데."

이상하네?

고개를 갸웃거리는데, 꽃분이 손으로 직접 목덜미를 가리켰다.

"목덜미에 이렇게 붉은 반점이 있는 걸요."

"그래? 진짜 물렸…….'"

헉.

설마, 그게 그것인가.

분명 운이 목덜미를 깨물기를 반복하며 빨아 당겼었다. 뒤늦게 그걸 기억해 낸 가현은 순간 목덜미까지 시뻘겋게 달아올랐다. 꽃분은 이상하다는 듯 가현을 보며 물었다.

"갑자기 얼굴이 왜 그리 벌게지십니까?"

"무, 물이 너무 뜨거워서! 그나저나 진짜 벌레가 있었는가 보다. 사실 아까 산보하다가 살짝 가려웠거든. 난 또 나뭇잎에 긁힌 줄 알았는데. 그게 아니었나 봐."

"산중이라 벌레가 많으니 조심하세요, 아가씨. 이상한 벌레에 물리기라도 하면 정말 큰일입니다."

"내 명심하마."

가현은 벌렁거리는 심장을 붙들며 꽃분에게 순순히 고개를 끄덕여 주었다.

다음날 다행히 일찍 비가 멈춰 그들은 안전하게 산에서 내려올 수 있었다.

* * *

　운과 가현은 이후 사람들이 보이지 않는 곳에서 꼭 붙어 입을 맞추며 연모의 감정을 싹틔 갔다. 그러나 그 감정의 싹은 어느 순간 두려움으로 뒤바뀌었다.

　"아이고 세상에, 저 댁 마님이 글쎄!"

　또다시 유모에게 붙들려 별채에 틀어박혀 서책을 읽고 있는 때였다. 저잣거리에 옥씨 부인의 심부름을 나갔던 여노비가 소란스럽게 대문을 열고 들어왔다.

　"큰일 났어, 큰일!"

　대문 안팎으로 소란스러웠고, 가현의 집 식솔뿐만 아니라 주위에 사는 사람들 모두가 나와 있었다.

　도대체 무슨 사달이 벌어졌길래 이렇게 난리가 났나 싶어 대문을 열고 나간 가현은 그녀와 그다지 멀리 떨어져 있지 않은 곳에서 소란이 일어나는 걸 보게 되었다. 운은 언제부터 나와 있었던 건지 대문 아래에 계단에 서서 그곳을 바라보고 있었다.

　그때, 장정 둘이 피투성이가 된 청년 하나를 질질 끌고 대문 밖으로 나왔다. 양팔을 붙들린 채 반쯤 누워 끌려 나오고 있는 사내는 분간이 가지 않을 정도로 피로 얼굴이 얼룩져 있었다.

　"아버님!"

　뒤이어 소복을 입은 여인이 노인의 손에 질질 끌려 나왔다.

　"자, 보아라!"

　노인은 인정사정없이 여인을 땅바닥에 내팽개치며 주위를 향해 소리쳤다.

"이 천인공노할 계집이 노비 놈과 놀아났다!"

노인의 외침에 주위에 몰려 있던 사람들이 수군거렸다.

"어머, 웬일이야."

"세상에, 저 마님 시집온 지 얼마 지나지 않아 남편이 객사했잖아?"

"그래?"

"하도 외로워 노비라도 찾았나 보네, 쯧쯧."

"하긴 평생을 골방에 갇혀 독수공방 신세로 지내야 하니까."

가현은 사람들의 말소리가 들리지 않았다. 그저 창백하게 질린 얼굴로 눈물을 쏟아 내며 저 앞에서 무릎을 꿇고 앉아 있는 여인과 지척에서 쓰러져 있는 피투성이의 사내만 보였다.

그들은 마치 가현의 미래 같았다. 순간 마음속의 무언가가 와장창 깨지는 기분이었다. 온 신경을 타고 올라오는 서늘함에 순간 온몸이 떨렸다.

그때, 운이 천천히 돌아서 가현을 보았다.

그의 눈은 모든 일을 예견하고 있는 사람처럼 평온해 보였다. 운은 눈으로 그렇게 말하고 있었다. 제가 말씀드리지 않았느냐고. 가현은 문득 그날 그가 했던 말을 떠올렸다.

'저와 아가씨의 미래가 보이기 때문입니다. 해서 받아들이지 못했습니다. 해서 받을 수 없었습니다. 한데 그런 마음 헤아릴 수 없을 정도로 이 노비가 아가씨를 연모한다면, 아가씨는 어찌하시겠습니까?'

상상만 하는 것과 현실로 보는 것은 달랐다. 가현은 덜덜 떨리는 손으로 치맛자락을 붙들었다.

"저놈을 매우 쳐라!"

노인의 목소리가 크게 울려 가현의 심장까지 닿았다.

노인의 명령에 장정들이 두툼한 장작으로 안 그래도 거의 다 죽어 가는 사내를 미친 듯이 패기 시작했다. 여인은 그저 악을 쓰며 울어 댔다.

"아아아아악!"

바르작거리던 사내의 숨이 멎은 건 그때였다. 사람들은 그만 참혹한 광경에 고개를 돌렸다. 하지만 가현은 두 눈을 똑바로 뜨고 멍하니 그들을 지켜보았다. 운이 제 시야를 가로막을 때까지.

가현의 시선이 그의 눈으로 향했다. 거친 파도에 휩쓸린 배처럼 크게 일렁이는 눈으로 그를 마주 보며 가현이 말했다.

운아, 이젠 나도 두렵구나.

운 또한 눈으로 물었다.

무엇이 말입니까.

네가, 저리 처참한 몰골로 내 곁에서 사라져 버릴까 봐.

그것이 참으로 두렵다, 운아.

가현은 운을 외면하듯 두 눈을 부여 감고 돌아섰다. 운은 그런 그녀를 차마 잡지 못하고 쓰린 눈으로 지켜보았다.

홀연히 별채로 돌아와 방 안으로 들어선 가현은 그대로 쓰러지듯 주저앉았다. 상상은 언제나 해 보았다. 만약 운과 나 사이의 일을 모두가 알게 된다면……

"아, 안 돼."

결코 안 된다. 그러면 운은 죽는다. 그게 가현을 아프게 했다. 두렵게 했다. 무섭게 했다. 갑자기 몸에 한기가 들었다. 그날 밤 가현은 경기를 일으키며 심한 열병을 앓기 시작했다. 결국 혼절까지 하고 말았다.

* * *

"으음……."

거의 이틀 가까이 앓던 가현이 천천히 눈꺼풀을 들어 올렸다.

"에구머니나, 아가씨!"

놀란 유모가 서둘러 자리에서 일어나 사람들을 불렀다. 유모의 큰 외침에 부리나케 들어온 옥씨 부인은 가현의 곁에 앉아 그녀의 손을 잡았다.

"아가, 정신이 드는 것이야?"

자신이 혼절했다는 걸 인지하지 못한 가현은 어머니의 까칠한 안색을 걱정하며 딱지가 앉을 정도로 마른 입술을 달싹였다.

"얼굴이 많이 상했어요, 어머니."

"못난 것. 지금 내 얼굴 걱정할 때야? 갑자기 네가 혼절하여 이 어미 가슴이 새까맣게 타 버릴 뻔했단다."

"혼절을 했어요?"

옥씨 부인의 말에 가현이 눈을 동그랗게 떴다. 내가 혼절을 했다니. 도대체 왜 혼절…….

순간 가현은 그때 일을 떠올렸다.

참혹하게 죽어 가던 노비와 그걸 견디지 못하고 발악하다가 쓰러지던 반가의 여인을 떠올린 가현의 안색이 다시금 창백해졌다. 갑자기 또다시 안 좋아진 가현의 낯빛에 옥씨 부인이 뒤에서 있던 유모에게 서둘러 일렀다.

"어서 의원을 불러오라, 어서!"

"예, 마님!"

놀란 유모가 뛰듯 방을 나섰다. 문지방 너머에 장정의 사내가 우두커니 서서 가현을 보고 있었다. 운이었다. 문틈 사이로 그를 멍하니 바라보던 가현은 그대로 운의 눈을 피해 버렸다. 그러곤 눈을 감아 버렸다.

가현은 다행히 무탈하게 일어났다. 그러나 가현이 어딘가 좀 이상해졌다. 매번 방긋거리며 웃던 가현은 어디에도 없었다.

"아가씨, 출타하세요?"

그로 인해 노비들은 전부 가현의 눈치를 살피며 발걸음 소리를 죽이고 다녔다.

별채를 지나갈 땐 아예 숨소리조차 내지 않았다. 도통 밖으로 나오지 않고 방에만 틀어박혀 있던 가현이 밖으로 나오자, 마당을 쓸고 있던 석칠이 반색하며 물었다. 붉은색 쓰개치마를 머리에 쓰던 가현은 입을 꾹 다문 채 무표정으로 그에게 고개를 끄덕였다. 그러곤 쌩하니 석칠을 지나쳤다.

매번 곧잘 인사를 해 주던 가현이었는데. 석칠은 머쓱하게 별채 문을 나서는 가현을 지켜보다가 뒷머리를 긁적였다.

"열흘을 앓아누우시더니 성격까지 바뀐 모양이야."

허공을 향해 혼잣말하면서.

한편, 마당에서 장작을 패고 있던 운은 그날 이후 처음 나오는 가현을 보곤 서둘러 손에서 도끼를 내렸다. 별채를 나서 마당으로 나오던 가현은 뒤늦게 운을 발견하곤 멈칫했다. 운은 걱정스러운 표정으로 그녀를 살피다가 한 걸음 다가섰다. 그러나 가현은 그대로 운을 피해 버렸다. 마치 못 볼 걸 보았다는 듯.

그날 보았던 게 헛것이 아니었다. 가현은 분명 문틈으로 자신을 보았던 것이다. 운은 자신과 눈이 마주쳤는데도 눈을 피해 버린 게 착각이라고 생각했다. 그런데 가현이 운을 피하고 있었다. 그날 그 끔찍한 광경을 눈으로 목격한 뒤로 말이다.

'후회하세요?'

운은 차마 묻지 못한 채, 그저 멀거니 서서 저를 피하듯 빠르게 걸어가 버리는 가현을 지켜보았다.

* * *

"아팠다더니, 이리 나와도 되는 것이야? 내가 집으로 직접 간다니깐."

가현은 최가 도령이 보낸 서찰을 받고 길을 나선 길이었다. 가현은 괜찮다는 듯 고개를 저으며 앞에 놓인 찻잔을 들어 올렸다. 최근 저잣거리 한복판에 생긴 찻집은 기품 있는 여주인을 닮은 단아한 멋과 고급스러운 차로 명성을 얻은 곳이었다.

이렇게 나오니 기분이 한결 가벼워졌다. 적막한 집과 다르게 찻집

주변은 상인들과 나들이를 나온 사람들로 시끌벅적했다.

붉은색의 작은 구슬이 줄줄이 매달린 가림막이 바람에 나부껴 맑은 소리를 냈다. 가현은 그 사이로 찻집을 지나다니는 사람들의 행복한 얼굴을 물끄러미 내려다보았다. 질투가 날 정도로, 그늘 하나 없는 저들의 얼굴이 갑자기 보기가 싫어졌다.

외면해 버리듯 그들에게서 눈을 돌린 가현이 제 앞에 앉아 차를 마시고 있는 최가 도령을 보았다.

"계속 방에만 있었더니 갑갑하던 참이었다. 그나저나 내게 무슨 볼일인데?"

가현의 물음에 최가 도령이 얇은 입술을 길게 늘이며 눈을 빛냈다.

"네 생각이 듣고 싶어서. 그래, 결정은 하였느냐?"

아…….

새까맣게 잊고 있었다.

최가 도령의 청혼을 완전히 잊고 있던 가현은 입술을 지그시 물었다. 가현을 유심히 바라보던 최가 도령의 눈썹 끝이 올라갔다.

"잊었구만?"

"음, 미안. 내가 좀……."

"내 그럴 줄 알았다."

최가 도령이 조금 허탈하다는 듯 웃어 보였다.

"넌 언제나 날 하찮게 보지 않았냐. 하긴 내 팔뚝을 깨문 뒤부터 난 너의 수하나 다름없으니."

그의 비아냥에 가현이 서둘러 손을 내저었다.

"그런 것이 아니다. 널 친우로 대하는데 수하라니. 당치않다.

그리고 옛날 일은 네 잘못이지."

일순간 가현의 눈초리가 새초롬해졌다.

"운이 어머니께서 남긴 유품을 빼앗은 걸로도 모자라 온통 피멍이 들게 패지 않았느냐!"

조금 전까지 파리한 안색으로 앉아 있더니. 운의 얘기를 꺼내자마자 가현이 되살아났다.

창백하던 두 볼은 붉게 물들었고, 썩은 동태 눈깔처럼 흐리멍덩하던 눈은 초롱초롱해졌다. 최가 도령은 어쩐지 안심이 되면서도 속이 쓰렸다. 큰 폭의 옥빛 소매를 펄럭이며 팔을 들어 올린 최가 도령이 쓴 속을 차로 달래기 위해 찻잔을 집어 벌컥벌컥 들이켰다.

그리고는 탁! 소리 나게 테이블 위에 내려놓았다.

"됐다, 됐어. 내가 미쳤지. 내 팔뚝에 깊은 상흔을 낸 너와 혼인을 하려고 했다니."

"그래, 미친 생각이다. 내가 나머지 팔뚝도 그리 만들지 어떻게 알고 넌 겁도 없이 내게 혼인을 청했느냐?"

"흥, 그래서 지금 몹시 후회 중이다."

"아아, 그러셔."

"예예. 그렇습니다, 아가씨."

가현의 입에서 꽃망울이 터지듯 웃음소리가 맑게 터져 나왔다. 그처럼 맑은 소리는 주변 이들의 시선이 모일 정도였다.

"그래, 네 운이는 잘 지내고?"

가현의 웃음소리는 최가 도령의 물음에 금세 사그라들었다.

"그렇지, 뭐."

가현의 입가엔 맑은 웃음 대신 씁쓸한 미소만 남았다. 최가 도령은 날 선 눈으로 가현의 얼굴을 살피다가 슬쩍 앞에 놓인 유과 하나를 집어먹었다.

"네가 앓던 날, 큰일이 있었다지. 학자 가문으로 이름을 떨치던 집안의 며느리가 노비와 그렇고 그런 사이라는 게 밝혀져 집안이 풍비박산이 났단다."

유유히 유과를 먹으며 최가 도령이 곁눈질로 가현의 얼굴을 살폈다.

순식간에 백지장이 된 얼굴 하며, 상위에 올린 손이 미세하게 떨리는 걸 보아 가현은 필시 그것을 보고 놀란 것일 테다. 어쩌면 가현에겐 독보다는 약이 되었을 것이다.

자신이 운을 가지려 드는 순간, 그는 그대로 죽게 될 것이라는 걸 깨닫게 되지 않았는가. 가현이 저와 혼인을 하지 않더라도, 최가 도령은 가현이 그놈만은 원하지 않길 바랐다.

두 사람을 위해서였다.

가현의 집안은 춘국에서 무시 못 할 권력 가문이었다. 옥씨 부인의 친정 역시 유서 깊은 가문이었다. 서 대감은 분명 좋은 사람이었다. 하나, 가현이 노비와 그렇고 그런 사이라는 걸 알게 된다면 아마 그 며느리와 정분을 쌓다가 죽어 버린 놈보다 더 악독한 죽음을 맞이하게 될 게 분명했다.

최가 도령은 한입밖에 남지 않은 유과를 꿀꺽 삼키며 손에 묻은 걸 털었다.

"노비는 그 자리에서 죽었단다. 그리고 며느리는 그날 갇힌 제 방에서 목을 매어 죽었다지. 참으로 비참한 운명이 아니더냐."

최가 도령은 안 그래도 나약해진 가현의 마음에 철옹성 같은 대못을 박았다. 더는 허튼 생각조차 하지 못하도록. 그리고 최가 도령의 뜻은 가현에게 제대로 먹혀들었다. 가현은 운이 다가올라치면 그대로 도망쳤고, 그와 눈도 마주치지 않았다.

* * *

"쯧쯧, 너 또 가현이 아가씨와 다투었느냐?"

며칠째 가현이 운에게 쌀쌀맞게 대하자 반신반의하며 지켜보던 사람들은 하나둘 두 사람이 또 다투었다고 생각했다.

사실 가현은 어릴 적부터 운과 소란을 일으켰었고, 운은 매번 가현을 쌀쌀맞게 대했다. 참으로 우스운 일이 아닌가. 귀한 댁 여식이 남노비 뒤를 졸졸 쫓아다니다가 제풀에 꺾여 운다는 것이 말이다.

어릴 땐 그것이 귀여워 서가의 노비들은 두 사람을 보며 웃었었다. 그래서 누구도 두 사람의 사이를 의심하지 않았다. 아니, 이번에도 또 운이 가현 아가씨를 무시해 화가 난 걸로 착각했다.

"넌 도대체 왜 그렇게 아가씨와 다투는 거야? 가현 아가씨는 왜 이런 놈에게 관심을 두는 것인지. 차라리 날 졸졸 쫓아다니면 내가 매번 업어 드릴 텐데."

퍽퍽!

석칠의 말이 끝나기도 전에 운의 삽질 소리가 커졌다. 갑자기 살벌한 기색을 보이며 땅을 파는 운에게 당황한 석칠이 주춤거리며 뒤로 물러섰다.

"아, 아니 나는 좀 잘 대하라는 것이지."

운은 그대로 삽을 내던져 버렸다. 거칠게 내던져진 삽이 그대로 땅에 파묻혔다. 처박히면서 흙 묻은 작은 돌멩이가 사방으로 튀었다. 가라앉은 눈으로 돌아선 운은 담 너머 조금 보이는 별채 지붕을 응시했다.

* * *

유모는 급한 일이 있다며 꽃분을 대신 들여보냈다. 가현은 꽃분이 영 불편했다. 그녀는 어쨌든 운과 혼인을 하려고 했었던 사람이니까.

그러나…… 이젠 상관없는 것일까.

운과 나는…….

"아가씨, 제게 무슨 하실 말씀 있으셔요?"

고운 자태로 앉아 수틀을 놓던 꽃분은 빤히 쳐다보는 가현이 이상해 고개를 기울였다. 가현은 아무것도 아니라는 듯 고개를 저었다. 그리고는 급히 고개를 내려 수틀에 집중했다. 그런 그녀가 좀 이상하여 보고 있는데, 갑자기 석칠이 뛰어 들어왔다.

"고양이가 글쎄 꽃밭을 엉망으로 만들었지 뭐예요!"

"고양이가 헤집어 놨다고?"

가현이 눈을 동그랗게 뜨고 묻자 석칠이 황급히 고개를 끄덕거렸다.

"예, 고양이가 헤집어 놓은 게 분명하다니까요!"

꽃밭은 별채 뒤에 있었는데, 가현이 애지중지하는 꽃들과 나무로 가득했다. 수틀을 밀친 가현이 서둘러 자리에서 일어섰다. 꽃분도 덩달아 일어나려고 하자, 가현이 막아 세웠다.

"넌 되었으니, 방에 있으렴."

가현의 말대로 그렇게 큰일은 아닌지라.

"예, 아가씨."

꽃분은 가현의 말에 순순히 따랐다. 가현은 서둘러 석칠과 함께 별채 뒤뜰로 향했다. 석칠의 말대로 꽃밭은 온통 헤집어져 있었다. 그런데 가만 보니 고양이의 짓이 아니었다. 움푹 파인 자국으로 보아……

"삽?"

"전 어서 가서 행랑아범을 불러오겠습니다. 지금 바로 손보지 않으면 꽃이 죽겠어요!"

석칠은 그사이에 부리나케 뛰어가 버렸다. 사실 이 꽃은 춘국이 비할 바가 못 되는 대제국 대호국에서 건너온 씨앗으로 몹시 귀해 값이 비쌌다. 그런데, 꽃밭을 관리하는 사람이 바로 석칠이었으니, 잘못하면 그가 죄다 뒤집어쓰게 될 판이었다.

하지만 가현은 그럴 생각이 전혀 없었다. 다만, 도대체 이 삽에 파인 흔적 같은 것은 무엇인지 골똘히 생각에 잠겼다. 엉망이 된 꽃밭을 유심히 보는데, 갑자기 뒤에서 그림자가 드리워졌다.

"읍!"

동시에 누군가 가현의 입을 틀어막았다. 가현의 조막만 한 얼굴을 반은 가릴 정도로 커다란 손은 굳은살이 박여있어서 까칠했다. 놀란 가현은 버둥거리며 난리를 치다가 뒤늦게 콧속으로 스며들어 오는 익숙한 냄새에 발버둥을 멈추었다.

흙냄새와 뒤섞인 풀잎 냄새는 운의 것이었다.

"도통 나오질 않아, 꽃밭 좀 살짝 건드려 놓았습니다. 나중에 꽃밭은 다시 살펴 드릴 테니 걱정하지 마세요."

"……."

"얌전히 따라나서요."

운은 가현의 귓가에 낮게 속삭였다.

그의 목소리는 분노를 억누르고 있어 평소보다 거칠었다. 가현은 순순히 운이 이끄는 대로 뒤뜰을 나섰다. 운은 말없이 가현을 어깨에 짊어진 채로 뒤뜰을 훌쩍 넘어 뒷산으로 향했다.

그곳엔 쓰지 않은 지 오래된 곳간 하나가 있었다. 지형도 매우 험해 오는 사람이 없었다.

짚더미와 먼지가 가득한 곳간 안으로 들어선 운은 그대로 가현을 내려 주었다. 휘청거리다가 풀썩 주저앉은 가현은 매우 혼란스러운 눈으로 운을 올려다보았다. 문이 꽉 닫혀 있어 안은 어두컴컴했기 때문에 그의 표정이 보이지 않았다.

갈라진 문틈 사이로 흘러들어오는 빛에 반사된 그의 새까만 눈동자는 분노로 얼어붙어 있었다. 숨조차 제대로 쉬지 못할 정도로 싸늘하게 얼어붙은 시선이 코앞에서 가현을 노려보고 있었다.

가현은 입술 끝을 지그시 물며 치밀어 오르는 눈물을 애써 눌렀다. 억지로 운을 보지 않은 새에 그의 얼굴이 많이 상해 있었다. 더 짙어진 눈은 그동안의 외면에 대한 상처와 외로움으로 가득해 보기만 해도 가슴을 먹먹하게 했다.

단단히 붙들었던 마음이 그의 상처 입은 눈빛에 서서히 풀어지는 게 느껴졌다.

"운아."

"후회하십니까?"

"뭐?"

"그렇게 쉽게 후회할 거면, 그냥 내버려 뒀어야지."

분노를 억누르듯 턱 끝에 힘을 줬는지, 그의 목소리가 짓눌려서 새어 나왔다. 그는 허리를 숙이곤 주저앉아 있는 가현의 턱을 부서질 듯 틀어쥐어 저를 보게 했다.

"아니면 겁납니까."

코앞으로 다가와 있는 그의 새까만 동공이 분노로 들끓고 있었다. 그 사이로 보이는 초조함은 가현의 대답을 기다리면서도 한편으로는 듣기 싫어하는 듯했다. 가현은 오랜만에 가까이에서 보는 그의 얼굴이 좋으면서도 두려웠다.

"두렵다."

그날 이후 가현은 매일 밤 악몽을 꾸었다. 그날 짐승처럼 맞아 죽은 노비는 운이 되었고, 악을 지르다가 경기를 일으키며 쓰러진 여자는 자신이 되었다. 하도 꾸니, 이젠 현실인지 아니면 꿈인지 분간이 가지 않을 정도였다. 가현의 눈가가 서서히 붉어졌다.

"난 두렵다, 운아."

덩달아 운의 눈가도 빨갛게 번졌다.

"들킬까 봐 그리도 두려우셨으면, 처음부터 날 건드리지 말았어야지."

운의 목소리가 점점 격양되었다. 꽉 누르고 있던 분노가 쏟아지는 듯했다. 가현의 턱에서 손을 뗀 운이 이번엔 그녀의 양어깨를 붙들었다.

"왜 건드려서는 사람 미치게 만드는 건데요."

안다. 가현이 무엇을 두려워하는 것인지. 머리로는 알지만, 심장은 아니었다. 설사 그날 일보다 끔찍한 일이 벌어져도 자신의 손을 놓지 않기를 바랐다. 그냥 철없는 어린아이처럼 자신만 보고 따라왔으면 했다. 운은 서글픔을 분노로 표출하듯 부러 이죽거렸다.

"하찮은 노비라 갖고 놀다 버려도 아무 말 못 할 거라고 생각했습니까?"

힘주어 붙드는 그의 손에 어깨가 부서질 것처럼 아렸으나, 그보다 더 고통스러운 건 운이 울 것 같은 눈으로 절 보고 있다는 것이었다.

"난 두렵다 운아. 네가 그 노비처럼 맞아 죽어 버릴까 봐. 그래서 더는 네가 같은 하늘 아래 있지 못할까 봐."

들킬까 봐 두려운 것이 아니었다. 사람들의 손가락질? 그딴 게 두려웠으면 시작도 하지 않았을 거였다. 아니, 운을 거들떠보지도 않았겠지. 가현은 손을 들어 운의 양 볼을 감쌌다. 그녀의 손끝이 미세하게 흔들렸다.

"운아, 네가 이 세상에 사라지는 상상만 해도."

운의 숨소리가 거칠어졌다. 그의 뜨겁고 거친 숨결이 가현의 눈물과 섞여 들어갔다.

"난 죽고 싶구나."

눈가가 파르르 떨릴 정도로 가현을 쏘아보던 운이 이내 참지 못하고 가현의 가녀린 목덜미를 틀어쥐었다.

그러곤 고개를 내려 가현의 여린 입술을 쥐어뜯듯 깨물다가 입안을 파고들었다. 가현은 그가 주는 벌을 고스란히 받듯 눈을 지그시 내리깔았다. 그 사이로 떨어진 눈물방울이 볼 아래를 미끄러지듯 타고 내려와 턱 끝에 매달렸다가 툭, 바닥으로 떨어졌다.

숨이 막힐 정도로 입 안 곳곳을 훑던 그가 조금 멀어지며 입술을 달싹였다. 그의 달싹임에 아슬아슬하게 맞닿아 있는 입술이 간지러웠다.

"안 멈춰요, 나."

운은 그 말을 증명하듯 가현의 저고리를 거칠게 당기듯 벗겼다. 불룩 튀어나와 있는 가슴께에 동동 매어진 치마끈도 잡아 뜯으며 풀었다. 그대로 고개를 숙인 운이 가현의 목덜미를 깨물었다.

이맘때의 남노비들은 일찍이 여노비들과 육체적인 관계를 맺었다. 아니면 대가댁 마님들의 눈에 띄어 순결을 잃는 경우도 종종 있었다.

만약 운이 서가 댁이 아닌 다른 댁에 있었다면, 운 같은 노비는 벌써 순결을 잃었을 것이다. 마님이든 여노비든 튼실한 허벅지와 잔근육으로 이뤄진 탄탄한 상체를 가진 그를 누가 마다할 수 있겠는가. 득달같이 달려들게 분명했다.

서가 댁은 뼛속까지 고고한 옥씨 부인이 있는 곳이었기 때문에 여노비들도 웬만하면 혼인을 하기 전까지는 순결을 지켰다. 혹여나 남노비가 욕망에 눈이 멀어 여노비를 겁간할 경우엔, 매질해 내쫓았다.

운은 가현 외엔 다른 여자들은 거들떠보지도 않았기에 이런 일에 관심을 두지 않았다. 그래서 그에겐 가현이 첫 여자였다.

운은 거친 듯 서툰 손길로 검은 수풀을 가르고 들어가 음부를 더듬거리며 입 안쪽을 혀끝으로 쓸어내렸다.

"으음."

가현이 저도 모르게 신음을 흘렸다. 바들바들 떨리던 발가락 끝이 베베 꼬였다.

하아……. 하…….

서로의 숨결이 뒤섞여 이따금 뜨거운 입김이 공중으로 떠올랐다가 사라졌다. 가현의 입 안 곳곳을 거칠게 탐하면서 운은 서툰 손길로 아래를 부드럽게 풀어 주려고 노력했다. 아무리 무지하다고는 하나, 남노비들 사이에 있으면 듣지 않으려 해도 들리는 것이 있었다. 여인들의 처음은 고통을 동반할 수 있으니 섬세하게 다뤄야 한다던 가 하는 말들.

그땐 귀담아듣지 않았던 말들이 새삼 떠올라 운은 최대한 풀기 위해 노력했다. 음부 주변을 더듬거리던 운의 손가락이 조심스럽게 내벽 안을 밀고 들어오자, 가현이 바르작거리며 튀어 올랐다.

"아!"

갑작스러운 신음에 조금 놀란 운이 입술을 떼며 가현을 살폈다. 그의 새까만 눈에 걱정이 스쳤다.

"아프십니까?"

혹여, 제 서툰 손길에 그녀가 아파하는 게 아닐까 염려가 되었다.

"아니, 그것이 아니라……."

새하얀 목을 벌겋게 물들인 가현이 입술을 지그시 물며 그의 시선을 피했다. 어쩐지 아프기보단 다른 것 때문에 소리를 낸 듯했다. 걱정으로 물들어 있던 운의 시선이 누그러졌다.

그는 손을 뻗어 긴장으로 굳은 가현의 몸을 부드럽게 쓸어내렸다. 험한 일로 굳은살이 박인 손가락이 여린 피부를 간질일 때마다 가현이 움찔거렸다. 운은 보기 좋게 솟은 새하얀 가슴을 탐색하듯 훑어 내리다가 고개를 내려 바짝 솟은 젖꼭지를 가볍게 물었다.

하, 아…….

아픈 듯 미세한 간질거림에 벌어진 가현의 입술이 들썩였다.

붉은 열매처럼 달달한 젖꼭지를 잘근잘근 씹다가 혀끝으로 굴리기를 반복하던 운의 입술은 미끄러지듯 납작한 배로 내려갔다. 가현의 몸에서 나는 이름 모를 풀꽃 향기가 코끝을 깊숙이 파고들었다. 미약하던 그녀의 향기가 짙어질수록 숨이 막혀 왔다. 운은 그녀의 향기를 깊이 들이마시며 온몸 구석구석에 붉은 꽃을 남겼다.

아래로 이어지는 그의 애무에 가현의 숨이 가빠졌다. 이따금 그녀의 잇새로 신음이 흘러나왔다. 그는 가현의 몸을 탐색하며, 동시에 손을 밑으로 내렸다. 촉촉하고 미끄덩한 느낌이 손끝에 닿았다. 운은 손가락을 위아래로 부드럽게 움직였다.

"하읏."

울컥, 무언가 뜨끈한 것이 아래에서 흘러내리는 듯했다.

"하아."

낯선 열기에 가현이 연신 가쁜 숨을 내뱉었다. 고개를 들어 올린 운은 다시 위로 올라와 그녀와 시선을 마주했다. 그는 짧게 가현에게 입을 맞추며 나지막하게 그녀를 불렀다.

"아가씨."

조금 갈라진 그의 목소리가 귓가에 울리자, 발끝이 오그라들었다. 고개를 숙여 목덜미를 살짝 깨문 운이 이따금 그녀를 불렀다. 약간의 통증과 함께 올라오는 묘한 쾌감에 가현이 움찔거렸다. 내내 목덜미를 잘근거리며 물어뜯던 그가 고개를 들어 이번엔 귓불을 깨물었다.

순간 몰려오는 간지러움에 가현이 몸을 부르르 떨었다. 작은 자극에도 움찔거리는 그녀를 사랑스럽다는 듯 바라보던 운이 차례대로 이마와 미간, 작은 코 그리고 입술에 자잘한 입맞춤을 했다. 그의 애정 어린 애무와 시선에 가현의 눈가가 파르르 떨렸다.

"괜찮겠습니까."

그때 운이 물었다.

이대로 끝까지 가도 괜찮겠냐고.

당장 실낱같이 붙들고 있는 이성의 끈을 놓아 버리고 그대로 탐해 버리고 싶은 마음이 간절했으나, 가현이 이대로 멈추길 원한다면 멈출 생각이었다. 그의 물음에 가현은 입만 벙긋거렸다. 열기로 조금 흐려졌으나, 그의 눈은 탁하지 않았다. 여전히 올곧고 새까만 눈으로 가현을 내려다보고 있었다. 그를 떨리는 눈으로 올려보던 가현이 양팔을 들어 운의 목덜미를 끌어안았다.

"괜찮다 하지 않았어."

가현의 말에 운의 눈가가 시뻘겋게 달아올랐다. 아슬아슬하게 붙들고 있던 신경줄이 끊긴듯했다. 운은 더는 기다리지 않고 제 바지와 속곳을 벗었다. 그러자 무성한 수풀 사이로 거대한 남근이 드러났다.

성난 물건을 손으로 잡은 운이 애액으로 번들거리는 음부 안으로 천천히 밀어 넣었다. 막혀 있는 길목은 아무리 애무를 해도 뻑뻑해서 영 들어가지지가 않았다. 운은 음부 주위를 꺼떡이는 남근 끄트머리로 비비적거리다가 입구를 벌렸다. 그가 천천히 안을 비집고 안으로 들어오자, 가현의 허벅지가 순간 경직되었다.

"아!"

처음 느끼는 격통이었다. 순식간에 눈물이 차오를 만큼 엄청난 고통이었다. 가현의 눈가에 차오른 눈물이 기어코 떨어져 관자놀이를 타고 흘러내렸다. 운은 움직임을 멈추며 가현에게 제 팔뚝을 내밀었다.

"물어요."

"……뭐?"

눈물로 뒤섞인 가현의 눈이 그를 멍하니 올려다보았다.

"어서 물어요."

운이 팔뚝을 가현의 입 근처에 갖다 댔다. 가현은 그제야 그가 무슨 말을 한 것인지 알고는 잠시 망설이다가 순순히 팔뚝을 악 물었다. 동시에 운이 안으로 밀고 들어왔다.

묵직하게 밀려드는 고통에 가현이 저도 모르게 운의 팔뚝을 더욱 세게 물었다. 여린 이가 피부를 파고들자, 미세하게 미간을 좁힌 운이 가현의 등을 바짝 끌어안으며 천천히 허리 짓을 시작했다.

"하아."

땀으로 젖은 운의 입에서 가쁜 숨이 터지듯 흘러나왔다. 운은 고개를 숙여 자신의 아래에서 흔들리고 있는 가현의 이마에 입을 맞추었다. 가현의 얼굴 역시 땀으로 젖어 있었다.

"아읏!"

운이 치고 들어올 때마다 보기 좋은 크기의 새하얀 가슴이 연신 출렁거렸다. 운은 허공에서 흔들리는 가현의 두 다리를 어깨 위에 올려놓고 허리를 세우며 속도를 내었다. 순간 가현이 허리를 비틀며 교성을 내질렀다.

"아아, 아!"

허리를 빠르게 움직이며 고개를 내린 운이 그녀의 턱에 입술을 맞추었다.

"운아……! 읏!"

처음 느꼈던 고통은 어느새 사라진 뒤였다. 그 뒤로 낯선 쾌감이 가현의 온몸을 지배했다. 두 사람 사이에 뿌연 안개가 몽글몽글 솟아 주위의 기온을 올렸다. 주위가 뿌옇게 흐려졌다.

가현은 바들바들 떨리는 손으로 땀에 젖은 운의 등을 붙들었다. 어느새 땀으로 젖어 버린 그의 등에 손이 계속 미끄러졌다. 운의 물건이 거칠게 내벽을 찌를 때면 가현은 저도 모르게 손톱으로 그의 등을 긁었다.

하아…….

하……!

태양 빛으로 보기 좋게 그을린 그의 등에 붉은 줄기가 여러 개 생겨났다. 뜨겁게 조여 오는 쫀득한 속살의 느낌은 지금껏 느껴 보지 못한 극락을 선사하는 듯했다. 가슴이 뻐근해질 정도로 몰려오는 쾌감에 시야가 잠시 깜깜해졌다.

새하얀 그녀의 허벅지를 짓누르듯 잡고 벌린 운이 빠르게 움직이다가 미칠 것 같은 쾌감에 낮게 한숨을 토해냈다.

"하으."

숨이 막혀 온다. 운은 제 아래에서 흔들리는 가현의 새하얀 얼굴이 꽃처럼 발갛게 피어오르는 것을 내려다보았다. 젖은 그의 이마를 타고 주르륵, 땀방울이 흘러 흔들리는 가슴에 톡, 떨어졌다. 가쁜 숨을 내쉬며 그가 주는 쾌락에 정신을 차리지 못한 채 몽롱하게 뜬 눈으로 운을 올려다보던 가현의 눈에 눈물이 고였다.

운은 고개를 내려 가현의 눈가에 대롱대롱 매달린 눈물을 혀로 쓸었다. 가현과 눈을 마주한 채 속도를 내며 빠르게 움직이던 운이 낮은 신음을 흘리며 허리 짓을 멈추었다. 그러곤 빠르게 물건을 빼내었다. 순간 울컥, 하고 묽은 정액이 바닥으로 떨어졌다.

"하아, 하아."

나른함과 쾌감으로 번들거리는 그의 새까만 눈이 제 밑에 깔린 가현에게로 향했다. 땀으로 젖은 가현의 나신은 한입에 집어삼키고 싶을 만큼 아름다웠다. 여전히 가시지 않는 전율에 휩싸인 채 운은 열기로 달아오른 그녀의 몸을 꽉 끌어안았다. 나른하게 풀린 그녀의 나체가 부드럽게 들러붙었다. 녹진한 몸을 꽉 붙들어 맨 운이 그녀의 귓가에 낮게 속삭였다.

"이제 가고 싶어도 못 갑니다, 아가씨."

그들의 절박한 정사는 노을빛으로 뒤바뀔 때까지 계속되었다.

숨 막힐 정도로 몰아치는 그의 몸짓에 이끌렸던 가현은 어느새 조금 가라앉은 숨을 뱉어 내며 그의 팔에 머리를 기대었다.

가현의 뒤에 누운 운은 몸을 옆으로 세웠다. 그녀의 가슴을 한 손 가득 쥐고 부드럽게 주무르다가 잘록한 허리와 엉덩이를 연신 쓸어내렸다. 틈새로 흘러들어오는 노을빛 사이로 떠다니는 먼지를 멍하니 바라보던 가현은 순간순간 그의 손길에 움찔거렸다.

"이제 어찌해야 할까……."

"……."

"그냥 이대로 죽어 버릴까? 그럴까, 운아?"

고개를 기울인 운이 가녀린 그녀의 목덜미에 입술을 문대며 속삭였다.

"전 아가씨 손을 잡은 그 날 결심했습니다."

그의 나지막한 속삭임에 가현의 눈가가 붉게 달아올랐다.

운이 그 사내보다 참혹하게 죽을 걸 알면서도 저와 손을 잡았다는 걸 가현은 이제야 깨달았다. 미련하게도 운은 제게 말하지 않았나.

두렵다고.

그땐 솔직히 그 말이 와닿지 않았다. 오히려 그가 겁쟁이처럼 여겨졌었다. 그런데 운은 그날 일이 머지않은 우리의 미래라고 생각했던 것이다. 그래서 두렵다고 말한 것이었다. 그럼에도 운은…… 가현을 밀어 내지 않았다. 그리고 그 눈으로 연모한다 말했다. 그 모든 말들이 어쩌면 운에겐 어려운 결심이었다는 것을 가현은 이제야 깨달았다. 그가 모든 걸 감내하고 자신을 받아들인 걸 바보같이 이제야 안 것이다.

고개를 뒤로 젖힌 가현이 눈물 젖은 눈으로 그를 올려다보았다.

가현의 눈가를 조심스럽게 쓸며 운이 귓가에 속삭이듯 말했다.

"아가씨는 지금처럼 아무것도 생각지 말고 저만 봐 주시면 됩니다. 무엇이든 제가 다 감내할 테니까요."

설사, 그보다 더 한 일이 있게 된다 하더라도. 그것이 매질이든, 죽음이든. 모든 건 자신이 겪을 것이다.

고개를 숙인 운이 가현의 입 안으로 혀를 밀어 넣었다. 동시에 가현의 위에 올라탔다. 조금 전의 정사로 가현의 몸은 나른하게 풀려 있는 상태였다. 열기가 느껴지는 부드러운 몸을 쓸어내리며 운이 가현의 입 안을 느리게 헤집다가 그녀의 다리를 벌렸다. 그러곤 여전히 젖어 있는 그녀의 음부에 자신의 물건을 천천히 밀어 넣었다.

"하으……."

동시에 운의 혀에 가로막힌 잇새로 여린 신음이 터져 나왔다. 한참 입 안을 탐하다가 멀어진 그가 턱 끝으로 내려와 애무하듯 입술을 문대고는 미끄러지듯 목덜미를 타고 내려갔다. 그의 입술이 목덜미를 지나 뽀얀 가슴으로 향했다. 말캉한 가슴을 깨물며 입술로 지분거리다가 바짝 선 젖꼭지를 깨물었다.

"하!"

그러면서 가현의 양 허벅지를 붙들고 천천히 허리를 움직이기 시작했다. 처음과 다른 부드러움이었다. 그의 느린 움직임에 따라 들어온 성난 물건이 내벽 안쪽을 찔러 대자 가현이 허리를 비틀었다. 머리끝까지 치솟는 전율과 함께 열기로 흐려진 시야 사이로 미간을 좁힌 채 그녀를 탐하는 운이 보였다.

처음 본 순간부터 간절히 원했던 태양 빛과도 같은 그의 새까만 눈동자가 오로지 저에 대한 쾌락으로 일렁였다.

아무리 탐해도 갈증이 인다. 너무 사랑스러워 심장이 멈출 것만 같았다. 그의 움직임을 따라 흔들리면서도 가현은 손을 뻗어 그의 눈가를 쓸었다. 아름답다. 이 아름다운 남자가 저에게 몰두하고 있다는 사실이 가현의 심장을 뛰게 했다.

제 몸을 완벽하게 뒤덮은 채 미친 듯이 허리 짓 하던 그의 이마에 맺힌 땀이 툭둑, 하고 달아오른 그녀의 몸 위로 떨어졌다.

"아읏!"

질퍽거리는 소리와 함께 점점 격렬해지는 그의 움직임에 가현이 다리로 그의 등을 바짝 끌어안았다. 그러자 그의 물건이 끝까지 파고들어 와 안쪽 깊숙이 찔렸다.

"하!"

솟구치는 낯선 쾌감에 가현이 그의 목과 등을 움켜쥐며 고개를 뒤로 젖혔다. 귓가에 닿은 그의 숨소리가 거칠었다. 서로의 가쁜 숨소리가 열기와 함께 곳간 안을 가득 채웠다.

땀이 뚝뚝, 떨어지며 그것이 누구의 것인지 모른 채 서로 뒤엉켰다. 심장이 터질 것처럼 미친 듯이 뛰어 대고, 쾌락과 열기로 녹아내린 듯한 뜨거운 몸이 서로에게 들러붙었다. 덜덜 떨리는 다리로 그의 단단한 등을 감은 가현이 어느새 쉰 목소리로 정신없이 교성을 내질렀다.

"아, 아! 운아……! 웃, 하으!"

점점 더 격해지는 쾌감에 운이 굶주린 늑대처럼 탐욕스럽게 가현의 가슴을 물며 거칠게 안쪽을 찔러 댔다.

"하읏!"

그의 거친 움직임에 가현의 가슴이 미친 듯이 출렁거렸다. 속도를 내어 허리 짓을 하던 그가 순간 절정에 도달하며 허리를 활처럼 휘었다.

"크윽!"

곧 그의 입에서 짐승의 울음소리와 비슷한 소리가 터져 나왔다.

가현은 그날 이후 더는 두려워하지 않았다. 이상하게도 같이 죽자는 그 말이 불안감을 잠재웠기 때문인지도 모르겠다. 하지만 가현은 좀 더 조심하기로 했다. 운은 그녀의 마음을 이해해 그 역시 조심하고 또 조심하였다.

그로부터 한 달여 뒤에 가현의 아버지 서 대감이 죽었다.

갑작스러운 죽음이었다. 상을 치른 직후에 어머니는 혼절해 여태껏 깨어나지 못하고 있었다. 서가 댁에서 일하는 노비 모두 어머니를 돌보느라 정신이 없었다. 그사이에 가현은 홀로 방에 틀어박혀 가슴을 쥐어뜯으며 소리 없이 눈물을 쏟아 냈다.

가현에게 서 대감은 집안의 기둥이기 이전에 마음의 안식처였다. 옥씨 부인은 반가의 여인답게 처신하라며 매일같이 가현을 탓하였으나, 최가 도령의 팔뚝을 물어뜯은 사건을 제외하면 서 대감은 그저 허허 웃으며 가현을 안아 주었다. 어릴 적부터 아버지의 애정을 많이 받았던 가현은 아직도 그의 죽음을 인정하지 못했다. 어딘가에 살아 계실 것만 같았다.

"아버지……."

눈이 짓무르도록 운 것도 모자라는지 눈물은 계속해서 흘러나왔다. 뺨과 코 주변이 빨갛게 달아오를 정도였다. 그렇게 방구석에서 무릎 사이에 얼굴을 묻고 현실을 외면하느라 애쓰고 있는데, 투박한 무언가가 머리에 툭, 내려앉았다. 천천히 고개를 들자, 운이 가현의 머리를 쓰다듬고 있었다.

"아가씨께서 이리 우시면 주인마님이 싫어하실 겁니다."

"운아!"

멍하니 운을 바라보던 가현이 참지 못하고 그의 품 안으로 뛰어들었다. 상을 치를 때에도, 지금도 흐느낌 하나 없이 그저 숨죽여 울던 가현이 운의 품 안에서 크게 통곡했다. 운은 말없이 가현의 등을 쓸어 주었다.

운의 위로에 어느 정도 진정이 된 가현은 그의 어깨에 머리를 기대고 멍하니 허공 어딘가를 배회했다.

"운아."

"예, 아가씨."

"넌 어땠니. 그때라면 한참 어린 나이였을 것인데. 얼마나 아팠니."

가현의 어깨를 감싸 안고 그녀와 머리를 맞대고 앉은 운이 덤덤히 답했다.

"그냥 흘러가는 대로 두었습니다."

"어찌?"

"울었다가, 분노하였다가, 또 울었다가, 분노하였다가. 그렇게 감정이 흘러가는 대로 두었습니다."

"그랬더니 괜찮더냐."

"아니요, 여전히 어머니가 그립습니다."

"……그렇구나."

이상하지.

운의 별말 아닌 것들이 가현의 마음을 어루만져 주었다. 가현은 눈을 지그시 감으며 미소 지었다.

"그렇구나. 그렇게 흘려보내면 되는 거였어."

운이 한 말을 읊조리며, 가현은 해가 저물 때까지 운의 어깨에 머리를 기대었다.

* * *

"하이고야, 결국엔 이 집에 도련님이 들어앉는 거구먼."

행랑아범이 탄식하듯 말했다. 그러자 한창 방을 쓸고 닦던 석칠이 그를 돌아보았다.

"왜요?"

"이 방 주인 말이다."

"도련님이 왜요?"

"그 도련님 성깔이 장난이 아니거든. 그러니까 눈 밖에 나는 짓하지 말라고."

그의 잔혹한 성정을 어릴 때부터 봐 왔던 행랑아범은 상상만 해도 소름이 끼친다는 듯 몸을 부르르 떨었다.

"에이, 대감마님도 그렇고. 마님도 그렇고. 가현 아가씨까지 성정이 다들 온아하신 편인데. 설마 그렇기야 하겠어요?"

며칠 후.

'세상에나, 무슨 다른 집 댁 도령 같은데?'

석칠은 공손히 손을 앞으로 모으고 서서 대문 앞에 서 있는 가진을 살폈다.

3장

유약해 보이는 인상과 다르게 눈빛은 사납기 그지없었다.

생김새가 옥씨 부인과 제법 닮았으나, 풍기는 분위기가 낯설었다.

뱀과 같은 눈매를 가진 그는 옥씨 부인과 인사를 나누면서 집안을 훑었다. 그러다가 순간 석칠과 눈이 마주쳤다. 당황한 석칠이 황급히 고개를 밑으로 내렸다.

눈썹 한쪽을 까딱이며 정수리만 보이는 석칠을 빤히 보던 가진이 이내 시선을 다른 곳으로 돌렸다. 석칠의 옆에 서 있는 운은 특유의 무표정을 하고 시선을 내리깔고 있었다.

"오라버니, 오셨습니까."

그때, 색이 고운 노란 치마와 하얀 저고리를 입은 가현이 별채를 나서며 가진에게 다가섰다. 가진은 어엿한 아가씨로 자라난 누이의 모습에 짐짓 놀라다가 이내 흐뭇하게 웃었다.

"이제 시집가도 되겠구나."

평범한 말투였으나, 그의 눈은 가현을 날카롭게 탐색하고 있었다.

마치 물건을 고르는 듯했다. 그러나 가진을 귀히 여기는 옥씨 부인은 알지 못했다. 오라버니의 눈빛에 가현은 불편해하면서도 억지로 입꼬리를 올렸다.

"저, 새언니는……."

그리고는 슬쩍 화제를 돌렸다. 가현을 탐색하던 걸 멈춘 가진이 슬쩍 웃으며 말했다.

"내일쯤 도착할 것이다. 그나저나 새로운 노비들이 많이 보입니다."

운이 들어올 즘, 분가했던 가진은 주변에 서서 고개를 숙이고 있는 사람들을 한차례 살피다가 꽃분 앞에서 멈춰 섰다.

농익은 몸매와 새하얗고 고운 피부를 가진 꽃분은 여노비들 사이에서도 눈에 띄었다. 일순간 그의 눈에 미세한 욕정이 스쳐 지나갔다. 꽃분은 탐욕스러운 그의 눈빛에 살짝 굳은 얼굴로 시선을 더 내리깔았다.

그런 꽃분을 탐하듯 바라보던 가진이 이내 뒷짐을 지며 옥씨 부인과 함께 안채로 들어섰다. 그 뒤를 가현이 몹시 불편한 눈으로 따랐다.

오래전 보았던 새언니의 모습은 온데간데없고, 바짝 마른 게 영 볼품없었다. 게다가 눈빛도 좀 흐리멍덩해 보였다.

"아가씨 오랜만이어요."

"아, 네. 오랜만이에요, 새언니."

그녀는 웃지도 울지도 않는 무표정으로 형식적인 인사를 건넸다. 가현은 그저 어색하게 웃었다. 옥씨 부인은 혀를 끌끌 차며 가진의 부인 순옥을 탓했다.

"이리 말라서야. 네가 분가한다고 했을 때 말렸어야 했나 보다."

순옥의 집안은 한미한 집안이었다. 서가 댁과는 하늘과 땅 차이였다. 오직 순옥의 푸근한 몸매와 사근사근한 성격이 마음에 들어 그녀를 가진과 혼인시킨 것이었다.

그런데 이게 뭐란 말인가. 풍만하던 몸은 어디로 가고 바짝 마른 지푸라기 같았다.

옥씨 부인의 못마땅한 눈초리에 그대로 노출이 되었으나, 순옥은 어쩐지 이상할 정도로 영혼 없는 사람처럼 무표정으로 앉아 있었다. 그게 더 옥씨 부인을 못마땅하게 했다. 그러나 어쩌겠나. 자신이 데려온 것을.

"이왕 이렇게 되었으니, 약을 지어야겠다. 내 곁에서 좋은 음식과 약을 지어 먹다 보면 곧 애도 들어서겠지."

일반적으로 시어머니들이 하는 소리였는데, 무엇에 놀란 것인지 순옥의 안색이 갑자기 창백하게 질렸다. 제일 먼저 순옥의 이상함을 발견한 가현이 조심스럽게 그녀를 살폈다.

"언니, 어디 아파요?"

"아, 아프긴요. 그런 거 아니에요."

"이 사람이 내 곁에서 오랜 세월 뒷바라지하느라 고되어서 몸이 많이 약해졌습니다."

그때까지 가만히 앉아 있던 가진이 순옥의 어깨를 끌어안으며 웃었다. 가진의 품에 들어가게 된 순옥의 안색은 더 파리해졌다.

그러고 보니 아까부터 서로 눈도 마주치지 않고 둘이 싸웠나 싶어

두 사람을 살펴보는데, 순옥이 이만 나가 보겠다며 서둘러 자리에서 일어섰다. 가진도 유유히 자리에서 일어나 순옥을 뒤따라 나섰다.

"처음 뵙겠습니다, 작은 마님."

서둘러 툇마루 아래로 내려오던 순옥은 유과와 차가 올려진 상을 들고 오던 꽃분과 마주쳤다.

"아, 그래."

놀란 순옥이 꽃분과 어색하게 인사하고 있는데, 가진이 뒤에서 불쑥 나왔다. 꽃분은 순간 놀라며 고개를 숙였다.

"네 이름이 무엇이지?"

가진은 탐욕스럽게 꽃분의 풍만한 가슴과 볼록 튀어나온 엉덩이를 훑으며 물었다. 순옥은 이 눈빛이 무엇인지 알았다.

오래전 서로 얼굴도 모르고 시집을 왔던 순옥은 제법 잘생긴 도령인 가진을 조금 좋아했었다. 그러나 신혼 첫날밤 그 마음은 산산이 부서졌다.

가진은 유약하게 생긴 것과 다르게 여자를 다루는 게 험하기 짝이 없었다. 첫날부터 엎어진 채 시작된 무지막지한 행동에 순옥은 아침 해가 떠오를 때까지 그에게 붙들려 있어야 했다.

가진의 가혹 행위는 점점 심해졌다. 마치 자신이 짐승이 된 것처럼 가진은 그녀를 갖고 놀았다.

금세 순옥에게 싫증이 난 가진은 분가한 뒤에 어여쁜 여노비들을 골라 방 안에 들었다. 개중 여린 이들은 가진의 가혹 행위를 견디지 못하고 자결하기도 했다. 그러나 그 일은 바로 묻혔다. 밖으로 말이 새어 나가게 했다간 가진이 어떤 짓을 할지 몰랐기 때문이었다. 순옥은 잠시 안타깝다는 듯 꽃분을 보았다. 한편으론 꽃분 덕분에 자신이 시달릴 일은 당분간 없겠지 싶었다.

"서방님, 그럼 전 이만 쉬겠습니다."

순옥은 서둘러 피하듯 인사를 건네곤 자리를 떠 버렸다. 꽃분에게 집중한 가진은 순옥이 도망치든 말든 관심을 두지 않았다.

"이름이 무엇인지 말 안 해 줄 것이냐?"

"꼬, 꽃분입니다."

"꽃분이라."

엄지로 입술을 쓱 쓸던 가진이 주위를 잠시 살피다가 꽃분의 귓속에 은밀히 속삭였다.

"오늘 밤 내 방으로 건너오너라. 내 말에 얌전히 따라야 할 것이다. 알겠느냐."

그는 아무렇지 않게 협박을 하곤 뒷짐을 지며 사라졌다. 거의 사색이 된 얼굴로 서 있던 꽃분은 결국 다리에 힘이 풀려 풀썩, 주저앉았다.

어두컴컴한 밤.

집안의 모든 불이 꺼진 시각. 꽃분이 홀연히 어딘가로 향했다.

옥씨 부인이 기거하는 곳 뒤채에 있는 방 앞에 서서 잠시 무언가를 고민하듯 입술을 지그시 물던 꽃분의 눈빛이 순간 달라졌다. 곧 결심한 듯 꽃분이 문을 열고 들어섰다.

호롱불 하나 켜지지 않은 방은 어두컴컴했다. 그 안에 깔린 보료 위에 가진이 앞섶을 풀어 헤치고 앉아 술잔을 기울이고 있었다. 잠시 멈칫하던 꽃분이 조심스럽게 다가가 무릎을 꿇고 앉았다.

턱 밑으로 술이 흘러내릴 정도로 벌컥벌컥 독한 술을 들이켠 가진이 술잔을 내려놓고 꽃분에게 손짓했다.

"가까이."

그의 명에 꽃분이 머뭇거리다가 가까이 다가갔다. 꽃분이 코앞으로 다가온 순간 가진이 손을 뻗어 그녀의 팔을 잡아당겼다. 순식간에 보료 위에 눕혀진 꽃분은 빠르게 흔들리는 눈으로 자신의 위에 올라탄 가진을 올려다보았다.

"지금부터 작은 소리라도 밖으로 새어 나갔다간, 네년 목숨은 없는 것이다. 알겠느냐."

광기로 일렁이는 가진의 눈에 꽃분이 마른침을 꿀꺽 삼키며 천천히 고개를 끄덕였다. 만족스럽게 웃은 가진이 꽃분의 볼을 가볍게 툭, 쳤다.

꽃분의 낡은 저고리가 찢어졌다. 그 안을 파고드는 우악스러운 손아귀에 허공을 노려보던 꽃분이 천천히 눈을 감았다. 그 뒤로 촛불이 크게 일렁이며 하나로 합해져 가는 두 사람의 그림자를 그려 내었다.

* * *

며칠 후.

가진과 순옥이 집에서 지내게 된 뒤로 가현은 답답해 미칠 것만 같았다.

순옥은 옥씨 부인에게 아침 인사와 저녁 인사 때만 모습을 보이고 될 수 있으면 방 밖으로 나오지 않았다. 가진 역시 낮엔 부지런히 어딘가를 나다녔고, 저녁 일찍 들어와 아침이 될 때까지 방 밖으로 나오지 않았다. 가현은 졸고 있는 유모의 눈치를 살피다가 슬그머니 일어나 방 밖으로 나섰다.

그러다가 마당을 지나는 꽃분과 마주쳤다.

"아가씨."

잠시 멈칫하던 꽃분이 공손히 허리를 숙였다. 그런데 어쩐지 꽃분의 얼굴이 조금 까칠해 보였다. 안색이 영 좋지 않은 게 걱정이 되었다. 아직 운과의 일 때문에 그런가 싶어 자책도 들었다.

"저, 꽃분아 어디 아프니?"

"아니요."

조심스럽게 묻자, 꽃분이 빠르게 고개를 저었다. 목소리 끝에 묻어나는 것이 어딘가 차가웠다. 저도 모르게 머쓱하게 웃은 가현이 알았다는 듯 고개를 끄덕였다.

"아니라면 되었다. 어디 가는 중이었나 본데 얼른 가 보렴."

"예, 아가씨."

무표정으로 허리를 숙인 꽃분이 유유히 멀어졌다. 꽃분이 자리를 뜨는 걸 지켜보던 가현은 슬쩍 주위에 사람이 없는지 살피다가 부엌으로 향했다.

지금 운은 가진이 시킨 정자를 짓느라 남노비들과 함께 땀 흘려 일하고 있었다.

정말이지 하나부터 열까지 오라버니가 마음에 들지 않았다. 이미 정자가 있는 것을. 뭣 하러 또 하나 더 만든단 말인가. 운을 고생시키는 가진을 원망하며 부엌 안으로 들어서자, 한창 부엌일을 하고 있던 행랑어멈과 다른 여노비들이 일제히 일어서서 가현을 향해 허리를 숙였다.

"아가씨, 오셨습니까."

"저, 지금 고생하는 이들에게 간단한 간식을 내주면 어떨까 해서."

가현은 능청스럽게 모든 이들에게 간식을 주면 어떻겠냐고 물었다. 안 그래도 그들에게 간식거리라도 내주고 싶었던 행랑어멈은 반색하며 손뼉을 쳤다.

"역시 우리 아가씨밖에 없습니다!"

"참말, 이 고운 우리 아가씨 누가 데려갈까 겁나네."

"아무것도 없이 홀라당 데려가는 놈 있으면 우리가 나서서 막아야지!"

신이 난 여인들이 너도나도 깔깔 웃으며 서둘러 간식거리를 준비하기 시작했다. 가현도 소매를 걷어붙이고 그들을 도왔다.

* * *

"그거. 그거 먹으렴."

바위 위에 앉은 가현이 접시에 수북하게 쌓인 것 중 모난 것을 골라 주었다. 접시에 쌓인 과자는 멥쌀가루와 물을 섞어 예쁜 꽃 모양으로 찍어 낸 뒤, 기름에 튀긴 것이었다. 튀긴 뒤에 조청을 발라 견과류를 묻힌 과자는 보기에도 먹음직스러웠다.

"이게 모양은 이래도 맛이 더 좋아 보인다."

가현의 손에 들린 과자를 유심히 보던 운의 입꼬리가 슬쩍 올라갔다.

"예, 생긴 건 참 발로 빚은 것 같지만 맛있어 보입니다."

"뭐? 발로? 이건 내가 직접 손……!"

발로 빚은 것 같다는 그의 말에 저도 모르게 화를 내던 가현이 입을 꾹 다물었다. 그때, 운이 가현의 손에 들린 과자를 덥석 물었다. 하나 꿀꺽하더니 엉망진창인 모양만 찾아 먹었다.

가현은 멍하니 그를 보다가 괜스레 기분이 좋아 볼을 씰룩거렸다. 대놓고 웃지는 못하고 공연히 헛기침하며 주위를 살피는 척했다. 순간 운의 입가에 희미한 미소가 스쳤다.

그를 위해 손수 소매를 걷어붙이고 뜨거운 가마솥 앞에서 과자를 만들어 준 가현이 사랑스러웠다. 지금 이 순간 아무도 없었다면, 가현을 안아 들었을 것이다.

"어째 오라버니가 집에 돌아온 뒤로 마음 편할 날이 없어."

가현이 미간을 찌푸리며 투덜거렸다. 운 역시 가진을 별로 좋아하지 않았다. 운이 이 집으로 온 지 얼마 되지 않아 가진이 분가하여, 잘은 몰랐으나 그가 그리 좋은 사람이 아니라는 것은 알았다.

그러나 가진 역시 운의 주인이나 마찬가지였기에, 운은 별말 하지 않고 묵묵히 앉아 가현의 투덜거림을 들어 주었다. 그때, 가현이 미심쩍은 눈으로 고개를 갸웃거렸다.

"그나저나 오라버니는 과거 공부도 안 하고 매일같이 뭘 하고 다니는 걸까?"

그건 가현만 걱정하고 있는 일이 아니었다.

처음엔 인내심을 가지고 지켜보던 옥씨 부인도 기어코 오늘 아침에 가진에게 한 소리 했다. 가진은 옥씨 부인에게 걱정하지 말라며, 이상한 헛소리만 늘어놓고 또 집을 나섰다. 순옥에게 물어보았으나, 순옥마저 입을 꾹 다물고 있어서 옥씨 부인은 내내 가슴을 두드리다가 지금은 자리보전하고 누워 있었다.

"과거를 포기한 것은 아니겠지?"

제 생각엔 지금껏 안 되었으면 포기하는 게 맞았지만, 어머니가 걱정이었다. 안 그래도 아버지가 그렇게 갑자기 세상을 떠난 이후에 몸도 많이 약해지셨는데, 여기에 오라버니까지 보태게 할 수는 없었다.

"제발 그것만은 아니었으면 좋겠구나."

가현이 힘없이 어깨를 늘어뜨리자, 운이 조심히 위로의 말을 전했다.

"걱정하는 일은 없을 겁니다."

"그래, 운이 네 말대로 걱정하는 일 없어야지."

그때, 석칠이 땀을 닦으며 다가와 그들 옆에 털썩 주저앉았다.

"자, 석칠이 네 것도 있다."

"이야, 역시 아가씨밖에 없다니까요."

석칠은 시원한 냉차와 과자가 든 접시를 받아들다가 운이 들고 있는 접시를 힐끔 보았다. 어째 운의 것들은 모두 못난 것뿐이었다. 석칠은 이내 고개를 돌려 제 손에 들린 접시를 내려다보았다. 운과 다르게 정갈한 모양새였다.

'아가씨께서 뿔이 단단히 나셨구나.'

석칠은 안타깝다는 듯 운을 보다가 날름 과자 하나를 집어 먹었다. 그러면서 석칠은 괜한 김칫국을 마셨다.

'이제 운이 대신 날 따라다닐랑가. 이렇게 예쁜 것만 모아 주시는 걸 보면 틀림없지. 아무렴.'

석칠이 히죽거리며 과자를 먹자 가현이 눈을 동그랗게 뜨고 물었다.

"그렇게 맛있니?"

"암요! 이렇게 맛난 과자는 처음입니다! 아가씨가 만들어 주신 것이니 아니 그렇겠습니까, 하하!"

석칠이 들고 있는 건 주방 식구들이 빚은 거였다. 생각보다 손재주가 없는 가현은 착각하며 맛나게 먹는 석칠에게 사실대로 이야기해야 할까 고민하다가 슬쩍 외면해 버렸다.

'잘 먹으면 되었지, 뭐.'

* * *

장터는 연일 사람들로 북적였다.

한껏 멋을 내고 나온 기생무리부터 두루마기를 뒤집어쓴 반가의 여인들, 머리에 몸만 한 짐을 짊어지고 가는 장수들. 그들의 얼굴엔 생기가 넘쳐흘렀다. 그 수많은 인파 사이를 지나친 운이 어디론가 걸어갔다.

그의 걸음은 북적이는 장터를 쭉 지나 오른쪽으로 향했다. 꺾어 들어가자마자 붉은 고기를 갈고리에 꿰어 천장 위에 설치해 둔 기다란 나무 대에 줄줄이 매달아 놓은 곳이 하나 보였다.

"운이 왔냐?"

덥수룩한 수염으로 얼굴의 반을 가린 중년 사내는 백정으로 오랜 기간 서가 댁에게 고기를 대 주고 있었다. 가까이 다가서자, 날것의 비릿한 피 냄새가 코끝을 스쳤다.

"싱싱한 놈으로다가 주세요."

"오냐, 오늘 잡은 놈으로 주마."

누런 이를 드러내며 씩 웃은 그가 맨손으로 집채만 한 고깃덩어리 하나를 꺼내 들어 도마 위에 올려놓았다. 그리고는 옆에 놓인 식칼을 탁! 내려쳤다. 운은 비스듬히 벽에 기대서서 팔짱을 끼고 붉은 핏물이 흐르는 새빨간 고깃덩어리를 무심히 바라보았다. 빠르게 손질해 한지로 싸 짚으로 꼰 줄로 돌돌 만 백정이 운에게 건네주었다. 운은 들고 온 돈주머니를 그에게 주곤 꾸벅 고개를 숙였다.

"그럼 가 보겠습니다."

"잠깐 기다려 보아라. 그 서가 댁 도령이 집에 들어왔다지?"

그는 가진에 대한 이야기를 꺼내고 싶어 입이 근질거려 보였다.

"예, 고기도 가진 도련님 때문에 마님이 심부름을 보낸 것인데요. 왜요, 도련님께 무슨 일 있습니까?"

"아니, 그게 하도 요상한 소문이 들려서."

소문?

"무슨 소문 말하는 겁니까?"

운의 물음에 슬쩍 주위를 살피던 백정이 목소리를 낮추었다.

"실은 말이다. 서가 댁 도령이 분가한 집에서 여노비들을 겁탈하는 일이 종종 벌어졌다더라."

조용히 듣고 있던 운의 미간이 찌푸려졌다.

"개중엔 죽은 애도 있었다지 뭐야. 어쩌나 험하게 다뤘는지 온몸에 멍이 든 채로 말이다. 하여튼 소문은 소문이고, 확실한 것은 아니지만. 너희 댁 여노비들 외모가 반가 댁 여인들과 비견할 정도지 않니. 괜한 걱정이면 되었다만, 혹시 몰라서 말이다."

"……알겠습니다. 전 그럼 가 보겠습니다."

"어, 어. 바쁠 텐데 어서 가 봐, 하하."

괜히 엄한 소리 한 게 아닌가 싶어 후회하던 백정이 어색하게 웃으며 돌아서 멀어지는 운을 향해 손을 흔들었다.

"다음엔 네 것도 챙겨 주마!"

운은 못 들은 척하고, 골목을 빠져나와 북적이는 거리로 들어섰다.

'여노비들이 겁탈당했다고?'

순간 운은 뱀 같던 가진의 눈을 떠올리며 미간을 굳히다가 우연히 노리개와 옥가락지가 깔린 가판대를 발견하곤 걸음을 멈추었다. 한창 열을 올리던 아저씨는 익숙한 얼굴을 발견하곤 반색하며 물었다.

"왜, 마님께서 뭐 좀 사 오래?"

자주는 아니었으나, 가끔 서가 댁에서 나오면 한 짐을 사기 때문에 혹시나 해 기대를 하며 물었다.

"아니요, 그게 아니라……."

운은 어색하게 말끝을 흐리면서 옥가락지 하나를 유심히 보았다. 쌍가락지로 만들어진 옥가락지를 빤히 바라보는 운을 가늘게 뜬 눈으로 살피던 아저씨가 이윽고 낄낄 웃었다.

"꽃분이 갖다 주려고?"

혼인 이야기가 나올 즘, 장터에까지 파다하게 퍼졌던 소문을 아직 기억하고 있었는지. 아저씨가 음흉한 미소를 흘리며 운의 어깨를 툭툭 쳤다.

"꽃분이와는 아무 사이 아닙니다."

그러다가 운의 무뚝뚝한 말에 눈을 휘둥그레 떴다.

"뭐? 혼인한다 하지 않았어?"

"……안 하게 되었습니다."

"그런데 옥가락지는 왜?"

"얼맙니까?"

운은 아저씨의 물음에 답하는 대신 가락지 가격을 물었다.

"운이 너한테는 싸게 주마. 원래는 2냥인데, 1냥만 다오."

보통 노비의 값어치가 고작 5냥에서 많게는 7냥이었다. 다른 집에선 노비에게 1전 하나 주지 않고 일만 시켰지만, 서가 댁은 그래도 노비들에게 매달 일정 이상의 돈을 쥐어 주었다. 그런데도 1냥은 노비인 운에게 매우 큰 돈이었다. 그런데 운은 망설이지 않고 선뜻 1냥을 꺼내 건네곤 옥가락지를 받아들었다.

* * *

머리를 정돈하고 자리에 누우려는데 갑자기 창가 쪽에서 탁! 소리가 났다.

뭐지?

낯선 소리에 고개를 돌린 가현이 창가 쪽을 보는데, 다시금 탁!

소리가 났다. 슬그머니 자리에서 일어난 가현이 조심스럽게 창문을 열었다. 창문을 열자 운이 서 있는 것이 보였다. 놀란 가현이 주변을 살피다가 그를 방 안으로 들였다. 그러곤 운을 뜨끈한 바닥 쪽으로 앉혔다.

"운아, 이 시각엔 어쩐 일이야?"

매번 오라고 해도 조심하고 또 조심하는 운은 별채로 거의 오지 않았다. 가현과 연인 사이가 된 뒤엔 더 오지 않아, 차라리 그 전이 낫겠다 싶을 정도였다. 그래서 야심한 시각에 불쑥 찾아온 그가 당혹스러운 것이다. 도대체 그가 왜 찾아왔을까 골똘히 생각하며 가현이 고개를 갸웃거리는 때였다. 운이 되지도 않는 헛기침을 하며 바지 주머니를 뒤적거렸다.

"손…… 좀 내주십시오."

"손?"

손은 도대체 왜?

어리둥절해하면서 가현이 순순히 그에게 손을 내밀었다. 내내 망설이던 운이 손에 들린 무언가를 가현의 손바닥 위에 툭 얹어 놓았다. 멋쩍을 정도로 무심한 행동이었다. 도대체 뭔가 싶어 보던 가현의 눈이 함지박만 하게 커졌다.

"이건……."

달빛에 은은하게 빛나고 있는 것은 옥으로 만든 쌍가락지였다.

"그냥요. 아가씨한테 어울릴 것 같아서요."

운은 어색하게 웃음을 흘렸다. 그를 멍하니 바라보던 가현이 그만 눈물을 글썽였다.

"내 생전 이렇게 고운 반지는 처음이다."

문득 운이 반지 살 돈이 어디 있을까 싶어 걱정이 들었다. 잘은 모르지만, 노비들의 봉급이 매우 낮은 건 알고 있었다.

"운아, 돈이 어디 있어서 이런 걸 사 와."

"걱정 마세요. 별로 안 들었으니. 그저 예쁘게 잘 끼워 주시면 충분합니다."

뻔히 거짓말인 것을 알았지만, 운의 진심 어린 말에 차마 돌려줄 수가 없었다.

"자, 네가 끼워다오."

대신 가현이 반지와 함께 손을 내밀었다. 운은 조심스럽게 가현에게서 반지를 건네받아 그녀의 네 번째 손가락에 끼워 주었다. 그의 온기가 닿는 손가락 사이가 간질거렸다. 가현은 떨리는 눈으로 제 손에 끼워진 반지를 빤히 보다가 운을 향해 환하게 미소 지었다.

"딱 맞다, 운아."

아무것도 아닌 것을 보며 아이처럼 좋아하는 가현의 모습은 눈이 부시도록 아름답게 빛났다. 갖고 싶을 정도로……. 멍하니 그녀를 바라보던 운의 눈빛이 일순간 열기로 흐려졌다. 그녀의 손을 잡아당긴 운이 가볍게 가현의 입에 입맞춤했다. 놀란 가현의 눈이 크게 일렁였다.

"운아……."

비스듬히 고개를 튼 운이 한 번 더 가현에게 입을 맞추었다. 이내 가현의 눈꺼풀이 천천히 내려앉았다. 그녀의 잘록한 허리를 바짝 끌어당겨 안은 운이 입 안으로 혀를 밀어 넣었다. 그날 창고에

서의 일 이후 가현의 손 한 번, 눈길 한 번 잡아 보지 못했던 운은 그동안 참았던 것을 터뜨리듯 거칠게 입 안을 헤집다가 그녀의 혀를 옭아매었다.

한참 입 안을 탐하다가 멀어진 운이 가현을 조심스럽게 뒤로 눕혔다.

"아가씨."

가현의 귓불을 깨물며 낮게 가현을 부른 운이 치마 속으로 손을 집어넣었다. 그의 서늘한 손이 속곳을 넘어 안쪽에 닿자 가현이 입술을 꾹 깨물며 터져 나오는 신음을 참았다. 혹여나 들킬까 염려가 된 탓이었다.

하아.

그때 운이 고개를 숙이고 가현의 목덜미에 입술을 파묻으며 지분거렸다.

갖고 싶다. 발끝부터 머리끝까지 모조리 집어삼켜 버리고 저만 보고 싶다. 이대로 그녀를 먹어 치워 평생을 같이하고 싶다.

정신 나간 생각을 할 정도로 운은 미칠 것만 같은 절박함에 가현의 목덜미를 잘근잘근 씹었다. 어느새 곧추선 자신의 물건을 그녀의 안에 집어넣었다. 빼곡하게 들어오는 그의 성난 물건에 가현이 터져 나오려는 신음을 막듯 입술을 지그시 물었다.

"하으."

운은 치마를 허리 끝까지 들쳐 올리며 퍽퍽 쳐올렸다. 그의 움직임에 안쪽이 점점 젖어 들어갔다.

"읏!"

가현은 허리를 비틀며 운의 머리를 그러쥐었다. 부드러운 그의 머리카락이 손가락 사이를 애무하듯 지나친다. 그가 주는 전율은 그때처럼 가현을 몰아붙였다. 이대로 미친 듯이 소리를 내고 싶을 만큼. 가현은 어떻게 해서든 소리 내지 않기 위해 운의 어깨를 물었다. 운은 자신이 주는 감각에 이끌려 바들바들 떨면서 소리를 참는 가현을 더 몰아세웠다.

하아. 하아.

이따금 창 너머로 들려오는 벌레 우는 소리 외에 들리는 것은 없었고, 그만큼 고요했다. 그 고요함에 헐떡이는 두 사람의 숨소리와, 살끼리 부딪치는 마찰음이 더 크게 들려 야릇해졌다. 누군가에게 들킬지 모른다는 두려움과 운이 주는 쾌감에 온몸을 내던지고 싶은 마음이 뒤섞여 심장을 미친 듯이 뛰게 했다. 가현은 저도 모르게 정신을 놓고 교성을 내지를까 봐 운의 등을 꽉 붙들고 이를 악물었다.

헉, 헉!

어느새 뜨거운 열기와 비릿한 냄새로 가득해진 방 안에서, 두 사람은 새벽녘이 다가올 때까지 미친 듯이 서로를 탐했다.

* * *

며칠 후.

"어머니! 저 왔습니다, 하하!"

늦은 밤, 술에 취해 들어선 가진이 동네방네 떠들썩하게 떠들면서 비틀비틀 대문 안으로 들어섰다. 놀란 행랑아범이 서둘러 그를 부축했다. 뒤이어 옥씨 부인이 버선 바람으로 뛰어나왔다. 순옥은 차마 나가지 않을 수 없어 마지못해 밖으로 나와 서방을 맞이했다.

"세상에, 가진이 네 녀석이 기어코!"

옥씨 부인은 이젠 술까지 취해서 들어오는 가진을 실망 어린 기색으로 보다가 눈살을 찌푸렸다. 도대체가 날이 갈수록 제게 실망감만 주고 있었다. 속에서 이는 화를 참듯 앞섶을 손으로 꾹 누른 옥씨 부인이 지척에 서 있는 행랑어멈에게 일렀다.

"행랑어멈은 당장 찬물을 내오라."

"예, 마님."

"가진이 넌 방으로 들어오렴. 나와 이야기 좀 하자꾸나."

옥씨 부인의 날 선 목소리에도 가진은 아랑곳하지 않고 실실 웃기만 했다. 이리저리 휘청거리고 있는 그를 부축하던 행랑아범은 가진을 미친놈 보듯 보았다.

'과거고 뭐고 아예 미치기라도 하신 건가.'

속으로 그를 흉보며 얼른 옥씨 부인의 방에 가진을 데려다 놓은 행랑아범은 혹여나 불똥이 튈까 두려워 서둘러 방을 나가 버렸다. 둘만 남게 된 상황에서 옥씨 부인은 흐트러진 행색의 가진을 보다 못해 소리를 높였다.

"도대체 이 무슨 해괴한 짓거리인 게야! 내 그동안 널 믿어 기다렸다. 한데, 넌 어찌하여 술까지 취해 들어와 이 어미의 속을 뒤집는 것이냐!"

"이게 다 우리 집안을 위한 일이 아니겠습니까, 하하!"

"술에 취해 비틀거리는 것이 어찌 집안을 위한 일이 된단 말인가!"

말도 안 되는 아들의 말에 옥씨 부인이 목에 핏대가 설 정도로 분노했다. 술기운에 정신이 혼미해 천지 분간이 되지 않는 것인지. 가진은 그저 소리 내어 웃기만 했다. 그런 가진을 옥씨 부인은 어처구니없다는 듯 보는데, 배까지 부여잡고 한참을 웃던 가진이 은밀히 눈을 빛냈다.

"어머니 제가 지금 누구와 술을 마시고 온 줄 아십니까?"

"그 이야기가 지금 여기서 왜……!"

"바로 유 대감 나리입니다."

순간 버럭 소리를 지르려던 옥씨 부인의 눈이 빠르게 커졌다.

서가의 가문은 춘국에서 권세 높은 가문 중 하나로 명성을 얻었으나, 서 대감은 워낙에 청렴결백하였다. 조정에서도 정치 놀음에 휘말리지 않고 뒤로 물러나 중립을 지켰고, 가끔은 옳은 소리로 간신들에게 휘둘리는 왕을 꾸짖었다.

어린 시절과 다르게 나이가 들수록 하루가 다르게 명색 했던 두뇌를 잃어버린 왕은 서서히 서 대감을 멀리했다. 그런데도 서 대감의 위세는 날로 강해졌다. 선비들이 서 대감을 존경하며 따른 게 한몫했기 때문이었다.

그런 그를 경계하던 이가 있었으니 바로 유 대감이었다.

옥씨 부인은 정치 같은 건 잘 몰랐지만, 남편이 조정에서 유 대감과 매번 다툼이 있다는 것을 알고 있었다.

그런데 다른 사람도 아닌 그가 자신의 아들 가진과 술잔을 기울였다니?

"도대체 그 무슨 말이냐! 유 대감과 술을 마셨다니!"

"지금 그게 중요한 게 아닙니다, 어머니."

음흉하게 웃던 가진이 가까이 다가와 옥씨 부인의 귀에 은밀히 속삭였다.

"제가 지금껏 부지런히 움직여 유 대감과 좋은 벗이 되었지요. 한데, 그분께서 제게 관직을 내준다지 뭡니까, 하하!"

"뭐라!"

관직을 내주다니. 과거도 보지 않고 어찌 그냥 관직을 내준단 말인가. 그는 곧 비리를 저지르겠다는 뜻이었다.

집안일에만 신경을 쓴다지만 가진이 하는 말이 무슨 뜻인지는 옥씨 부인도 잘 알았다. 만약 이곳에 남편이 있었다면, 가진은 내 쫓겼을 것이다. 아마 호적에서도 파였겠지. 제 속으로 낳은 놈이지만, 도를 넘었다.

"말도 안 되느니! 그가 도대체 무슨 연유로 네게 관직을 내준단 말이냐! 헛소리 집어치우고 당장 짐을 싸라. 내 널 스님께⋯⋯!"

"현재 왕에게 후사가 없지 않습니까. 해서 후궁을 새로 들이려고 한답니다."

가진을 일으켜 세우려던 옥씨 부인이 멈칫했다. 순간 그녀의 눈빛이 흔들렸다.

"너, 설마⋯⋯."

"가현이 그 아이가 딱입니다. 그 아이만 왕의 후궁으로 들어가면!"

"네 이놈!"

결국 참지 못한 옥씨 부인이 가진에게 삿대질하며 소리쳤다.

"네 놈을 믿었건만! 네 아비가 널 포기하라 했을 때도 난 널 믿었다. 한데 뭐라! 가현을 후궁으로 보내! 네가 정녕 미쳐 돌았구나!"

예상보다 더 큰 분노를 보이는 어머니를 당혹스럽게 올려다보던 가진이 마른침을 꿀꺽 삼켰다.

"어머니 그리 나쁜 일은 아닙니다. 후궁으로 들어가 왕의 아들만 낳는다면!"

"썩 꺼지거라, 이놈!"

옥씨 부인이 부들부들 떨면서까지 분노를 표하자, 가진은 서운한 내색을 해 보였다.

"과거 공부보다 이 길이 더 빠르다는 것을 어찌 모르십니까? 제가 관직에 오를 길은 이것뿐이란 말입니다! 그리고 왕의 후궁이 되는 것이 어때서요! 집안을 위한다면 기꺼이 후궁이든 무엇이든 되어야지요!"

싹싹 빌어도 모자랄 판에, 오히려 성까지 내며 일어선 가진이 자리를 박차고 나가 버렸다. 가진이 나간 뒤 털썩 주저앉은 옥씨 부인은 파르르 떨리는 손으로 미간을 짚었다.

'제가 관직에 오를 길은 이것뿐이란 말입니다!'

그러다가도 고개를 저었다.

"아니 되지. 절대 아니 돼."

가현이 그 아이가 어떤 아이인데.

곱게 키워 좋은 짝과 맺어 주려 했는데, 늙은 왕의 후궁이라니.

옥씨 부인은 생각할 것도 없다는 듯 고개를 젓다가도, 가진의 얼굴이 떠올라 가슴이 얹히는 기분이었다.

* * *

"씹, 더 조여!"

짝!

하얀 엉덩이를 때리자 찰진 소리가 방 안을 울렸다. 벌써 여러 번 그의 우악스러운 손에 맞은 엉덩이는 붉게 손바닥 자국이 나 있었고, 부어올라 있었다. 그날 이후 꽃분은 매일 밤 가진의 방으로 와 그와 몸을 섞었다. 가진은 예전 여종들과 다르게 금방 싫증 나지 않고 가지면 가질수록 만족스러운 꽃분의 몸을 매일 밤 탐하느라 정신이 없었다.

"아읏!"

꽃분은 분을 풀 듯 평소보다 내벽을 거칠게 찌르고 들어오는 물건을 바짝 조였다. 그러면서 허리를 활처럼 휘었다.

"크흑!"

물건을 바짝 조이며 쫀쫀하게 들러붙는 내벽에 순간의 쾌감이 머리끝까지 치솟자 가진이 고개를 쳐들며 신음을 토해 냈다.

정신이 혼미해질 정도의 쾌감에 눈을 희끄무레하게 뜨며 하아, 한숨을 토해 내던 가진이 꽃분의 탐스러운 엉덩이를 우악스러운 손으로 뭉개지듯 움켜잡으며 더 빠르게 쳐 댔다. 그가 미친 듯이 허리를 쳐 대자, 차마 버티지 못한 꽃분의 몸이 꺾이며 주저앉으려 했다.

"아, 앙!"

지금 여기서 엎어지면 그의 손바닥이 뺨을 때릴 게 분명했기 때문에 꽃분은 무릎과 팔뚝에 바짝 힘을 주고 넘어지지 않으려고 애쓰며 엉덩이를 들어 올렸다.

"아읏!"

퍽퍽!

젖은 안이 마찰되자 찔꺽거리는 음란한 소리가 연신 울렸다.

엉덩이골과 그 주변이 가진의 정액과 안에서 새어 나온 애액으로 번들거렸다. 꽃분의 엉덩이를 주물러 대면서 안을 미친 듯이 쑤셔 대던 가진은 이윽고 참지 못하고 꽃분의 안에 토정했다.

"크윽!"

동시에 꽃분의 어깨와 목덜미 사이를 콱, 물어 버렸다.

"아흐!"

통증과 뒤섞인 쾌락에 꽃분이 저도 모르게 구멍을 바짝 조였다. 바짝 조이는 그녀의 아래에 머리끝까지 쾌감이 치솟았다. 끝도 없이 몰려오는 쾌락이 광기로 변해 꽃분의 목덜미를 피가 새어 나올 정도로 콱! 물어 버린 가진이 허공을 노려보며 헉헉거렸다.

"하아, 하아⋯⋯."

나른함과 쾌락으로 뒤섞인 새까만 눈을 하고 조금 전 깨물었던 목덜미를 혀로 음란하게 쓸어내리던 가진이 자신의 물건을 빼내었다. 그의 물건이 빠져나간 구멍에서 주르륵, 뿌연 정액이 흘러내려 바닥에 투둑 떨어졌다.

그대로 대자로 뻗어 누운 채 거칠게 숨을 헐떡이던 가진이 나른한 시선으로 꽃분을 바라보았다. 그와 조금 떨어진 자리에 엎어져 헐떡이는 꽃분의 굴곡진 몸을 느리게 훑던 가진이 천천히 손짓했다.

"위로 올라와."

그의 말에 꽃분이 바들바들 떨리는 손으로 바닥을 짚고 몸을 일으켰다. 그리고는 무릎걸음으로 가진에게 다가와 그의 몸 위에 올라탔다. 뱀과 같은 끈적하고 소름 끼치는 눈으로 꽃분의 몸을 탐하듯 훑던 그가 손을 뻗었다. 그의 손이 탐스럽게 솟은 가슴을 우악스럽게 움켜쥐었다. 가진의 거센 손길에 꽃분이 저도 모르게 인상을 썼다.

"아!"

가진은 큭큭, 웃음을 흘리며 그녀의 가슴을 주물렀다. 그녀의 가슴을 한참 괴롭히던 가진은 그녀가 준비하기도 전에 덥석 허리를 붙들어 들어 올리곤 그대로 자신의 물건 위로 주저앉혔다.

"하읔!"

순식간에 푹! 꽂혀 들어오는 물건에 고통을 느낀 꽃분이 미간을 일그러트리다가 억지로 몸을 열려고 애썼다. 누워 있던 상체를 일으켜 앉은 가진은 고개를 숙여 제 허벅지 위에 앉게 된 꽃분의 목덜미를 혀끝으로 쓸다가 쇄골 부근을 깨물었다.

"응!"

가진이 문 흔적으로 여기저기 붉은 반점과 멍이 들어 있는 꽃분의 몸이 다시 달아오르기 시작했다.

"어서 움직여 보아라."

가진은 여전히 물 곳이 남아 있는지, 쇄골에서부터 미끄러지듯 내려와 큼지막한 그녀의 가슴을 이빨로 잘근잘근 씹었다. 꽃분은 그의 명령대로 허리를 천천히 움직였다.

"더 빨리 움직이란 말이다!"

"아흑!"

영 시원찮은 꽃분을 못마땅하게 보던 가진이 결국 제 손으로 그녀의 허리를 붙들고 푹푹 찍어 대기 시작했다.

"아웃! 앙!"

정액과 애액으로 뒤범벅된 안과 마찰되자, 찔꺽거리는 소리가 다시금 방 안을 울렸다. 자신의 허벅지 위에서 미친 듯이 흔들리는 꽃분을 탐욕스럽게 보며 이따금 신음을 토해 내었다.

쫀득하게 조이는 그녀의 내벽에 홀려 희끄무레하게 눈을 뜨고 허리를 열심히 쳐 대던 가진은 다시금 그녀의 출렁거리는 가슴을 움켜잡고 바짝 솟은 젖꼭지를 잘근잘근 씹었다. 그의 허리 짓이 빨라질수록 꽃분이 고통과 쾌감이 뒤섞인 소리를 내며 허리를 비틀었다.

"아아아!"

꽃분을 순식간에 눕힌 가진이 그대로 퍽퍽퍽, 허리를 움직여 안쪽을 쳐 댔다. 그는 분노와 쾌락으로 일렁이는 눈으로 허공을 노려보며 절정을 향해 달려갔다.

'어머니께서는 반드시 제 뜻을 따르게 되실 겁니다!'

* * *

평소보다 일찍 눈을 뜨게 된 운은 건물 뒤편에서 나오는 꽃분을 보곤 멈칫했다. 그곳은 분명 순옥과 가진이 기거하는 방이 있는 곳이었다.

"일찍 일어났나 보구나."

파리한 안색으로 걸어오던 꽃분은 운의 목소리에 퍼뜩 고개를 들었다. 그녀는 당황한 기색이 역력한 표정으로 운을 보다가 저도 모르게 저고리 깃을 붙들었다.

"······운이구나."

운의 시선이 자연스럽게 꽃분이 매만지고 있는 깃 주변으로 향했다. 그 사이로 보이는 흔적과 살짝 보이는 팔목 부근의 불그스름한 것은 분명 피멍이었다.

'개중엔 죽은 애도 있었다지 뭐야. 어찌나 험하게 다뤘는지 온몸에 멍이 든 채로 말이다. 하여튼 소문은 소문이고, 확실한 것은 아니지만. 너희 댁 여노비들 외모가 반가 댁 여인들과 비견할 정도지 않니. 괜한 걱정이면 되었다만, 혹시 몰라서 말이다.'

"꽃분아, 혹 네게 무슨 일이 있으면 말이다."

운의 걱정 어린 말에 일순간 꽃분의 눈빛이 차갑게 가라앉았다.

"난 아무 일 없으니 너나 걱정해."

꽃분의 냉랭한 거절에도 운이 그녀를 붙잡으려고 했지만, 꽃분은 쌩하니 가 버렸다. 운은 도망치듯 사라지는 꽃분을 복잡한 표정으로 지켜보았다.

* * *

평소와 다르게 일찍 집으로 돌아온 가진은 조심스럽게 옥씨 부인의 방으로 들어갔다. 옥씨 부인은 허리를 세우고 앉아 한창 수틀

중이었다.

"어머니, 저 왔습니다."

가진은 옥씨 부인의 눈치를 살살 살피며 지척에 양반다리를 하고 앉았다. 옥씨 부인은 아들을 보는 둥 마는 둥 하며 계속해서 수를 놓았다. 그녀의 손끝에서 피어나는 샛노란 나비와 그 아래 활짝 핀 진달래꽃은 평화로워 보였으나. 옥씨 부인의 마음은 거친 바람처럼 흔들리고 있었다. 그것이 무엇으로 인함인지 알았으나, 알은 체하고 싶지 않았다.

"어머니 그리 노하지 마세요. 저 또한 가현을 몹시 아낍니다. 한데, 아버지가 그리 가시고 집안엔 저뿐이니 뭐라도 해야 하지 않습니까? 전 운이 없어 계속 과거시험에 낙방하고 있지 않습니까. 제 절박한 심정을 부디 헤아려 주세요, 어머니."

운이 없는 것이 아니라, 글자 한 자 읽지 않고 밖으로 나도는 네놈의 철없는 행동 때문이겠지!

조금 거칠게 수틀을 밀친 옥씨 부인이 매서운 눈으로 가진을 돌아보았다.

"해서 그 불구덩이 속으로 가현을 밀어 넣겠다는 소리가 아니더냐!"

"불구덩이 속이라니요! 가현이 무사히 아이만 낳으면 그 아이가 바로 춘국의 지존이 되는 것입니다! 현재 왕비도 하나 있는 후궁도 모두 후사를 보지 못하고 있어요. 혹여 가현이 아들을 낳으면 왕비가 되는 것도 시간문제라고요."

가진은 처음과 다르게 옥씨 부인을 살살 굴리며 조심스럽게 다가와 그녀의 주름진 손을 잡았다.

"어머니 잘 생각해 보세요. 가현에게 이보다 더 좋은 길은 없을 것입니다. 아버지가 그리되시지만 않았다면 이런 생각조차 하지 않았을 것이에요."

가진은 옥씨 부인의 눈빛이 흔들리는 걸 보곤 죽고 없는 서 대감까지 끌어들여 회유했다.

"아버지가 살아 계셨다면 제대로 된 가문에서 혼처를 넣었겠지만, 지금은 아버지도 안 계시니 그만한 혼처는 찾기 힘들 것이 아닙니까. 이보다 더 좋은 기회가 가현에게 없을지도 몰라요, 어머니."

같은 시각, 옥씨 부인에게 줄 냉차를 갖고 온 가현은 문 너머에서 들리는 오라버니와 어머니의 대화에 사색이 되었다.

"유 대감께선 시간을 많이 주지 않으셨습니다."

이게 다 무슨 소리인가.

왕의 후궁으로 들어간다니.

무슨 말도 안 되는!

저도 모르게 손을 벌벌 떨던 가현이 그만 쟁반을 놓치려 하는데, 뒤에서 손 하나가 불쑥 앞으로 나와 쟁반을 붙들었다. 희미한 흙냄새와 뒤섞인 풀냄새가 느껴졌다. 천천히 돌아선 가현은 쟁반을 빼앗듯 가져가는 운을 멍하니 올려다보았다. 딱딱하게 굳은 얼굴로 가현을 내려다보던 운이 그녀의 손을 붙들고 아무도 없는 곳으로 갔다.

가진은 살가운 성격이 아니었다.

게다가 가현이 여덟 살이 되기 이전에 가진은 혼인하였고, 바로 분가했기 때문에 가진과 살가운 시간을 가진 적이 없었다. 그래도 그는 오라비였다. 같은 어머니에게서 태어난 같은 핏줄이었다.

그런데…….

"어찌 오라버니가 날 왕에게 팔아 버릴 수 있단 말이냐."

가현이 멍하니 중얼거렸다.

믿어지지 않았다. 아무리 그러해도 가진은 자신의 오라비인데. 자신은 그의 누이인 것을. 아무리 이해하려고 해도 이해할 수 없었다. 거의 넋을 놓고 중얼거리는 가현을 끌어안은 운이 그녀의 등을 쓸어내리며 안심시켰다.

"걱정하지 마세요. 마님께서 결코 그리 두지는 않을 것입니다."

부드러운 목소리로 타이르는 것과 다르게 운의 눈빛은 차갑게 얼어붙었다. 그의 새까만 안광이 뿌옇게 흩날리는 먼지 사이 어딘가를 응시했다.

봉긋 튀어나온 그녀의 뒷머리를 한 손으로 꽉 움켜쥐며 좀 더 제 품으로 끌어당긴 운이 그녀의 목덜미에 입술을 묻었다.

"그러니 쓸데없는 생각으로 속 끓이시면 아니 됩니다. 결코 그런 일은 없을 것이니."

"그렇겠지?"

연신 등허리를 부드럽게 쓸어내리는 그의 손길을 느끼며 가현이 눈을 지그시 감았다. 그러곤 운의 어깨에 조심스럽게 이마를 기댔다.

"그래, 어머니께선 절대 날 버리실 분이 아니다."

말과 달리 굳게 닫혀 있는 눈꺼풀이 가늘게 떨렸다.

* * *

"……지금 그게 무슨 소리예요?"

황망하게 옥씨 부인을 바라보던 가현이 떨어지지 않는 입을 억지로 열었다. 옥씨 부인은 차마 가현의 눈을 보지 못하고 시선을 가현이 입고 있는 분홍색 치마 근처에 두었다.

"네 아비도 없는 마당에 이보다 더 좋은 혼처는 없을 것이 아니니. 후궁 자리 역시 치열하다고 하더구나."

"그럼 그리 원하는 자들에게 들어가라고 하세요!"

가현이 귀가 찢어질 듯 고함을 내질렀다. 여식의 낯선 모습에 옥씨 부인의 눈이 커졌다.

"가현아."

언제나 가진을 먼저 생각하는 어머니였으나, 이번만큼은 오라버니 편이 아닌 자신을 위해 줄 줄 알았다. 그러나 어머닌 기어코 자신을 사지로 내몰아 오라버니를 관직에 앉히려 했다.

가현은 어머니를 원망스럽게 보다가 눈물을 떨어트렸다. 옥씨 부인은 낯선 아이의 표정을 당혹스럽게 쳐다보았다. 눈물로 얼룩진 얼굴을 일그러트린 가현이 옥씨 부인을 향해 원망을 토해 내었다.

"어머니까지 이러실 줄은 몰랐어요. 절 후궁으로 팔아 버릴 줄은……!"

짝!

가현의 말이 끝나기도 전에 손을 든 옥씨 부인이 그녀의 뺨을 내리쳤다. 매서운 어머니의 손길에 가현의 고개가 옆으로 돌아갔다.

붉게 달아오른 가현의 뺨과 마찬가지로 옥씨 부인의 여린 손바닥도 붉게 달아올랐다. 저도 모르게 딸아이의 뺨을 때리고 만 옥씨 부인은 당혹감에 마른 침을 삼켰다. 그런 그녀의 손이 가늘게 떨렸다.

"팔아넘기다니!"

옥씨 부인은 하얀 목에 핏대가 설 정도로 가현에게 소리쳤다.

"진정 내가 널 팔아넘긴다 그리 생각하느냐!"

붉게 달아오른 뺨을 손으로 감싸 쥔 가현은 옥씨 부인을 핏발 선 눈으로 노려보았다. 힘을 너무 준 탓에 눈가가 파르르 떨렸다.

"그럼 아닙니까? 늙은 왕에게 후궁으로 가 제가 얻는 게 무엇인데요. 얻을 게 있는 건 오라버니와 어머니겠지요!"

가슴을 찌르고 들어오는 말에 옥씨 부인의 안색이 순간 파리해졌다. 분노로 이성을 잃은 가현은 멈추지 않았다.

"아무짝에 쓸모없는 머리 가지고 허송세월 다 보내던 오라버니는 관직을 얻을 테고, 어머닌 매년 절에 가서 오라버니를 관직에 올려 달라 청하지 않아도 되니까요! 전 그 끔찍한 곳으로 들어가 피 말라 죽겠지요. 아니 그렇습니까, 어머니?"

"네 녀석이 감히!"

벌컥!

문을 열고 들어선 가진이 가현을 거센 손으로 내리쳤다.

짝!

솥뚜껑만 한 그의 손에 당한 가격에 쿠당탕! 소리를 내며 벽에 부딪친 가현이 나가떨어졌다. 순간 눈앞이 보이지 않을 정도로 머리를 세게 부딪친 가현은 낮게 신음을 흘리며 손으로 바닥을 짚고 일어서려고 애를 썼다.

"하윽."

그러나 비틀거리다가 그대로 넘어질 뿐이었다. 놀라 아무 말도 못 하고 굳어 있던 옥씨 부인은 뒤늦게 정신을 차렸다. 서둘러 일어난 그녀가 가진의 어깨를 주먹으로 때렸다.

"네 놈이 지금 누구에게 손을 대는 것이야! 누이를 때리다니!"

"어머닌 가만히 계세요. 오냐오냐했더니 네가 아주 건방이 하늘을 찌르는구나!"

옥씨 부인을 거칠게 떨쳐 낸 가진이 여태 일어나지 못하고 있는 가현의 목덜미를 붙들어 강제로 고개를 들게 했다. 뿌연 시야로 가진의 얼굴이 보이자, 가현의 눈빛이 저절로 사나워졌다. 가현의 곱던 이마는 벽에 부딪혀 피가 흐르고 있었고, 입술마저 찢어져 피가 맺혀 있었다. 그런데도 가현은 눈을 치뜨며 가진을 맹렬하게 노려보았다.

"아이고, 시상에!"

"이걸 어째!"

활짝 열린 문 너머에선 유모와 노비들이 발을 동동 굴리기만 했다. 그때, 머리 하나는 더 큰 운이 그들 사이로 비집고 들어오다가 가현의 모습을 보곤 얼굴을 일그러뜨렸다. 들고 있던 도끼에 저절로 힘이 들어갈 정도로 그의 손등에 푸른 핏줄이 불룩 솟았다.

머리끝까지 화가 난 가진은 가현의 옷깃을 붙들고 흔들며 소리쳤다.

"나와 어머니가 널 정녕 팔아넘기려고 한다고 생각했더냐! 네가 진정 그리 생각했어!"

마치 자신을 위하는 것처럼 포장하고 있었다.

"그럼 아닙니까? 예?"

입술이 찢어져 피가 흐르는 상태로 가진을 죽일 듯이 노려보던 가현이 픽, 웃음을 터뜨렸다.

"제가 바보 천치는 아닙니다, 오라버니. 절 왕에게 팔아넘기고 어느 관직을 받기로 하셨습니까?"

가현의 조롱에 가진의 얼굴이 시뻘겋게 변했다. 하인들의 수군거리는 소리가 커질수록 그의 얼굴색 역시 짙어졌다.

"재상의 자리라도 내준답디까?"

"네 이놈!"

더는 참지 못하고 가진이 가현을 주먹으로 내리치려는데, 도끼를 흙바닥에 내던지고 성큼 마루 위로 올라선 운이 방으로 들어와 그의 팔을 붙들었다.

"아악!"

금방이라도 꺾일 듯 휘어잡는 운의 손아귀 힘에 가진이 악을 지르며 손에서 힘을 풀었다. 가진이 손에서 힘을 풀 때까지 힘을 주고 있던 운이 한참 만에 가진을 놓아주었다. 욱신거리는 손목을 붙들고 신음을 흘리던 가진은 갑자기 나타나 훼방을 놓은 운을 노려보았다.

"너, 넌 또 뭐야!"

"그만하십시오, 도련님. 이러다가 마님께서 쓰러지십니다."

운의 말대로 옥씨 부인은 비틀거리며 주저앉은 상태였다. 건방지게 감히 자신을 막은 운을 노려보던 가진은 알 수 없는 위압감에 저도 모르게 주춤 뒤로 물러섰다. 그게 분했던 가진은 운의 얼굴을 향해 냅다 주먹을 날렸다.

퍽!

"오라버니!"

놀란 가현이 얼른 일어나 그를 말리려고 했으나, 가현을 밀쳐 버린 가진이 쓰러진 운을 향해 발길질했다.

"천한 노비 주제에 감히 내 몸에 손을 대? 이게 미쳤나!"

퍽!

퍽!

"진정 미치신 겝니까!"

가현은 다시 서둘러 가진을 말리며 앞으로 뛰어들었다. 뒤이어 석칠과 다른 남노비들도 뛰어 들어와 말리기 시작했다.

"도련님 진정 좀 하세요!"

"이러다가 정말 큰일 나겠습니다!"

그때, 옥씨 부인이 혼절하듯 뒤로 넘어가 버렸다.

"아이고, 마님!"

* * *

"흑."

가현이 계속해서 훌쩍이며 운의 입가와 멍든 얼굴을 찬물에 적신 천으로 닦아 주었다. 그러다가 그만 상처를 건드렸는지 운이 살짝 미간을 찡그렸다. 그에 가현이 더 소리 내어 눈물을 흘렸다.

"흐윽!"

"아가씨 저 죽었습니까? 이리 멀쩡히 살아 있는데."

"시끄러!"

버럭 소리를 지른 가현이 운의 어깨를 퍽! 내리쳤다.

"이게 뭐냐고. 네가 왜 거기서 끼어드는데! 오라버니 성질 알면서. 잘못했다가 매질로 맞아 죽었을지도 모른다고!"

어깨를 주먹으로 내리치며 훌쩍이는 가현을 말없이 보던 운이 그녀의 가녀린 허리를 당겨 품에 안았다. 얼떨결에 그의 품에 딸려 들어간 가현은 습관처럼 넓은 가슴팍에 머리를 기댔다. 가현의 정수리에 제 이마를 기댄 운이 눈을 내리깔았다.

"그땐 사실 이성을 잃었지 뭡니까."

가진의 손아귀에 날아가던 가현을 본 순간, 아슬아슬하게 붙들고 있던 이성의 끈이 끊어졌다. 가진에게 달려간 순간부터 가현의 손에 이끌려 방으로 들어올 때까지의 기억이 희미할 정도로. 그 정도로 이성을 잃었다.

만약 제 깊은 곳에 노비라는 생각이 뿌리 박혀 있지 않았다면……. 아마도 자신은 손에 들고 있던 도끼로 가진의 머리를 내려쳤을 것이다. 가현이 들으면 뒤로 넘어갈 정도로 무서운 생각을 속으로 삼킨 운이 그녀의 마른 등을 부드럽게 쓸어내렸다.

"다시는 그러지 마. 응? 얼굴이 이게 뭐냐고."

불쑥 고개를 든 가현이 그의 볼을 조심스럽게 더듬거렸다. 운도 여전히 붉은 기가 가시지 않은 가현의 볼을 커다란 손바닥에 담았다. 그의 손끝이 찢어진 입술을 배회하다가 이마로 타고 올라갔다. 그의 손길이 간지러워 가현의 어깨가 가늘게 떨렸다.

"또다시 아가씨가 다치는 걸 보면 아마 전 똑같이 할 겁니다."

새까만 운의 눈은 여전히 가진을 향한 분노로 일렁이고 있었다. 멍하니 그를 올려다보던 가현이 물었다.

"도망갈까."

뜻밖의 말이 가현의 입에서 나오자, 그의 새까만 동공이 흔들렸다.

"……뭘 하자고요?"

가현은 다시 한번 말했다.

"도망가자, 운아. 이대로 있다가 난 분명 오라버니의 뜻대로 궁에 들어가게 될 것이다. 너 말고는 누구도 싫다. 끔찍해."

상상만 해도 몸서리가 쳐지는지 가현의 어깨가 파르르 떨렸다.

"진심입니까."

그녀를 물끄러미 보던 운이 되물었다.

진심이냐고.

"그럼, 진심이지. 실은 언젠가부터 이런 생각을 했어."

운은 노비였고, 자신은 양반이었다. 신분의 차가 너무 컸다. 언젠가 자신에게 혼처가 들어올 테고 그렇게 되면 강제로 시집을 가게 될 테였다. 운 역시 마찬가지였다. 꽃분과 혼인을 할 뻔한 적도 있지 않았겠는가. 운과 마음을 나누고 정을 통했을 때 가현은 생각했다. 언젠가는 운과 멀리 떠나야겠다고.

가현은 운의 얼굴을 조심스럽게 쓸어내리며 그와 눈을 맞추었다.

"진심이다, 운아."

그녀의 손바닥에 조심스럽게 입을 맞춘 운이 그대로 고개를 숙여 입술을 탐했다.

"그래요."

입술이 닿은 상태로 운이 속삭였다.

"가요, 도망."

* * *

사흘 후에 큰 장이 열렸다.

그날은 전국 각지에서 모여드는 상인들과 사람들, 그리고 광대들로 정신이 없었다. 그날이 바로 운과 가현이 도망치기로 한 날이었다.

"어머니, 저 가현이에요."

문밖에 선 가현은 며칠이 지나도록 문을 걸어 잠그고 있는 옥씨 부인의 방 앞에서 그녀를 불렀다. 그러나 어머니는 여전히 대답이 없었다.

그날 이후, 식음을 전폐하고 안에서 문을 걸어 잠근 옥씨 부인은 거의 쓰러질 때가 다 되어서야 죽과 약간의 물을 마시며 기운을 차렸다. 유모와 행랑어멈 그리고 순옥이 매일 드나들며 옥씨 부인을 보필했고, 그들의 정성에 옥씨 부인은 기운을 차릴 수 있었다. 그러나 그녀는 가현을 보지 않았다.

하지만 오늘은 어머니가 자신을 들이지 않으려고 해도 들어가야 했다. 오늘이 바로 어머니를 볼 마지막 날이었기 때문이었다.

"들어가겠습니다."

무작정 문을 벌컥 열고 들어서자, 옥씨 부인이 몸을 옆으로 틀며 가현을 외면했다. 고집스레 옆모습만 보여 주는 어머니의 얼굴은 마음 고생 때문인지 까칠해져 있었다. 잠시 말없이 어머니를 살피던 가현이 걸음을 옮겼다. 조심스러운 걸음으로 가까이에 다가가 앉자, 치마가 마찰하며 바스락 소리가 들렸다. 그 정도로 방 안은 정적이 흘렀다.

"어머니."

"……."

옥씨 부인은 들은 척도 하지 않고 하던 수를 마저 놓았다. 고개를 살짝 내린 채 허리를 꼿꼿하게 세우고 앉아 손만 기계적으로 움직였다. 그런 그녀의 얼굴은 냉랭하기 그지없었다.

"전 아직 어머니가 밉습니다."

가현을 없는 사람처럼 굴며 계속해서 수를 놓던 옥씨 부인은 그만 바늘에 손가락이 찔리고 말았다. 바늘에 찔린 손끝에서 붉은 구슬 같은 핏방울이 불룩 솟아올랐다. 곱고 반듯하던 그녀의 이마에 미세한 주름이 생겼다. 확 고개를 든 옥씨 부인이 냉랭한 눈으로 가현을 바라보았다.

"지금 나와 다투자고 들어온 것이냐."

"그런 말이 아니에요. 다만……."

가현은 잠시 말을 멈추고 옥씨 부인을 애틋한 눈으로 바라보았다.

"그럼에도 어머니를 미워하고 싶지 않다는 말을 드리고 싶은 겁니다. 어머니, 전에 그러셨죠? 사랑만 주는 지아비 만나 꽃처럼 곱게 웃다가 가는 인생을 살았으면 좋겠다고."

가현의 차분한 목소리에 옥씨 부인의 눈빛이 흔들렸다.

순간 무언가 없힌 듯 가슴을 콱 메이게 했다.

떨리는 손으로 가슴께를 지그시 누른 옥씨 부인이 제 딸아이를 눈에 담았다. 새삼 느껴졌다. 제 눈엔 어린아이였던 가현이 저도 모르는 새에 이만큼 자랐다는 것을. 곱게 땋아 내린 머리카락을 늘어뜨리고, 허리를 꼿꼿이 세우고 앉아 있는 가현은 어느새 한 떨기의 꽃처럼 활짝 피어 있었다.

그래, 분명 그러했다.

꽃처럼 고운 내 아이는 평생 지아비의 사랑만 받으며 살다 가기를 바랐다.

그런데……. 가진이 눈에 밟혀 이 아이에게 그만 못 할 짓을 하고 말았다. 그걸 이제야 깨달았으나, 자존심상 옥씨 부인은 사과한마디 꺼내지 못했다.

"전 그럴 거예요, 어머니. 저만 곱다 여겨 주는 그런 지아비랑 평생 살아갈 거여요."

"……시끄러우니 썩 나가거라."

끝까지 냉랭함을 잃지 않는 어머니의 외면에 가현은 눈물을 참으며 억지로 입꼬리를 끌어올렸다.

"어머니, 골난다고 안 드시지 말고 꼬박꼬박 잘 챙겨 드세요."

느리게 자리에서 일어선 가현이 양손을 곱게 접어 이마 근처에 올리곤 절을 올렸다. 매화 수가 놓인 새하얀 저고리와 붉은색 치마를 입은 가현은 활짝 핀 생화처럼 눈이 부셨다. 한 치의 흔들림 없이 앉았다가 일어선 가현이 조금 차분해진 얼굴로 저를 멍하니 올려보는 옥씨 부인을 눈에 담았다.

알 수 없는 불안감에 옥씨 부인이 입술을 달싹였다.

"가현이 너."

"어머니 저 그만 나가 볼게요. 오늘 큰 장이 열린다지 뭐예요."

한 번 더 깊숙이 허리를 숙이는 것으로 가현은 인사를 마쳤다. 그렇게 가현은 돌아서 방을 나갔다.

바람에 흔들리는 꽃잎처럼 붉은색 치맛자락을 흔들며 멀어지는 가현의 뒷모습을 눈에 담던 옥씨 부인은 이상하게 벌렁거리는 심장을 누르며 가라앉히려고 애썼다.

* * *

'미시(13시-15시)에 나루터에서 만나는 걸로 하겠습니다. 운 좋게 그날 탈놀이가 열린답니다. 탈을 쓰면 들키지 않을 테니, 서로 지정한 탈을 쓰고 만나요.'

평소보다 북적이는 장터였다. 가현은 가판대 앞에서 알록달록한 그림이 그려진 탈을 유심히 살폈다. 가현을 따라나선 여노비가 고개를 갸웃거리며 물었다.

"아가씨, 탈이라도 쓰시게요?"

"너도 하나 쓰련?"

"참말요?"

가현의 말에 신이 난 아이가 눈을 반짝이며 탈을 골랐다. 갖가지 동물 탈과 도깨비, 장수 등을 샅샅이 살피던 그때 여노비가 하나를 집어 들었다. 토끼 탈이었다.

"이거요!"

"그럼 난 이걸로 해야겠다."

가현이 고른 건 고운 각시탈이었다. 처음부터 지정되어 있던 것이었다.

운은 신랑 탈을 쓰기로 했다. 서로의 복색도 미리 알려 주었으니 헷갈릴 일은 없을 것이다. 특히나 만나기로 한 시각엔 한창 탈놀이로 사람들 모두 장터 한가운데 모여 있을 테니, 자신들 외엔 나루터로 올 사람은 없을 것이었다. 상인에게 돈을 내주고 탈을 뒤집어쓴 가현이 여노비에게 옅게 웃어 보였다.

"잠시 이곳에 있어 줄래? 저쪽에 볼일이 있어서 말이다."

"금방 오셔야 합니다!"

수많은 사람과 진귀한 물건들에 정신이 팔린 여노비는 아가씨 곁을 단단히 지키라는 유모의 당부를 잊곤 고개를 끄덕거렸다. 돌아선 가현은 맞은편 골목 안으로 들어섰다. 조금 후미진 곳 안으로 들어서자 작은 점포 하나가 나왔다. 안으로 들어서자 온갖 물건들이 잡다하게 늘어져 있었다.

그것들은 대부분이 값비싼 것들로 이곳을 드나드는 손님은 가현과 비슷한 사정을 가진 사람들이었다.

"어쩐 일로 저희 가게를 찾아오셨습니까?"

노인의 물음에 가현이 품 안에 숨기고 있던 작은 주머니를 꺼내 그에게 건넸다.

"급히 처리할 것이 있어서 왔네."

주머니를 받아든 노인은 안에 든 보석들을 하나하나 살펴보곤, 어떤 것도 물어보지 않고 돈을 건네주었다. 가현 역시 그에게 어느 것도 말하지 않고 돈만 받고 점포를 나섰다. 뒤에 남은 노인은 멀어져 가는 가현을 지켜보며 중얼거렸다.

"또 한 사람이 가는구만."

* * *

쳉!

쳉쳉!

시끄러운 악기 소리가 여기저기에서 울려 퍼졌다. 그때, 진기하게 높은 곳에서 줄을 타던 남자가 발끝을 튕기며 날아올랐다.

"헉!"

그러자 여기저기에서 숨소리를 죽이며 긴장 어린 눈으로 지켜보았다. 하늘 높이 날아오른 남자는 가볍게 몸을 둥글게 말고 한 바퀴 빙 돌다가 줄 위에 착지했다.

"와아아아!"

짝짝짝짝!

광대놀음부터 줄타기까지 모두 끝이 날쯤, 어느덧 시간이 흘러 하늘이 붉은 노을로 타올랐다.

"자, 지금부터 탈놀이가 시작되오니 모두 가져온 탈을 쓰고 둥글게 서세요!"

앞으로 나온 진행자는 원숭이탈을 쓰고 있었다. 그의 말에 사람들이 일사불란하게 움직였다. 그 사이엔 가현과 노비 아이도 함께였다.

곧이어 신명 나는 음악이 울려 퍼지고, 사람들이 양쪽으로 손을 잡고 빙빙 돌기 시작했다. 그들을 따라 가현도 옆에 있는 여노비와 반대편에 서 있는 누군가의 손을 잡으려는데, 갑자기 누군가 불쑥 그 사이로 끼어들어 왔다. 신랑 탈을 쓰고 있는 운이었다.

운아······.

단번에 그를 알아챈 가현은 여노비에게 들킬까 염려되어 아무 소리 하지 않고 자신의 손을 붙드는 그를 따라 빙빙 돌았다. 운은 탈 너머로 가현을 응시했다. 가현도 마찬가지로 운에게 시선을 떼지 않았다.

빙빙 도는 그들 가운데엔 모닥불이 훨훨 타오르고 있었다. 활활 타오르는 모닥불이 그들이 쓰고 있는 탈 위로 일렁였다. 탈 너머로 보이는 시선은 오로지 서로에게만 집중해 있었다.

빠르게 빙빙 돌다가 또 옆의 사람들이 바뀌었다. 노비 아이는 점점 멀어졌다. 운은 여전히 가현의 손을 잡고 있었다. 사람들은 점점 많아졌고, 발밑이 차일 정도가 되었을 때 운이 고개를 숙여 가현의 귀에 속삭였다.

"지금입니다."

귓속을 간질이는 그의 목소리는 신명 나는 음악과 사람들의 말소리에 뒤섞여 빠르게 흩어졌다. 흔적마저 사라질 즘, 운이 가현의 손을 놓고 순식간에 사라졌다. 어느새 여노비는 보이지 않았다.

'미안하다.'

이렇게밖에 할 수 없는 날 용서하지 말렴.

여노비에 대한 죄책감을 가슴에 품은 가현은 사람들 사이를 빠져나와 나루터로 향했다.

우거진 갈대 사이로 작은 배 한 척과 일흔은 훌쩍 넘어 보이는 뱃사공이 자신들을 기다리고 있었다. 그 모습이 마치 먹으로 그린 그림처럼 보였다. 잔잔하게 흐르는 강물 너머 보이는 산등성이는 짙은 노을빛으로 물들어 묘한 색감을 내었다.

눈가가 시릴 정도로 붉은 노을빛에 미간을 찌푸리며 나루터로 내려가자, 가현을 발견한 노인이 희끄무레하게 눈을 치뜨고 위아래로 훑었다. 곧 노인이 몸을 옆으로 틀었다.

"타시오."

"기다렸다가 같이 타겠습니다."

노인에게 공손히 답한 가현은 돌아서서 조금 전 제가 올라왔던 언덕을 올려다보았다. 그런데 시간이 흘러도 운은 나타나지 않았다. 붉은색의 하늘이 점점 푸르스름하게 변해갈 때까지 나타나지 않자, 가현의 눈빛에 초조한 기색이 어렸다.

무슨 일이 생긴 것일까…….

잡다한 생각으로 머리를 어지럽힐 무렵, 누군가 모습을 드러냈다. 신랑 탈을 쓰고 있는 사내의 등장에 초조해하던 가현의 안색이 환해졌다.

"왜 이리 늦었……?"

뭔가가 이상했다. 마치 양반네가 입는 것처럼 차려입은 게 아니겠는가. 분명 저와 헤어지기 직전까지만 해도 운은 평소와 같은 옷을 입고 있었는데. 위장하기 위해 옷을 갈아입은 것인가.

가현이 말끝을 흐리며 찬찬히 살피는 그때, 코앞에 선 남자가 얼굴에 뒤집어쓰고 있던 탈을 천천히 벗어 내렸다.

"날 기다렸느냐?"

탈 뒤로 드러난 오라버니의 음험한 얼굴에 가현의 얼굴이 서서히 굳어 갔다. 가현을 내려다보는 가진의 눈빛은 먹이를 눈앞에 둔 뱀처럼 번들거렸다.

"오라……버니."

사색이 된 가현이 주춤거리며 뒤로 물러섰다. 물러서는 가현을 비웃으며 가진이 손을 뻗었다.

"당장 놓지 못하겠느냐!"

옷이 찢어질 것처럼 악을 쓰며 벗어나려고 애를 써 봤지만, 가진이 분가할 적부터 데리고 있던 남노비들은 묵묵히 가현을 이끌고 대문 안으로 들어섰다.

"도대체 이 무슨 짓입니까, 오라버니!"

가진에게 소리를 내지르던 가현은 눈 앞에 펼쳐지고 있는 참혹한 광경에 말을 멈추었다.

"운……?"

마당 한가운데 피떡이 되어 엎어져 있는 건 운이었다. 어찌나 맞았는지 온몸이 성한 구석이 없었다. 반듯하던 코는 주먹만 하게 부어올랐고, 그 아래론 계속해서 피가 흘러내렸다. 이마는 찢어졌고, 눈은 푸르스름하게 멍들어 부어 있었다. 눈조차 뜨기 힘들어 보였다.

분명 나루터에서 만나기로 했던 운이 어찌하여 저런 모습을 하고 있단 말인가.

"운아!"

멍하니 운을 바라보던 가현이 온 힘을 다해 그를 불렀다. 가현의 목소리에 미동 없이 엎어져 있던 운이 느리게 눈꺼풀을 들어 올렸다.

그러나 워낙 부어 있어 눈동자가 거의 보이지 않았다.

그 주변엔 사색이 된 채로 굳어 있는 석칠과 남노비들, 그리고 부엌일을 돌보는 행랑어멈과 유모, 나머지 여노비들이 에워싸고 있었다. 꽃분은 조금 멀리 떨어진 곳에 서서 무표정으로 사태를 지켜보고 있었다. 옥씨 부인은 툇마루 위에 서서 운을 싸늘한 시선으로 내려 보고 있었다. 믿어지지 않는 얼굴로 운을 보던 가현이 옥씨 부인을 돌아보았다.

"어, 어머니 어찌하여 운을 저리 만든 것입니까!"

"어찌하긴. 네가 저 천한 노비와 도망을 치려고 하지 않았느냐. 그러니 내가 나루터에서 널 붙잡아 온 것이다."

옥씨 부인 대신 가진이 설명했다. 가진은 턱짓으로 가현을 붙들고 있던 남노비들에게 신호를 내렸다. 그러자 그들이 가현을 운의 옆에 무릎을 꿇렸다. 억지로 꿇어 앉혀진 가현을 냉랭하게 내려다보던 옥씨 부인의 눈빛이 서슬 퍼렇게 빛났다.

"가현이 네가 정녕 운과 정을 통했더냐!"

화가 치밀어 온몸이 벌벌 떨렸다.

몇 시각 전이었다. 갑자기 가진이 가현이 운과 정을 통하였고, 오늘 도망을 치려고 한다고 말했다. 그러면서 당장 나루터로 가 잡아 오겠다고 했다. 그때까지 옥씨 부인은 아들이 농이라도 하는 줄 알았다. 그런데 그게 사실이었다니!

아니, 여전히 옥씨 부인은 믿기지 않았다. 다른 사람도 아닌 내 자식이 천한 노비 놈과 놀아났다는 것을 어느 누가 믿을 수 있단 말인가!

"사실대로 고하라! 가현이 네가 정녕 운과!"

"운이를 연모해요, 어머니. 운이와 난 연모하는 사이……."

"큭!"

그때였다. 갑자기 운이 큭큭거리며 웃기 시작했다. 그의 갑작스러운 웃음소리에 가현이 말을 끝맺지 못했다.

이놈이 너무 맞아 실성했나.

주변을 에워싸고 있던 노비들이 당혹스러운 표정으로 운을 내려다보았다. 가진은 갑자기 미친놈처럼 큭큭 거리는 운을 어처구니없다는 듯 내려다보았다. 거의 움직이지 못할 것처럼 엎어져 있던 운이 천천히 고개를 들어 올려 옥씨 부인을 보았다.

"순진한 아가씨 하나 갖고 논 것뿐입니다."

운은 천하의 잡놈과도 같이 말하며 입술을 비뚜름하게 비틀었다. 갑작스러운 운의 말에 당황한 가현이 황급히 그를 돌아보았다. 그러나 운은 가현을 쳐다보지 않았다. 그저 부들부들 떨며 저를 죽일 듯이 노려보는 옥씨 부인을 비웃었다.

"연모 따위 있을 리가 있었겠습니까?"

4장

언젠가 가현이 어머니에 대한 이야기를 물은 적이 있었다.

하나, 운은 그에 답하지 못했다.

꽃처럼 아름다웠던 어머니는 주인댁의 어른에게 겁간을 당하였고, 그로 인해 제가 태어났다고. 그러나 주인어른은 끝까지 운과 어머니를 외면하였고 주인어른의 부인에 의해 팔려 갔다고. 미련하게도, 그 개 같은 놈을 진심으로 연모했던 어머니는 결국 얼마 못가 죽어 버렸다고. 그런 말을 어떻게 할 수 있겠는가. 홀로 남은 운은 바보 같은 어머니의 생을 끝까지 지켜보며 비웃었다.

그런데…….

역시 핏줄은 무시 못 하는 것인지. 저도 미련한 짓을 하고 말았다.

하지만……. 가현은 알면서도 붙잡아야만 했던 사람이었다.

밀어 내려 애써도 결국에는 밀어 내지 못했고, 가현을 품에 넣었다. 그날 결심한 것인지도 모르겠다.

언젠가 모든 게 들통나게 된다면, 가현만은 살리겠다고.

감히 비천한 노비로 꽃처럼 어여쁜 가현의 마음을 얻었으니, 그 것이면 족하지 않겠나. 어머니와는 다르게 가현과 진심으로 연모라 는 것을 나눈 것만으로 충분하지 않겠는가.

그것이면 죽어도 괜찮았다. 충분했다.

노비의 삶은 언제나 비참했다. 치맛자락 하나 밟았다고 매 맞아 죽는 노비들이 허다했고, 노비는 사람이 아니라 개와 돼지 같은 재 산에 불과하였으며, 언제든 팔려 나갈 두려움에 떨어야만 했다.

심기가 어지러운 주인들은 노비들을 때리는 것으로 노기를 가라 앉혔다. 그러다가 맞아 죽어도 누구도 관심을 두지 않았다. 그토록 가혹하고 모진 죽음이 노비들에겐 당연했다. 그러니…… 이만하면 만족스러운 삶의 끝맺음이 아닌가. 이 죽음은 결코 헛되고 비참한 것이 아니었다. 그래서 괜찮았다.

이만하면 되었다.

"그저 졸졸 따라다니는 순진한 아가씨가 우스웠지요."

운아……. 어찌 그러는 것이야.

가현은 말문이 막힌 눈으로 운을 멍하니 바라보았다. 그의 말을 곧이곧대로 믿어서가 아니었다.

'그냥 이대로 죽어 버릴까? 그럴까, 운아?'

처음으로 그와 사랑을 나누었던 날, 분명 같이 죽자고 이야기했 을 때였다.

'전 아가씨 손을 잡은 그 날 결심했습니다.'

그땐 분명 같이 죽겠다는 자신의 말에 동의했다고 생각했다. 그 러나 지금 와서 생각해 보면 운은 단 한 번도 같이 죽겠다는 말을 입에 담지 않았다. 순간 알 수 없는 불안감에 등줄기가 **뻣뻣해졌다**.

운아, 너 설마…….

가현의 눈이 빠르게 흔들렸다.

운은 결코 시선을 주지 않고 차갑게 굳은 눈으로 옥씨 부인을 올려다보았다. 고작 몇 시각 전, 올곧게 자신을 바라보던 그가 아닌 것만 같았다.

"해서 저 같은 천한 놈 좋다는 아가씨가 재미있어 놀아 준 것뿐입니다. 연모가 가당키나 하겠습니까? 연모라니, 참으로 철없는 소리가 아니겠습니까."

그의 말에 노비들의 안색이 새하얗게 질렸다.

오랫동안 운을 곁에서 지켜보았던 그들은 그가 지금 거짓을 고하고 있다는 걸 알았다. 갖고 놀다니. 단 한 번도 여노비에게조차 험한 짓이나, 하다못해 농담 하나 건넨 적이 없었다. 그저 우직하게 제 할일만 하며 살아가던 놈이었다. 그런데 가현을 갖고 놀았다고?

노비들은 믿지 않았다.

저놈이 맞아 죽으려고 환장이라도 한 것인가!

노비들은 이러지도 저러지도 못하는 얼굴로 옥씨 부인과 운을 초조하게 번갈아 보았다.

눈에 뵈는 것이 없는 옥씨 부인은 힘주어 쥔 주먹을 부들부들 떨었다. 그러면서 서슬 퍼런 눈으로 운을 죽일 듯이 노려보았다. 단 한 번도 흙바닥을 버선발로 밟지 않았던 옥씨 부인은 이성을 잃고 버선발로 마루에서 내려왔다. 그러곤 손을 높이 올려 운의 뺨을 내리쳤다.

짝!

살이 찢기는 소리가 공중위로 퍼졌다가 사라졌다. 그대로 휘청거리던 운이 고개를 떨어트렸다. 숨조차 제대로 쉬지 못하고 모두 입을 틀어막았다. 숨 막히는 정적 속에서 고개를 떨구고 있던 운이 한참 만에 고개를 들어 올렸다. 두려움도, 초조도 그렇다고 애원하는 것도 없이 그저 덤덤한 그의 눈빛에 옥씨 부인은 더 분노했다.

"천하의 몹쓸 놈! 감히 어느 안전이라고!"

퍽퍽!

연신 내리치는 그녀의 손길에 운이 비틀거렸다. 온몸이 휘청거릴 정도로 온 힘을 다해 운을 내리치던 옥씨 부인은 그래도 분이 안 풀렸는지 버럭 소리쳤다.

"감히 너 같은 천한 놈이 내 딸을!"

"어머니, 그러다 몸 상하십니다!"

서둘러 옥씨 부인을 부축한 가진이 이를 갈며 운을 노려보다가 외쳤다.

"저놈을 매우 쳐라!"

가진의 외침에 뒤늦게 정신이 든 가현이 운의 앞을 막아섰다. 운의 어깨를 끌어안는 가현의 행동에 노비들이 경악했다.

"그게 아니어요!"

고운 꽃신이 벗겨져도 상관없이, 새하얗던 버선발이 더러워져도 아랑곳하지 않고 납작 엎드린 가현이 빌고 또 빌었다.

"그런 게 아닙니다. 운이 아니라 제가 그런 것입니다. 운이 아니에요! 제가 운이가 좋아서, 그래서 제가 따라다닌 것이어요. 참말이에요. 벌하시려거든 절 벌해 주시고 운만은…… 제발 살려 주세요, 예?"

감히 상상조차 하지 못했던 일이었다. 어릴 적부터 유난스러울 정도로 운을 따라다닐 때도 노비들도 옥씨 부인도 그 누구도 의심 한 자락 하지 않았던 것은, 반가의 여인이 천한 노비를 좋아한다는 건 있을 수 없는 일이었기 때문이었다. 그게 당연했기에 누구 하나 두 사람의 마음을 깨닫지 못한 것이다. 그러나 운을 감싸 안고 애원하는 가현의 모습은 분명 연모의 감정을 품고 있는 여인의 모습이었다.

참으로 가련한 모습이었다.

눈물과 뒤섞인 가현의 외침은 노비들의 눈시울을 붉히게 했다. 유모도 애가 타는 심정으로 보다가 그만 눈물을 흘리고 말았다. 진즉에 끊어 냈어야 했는데. 운을 멀리 보내 버렸어야 했는데. 이 모든 게 자신의 죄라며 가슴을 쥐어짜며 울었다.

"그러니 제발 그만하세요!"

눈물로 얼룩진 눈을 하고 이마가 땅에 닿도록 애원하며 운을 지키려 드는 가현의 모습에 기가 찬 나머지 옥씨 부인은 그만 실신하듯 주저앉고 말았다.

"당장 치지 않고 뭣 하느냐!"

가현을 잡아당겨 옆으로 끌어낸 가진이 장정들에게 소리를 높였다. 가진의 명령에 몸통만 한 각목을 들고선 장정들이 다가와 운을 매우 치기 시작했다.

"그만둬! 멈춰! 멈추라고!"

가진의 손에 벗어나기 위해 가현이 미친 듯이 발버둥을 쳤다.

"제발 그러지 마!"

애먼 저고리만 찢어질 뿐 가현은 가진의 손에서 벗어나지 못하고 매를 맞는 운만 지켜봐야 했다.

"제발 누가 좀 말려 줘요!"

가현의 목소리가 처절하게 울려 퍼졌다. 그러나 어느 누구 하나 운을 위해 나서는 이가 없었다.

퍽!

그때, 각목에 머리를 정통으로 맞은 운이 휘청거리다가 풀썩 쓰러졌다.

아아…….

힘없이 바닥으로 쓰러져 내린 운의 머리에서 검붉은 피가 새어 나왔다. 새어 나온 붉은 피는 둥근 우물을 만들었다. 생명이 꺼져 가는 듯 움직임이 없는 운을 멍하니 보던 가현은 피를 토하듯 그를 부르짖었다.

"운아!!"

아아아아악!

미친 듯이 운을 부르짖던 가현은 그만 혼절했다.

운아…….

그리 가면 어찌하니, 난.

너 없으면 난 더는 산목숨이 아닌데, 어찌 그랬어.

뿌옇게 흐려진 시야 사이로 운을 바라보며 손가락을 까딱이던 가현은 암흑 속으로 빨려 들어갔다.

운아, 아니 된다.

운아…….

* * *

"하아, 이게 다 뭔 일이다냐."

조금 전과 다르게 아무도 없는 마당에 피가 얼룩덜룩 묻어 있었다. 석칠은 거의 반 시체가 되어 곳간으로 끌려들어 간 운을 생각하며 마당에 물을 뿌렸다. 그러다가 기어코 훌쩍거렸다.

"이 모자란 놈. 어째서 하필이면 가현 아가씨를 마음에 담아서는."

참혹하게 매질을 당할 때도 주인의 눈이 무서워 운을 외면하고 말았던 자신을 원망하고 또 원망하며 눈물을 뚝뚝 흘리는데, 꽃분이 다가왔다. 황급히 소매로 눈물을 닦은 석칠이 당황하며 꽃분을 불렀다.

"꽃분아."

꽃분은 석칠을 보지 않고 운이 흘린 핏자국을 물끄러미 보았다.

"운이 걱정돼서 나왔나?"

"걱정을 왜 하는데?"

"……뭐?"

꽃분의 냉랭한 말에 당황한 석칠이 되물었다. 꽃분은 무표정으로 석칠을 돌아보았다.

"운은 감히 반가의 여인을 넘본 것이다. 천한 것 주제에 말이다. 그러니 당연히 죽어 마땅하지."

허!

다른 사람도 아닌 꽃분의 입에서 저런 말이 나왔다는 것이 믿기지 않아 석칠은 그저 입만 떡하니 벌리고 꽃분을 쳐다보았다.

"너, 너 지금 그걸 말이라고 해! 죽어 마땅하다니! 네가 어떻게 그래!"

"그럼 넌? 주인 눈치 보느라 외면한 주제에 내게 쓸데없이 훈계질 하지 마."

참으로 낯설었다. 이렇게나 입에 독을 물고 있던 사람이었던가. 아니면 운과의 혼사가 깨져 미친 건가. 석칠은 아예 말문이 막힌 채 꽃분을 바라보았다. 그를 무시하듯 시선을 내리깐 꽃분은 그대로 돌아섰다. 그러다가 발끝에 무언가가 걸렸다. 그것을 유심히 보던 꽃분이 손을 뻗어 집어 들었다. 그러곤 조용히 멀어졌다.

"매정한 계집!"

뒤늦게 성난 얼굴로 들고 있던 바가지를 내던진 석칠이 씩씩거렸다. 그러다가 힘없이 어깨를 늘어트렸다.

"그래, 내 주제에 무슨 훈계질이냐. 나 또한 운을 외면해 버린 것을."

* * *

끝도 없이 깊은 암흑 속에서 가현은 운이 죽는 모습을 지켜볼 수밖에 없었다. 온몸이 무언가로 칭칭 감겨 손끝 하나 뻗을 수 없었다.

헉!

그 끔찍한 악몽에서 간신히 깨어난 가현은 숨을 몰아쉬며 눈을 떴다. 뿌연 시야 사이로 보이는 어머니는 차가운 눈으로 가현을 내려다보고 있었다.

"어머니⋯⋯."

흔들리는 눈으로 옥씨 부인을 올려다보던 가현이 서둘러 몸을 일으켰다.

"운이."

"그 입 닥쳐라!"

옥씨 부인의 매서운 목소리에 놀란 가현이 말을 잇지 못했다. 옥씨 부인은 날 선 눈으로 가현을 한번 훑다가 말했다.

"넌 정을 통한 적이 없다. 알겠느냐?"

가현은 제발 제 말 좀 들어 달라는 듯 떨리는 손으로 옥씨 부인의 치마 끄트머리를 붙들었다.

"운이를 연모해요, 어머니."

끝까지 고집을 부리며 연모한다 말하는 가현의 말에 옥씨 부인의 눈에 불이 일었다.

"얌전히 틀어박혀 있으렴."

더는 가현의 말을 듣지 않겠다는 듯 모질게 손을 내치곤 자리에서 일어선 옥씨 부인은 가현이 잡기도 전에 방을 나가 버렸다. 휘청거리면서도 억지로 몸을 일으킨 가현이 방을 나가려고 했으나, 문은 이미 잠겨 있었다.

쾅쾅!

"어머니, 제발요!"

아무리 악을 질러 보아도 굳게 닫힌 문은 열리지 않았다.

이대로 운이를 그냥 둘 수는 없었다. 이렇게 방 안에만 갇혀 있을 수는 없었다. 가현은 손바닥이 벌겋게 부어 피멍이 들 때까지 문을 두드려 댔다.

운이 원망스러웠다. 저 혼자 죽어도 상관없다는 듯 말도 안 되는 말로 자신과의 사이를 부정했던 운이 미웠다.

이렇게 자신 혼자 살아남으면 고마워할 줄 알았던가. 분명 같이 죽겠다고 하였는데. 그날 그렇게 맹세하였는데. 운은 처음부터 저 혼자 가 버리려고 했던 것이다.

그렇게 둘 수는 없었다. 분명 이야기하지 않았나. 같이 죽겠다고. 가현 역시 진심이었다. 가현은 다시 문을 두드렸다. 자정이 훌쩍 넘어 새벽녘이 다가올 때까지 멈추지 않고 문을 두드렸다. 점점 손에 힘이 빠지고 온몸이 욱신거렸으나 가현은 멈추지 않았다. 그러다가 결국에는 풀썩, 넘어지듯 주저앉고 말았다.

"제발 누가 좀…….."

목소리도 거의 쉬어 버려 나오지 않을 무렵이었다. 창호 문 너머로 그림자가 드리워지더니 가까워졌다. 달그락 소리를 내며 자물쇠를 열고 들어선 건 꽃분이었다.

"……꽃분이?"

뜻밖의 인물이었다. 어느 순간부터 거의 마주치지 않았을 정도로 서먹한 관계였던 꽃분이 들어서다니. 하지만 찬밥 더운밥 가릴 때가 아니었다. 가현이 안간힘을 써 몸을 일으켰다. 그러곤 꽃분의 치맛자락을 붙들었다.

"날 좀 여기서 내보내다오."

가현을 무표정으로 내려다보던 꽃분의 메마른 입술이 비스듬히 올라갔다.

"전 아가씨들은 태생부터 고고한 줄 알았어요."

갑작스러운 이야기였다.

꺼내 달라는 부탁에 맞지 않는 대답이었다. 뜬금없는 꽃분의 말에 가현이 멍하니 그녀를 올려다보았다. 꽃분의 이야기를 들어 줄 시간이 없었다. 가현은 다시금 다급한 마음을 꺼냈다.

"지금 그런 말을 들을 시간이 없다, 꽃분아. 이러다가 운이 정말 잘못되기라도 한다면……!"

"그런데 아니더군요."

꽃분은 제 할 말만 하겠다는 듯 애원하는 가현을 그대로 무시했다.

"노비 놈 밑에 깔려서 음탕하기 그지없는 얼굴로 신음하던 아가씨를 보니까 저와 별반 다를 거 없더라고요."

경멸과 조롱이 뒤섞인 그녀의 말에 가현의 눈빛이 크게 일렁였다.

어떻게 가진이 운과 자신이 도망친다는 것을 알았을까. 운의 걱정에 자신들이 어찌 잡혀 오게 된 것인지 생각해 보지 않았던 가현은 그만 경악했다.

"그래요, 나예요, 아가씨. 제가 가진 도련님께 말씀드린 거예요."

꽃분은 가현을 노골적으로 비웃었다.

그날까진 알지 못했다.

운이 누굴 좋아하는지, 가현이 운을 좋아하는지. 그 어느 것도 말이다.

갑자기 나타난 고양이 하나 때문에 아가씨가 아끼던 꽃밭이 엉망이 되었다며 석칠이 방 안으로 뛰어 들어왔던 날이었다. 대호국에서 건너온 꽃은 굉장히 비쌌고, 혹여나 석칠이 다칠까 염려가 되었다.

그날 절에서 다툰 뒤로 석칠이 미워 그를 볼 때면 쌀쌀맞게 대했지만, 그래도 그는 가족이나 마찬가지였다.

그래서 방에 있으라는 가현의 말을 어기고 밖으로 나섰다.

성정이 여리고 노비들을 함부로 대하지 않는 가현이었지만, 그래도 가현은 노비와는 다른 양반이었다. 석칠이 다칠 수도 있다는 걱정에 꽃분은 서둘러 방을 빠져나와 뒤채로 향했다. 그렇게 꽃밭으로 향하던 꽃분은 희한한 장면을 목격했다. 운이 가현을 어깨에 메고 있는 것이었다.

'운이가 어째서?'

두 사람은 이미 뒷문을 통해 언덕으로 올라갔다. 그곳은 오랫동안 쓰지 않던 곳간이 하나 있었다. 길이 하도 험해 누구 하나 다친 뒤로 서 대감의 엄명에 아무도 드나들지 않는 곳이었다. 그곳으로 향하는 두 사람을 걱정하며 따라붙은 꽃분은 곳간 안에서 뭐라 다투다가 갑자기 입을 맞추는 걸 보게 되었다.

그들은 절박한 표정으로 서로를 바라보며 몸을 섞었다.

서로의 맨살을 손으로 더듬거리며 탐해 가는 그들의 낯선 모습을 벌어진 틈으로 지켜보던 꽃분은 터져 나오려는 신음을 참기 위해 손으로 입을 틀어막았다. 그때, 탐욕스럽게 가현을 탐해가던 운이 탄성과 함께 고백했다.

"연모합니다, 아가씨."

그의 밑에서 자지러지는 가현과 운의 모습을 두 눈 똑똑히 지켜본 꽃분은 참을 수 없는 분노에 주먹을 쥐고 부들부들 떨었다.

'좋아하는 이가 있다.'

가현이 운을 쫓아다니는 것을 보았지만, 감히 이런 관계로 이어질 줄은 상상조차 하지 못했다. 게다가 운은 가현을 철없게 보았다. 관심은커녕 귀찮아해서, 매일 가현을 울렸다. 성인이 되고 나서도 운과 가현의 사이는 달라지지 않았다.

그래도 성인이 되어서인지 가현 또한 어린 시절처럼 운에게 고집을 부리지 않았다. 운이 좋아하는 사람이 있다며 혼인을 그만두자 말하였을 때도 가현은 생각조차 하지 않았다.

어느 누가 감히 노비와 아가씨를 같은 선상에 두고 생각하겠는가! 생각하는 것조차 죄가 되는 것임을 모르지 않는데!

그런데 지금 저 두 사람은 꽃분을 비웃듯 서로를 탐하며 음란하게 교성을 내지르고 있었다.

분했다. 고고하던 아가씨와 놀아나는 운이 증오스러웠고, 자신과 별반 다를 것 없어 보이는 가현을 좋아해 자신과의 혼인을 깨 버린 운을 지금 당장에라도 죽이고 싶었다.

자신과 운이 혼인하려 했었다는 걸 뻔히 알면서. 그동안 시치미를 뚝 떼고 아무렇지 않게 자신을 대했던 가현을 죽이고 싶었다.

가현은 꽃분이 안중에도 없었다. 꽃분은 노비였고, 자신이 운을 가져가도 뭐라 못 할 테니까. 그러니 죄책감 하나 가지지 않고 운을 빼앗은 것이겠지!

저 두 사람에게 똑같이 피눈물 흘리게 하고 싶었다.

때마침 가진의 눈에 꽃분이 들었고, 꽃분은 스스로 그에게 갔다. 어떠한 강요도 억압도 아니었다. 미칠 것만 같은 이 분노를 두 사람에게 똑같이 갚아 주기 위해 뱀 같은 가진에게 자신을 넘긴 것이다.

가진의 요구에 방으로 찾아간 꽃분은 자신의 모든 걸 동원하여 그를 사로잡았다.

그리고 꽃분에게 기회가 찾아왔다.

* * *

옥씨 부인과 한바탕 다툰 후 꽃분을 몇 번이나 거칠게 가진 뒤였다.

"가현만 후궁이 되어 준다면 내 관직에 올라 널 떵떵거리게 살게 해 줄 텐데! 어머니가 이대로 강경하게 나선다면 일이 틀어질 텐데 말이다."

가진은 꽃분의 안에 자신의 물건을 파묻은 채 분노에 찬 목소리로 이죽거렸다. 그러다가 허리를 움직여 내벽 안으로 파고들었다. 그의 움직임에 놀란 꽃분이 자지러지듯 튀어 올랐다. 가진은 위아래로 쳐 대며 제 위에서 흔들리는 꽃분의 허리를 붙들었다.

"하읏!"

조금 전 옥씨 부인에 대한 분노를 풀며 거칠게 탐한 것도 모자랐는지, 가진은 연신 꽃분의 가슴과 엉덩이를 계속해서 주물럭거리며 이따금 안쪽을 퍽퍽 쳐 댔다.

그의 허리 짓에 맞춰 엉덩이를 흔들던 꽃분이 요염하게 웃으며 허리를 빙빙 돌렸다. 그러면서 그의 가슴을 손바닥으로 쓸어내리길 반복했다. 느리게 조였다가, 풀다가. 다시 조이는 요사스러운 그녀의 움직임에 가진의 눈이 붉어졌다.

"하아."

요염한 미소와 나른한 시선으로 저를 내려다보며 제 물건을 바짝 조여 대는 그녀가 미치도록 어여뻤다. 한창 그렇게 허리를 돌리며 문지르던 꽃분이 엉덩이를 살짝 들고 일어났다.

"아아!"

그러곤 다시 내려앉았다. 바짝 내려앉자 안에 들어찬 물건이 안쪽을 더 깊숙이 찔러 들어왔다.

"아, 좋아……. 좋아요, 도련님!"

"크윽!"

꽃분이 엉덩이를 들썩이며 미친 듯이 교성을 내질렀다. 미친 듯이 쑤셔 대는 물건에 꽃분이 정신을 차리지 못하고 위에서 흔들거리다가 고개를 뒤로 젖혔다. 뒤로 젖힌 목을 타고 땀이 주르륵 흘러 내려와 가슴골에 떨어졌다.

그에 맞춰 가진이 아래에서 위로 계속 쳐 댔다. 그러다가 크윽, 신음을 토해 내며 안에 정액을 쏟아 냈다.

"헉헉……!"

"헉."

순간 경직되듯 위에서 몸을 부르르 떨던 꽃분이 무너지듯 땀으로 젖은 그의 가슴팍에 엎어졌다. 서로의 거친 숨결이 뒤엉켰다. 끈적한 가슴팍에 볼을 문대며 꽃분이 숨을 골랐다. 조금 정신을 차린 꽃분은 입술 끝을 말아 올리며 고개를 들었다. 그러곤 요염한 미소로 그를 올려다보았다.

"제게 방법이 있는데 들어 보실래요?"

정사 뒤에 몰려오는 공허함과 나른함을 즐기며 천장을 올려다보고 있던 가진이 느리게 시선을 내렸다.

"무슨 방법?"

"만족스러우실 겁니다."

그의 입술을 혀끝으로 애무한 꽃분이 싱긋 웃으며 그의 가슴팍을 쓸어내렸다.

"아주요."

또다시 그와 한바탕 나뒹군 꽃분은 가진에게 가현과 운의 이야기를 꺼냈다. 운과 가현이 그렇고 그런 사이라는 걸 듣게 된 가진은 버럭 역정을 냈다. 가현을 걱정하는 것이 아니었다. 천한 놈이 감히 반가의 여인을, 그것도 자신과 같은 핏줄이 섞인 누이를 건든 것에 분노한 것이다.

꽃분은 익숙하게 그의 화를 가라앉히며 운과 가현이 움직일 때까지 기다리자고 했다. 발을 빼지 못하도록 결정적 증거를 잡을 때까지 말이다. 그러면서 슬쩍 가현을 압박하라고 일렀다.

우습게도 꽃분의 묘책대로 가진이 옥씨 부인을 더 압박하자, 가현과 운은 도망치려고 했다. 몰래 두 사람을 지켜보고 있던 꽃분은 두 사람이 장날에 도망치기로 한 걸 듣곤 곧바로 가진에게 일러주었다. 그렇게 가진은 꽃분의 말대로 가현과 운을 쉽게 잡을 수 있었다.

* * *

"네가…… 어떻게 그래! 다른 사람도 아닌 네가 어떻게 운에게 그런 짓까지 할 수 있는데!"

믿을 수 없다는 듯 꽃분을 올려다보던 가현이 그녀를 죽일 듯이 노려보며 소리쳤다. 그런데도 꽃분은 눈 하나 깜빡하지 않았다. 오히려 가현을 비웃었다.

"아가씨와 운은 어떻게 제 뒤에서 그런 짓을 할 수 있죠?"

"그, 그것은…… 널 상처 주기 위함이 아니었다. 그저 나와 운은."

뻔히 내가 운을 좋아하고 있다는 걸 알면서도 운을 가진 가현을 용서할 수 없었다.

"아가씨도 저는 안중에도 없지 않나요? 저 역시 똑같아요. 아가씨 목숨이든 운이 목숨이든 안중에 없습니다. 전 그저 똑같이 갚아 줄 뿐이어요."

꽃분은 부디 두 사람이 평생 피눈물을 흘리기를 바랐다.

"그러니 날 원망하지 말아요, 아가씨."

꽃분은 넋을 놓은 가현을 밀쳐 내곤 돌아서 방을 나가 버렸다. 문은 다시 자물쇠로 굳게 잠겼다. 꽃분이 나간 뒤 가현은 넋이 나간 채로 오랫동안 방문 앞에 앉아 있었다.

해가 떠오른 지 얼마 지나지 않아, 들어선 건 가진이었다.

하루 사이에 망가진 누이의 얼굴에 혀를 차며 들어선 가진은 도포 자락을 휘날리며 양반다리를 하고 앉았다. 가진의 등장에도 가현은 허공에서 눈을 떼지 않았다. 그런 그녀를 한차례 훑어 내리던 가진의 눈빛이 일순간 번뜩였다.

"이대로 궁으로 들어가."

"……."

"그리하면."

"그리하면 운은 어찌 됩니까."

한참을 말없이 앉아 있던 가현이 천천히 고개를 들어 올렸다. 붉은 기로 얼룩덜룩해진 눈가엔 눈물이 메말라 붙어 있었다. 생명이라고는 하나도 없는 눈은 어떠한 빛도 없이 그저 탁했다.

"살려 주시는 것입니까."

"내가 왜 그래야 하지? 그 천한 놈과 놀아나더니 네가 미쳤나 보구나."

가진의 말에 가현이 픽 웃었다. 조롱과도 같은 웃음에 가진의 미간이 험악하게 구겨졌다.

"네년이 실성했냐!"

"그럼 이 자리에서 제 목이 뚫리면 어떻겠습니까. 그러면 오라버니도 그토록 원하시던 관직은커녕 아무것도 손에 못 넣으실 텐데요."

가현은 자신의 말이 진심이라는 듯 소매에 품고 있던 은장도를 꺼내 들었다. 그 안에 은장도를 감추고 있는 줄 꿈에도 몰랐던 가진의 눈이 일그러졌다. 가현은 가진을 똑바로 응시하며 제 목에 칼을 겨누었다. 칼끝이 가녀린 가현의 목을 미세하게 긋자, 가진의 눈빛이 흔들렸다. 곧 가진이 한걸음 물러나며 소리쳤다.

"알았다!"

"……참입니까?"

"살려 주겠다니까!"

자신의 되물음에 성을 내며 답하는 가진을 빤히 보던 가현이 손에서 힘을 풀었다. 그 새를 놓치지 않고 벌떡 일어선 가진이 가현의 손에 들린 은장도를 빼앗아 구석으로 던져 버렸다. 그러곤 가현의 뺨을 매섭게 내리쳤다.

짝!

"그래, 살려 주마."

가진은 그의 손길에 그대로 엎어진 가현의 턱을 부서질 듯 휘어 잡았다. 헝클어진 머릿결 사이로 매섭게 노려보는 가현과 눈을 마주하며 가진이 빈정거렸다.

"하나, 그놈이 반가의 여인과 놀아난 건 놀아난 것이니. 그에 대한 벌은 받아야 하지 않겠냐."

"오라버니!"

"마침 대호국과의 전쟁이 일어났다. 그곳에서 살아 돌아오면 그놈은 살려 주지."

대호국과의 전쟁이라니.

제대로 된 무술을 배운 병사들도 살아남기 힘든 전장이었다. 그런데 어찌 운이 살아 돌아온단 말인가.

"네년이 또 얄팍한 수로 날 놀릴 수는 없을 것이다. 그놈을 전장에 보내는 것으로 너와의 약속은 지킬 테니, 너 또한 괜한 수 쓰지 말고 얌전히 방에 틀어박혀 궁에 갈 준비나 하렴."

툭툭.

가현의 뺨을 두어 번 내리친 가진이 그녀를 놓아주며 일어섰다. 그리고 돌아서려는데, 가현이 붙들었다.

"운을 만나게 해 줘요. 마지막으로 한 번만 보게 해 주신다면 얌전히 가겠습니다."

절박하게 엎드리면서까지 비는 가현을 우습다는 듯 내려다보던 가진이 선뜻 고개를 끄덕였다.

"얼굴 하나 보는 것쯤이야. 그래, 뭐. 처참한 모습이라도 봐야겠다면 그리해라. 그래도 난 네 하나뿐인 오라비가 아니냐. 누이가 원하는데 들어줄 수 있는 건 들어줘야겠지."

인심 좋은 오라비인 척 웃던 가진은 방을 나섰다. 그 뒤로 가현은 주먹을 그러쥐며 이를 악물었다.

* * *

"……아가씨 참으로 괜찮겠어요?"

석칠은 안으로 들어서려는 가현을 붙잡으려 했다. 그러나 차마 잡지 못했다. 가현의 얼굴이 너무 아파서 손끝 하나 건드리지 못했다. 얌전히 자리를 비켜 준 석칠은 안으로 들어서는 가현을 안타깝게 보다가 훌쩍였다.

삐걱거리는 소리와 함께 곳간 안으로 들어선 가현은 그만 기함하고 말았다. 가진의 말대로 운의 얼굴은 마지막에 보았던 때보다 더 처참하게 망가져 있었다. 어디가 눈인지, 코인지 분간이 가지 않을 정도로 시꺼멓게 멍든 얼굴은 잔뜩 부어올라 있었다. 입을 틀어막고 짚더미에 쓰러져 있는 운을 내려다보던 가현이 참지 못하고 눈물을 쏟으며 서둘러 그에게 다가가 주저앉았다.

"아아……."

너무 아파 보여서 차마 손으로 만지지 못하겠다는 듯, 그 주위를 맴도는 가현의 손끝이 파르르 떨렸다.

가현의 기척을 느끼지 못하는 것인지. 운은 손가락 하나 까딱하지 않았다. 배회하듯 운의 얼굴 위로 그림을 그리던 손이 결국 바닥으로 떨어져 내렸다.

'그곳에서 살아 돌아오면 그놈은 살려 주지.'

대호국의 전사들에 대한 이야기를 저잣거리에서 들은 기억이 난다. 문인의 나라인 춘국과 다르게 대호국은 용맹한 전사들로 넘쳐난다고 했다. 국경 지역은 점점 잦은 수탈로 피해를 보고 있어 걱정이라고 했다. 그들은 점점 세를 넓혀 춘국으로 들어오고 있었다.

국경 인근 성문은 이미 함락되었고, 결국 전쟁까지 일어난 것이었다. 그래도 대호국과의 전쟁은 잦은 일이었다. 다행인 건 수도까지 올라온 적이 한 번도 없었기에 이곳에 사는 사람들은 별걱정 없었다.

그러나 그곳으로 가는 운에게는 참혹한 일이었다. 전장은 말만 들어도 오금이 저릴 정도로 끔찍했다. 그런 곳에 보내야 한다는 사실이 끔찍했으나, 이대로 말을 듣지 않으면 운은 여기서 죽게 된다.

그리 둘 수는 없었다. 살게 해야 했다. 이기적이라고 해도 상관없었다.

가현은 그가 살았으면 했다. 만질 수도 없이 멀리 떨어져 있다고 하더라도 숨만 붙어 있으면 했다. 차라리 같이 죽어 버리면 그만이련만. 그 또한 못 하게 되었으니. 그렇다면 차라리 살아 있어야 했다. 나도 운도.

가현이 힘을 끌어모아 올린 손으로 운의 볼을 조심스럽게 만졌다.

"운아, 살아라."

부릅뜬 눈 사이로 눈물이 새어 나와 볼 위를 타고 턱 끝에 매달 렸다가 운의 옷자락 위로 떨어져 내렸다.

"반드시 살아야 한다, 운아."

가현은 힘주어 말하며 여전히 기척이 없는 그의 머리를 끌어안았다.

"그래야, 내가 살아."

그러니 운아 제발 살아다오.

하지만 만약 네가 죽는다면…….

나 또한 죽을 것이다, 운아.

가현은 다짐하듯 눈을 지그시 감았다 뜨며 그의 멍든 이마에 입 술을 묻었다. 그때 그의 손가락이 미세하게 움직였다. 가현은 그를 보지 못하고 멀어졌다. 천천히 돌아서 곳간을 나서는 가현의 뒤로 운이 움찔거리다가 눈꺼풀을 들어 올렸다. 얼마 가지 못하고 다시 눈꺼풀을 내리며 깊은 수마로 빠져들었다.

* * *

"운이 그 아이 갈 날이 정해졌어요."

유모는 가현의 눈치를 살피며 조심스럽게 말했다. 가현은 유모 의 말을 듣지 못한 척 앉아 있었다.

운을 만나고 온 이후 가현은 평소처럼 밥을 먹고 잠을 잤다. 그러 나 유모가 보기엔 다 죽은 사람이 산 사람인 척하는 것 같았다. 혼이 나간 사람 같았다. 아니, 인형이라고 해도 이상하지 않았다. 그래서 더 걱정이었다. 그러나 무슨 말을 해야 할지 모르겠다. 밥도 먹긴 먹었고, 잠도 자긴 자니까. 그러니 무어라 탓할 것도 없었다.

답답한 마음에 괜히 가슴께에 달린 저고리 끈을 만지작거리던 유모는 결국 아무 말 못 하고 자리에서 일어섰다.

"쉬세요, 아가씨."

유모가 나간 지 얼마 지나지 않아 여노비 아이 하나가 문을 두드렸다.

"아가씨, 손님이 찾아왔습니다."

찾아온 손님은 최가 도령이었다. 그날 운과의 일을 모두 보았던 노비들에게 신신당부했던 가진은 주변에 가현과 운의 이야기가 새어 나가려 할 때마다 애먼 사람을 잡았다. 잘못 입을 열었다간 죽을지도 몰랐기 때문에 노비들은 아예 입을 틀어막고 지냈다. 그 때문에 가현과 운의 이야기가 새어나갈 걱정은 없었다. 그런데 최가 도령이 찾아온 것이다.

남정네를 안에 들일 수는 없기에 밖으로 나선 가현은 그와 함께 정자에 앉았다.

"후궁으로 들어간다지?"

그는 언제나 그랬듯 속말을 망설이지 않고 꺼냈다.

"지금 저잣거리에 네 얘기가 파다하다고."

정말 말도 안 되는 소리였다. 다른 사람도 아닌 가현이 늙은 왕의 후궁으로 들어간다니. 결코 있을 수 없는 일이었다. 아마 후궁의 '후'자만 꺼내도 가현은 들이박을 사람이었다. 게다가 좀 짜증이 나긴 하지만 가현에겐 운이 있지 않은가. 운도 혼인하지 않은 마당에 가현이 후궁으로 선뜻 가겠다고 말할 아이가 아니었다.

그런데도 이렇게 달려온 건 혹시나 하는 마음 때문이었다. 저잣거리의 소문이 다 거기서 거기지만 서가의 여식이 후궁으로 가게 되었다는 말을 평민들뿐만 아니라 양반들도 입에 담고 있었기 때문이었다. 최가 도령은 혹시나 하는 불안감을 애써 잠재우며 입꼬리를 올렸다.

"말도 안 되는 소리이지?"

"후궁으로 들어가게 되었다."

억지로 끌어올렸던 입꼬리가 단번에 내려앉았다. 덤덤해 보이는 가현은 지금 사실만을 이야기하는 것 같았다. 그런데도 믿을 수 없었다.

"……뭐?"

최가 도령의 눈동자가 풍랑에 휩쓸린 배처럼 정처 없이 흔들렸다.

"사실이 아니지?"

가현은 그를 돌아보지 않고 담 너머 보이는 산등성이를 멍하니 바라보았다. 그 위로 날개를 활짝 편 채 어디론가 날아가는 새 한 마리를 좇았다. 그런 그녀의 얼굴이 반쪽이 되어 있는 걸 뒤늦게 보게 된 최가 도령은 그제야 일이 심상치 않게 돌아간다는 걸 깨달았다.

"무슨 일이 네게 있었던 것이야. 그러고 보니……."

매번 서가 대문을 넘을 때마다 보이던 운도 보이지 않았다.

"운은 어디 있느냐."

가현은 그에 대한 대답 대신 다른 이야기를 꺼냈다.

"운이 그 아이가 전장으로 가게 되었다."

"그 무슨 뜬금없는 소리야!"

"운이와 도망치려던 것을 모두 알아 버렸어."

그 한마디로 모든 게 설명되었다. 가현은 운을 위해 후궁으로 들어가려는 것이었다. 아마 그를 조건으로 바로 죽이는 대신 운을 전장으로 보내는 것이었다.

"전장이 무덤이나 마찬가지인 것을! 넌 정녕 운이 살아 돌아올 것이라 여기느냐!"

찬찬히 고개를 내린 가현이 최가 도령을 마주했다. 이곳에 들어와 처음 마주하는 눈빛은 새까맣게 죽어 있었다.

"분명 이야기했다. 살라고. 내가 살라고 말했으니, 운은 반드시 살 것이야. 그 아이는 원래 내 말을 안 듣는 척하면서 다 들어주니까."

"미쳤구나, 너."

"미치지 않는 게 이상하지 않니?"

그렇게 말하며 가현이 곱게 웃었다. 그러나 눈은 여전히 죽어 있었다. 생명이라고는 하나도 없는 텅 빈 눈이었다.

* * *

"운이 그 아이가 떠났습니다."

유모는 또 운의 이야기를 전해 왔다. 운이 간밤에 떠났다고 하였다. 가현은 그에 말하지 않았다. 운이 가고 난 뒤, 최가 도령이 또 찾아왔다. 참으로 성가신 놈이었다.

"이제 그만 오래도. 난 왕의 여자가 될 몸이다. 이러다가 큰 경을 칠라."

"썩 시끄럽고 내 말만 들어라."

무섭게 얼굴을 굳힌 최가 도령이 은밀히 속삭였다.

"춘국을 떠나게 되었다."

멍하니 그를 보던 가현이 덤덤히 고개를 끄덕거렸다.

"그것 참 잘 되었구나. 처음부터 네 놈은 관직에 오를 상이 아니었어. 그래, 한량처럼 떠돌 생각이냐?"

지금 상황에서도 농을 하는 가현을 기가 찬다는 듯 보던 최가 도령이 주위를 살피며 속삭였다.

"나와 같이 떠나자."

최가 도령은 진심으로 말하고 있었다. 그를 빤히 보던 가현은 망설이지 않고 고개를 저었다.

"되었으니 너나 혼자 가렴."

"궁이 어떤 곳인지는 알고 하는 소리인 게냐?"

"전장과 다를 바 없는 곳이지."

"그보다 더할 수도 있다."

"안다."

흐린 미소를 짓던 가현이 덤덤히 말했다.

"내가 널 따라나서면 필시 운을 죽일 것이다. 게다가……. 나 또한 전장 한복판에 있는 것이니, 참 잘되었지 않은가."

쓴 물이 일 정도로 답답하다는 듯 쳐다보았으나, 가현은 그저 덤덤히 웃었다.

"난 이곳에서 운을 기다릴 것이야. 그러니 너 혼자 가렴."

* * *

"가현아."

"어머니 그동안 못난 여식 키우시느라 고생 많이 하셨습니다."

옥씨 부인의 말을 끊은 가현이 손에 든 쓰개치마를 고이 접으며
웃어 보였다. 그날 이후 처음으로 마주하는 어머니의 얼굴을 오래
도록 담던 가현의 시선에 꽃분이 잡혔다.

'꽃분이 그 아이가 가진 도련님의 아이를 가졌다지 뭡니까. 시상
에 참으로 이런 일이 다 있다니!'

며칠 전이었다. 유모는 기가 막힌 얼굴로 쳐들어와 꽃분의 이야
기를 전했었다. 유모의 말은 사실이었는지 꽃분은 그녀의 아리따운
외모처럼 고운 붉은 저고리와 녹색 치마를 입고 있었다. 가진의 첩
이 된 것이다.

우습게도 오히려 꽃분이 가진의 본처 같았다. 꽃분은 그저 무표
정으로 가현을 보다가 공손히 허리를 숙였다. 가현은 꽃분을 말없
이 바라보았다. 원망도 울분도 슬픔도 없는 눈으로. 그저 안타깝게
바라만 보았다. 저 아이에게 원망이 들지 않았다. 꽃분은 그저 자
신의 자리에서 제가 할 일을 한 것뿐이다. 그저 이리 비틀린 것이
안타까울 뿐이었다.

"종종 보게 될 터이니 너무 걱정 말려무나."

꽃분의 곁에 서 있던 가진은 여동생을 위하는 오라버니인 척 말
했다. 그를 무시하듯 시선을 돌린 가현이 가진 너머에 서 있는 순옥
을 돌아보았다. 순옥은 저번에 보았을 적보다 더 마른 얼굴을 하고

서 있었다.

'일찍 알았다면 좋았을 것을.'

새언니의 아픔을 조금만 더 일찍 알아챘다면 좋았을 것 같다는 후회와 함께 석칠과 행랑아범, 그리고 행랑어멈과 나머지 하인들을 한차례 둘러보았다.

이제 더는 오지 못할 것 같다는 생각이 들었다. 그래도 가현은 아쉬운 마음 하나 없이 문지방을 넘어 자신을 기다리고 있는 마차에 올랐다. 뒤에서 훌쩍이는 소리가 들려도 가현은 돌아보지 않았다. 사가에서 여노비 하나는 같이 들어갈 수 있음에도 가현은 홀로 궁으로 들어갔다.

마차가 얼마나 달렸을까, 갑자기 하늘이 보고 싶었다. 창문을 연 가현이 손을 내밀며 하늘을 올려다보았다. 그러다가 문득 손가락에 무언가가 비어 있는 것을 깨달았다. 운이 그녀에게 마지막으로 남겨 준 반지였다.

반지가……!

놀란 가현이 주위를 샅샅이 훑었으나 찾을 수 없었다. 훗날, 유모에게 부탁해 집안까지 찾아보았으나 가현은 영영 찾을 수 없었다.

신은 그녀를 비웃기라도 하듯 얼마 안 있다가 운의 전사 소식을 듣게 되었다. 그날 밤, 가현은 은장도로 자신의 가슴을 찔렀다. 기다렸던 합방을 하러 들어왔던 왕은 피를 토하고 쓰러진 가현을 정신 나간 사람으로 매도하고 냉궁으로 쫓아 버렸다.

그렇게 자신은 냉궁에 틀어박혀 10여 년을 살았고, 대호국의 노비로 끌려왔다.

그리고…… 죽었다고 여겼던 운을 보게 되었다. 살아남아 이렇게 다시 만나게 된 것이다. 다른 사람처럼 구는 그가 당혹스럽긴 하나. 가현은 살아 달라는 자신의 말대로 살아 준 운이 고마웠다. 가현은 가슴 부근의 흉터를 손끝으로 매만지듯 앞섶을 만지작거리며 눈물을 참아 내었다.

"그래, 살아만 있으면 되었다. 참으로 잘 되었어, 운아."

* * *

쾅!

부서질 듯 문을 열고 들어선 운이 어딘가 이상했다. 그는 심각할 정도로 손을 떨고 있었다. 가현과 함께 있을 때만 해도 괜찮아 보였는데, 방 안으로 들어선 운은 미친 듯이 소리를 내지르며 안에 있는 온갖 것들을 집어던졌다. 와장창 깨지는 도자기 조각이 흩뿌려지듯 떨어지다가 그의 손과 얼굴에 생채기가 나도 멈추지 않았다.

곧 그가 엎어졌다. 쿠당탕! 소리를 내며 탁상에 몸이 부딪치듯 쓰러진 운의 목에 비정상적으로 핏대가 솟아올랐다.

"크윽!"

안간힘을 쓰며 탁상 다리를 붙든 그의 손등에도 푸른 핏줄이 솟아올랐다. 시뻘겋게 변한 그의 얼굴은 금방이라도 터질 듯했다. 알 수 없는 고통에 몸부림치던 그때, 누군가 안으로 들어섰다. 어젯밤 가현을 침방으로 안내해 주었던 사내였다. 그는 익숙하게 운을 제압하곤 그의 입을 벌렸다. 그러곤 빠르게 손에 든 환약을 목구멍 안으로 밀어 넣었다.

"컥! 컥!"

사레 걸린 듯 미친 듯이 토악질을 하던 운의 손에서 서서히 힘이 풀렸다. 이윽고 그의 몸이 바닥에 떨어졌다. 쓰러지듯 바닥에 대자로 누운 운이 힘없이 눈을 들어 천장을 바라보았다.

이 고통이 언제부터인지 운은 알지 못한다.

그저 그 마지막 밤.

'가현 아가씨가 널 버렸어.'

온통 뒤죽박죽되어 버린 기억 속에 온전히 살아남은 말 한마디가 고통의 시작이었다.

5장

운은 가현이 자신을 버렸다는 것에만 매달려 살았다. 거죽만 멀쩡할 뿐 정신도 속도 다 썩어 곯아 버린 이유가 모두 '가현' 그 사람 때문이라고 생각하며, 어떻게 해서든 그 이름만은 잊지 않기 위해 애썼다. 그러다가 문득 그런 생각이 들었다.

이 고통을 없앨 수 있는 유일한 방법이 가현을 죽이는 것이라면······?

그러면 알 수 없는 고통이 사라질까······.

그때 기회가 찾아왔다. 춘국을 흡수하고 그 너머에 있는 주변국들까지 모조리 대호국으로 편입시켜 강대국으로 성장하고 싶어 하던 황제의 칼이 되어 매일같이 죽이고 또 죽이던 때였다.

얼마 지나지 않아 황제는 뜻대로 춘국을 집어삼켰다. 그 앞에 운이 서 있었다. 그리고 그는 황제의 도움을 받아 가현을 데려왔다. 자신을 버리고 끔찍한 고통 속에서 살게 만든 가현을 데려오자마자 처참하게 짓밟고 숨통을 끊어 놓으려고 했는데.

막상 가현을 보니, 죽일 수가 없었다. 보자마자 검을 들어 죽일지는 못할망정. 가현의 목에 손을 갖다 대려고 해도 손이 제멋대로 움직여지지 않았다. 결국 도망치듯 나온 운은 흐릿한 눈으로 멍하니 천장을 올려다보았다.

"괜찮으십니까."

지끈거리던 두통도, 뒤틀리던 속도 조금씩 가라앉았다. 길게 숨을 내뱉는데, 곁에서 소리가 들려왔다. 그는 황제의 신하가 되면서 만났던 자로, 원래는 황제의 사람이었다. 그러나 지금은 운의 사람이 되었다. 그리고 지금 자신에게 환약을 먹인 자였다.

"그 여자를 손에 넣어 찢어 죽이면, 이 고통도 사라질 것이라 여겼는데."

천천히 고개를 돌려 진명을 올려다보던 운이 흐리게 웃었다.

"어째 고통만 더해 가는구나."

황제의 신하가 되기 전에 운의 처참했던 모습을 보았던 진명은 그저 안타까움을 삼켰다. 몸을 느리게 일으킨 운이 무심히 물었다.

"약은 모자라지 않더냐."

"열흘 치밖에 남지 않았습니다."

"폐하를 뵈러 가야 할 때가 왔구나."

"폐하께서 좋아하시겠습니다. 전하께서 통 오지 않으신다고 애꿎은 내관들에게 화를 내고 있다고 들었습니다."

"황후마마와 또 틀어지신 게지. 무려 며칠 전에도 보고 오지 않았는가."

"인사만 하고 나오시지 않았습니까."

망할 놈이 전장이 끝이 났으면 와서 술 한잔하자니까, 인사만 하고 쌩하니 가 버렸다고 온갖 성을 내었다는 소리가 진명에게까지 들려왔다. 그러나 운은 언제나 일정 이상 황제에게 곁을 두지 않았다.

손으로 바닥을 짚으며 자리에서 일어선 운이 잠시 엉망진창인 방을 돌아보았다. 진명이 눈치껏 나서서 말했다.

"바로 치우라 하겠습니다. 그보다 그 여인은 어찌하실 겁니까?"

"어찌할지는 나 또한 모르겠구나."

다시금 가현을 떠올리는 운의 새까만 눈동자가 알 수 없는 고통으로 들끓었다.

"이리 곁에 두다 보면 생각이 정리되지 않겠냐."

"……소소에게 맡기겠나이다."

"병사들의 잔칫상 또한 빠짐없이 준비하고."

"예, 전하."

* * *

가현은 어색하게 거울 속에 낯선 제 모습을 바라보았다.

갑자기 나타난 여인에게 받아든 옷은 춘국에서 입었던 옷과 확연히 달랐다.

기본적으로 기다란 끈이 달린 짧은 저고리와 치마를 입는 춘국의 여인들과 다르게. 이곳의 옷은 가슴께와 몸 선이 확연히 드러났으며, 위아래가 붙어 있었다. 이곳에서 일하는 노비들이 입는 옷답게 치마의 길이는 좀 짧았고, 소매도 품이 넓지 않았다. 색감도 옅은 분홍색이었다.

후궁으로 간 뒤, 매번 틀어 올리고 있던 머리는 반만 묶어 노끈으로 묶고 나머지는 길게 늘어뜨렸다.

다 갈아입은 지 얼마 지나지 않아, 가현은 제게 옷을 건네준 여인을 따라 어느 건물로 들어섰다. 가현은 붉은 칠을 한 둥근 기둥이 줄줄이 이어진 복도를 걷는 여인을 뒤따랐다.

"전하께서 제게 맡기셨습니다. 앞으로 이곳에서 일하시면 될 겁니다. 잠시 이곳에서 기다리시지요."

그녀가 멀어지는데도 가현은 생각에 잠겨 그를 눈치채지 못했다.

'전하……라고?'

전하라 함은 분명 황손이나 왕손을 일컫는 말이었다. 하지만 운은 황손도 왕손도 아니었다. 그러나 저들은 운을 당연하다는 듯 '흑운 전하'라 부르고 있었다. 대궐 같은 이 저택의 주인이 운이라는 것이었다. 10년 동안 그에게 도대체 무슨 일이 있었던 것일까.

게다가…… 그 말은 또 무슨 의미일까.

'안타깝게도 살아 있었습니다.'

'아가씨 원대로 죽어 없어져 버렸어야 했는데 말입니다.'

죽었다고 여겼던 그를 만난 상황이었다.

그마저도 혼란스러웠기에 그 말에 대해 의문을 표하지 못했다. 갑작스럽게 몰려온 파도에 휩쓸리듯 그에게 알 수 없는 경멸의 눈빛을 받았고, 그는 정신을 차리기도 전에 가현을 내치고 가 버렸다.

갑작스럽게 다시 운과 재회한 것도, 그의 말들도 전부 혼란스러웠다. 가현은 멍하니 생각에 잠겨 걷다가 그만 앞에서 오는 사람을 보지 못하고 부딪혔다.

와장창!

"윽!"

그로 인해 여노비의 손에 들려 있던 그릇들이 모두 바닥에 떨어져 깨져 버렸다.

"세상에 이 비싼 그릇을!"

순식간에 당한 일에 덩달아 바닥에 엉덩방아를 찧게 된 가현은 그만 그릇 조각에 손바닥을 다쳤다.

"야! 너 뭐야!"

아픈 것을 느끼지 못할 정도로 서둘러 일어선 가현이 미안함을 표했다.

"미안하구나."

"하, 미안하구나?"

까무잡잡한 피부의 여노비가 순간 눈을 번뜩이며 이죽거렸다.

"같은 노비 주제에 상전 말투니?"

그러면서 가현의 고운 자태를 노골적으로 훑어 내렸다. 이미 가현에 대한 소문은 퍼졌다. 춘국에서 온 후궁이 흑운 전하의 노리개가 되었다는 소문. 소문대로, 아니 그 이상으로 가현은 아름다웠다. 고운 이마와 짙은 눈썹, 그 아래 자리 잡은 맑은 눈, 오뚝한 콧날에 붉은 입술 그리고 자신들과 수준이 다른 새하얗고 고운 살결까지.

'제가 아직도 춘국의 후궁인 줄 알아?'

비슷한 옷을 입고도 홀로 고고하게 빛나는 가현을 시샘하듯 노려보던 여노비가 흥, 코웃음을 쳤다.

"이 대호국에 짓밟힌 나라의 후궁 주제에. 고작 그 작은 나라에서 상전이었다고, 여기서도 상전인 줄 아는 것이야?"

신의 나라였던 춘국을 폄하하기까지 하는 여노비의 말에도 가현은 어떤 반박도 하지 못하고 입술을 지그시 물었다. 그만 습관처럼 궁녀들에게 하대했던 것이 민망했기 때문이었다. 그래, 이 노비의 말대로 자신은 이제 상전이 아니었다. 같은 노비일 뿐.

"미안합니다."

가현이 천천히 허리를 숙였다. 가현의 갑작스러운 행동에 씨근덕거리던 여노비가 조금 당황한 표정을 지었다. 때마침 사라졌던 중년 여인이 다가오다가 얼굴을 일그러뜨렸다.

"여기 서서 뭣 하는……, 세상에! 이게 다 무슨 꼴이야! 이게 어떤 그릇인데! 승전기념으로 올 손님들 술상을 차릴 그릇을 이리 망가뜨려 놓으면 어쩌자는 게야!"

"소소 님! 제가 한 것이 아니어요!"

소소는 100여 명이 넘는 여노비들을 관리하는 이로, 원래는 궁녀였다. 고작 다섯 살이었을 때부터 궁에 들어가 온갖 훈련을 겪은 그녀는 작은 것 하나 흠집이 나거나 실수하는 것을 용납하지 않았다.

소소는 현 황제 운덕이 황자 시절에 그의 시중을 들던 궁녀로, 현재는 운덕 황제의 명으로 운을 받들고 이 집안의 노비들을 관리해 왔다. 실세 중의 실세라는 말이었다. 그녀의 눈 밖에 나는 여노비들은 가차 없이 쫓겨났기 때문에, 여노비가 서둘러 고개를 저으며 어떻게 해서든 변명했다.

"전부 저 춘국에서 온 계집이 깨트렸어요!"

"시끄럽다! 그 입 다물지 못하겠어, 린린!"

"하지만······!"

소소의 서슬 퍼런 눈빛에 질린 린린이 슬그머니 목소리를 죽였다.

"제가 진짜 한 것이 아닌걸요."

그런데도 변명은 꾸준하게 했다. 소소가 기가 막히다 못해 황당한 표정으로 린린을 보고 있는데, 가현이 나서서 말했다.

"저 아이······, 그러니까 저이의 말이 사실입니다. 모두 제가 깨트린 것이니, 탓을 하시려거든 제게 하시지요."

소소는 잠시 가현을 살피듯 바라보았다.

'눈치껏 시키거라.'

다른 사람도 아닌 주인이, 여자라고는 관심조차 두지 않는 흑운왕이 춘국에서 후궁 하나를 데리고 오라고 지시한 일은 며칠 동안 저택을 소란스럽게 했다. 당연하게 승전을 했다는 소식이 들려온 지 얼마 되지 않을 때 일어난 일이었다. 나머지 정리를 위해 남겨둔 수하들에게 서가에서 배출된 후궁을 콕 집어 데려오라고 지시했다는 이야기에 소소는 믿지 않았다.

그런 그녀의 뒤통수를 때리듯 병사들은 정말 데리고 왔고, 데려온 후궁은 흑운왕의 밤 시중을 들었다. 실상은 운은 가현을 취하기도 전에 도망치듯 사라졌지만, 노비들은 운이 가현을 제 침실로 들였다는 것까지만 알고 있었다. 소소 역시 마찬가지였다.

'첩으로 삼나 했더니, 노비로 쓰라니.'

도대체 무슨 소리인가 싶어 진명에게 물었으나, 진명은 그에 대한 답을 주지 않았다. 그 때문에 소소도 더는 묻지 않았다. 자신은 그저 한낱 노비일 뿐이니 주인이 하는 일에 왈가왈부해서는 아니 되었다.

"이곳 정리는 남노비들에게 맡길 테니, 날 따르시지요."

소소는 존대 비슷하게 꺼내며 가현을 따르게 했다. 홀로 남은 린린은 연신 씩씩거리다가 다시 그릇을 가지러 가 버렸다.

안으로 들어서자 순식간에 열기가 온몸에 닿았다. 조금 진부티 느꼈지만, 대호국의 건물은 춘국의 건물보다 넓고 컸다. 부엌 안도 감탄사가 나올 정도로 천장이 높았다.

맨 앞쪽엔 열댓 개의 솥이 일렬로 늘어져 연기를 뿜어내며 펄펄 끓고 있었다. 그 뒤에 마련된 기다란 상 앞엔 여러 명의 여노비가 채소와 고기를 칼로 손질하고 있었다. 그 주위엔 빛깔 좋은 선홍색의 고깃덩이와 녹색의 채소 등이 줄을 이었다. 그 뒤에도 마찬가지로 기다란 상이 줄줄이 이어져 있었고, 그 사이에서 여노비들이 분주하게 움직이고 있었다.

탕탕탕!

기분 좋게 울려 퍼지는 소리는, 펄펄 끓고 있는 소리와 함께 뒤섞여 허공을 떠다녔다. 그만큼 부엌 안은 음식 준비에 정신이 없었다. 그때, 소소가 손뼉을 치며 소리쳤다.

"자자, 다들 집중!"

그녀의 외침에 다들 하던 일을 멈추자, 귀를 울리던 소리가 순식간에 사라졌다.

"앞으로 이곳에서 함께할……, 성함이 무엇입니까."

그들은 존대하는 소소와 가현을 번갈아 보며 수군거렸다. 가현은 그들의 시선을 모른 척하며 덤덤히 자신의 이름을 말했다.

"서가현입니다."

"다들 들었지! 앞으로 너희와 함께 부엌에서 일하게 되었으니, 괜히 텃세 부리지 말고 잘 가르쳐야 한다."

"예, 소소 님!"

수군거리던 걸 멈춘 여노비들이 일제히 허리를 숙이며 답했다. 그들도 가현의 복색과 같은 분홍색 옷을 입고, 머리도 똑같이 반으로 묶은 상태였다. 그들과 달리 우아하게 머리를 다 틀어 올려 높게 묶고, 그 위에 작은 매화꽃 장신구를 꽂고 있는 소소는 녹색으로 물든 옷을 입고 있었다. 소매 끝과 치마 끝에 수놓아진 꽃만 보더라도 그녀가 이곳에서 제법 높은 위치에 있음을 알려 주었다.

"오늘 승전기념으로 전하께서 고생한 병사들과 장군들에게 술상을 내려 주시는 날입니다. 해서 이리 바쁜 것이지요."

"……말씀 편히 하셔도 됩니다."

"전 다른 일이 있어 나가 봐야 합니다."

소소는 부러 가현의 말을 무시하며 맨 앞에 서 있는 여노비를 향해 손짓했다. 다른 사람들보다 키가 좀 큰 여노비가 빠르게 다가와 고개를 숙였다.

"예, 소소 님."

"메이, 네가 데리고 가렴."

메이는 슬쩍 가현을 곁눈질하다가 순순히 고개를 끄덕였다.

"걱정하지 마세요."

메이에게 가현을 맡긴 소소는 문턱을 넘어 사라졌다. 소소가 사라지자마자 메이가 노골적으로 가현을 훑었다. 어째 가현이 마음에 들지 않는 듯했다.

"할 줄 아는 건 있고?"

냉랭한 그녀의 눈빛에 가현이 마른침을 삼켰다.

할 줄 아는 것이라…….

그런 게 있을 리가 없었다. 가현은 날 때부터 귀족이었고, 후궁이 되어 냉궁에 갇혔을 적에도 손 하나 까딱하지 않았다. 옷 입는 것까지 전부 궁녀들이 시중들었는데, 혹여나 제가 또다시 미친 짓을 하지 않을까, 밥 먹는 것까지 모두 대신해 주었다.

"딱 봐도 없는 것 같구나."

가현의 고운 손을 슬쩍 살핀 메이가 비뚜름하게 웃으며 비아냥거렸다.

"춘국에서 후궁이었다지? 하지만 넌 이곳에선 노비라는 걸 명심해. 이 대호국의 손에 멸망된 나라에서 온 것이니 어쩌면 우리들보다 낮은 쪽에 속하겠지만."

그렇게 말하며 가현을 비웃던 메이의 눈빛이 순간 짓궂어졌다.

"손을 보니 칼 하나 쥐어 본 적이 없는 것 같은데. 술상은 내갈 수 있겠지?"

일하는 척하면서 메이와 가현을 지켜보고 있던 여노비들이 순간 키득거렸다. 갑작스러운 웃음소리에 영문을 모르는 가현은 그저 당황한 표정으로 그들을 쳐다보았다.

갑작스러운 웃음이었다. 언뜻 비웃는 것도 같았다.

갑자기 왜……?

가현이 그들을 물끄러미 바라보자, 화들짝 놀란 여노비들이 얼른 고개를 돌렸다. 그러곤 하던 일을 마저 했다.

"지금 내 말 안 들어? 어딜 보는 거야!"

제게 집중 안 하고 다른 곳을 바라보는 가현에게 메이가 성을 냈다. 여노비들에게서 눈을 뗀 가현이 고개를 바로 하며 물었다.

"술상만 내가면 되니?"

"앞으로 내가 말할 땐 집중해서 들어, 알았어?"

가현에게 따끔하게 충고한 메이가 이윽고 묘하게 미소 지었다.

"아무튼 어디까지 얘기했더라? 아, 맞다 술상! 그래 넌 그것만 하면 돼. 아주 쉬운 일이지?"

이상하게 불길한 느낌이 들었으나. 그게 어떠한 것인지 명확하지 않은 가현은 메이가 말한 대로 따르겠다는 듯 고개를 끄덕였다.

가현은 정말 아무것도 하지 않았다.

메이가 저녁에 병사들에게 술상을 내가기만 하면 된다고 했기 때문이었다. 그래도 가만히 있을 수는 없어 좀 거들기라도 하려고 했는데, 여노비들이 벌레 보듯 피하는 것이 아니겠는가.

가현은 이러지도 저러지도 못한 채로 저녁이 다 될 때까지 밥하나 제대로 먹지 못하고 부엌 구석에 서 있었다. 그사이에도 문득문득 운을 떠올렸다.

여전히 정신이 몽롱했다. 시끄러운 부엌 안의 소리가 들리지 않을 정도로. 이 모든 것들이 그저 꿈만 같았다. 꿈에서 깨어나면 그 차가운 냉궁에 앉아 있을 것만 같았다.

그러다가 순간 웃음이 나왔다. 분명 죽을 결심을 하였는데. 아니, 죽게 될 것이라고 확신했는데. 이곳으로 끌려와 운을 만났고 지금은 북적거리는 부엌에서 일하게 되었다. 이 모든 것들이 현실 같지 않았다.

땡땡땡!

그때, 종이 울렸다.

병사들이 도착했다는 신호였다. 동시에 남노비들이 부엌 안으로 들어섰다.

어찌나 손이 빠른지. 삽시간에 수십여 개의 상을 만들어 낸 여노비들이 안으로 들어선 남자들에게 상을 내주었다. 마지막 상을 가현에게 넘겨준 메이가 생글거리며 웃었다.

"조심히 잘 들고 가야 한다, 알았지? 남자애들 따라 뒤편 건물로 가면 돼."

느리게 고개를 끄덕인 가현이 서둘러 남자애들을 뒤따라갔다. 먼저 앞서가던 남노비들을 자신들과 똑같은 상을 들고 따라오는 가현을 뒤늦게 발견하곤 조금 당혹스러운 표정을 지었다. 그들의 시선에 가현이 의아하게 쳐다보자, 화들짝 놀란 그들이 다시 앞서 걸었다. 왜 저렇게 본 것인지. 의아해하면서 가현이 그들을 따라 걸었다.

남자들을 따라 걸어가는 가현의 뒷모습을 몰래 지켜보던 여노비 하나가 서둘러 부엌 안으로 뛰어 들어와 호들갑을 떨어 댔다.

"어떻게 해. 진짜 갔어!"

그 아이의 말에 다른 여노비들이 동시에 키득거렸다.

"어떻게 하긴 뭘 어떻게 해? 다 제 운명이지 뭐."

"맞아, 우리가 강제로 보낸 것도 아니고. 자기가 가겠다고 했잖아?"

"맞아."

다른 아이가 걱정스러운 얼굴로 물었다.

"그나저나 큰일이 일어나면 어찌해?"

솔직히 통쾌하기도 했지만, 좀 무서웠다. 혹여 소소 님이 알았다간 무슨 사단이 일어날지 몰랐기 때문이었다.

"그건 저쪽 사정 아니겠어?"

새초롬하게 답한 메이가 어깨를 으쓱였다.

"여노비 하나 일 치는 거야 흔한 일 아니야?"

흑운왕을 마음에 두고 있었던 메이는 가현이 싫었다. 고작 코딱지만 한 춘국의 후궁이었던 주제에 전하의 밤 시중을 들다니.

언젠가 운의 눈길을 받지 않을까 하여 다른 애들보다 더 일찍 일어나 매일같이 단장했었다. 그만큼 어떻게 해서든 운의 눈에 들기 위해 노력했는데.

단 한 번도 다른 여인을 안는 것을 본 적도 들은 적도 없던 메이는 후궁이 흑운왕의 침실 안에 들었다는 이야기에 분노했다. 그런데 마침 그 후궁 계집이 자신이 있는 부엌으로 오게 되지 않았는가.

"잘못되어 쫓겨나도 우리 탓은 아니다. 다 바보 같은 저 계집 탓이지."

"누가 쫓겨나는데?"

불쑥 끼어든 말에 화들짝 놀란 여노비들이 동시에 새된 소리를 내며 옆으로 비켜섰다. 메이 역시 놀라 자빠질 듯 뒤로 휘청거리다가 뒤늦게 익숙한 얼굴을 발견하곤 성질을 냈다.

"린린!"

"그래, 나 린린이다."

새삼스럽게 자신의 이름은 왜 크게 부르냐는 듯 이죽거리던 린린이 다시금 물었다.

"누가 쫓겨나냐고."

"그, 그거야 네가 알 필요 없지!"

부러 대차게 나온 메이가 서둘러 자기 자리로 돌아가 버렸다. 나머지 여노비들도 눈치를 슬금슬금 살피며 자리를 피했다. 홀로 남은 린린은 게슴츠레하게 눈을 뜨고 그들을 바라보다가 고개를 갸웃거렸다.

'분명 뭔가 있는데.'

그러나 그게 도통 무엇인지. 린린은 알지 못했다.

"그나저나 그 앤 어디 갔지?"

분명 소소 님이 부엌에 일을 주었다고 했는데. 눈을 씻고 찾아봐도 가현은 보이지 않았다. 낮에 부딪힌 일로 괜히 성을 낸 것 같아 마음이 좀 쓰였던 린린은 다시 한번 주변을 살피며 가현을 찾다가 부엌을 나섰다. 그러다가 요즘 따라 자신에게 끼를 부리는 남노비와 마주쳤다. 그를 마음에 들어 하지 않는 린린은 순간 얼굴을 구기며 돌아서려 했다. 그러나 남노비가 한 걸음 더 빨랐다.

"린린!"

하, 짧게 한숨을 뱉은 린린이 돌아서며 억지로 입꼬리를 끌어올렸다.

"어, 안녕."

어색하기 짝이 없는 린린의 인사에도 그저 좋은지 볼까지 붉히며 헤실거리던 남노비가 슬쩍 물었다.

"부엌에서 나오던 길이야?"

"그야 내 일이 그곳에 있으니까."

"아, 그렇지! 하하."

린린도 입을 꾹 다물고 있었고, 좋아하는 여인에게 어찌 대해야 할지 모르는 남노비도 더는 말꼬리를 잡지 못하고 머리만 긁적였다. 어색한 분위기를 참지 못하고 린린이 그만 자리를 뜨려는데, 순간 남노비가 크게 소리쳤다.

"아, 맞다!"

"아, 깜짝이야!"

가슴이 덜컹거릴 정도로 큰 소리였다. 저도 모르게 가슴을 누른 린린이 그를 쏘아보았다.

"그리 큰소리를 내면 어찌해?"

"아, 아니 그게 아니라. 그 있잖아. 전하께서 데려온 여자."

"그 춘국의 후궁? 그 여자가 왜?"

"그게 있지 어찌 된 영문인지 모르겠는데. 그 여자가 우리들과 함께 병사들이 있는 곳으로 들었어."

"뭐어!"

순간 놀란 린린이 버럭 소리를 질렀다.

"야! 그걸 이제야 말하면 어떻게 해!"

"하, 하지만 분명 메이가 그 여자에게 술상을 건네주는 걸 보았는걸. 난 알고도 우리를 따르나 싶었지."

메이 걔 진짜 미친 거 아니야!

아무리 전하에게 눈이 멀어도 그렇지.

춘국에서 직접 데려온 사람이면 중한 사람일 게 분명한데. 그런 짓을 하다니! 게다가 분명 소소 님이 그 계집에게 존대하지 않았던가. 멍청하게 제 분수를 모르는 메이를 떠올리며 욕지거리를 내뱉던 린린이 남노비를 한심하게 쏘아보았다.

"멍청한 놈! 그 자리를 알면 들어갈 여자가 어디 있다고! 너처럼 무식한 놈이라 내가 안 좋아하는 거야!"

버럭 화를 낸 린린이 남노비의 어깨를 퍽! 밀치고 서둘러 소소를 찾으러 뛰어갔다. 남노비는 얼빠진 얼굴로 멀어지는 린린을 바라보았다.

"아, 아니 왜 나한테 화를 내?"

* * *

전장에서 피와 시체에 둘러싸인 병사들은 그 어느 때보다 잔혹해졌다.

그럴 때마다 그들은 평소에 하지 않는 일도 거리낌 없이 했다. 환락가에 쳐들어가 여자들을 죄다 끌어와 무참하게 짓밟았다. 그들은 그렇게 미친 사람처럼 전장에서 있었던 긴장과 알 수 없는 흥분을 풀었다.

전장에서 돌아와 술판을 벌일 때면 병사들은 거리낌 없이 그 집 안의 여노비들을 노리개로 썼다. 그들의 거친 행동을 이기지 못한 여노비들은 가끔 잘못되어 죽는 경우도 있었다. 그러나 주인은 아무 말 하지 않았다. 당연한 일이었기 때문이었다.

하지만 운이 있는 이곳에서만큼은 그런 일은 있을 수 없었다.

결벽증이라고 생각할 정도로 운은 그런 일을 경멸했고, 그들의 수하는 운의 생각을 잘 알았다. 하지만 그건 정상일 때나 이야기였다. 피 냄새가 가득한 전장에서 막 돌아왔는데, 제정신인 놈이 누가 있겠는가.

그를 매우 잘 알고 있는 소소는 될 수 있으면 그날만큼은 남노비들을 적극적으로 사용했다. 특히나 병사들의 건물 주위나 그들에게 술상을 가져가는 일은 여노비들을 시키지 않았다.

그런데 지금 그 일을 가현이 하고 있는 것이었다.

이미 술에 잔뜩 취한 병사들은 자신들의 앞을 지나치는 가현을 보며 실실 웃었다. 남노비들은 익숙하게 양쪽으로 길게 앉은 병사들의 앞에 차례대로 상을 놓아 주었다. 알 수 없는 불안감에 가현도 서둘러 빈자리에 상을 놓고 남노비들을 따라 돌아서는 그때였다.

순간 뻗어진 손이 가현의 팔목을 붙들었다.

헉!

갑작스러운 손길에 미처 대처하지 못한 가현이 그대로 끌려갔다.

와장창!

동시에 상이 무너지고 그 위에 있던 접시들이 요란하게 깨졌다. 그 주위로 음식들이 뒤섞이며 나뒹굴었다. 가현을 자신의 허벅지 위에 앉힌 사내는 탐욕스럽게 눈을 빛내며 드러난 목덜미를 혀로 핥았다.

"크하하, 탐스럽기 그지없는 계집이 절로 내 품에 기어들어 왔구나!"

붉게 타오르고 있는 눈빛은 무서울 정도로 소름이 끼쳤다.

"놓, 놓으시오!"

소름 끼치는 그의 눈빛과 행동에 기겁한 가현이 서둘러 자리에서 일어서려 했으나 소용없는 짓이었다. 두 배는 될 것 같은 거대한 체구로 가현을 깔아뭉갠 병사가 그 위로 올라타며 입맛을 다셨다.

"당장 떨어지지 못할까!"

순식간에 사내의 밑에 깔리게 된 가현이 온 힘을 짜내어 그에게 맹렬하게 소리쳤다. 가현이 누구인지 알지 못하는 병사들은 왁자지껄 웃음을 터뜨렸다.

"노비 계집이 제법이구나."

"큭큭, 정말 속을 뻔했는걸?"

병사들은 노골적으로 비웃어 댔다. 그때, 위에 올라탄 사내가 손을 뻗어 가현의 옷 안을 파고들었다. 그의 거친 손길에 가현의 안색이 백지장처럼 새하얘졌다. 등줄기가 뻣뻣해지더니 경직되어 손까지 굳어 버렸다.

"내 생전 이렇게 부드러운 가슴은 처음이구나."

혀끝으로 누런 이를 쓸어 낸 병사가 그대로 나머지 옷을 찢어 버렸다. 순식간에 드러난 가녀린 어깨에 주위를 에워싸고 있던 나머지 병사들도 입맛을 다셨다. 그러나 움직이지는 않았다. 그들보다 높은 위치에 있는 사내가 가현을 먼저 잡았기 때문이었다.

"다, 당장 놓지 않으면 내 널 결코 용서치 않을 것이다!"

가현은 억지로 힘을 짜내 소리쳤다. 온몸을 덜덜 떨면서도 눈빛만은 살아난 채로 그를 죽일 듯이 노려보았다. 술과 피 냄새 그리고 가현의 향내에 미쳐 버린 남자는 이성을 잃고 나머지 손을 치마 아래로 집어넣었다.

"어디 아래는 어떠한가 볼까? 크흐흐……. 컥!"

그러나 그의 손은 안까지 닿지 못했다.

쿵!

묵직한 소리와 함께 옆으로 넘어진 남자의 목에서 굴러떨어진 머리가 데구루루 굴러가 구석으로 처박혔다.

벽에 부딪친 머리에서 붉은 피가 울컥울컥 터져 나왔다. 창백하게 질린 가현의 볼과 가슴께에도 그의 피가 점처럼 흩뿌려졌다. 멍하니 구석에 처박힌 머리를 돌아보던 가현의 시선에 피가 뚝뚝 떨어지는 검이 잡혔다.

"저, 전하!"

누군가 정적을 깨고 소리쳤다. 순식간에 이성을 차린 병사들이 일제히 엎드렸다. 뚝뚝, 붉은 선혈이 흐르는 검을 따라 느리게 시선을 올린 가현의 눈에 운이 잡혔다. 새까만 눈동자가 분노로 들끓고 있었다. 힘줄이 불거져 나올 정도로 검을 손에 쥔 운이 가현을 차갑게 얼어붙은 눈으로 내려 보았다.

운아…….

멍하니 그를 올려다보던 가현은 생명이 다 되어 떨어지는 꽃잎처럼 쓰러졌다. 갑작스러운 가현의 혼절에 운의 새까만 동공이 흔들렸다.

가현…….

챙!

그대로 검을 내던진 운이 가현을 안아 들었다. 운의 품 안에서 몸을 축 늘어트린 가현은 비정상적으로 차가웠다. 숨소리도 미세했다. 마치 죽기 직전의 사람 같았다.

"진명!"

가현을 꼭 끌어안은 운이 입구를 향해 소리치자, 기다렸다는 듯 진명이 나타났다.

"가서 소소를 불러오라, 어서!"

뛰어 들어오던 진명은 운의 절박한 표정과 창백한 얼굴로 그의 품에 안겨 있는 가현을 보곤 서둘러 멀어졌다. 운은 그대로 가현을 안고 자리를 뛰쳐나갔다. 잠을 잘 적에도 곁에 두었던 검까지 내던 지고 말이다. 사색이 된 채 엎드려 있던 병사들은 운이 사라지고 나서 한참 후에 고개를 들다가 그만 토악질했다.

"우웩!"

조금 전까지 그들과 웃고 떠들던 부대대장의 목이 그들의 발 앞에서 구르고 있었다.

* * *

운은 다급한 손길로 차갑게 식어 버린 가현의 팔과 다리를 주물렀다. 그런데도 가현은 손끝 하나 움직이지 않았다. 미칠 것만 같은 불안감에 신경이 바싹 타들어 갔다. 이런 기분은 처음이었다.

혹독한 그곳에서 살아나와 황제와 함께 온 전장을 누비고 다니며 이런 일은 자주 벌어졌다. 피에 미친 광기를 누르기 위해 여인을 탐하는 병사들은 수도 없이 많았다. 그래도 자신의 저택에서만큼은 그런 더러운 짓거리를 하지 않기를 바랐다.

하지만 아무리 그래도 충신이었던 부대대장의 목을 단번에 벨 정도의 일은 아니었다. 여노비들로 전장에서의 모든 감정을 풀어내는 병사들은 허다했기 때문이었다.

한데, 가현을 보며 탐욕스럽게 눈을 빛내고 있던 부대대장을 본 순간 이성의 끈이 끊어져 버렸다. 병사들에게 술 한잔 씩 건네주려던 생각은 사라지고, 오로지 저 개 같은 놈을 죽여 버려야겠다는 생각뿐이었다.

생각이 끝나기 전에 몸이 먼저 움직여 부대대장의 목을 베어 버렸다.

왈칵!

쏟아져 나오는 수하의 피에도 아랑곳하지 않았다. 부대대장이 죽은 뒤에 분노는 가현에게로 이어졌다. 어째서 가현이 이곳에 있는 것인지. 머리끝까지 분노가 치밀었다. 가현이 혼절해 누워 있는 지금 머리가 윙윙 울릴 정도로 알 수 없는 초조함에 손까지 떨려 왔다. 그때, 목덜미 부근에 붉은 자국이 눈에 들어왔다.

부대대장의 흔적이었다. 그 흔적에 그의 눈가가 시뻘겋게 달아올랐다. 간신히 누그러뜨렸던 분노가 다시금 끓어올랐다. 이대로 저 안에 들어있던 병사들을 모조리 죽여 버리고 싶은 마음이 들었다. 다행히도 때마침 진명과 소소가 안으로 들어섰다.

"전하, 부르셨다 들었……."

"속히 진찰하라, 어서!"

어떠한 일에도 눈 하나 깜짝하지 않고 매사에 무표정으로 일관하던 운이 이토록 초조함을 드러내다니. 조금 당혹스럽게 그를 바라보던 소소가 눈치껏 빠르게 몸을 움직여 침상 위에 누워 있는 가현에게로 다가섰다.

궁녀이기 전에 의술에도 일가견이 있는 소소는 당황하지 않고 가현을 살폈다. 가현은 한눈에 보기에도 상태가 안 좋아 보였다. 비쩍 마른 것도 그러하고, 눈 밑이 거무튀튀한 것도 그러했다. 손목을 붙들고 맥을 짚은 소소는 집중하듯 입술 끝에 힘을 주고 눈을 지그시 감았다. 그 모습을 운이 초조하게 지켜보았다. 조금 멀찍이 떨어져 서 있던 진명은 운을 조금 당혹스럽게 바라보았다.

'단순히 복수라고 생각했는데.'

마치 연모하는 여인을 바라보는 눈빛 같았다.

"단순한 혼절입니다."

그때, 소소가 눈을 떴다.

"하나, 맥이 약합니다."

"……그게 무슨 소리인가."

"몸속에 냉기가 가득합니다."

이는 분명 오랜 세월 냉궁에서 지냈던 탓일 터였다. 하지만 소소는 어디까지나 의술을 좀 하는 것뿐이었지, 출중한 의원이 아니었다. 나중에 의원을 불러 자세하게 살펴보아야 할 듯싶었다.

"어쨌든 지금은 무사하니, 곧 있으면 깨어날 것입니다."

"······."

"의원에게 일러 탕약을 지어 올리겠나이다."

소소는 약을 지은 뒤 다시 들겠다는 말과 함께 자리를 떠났다. 진명과 소소가 자리를 떠난 뒤 홀로 남은 운은 힘없이 침상 끄트머리에 주저앉았다. 그러곤 가현을 가만히 내려다보다가 손을 들었다.

가현의 얼굴을 차마 만지지 못하고 그 주위만 맴돌던 그의 손이 가현의 이마에 닿았다. 식은땀에 축축한 가현의 이마를 조심스럽게 쓸어내리는 운의 눈가가 미세하게 붉었다. 깨질 것 같은 도자기를 만지듯 가현의 얼굴을 더듬는 그의 손길이 조심스러웠다. 그는 자신이 어떠한 눈으로 가현을 매만지는지 인지하지 못한 채 한참을 그러고 앉아 있었다.

* * *

"어, 어찌해. 부대대장님의 목이 잘려 나갔대."

초조하게 주위를 살피던 여노비 하나가 결국 참지 못하고 두려움을 토해 냈다. 그 두려움이 옮겨 간 것인지 덩달아 옆에 있던 여노비도 발을 동동 굴렸다.

"이러다가 큰일이라도 나면 어떻게 하냐고."

"다들 조용히 입 다물어."

소란스럽게 구는 여노비들을 메이가 날 선 눈으로 노려보았다.

"잘못되기는. 아무도 모르는 일이야."

그렇게 말하는 메이의 손끝이 파르르 떨렸다. 그러나 메이는 더 뻔뻔하게 굴었다.

"우리만 입 닫으면 된다고. 알아들어?"

"아, 알았어."

여노비들이 황급히 손으로 입을 틀어막는 그때였다. 쿵! 거칠게 부엌문을 차고 들어온 병사들이 빠르게 안으로 들어왔다.

"무, 무슨 일입니까?"

"모조리 밖으로 끌어내라는 전하의 명이시다!"

전하의 명이라고……?

"갑자기 그게 무슨 소리입니까!"

놀라 묻는 메이의 양팔을 거칠게 붙든 병사가 살벌하게 이를 갈았다.

"그야 네년이 더 잘 알겠지."

부엌 안으로 쳐들어온 병사들은 모두 어젯밤에 부대대장과 함께 술을 마셨던 이들이었다. 그래도 자신들의 주인이었던 그가 운의 검에 목이 잘린 뒤, 모진 고초를 겪은 병사들은 메이와 여노비들을 더 험악하게 다루었다.

"이거 놓아주십시오!"

"저흰 아무 잘못도 없습니다!"

와장창!

그들의 험악한 움직임에 애먼 식기들이 바닥으로 떨어져 진창을 만들었다. 순식간에 아수라장이 된 부엌에서 노비들은 어떻게 해서든 끌려나가지 않기 위해 애썼다.

"꺄악!"

"시끄러워!"

짝!

시끄럽게 구는 여노비의 뺨을 내리친 병사가 그들을 질질 끌고 나가 마당에 내던졌다. 억지로 무릎을 꿇게 된 여노비들이 안간힘을 쓰며 그들에게서 벗어나려는데, 누군가 병사들을 비집고 들어왔다. 소소였다. 갑자기 나타난 소소를 뒤늦게 발견한 메이의 눈빛이 크게 흔들렸다.

"소소 님……?"

단 한 번도 따뜻하게 웃어 준 적은 없지만. 그래도 여노비들이 고된 노동으로 힘들어할 때나 갑자기 아플 땐 선뜻 나서 그들을 위로해 주었다. 그런데 지금, 저런 눈빛은 처음이었다. 한 치의 틈도 보이지 않는 날카로운 눈빛엔 미세한 실망도 섞여 있었다. 메이는 순간 불안해졌다.

"소, 소소 님 이는 분명 오해가……."

"시끄럽다!"

메이의 말을 끊어 버린 소소의 눈빛이 사나워졌다.

"텃세도 정도껏이지! 너희들이 벌인 일로 무슨 사달이 난 줄 아느냐!"

처음 보는 낯선 그녀의 모습에 꿀 먹은 벙어리가 된 여노비들은 그저 눈물 바람을 하며 싹싹 빌었다.

"잘못했습니다! 다시는 그러지 않을 것이어요!"

"한 번만 용서해 주세요, 예!"

그러면서 맨 앞에 앉아 있는 메이를 원망스럽게 노려보았다.

이 일은 모두 메이가 시작한 일이 아닌가. 그들은 자신의 잘못은 떠오르지 않는 것인지. 메이를 원망스럽게 노려보았다. 소소는 기가 찬 눈으로 그들을 바라보았다. 더는 말할 필요가 없었다. 매정하게 돌아선 소소가 병사에게 말했다.

"그대로 데리고 가시오."

"예, 소소 님."

데려가다니?

어디로 데려간단 말인가?

메이가 멀어지려는 소소의 치맛자락을 덥석 붙들었다.

"무, 무슨 말씀이십니까? 데리고 가다니요. 저희를 어디로 데리고 간다는 겁니까?"

소소는 답하지 않았다. 메이의 손을 힘주어 떼어 낸 소소는 냉랭한 표정으로 그곳을 벗어났다. 그 뒤로 여노비들의 곡소리와 고함이 울려 퍼졌으나 소소는 돌아보지 않았다.

* * *

냉궁에서 지낼 적의 일이 생생하게 떠올랐다.

'마마, 날이 찹니다.'

표정 하나 없는 궁녀들은 오라버니가 심어 둔 감시책이었다. 그들은 가현을 위하는 척하지만, 실은 가현이 허튼짓을 벌여 또다시 왕의 노여움을 사게 될까 감시하고 있었다.

가현이 마음대로 할 수 있는 건 없었다. 그나마 바깥 공기라도 마시기 위해 손바닥만 한 창문을 열라치면 그들이 다가와 문을 걸어 잠갔다.

가현은 그대로 돌아서 자리로 가 앉았다. 가현이 정해진 자리로 가 앉자 그들이 다시 멀어졌다. 갑자기 그때의 일이 왜 떠오른 건지는 모르겠으나, 꿈과 같던 장면들은 점점 흐려졌다.

눈을 뜬 가현의 흐릿한 시야에 어두컴컴한 침실이 먼저 잡혔다. 조금 전 꿈에서 보았던 냉궁이 아니었다.

'운⋯⋯.'

대호국에 와서 운을 만났던 것까지 어렴풋이 기억해 낸 가현은 퍼뜩 몸을 일으켰다. 그러다가 구석에 누군가 앉아 있는 것을 보게 되었다. 운이었다. 그는 구석에 놓인 의자에 앉아 가현을 바라보고 있었다. 말없이 그를 보던 가현이 버석하게 마른 입술을 달싹였다.

"날 이곳까지 데려온 연유가 무엇이니."

미세하게 흘러들어오는 달빛에 드러난 그의 두 눈은 오직 가현에게 향해 있었다.

"운아."

뒤이어 흘러나온 자신의 이름에 건조하게 메말라 있던 그의 새까만 동공이 바람에 흔들리는 촛불처럼 일렁였다.

운이 왜 자신을 이곳으로 데리고 왔는지는 중요치 않았다. 처음엔 그러했다. 진즉 절 버리고 저승으로 가 버렸다고 여겼던 그를 만나게 되었는데, 그게 무어가 중요할까. 그저 만난 것만으로도 이리 심장이 아려 오는 것을. 이게 꿈이라면, 매일같이 꾸던 환상에 불과하다면. 결코 깨어나고 싶지 않을 만큼 좋은 일인 것을.

그가 거칠게 다루어도, 알 수 없는 말을 하며 원망이 뒤섞인 눈으로 노려보아도 가현에게 그것들은 들어오지 않았다. 어쩌면 홀로 전장에 보낸 것이 원망스러웠던 것이리라 짐작만 할 뿐이었다. 하지만 가현이 아는 운은 그런 일로 원망을 퍼붓고 깔아뭉개는 사람이 아니었다.

알 수 없는 깊은 분노는 분명 다른 것에 있었다.

"운아, 말해다오. 날 이곳으로 불러들인 연유가 무엇인지."

내내 흔들리던 눈이 가라앉았다. 그 사이로 다시금 분노가 섞였다. 찰나의 순간에 시선을 돌린 그로 인해 가현은 보지 못했다. 그대로 느릿하게 몸을 일으켜 세운 운이 돌아섰다.

"……쉬십시오."

"운아!"

이리 보내서는 아니 되었다. 금방이라도 방을 나서려는 운을 애타게 불렀다. 그녀의 목소리가 등 뒤에 내리꽂히자 문고리를 붙잡고 있던 운의 손등에 푸른 핏줄이 솟아올랐다.

"넌…… 내가 어찌 살았는지, 내가 얼마나 널 그리워했는지 그건 궁금하지 않았더냐."

부서트릴 듯 힘주어 문고리를 붙든 운은 냉랭하기 짝이 없는 얼굴로 허공을 노려보다가 그대로 박차고 나가 버렸다. 또다시 자신을 홀로 남겨 두고 가 버린 운을 원망하듯 허공을 노려보던 가현이 눈시울을 붉혔다.

"너는…… 내가 전혀 보고 싶지 않았더냐."

난 운이 네가 너무 그리워 10년의 세월이 끔찍했는데. 널 따라 죽지도 못해서 얼마나 스스로가 원망스러웠는데. 살아 있는 널 만나고 나서 죽지 않아 다행이라고. 참으로 다행이라고. 자신을 감시했던 그 궁녀들을 향해 절을 하고 싶을 정도로 다행이었다고 생각했는데. 넌 어찌하여 내게 그토록 모질게 구는 것이야.

눈꼬리에 아슬아슬하게 매달려 있던 눈물이 투둑, 이불 위로 떨어져 내렸다. 그러나 가현은 더는 울고 싶지 않았다. 저만 고집이 있는 것이 아니었다. 오랫동안 그저 인형처럼 살아왔던 가현은 10년 만에 원래의 모습을 되찾은 듯 고집스럽게 입술을 깨물며 소매로 눈물을 벅벅 닦아 냈다.

* * *

여노비들은 모두 팔려 갔다. 어디로 팔려 갔는지는 자세히 알려 주지 않았으나 모두가 알았다. 아마, 대호국에서 가장 혹독하기로 유명한 노역장으로 팔려 간 것이겠지. 그곳은 들어갈 수는 있어도 결코 나올 수는 없는 곳이었다.

그곳의 일을 견디지 못한 어떤 이들은 자결까지 하였다. 그만큼 끔찍하고 무서운 곳이었다. 남자 여자 할 것 없이 주로 주인들이 버린 노비들이나, 아니면 집안이 멸문당해 천민으로 전락한 이들이 팔려 갔다.

노비들은 그곳이 어떠한지 매우 잘 알았기 때문에 어느 누구 하나 입도 벙긋하지 않고 모르는 척 굴며 일상을 보냈다.

그날 함께 있었던 병사들은 몇 날 며칠을 혹독한 훈련을 견뎌 내야 했다. 부대대장의 목이 잘리는 것을 앞에서 직접 보았지만, 운의 잔혹한 성정을 알기 때문에 그날 일에 대해 어떠한 언급도 하지 못하고 순순히 형벌과 같은 훈련을 따랐다.

흑운왕의 저택은 황제가 친히 내린 건물로 무려 100채가 넘는 방이 있는 성과 같았다. 2층 높이의 건물 맨 앞엔 지나가는 이들마저 엎드려 절할 정도로 거대한 대문이 세워져 있었고, 그 앞엔 문지기들이 지키고 서 있었다.

안으로 들어서자 가장 먼저 보이는 것은 3층 높이의 중앙 건물이었다. 한가운데 우뚝 솟은 건물은 수려하게 뻗은 붉은색 기와지붕으로 덮여 있었고, 그 양옆으로 현란한 무늬로 짜인 창과 벽돌로 지어진 건물. 그리고 그 위엔 양쪽으로 유려하게 뻗은 기와가 위엄을 자랑했다.

그 곁으론 여러 개의 가옥들이 조화롭게 이루어져 있었다. 흑운왕이 사용하는 정중앙의 건물 뒤론 정교하게 만들어진 연못과 정자, 그리고 둥근 구름다리가 한 폭의 그림을 자아내었다.

남노비와 여노비를 모두 합하면 수백에 달했고, 운이 거느리고 있는 사병은 수천 명에 달했다.

소소와 함께 밖으로 나온 가현은 2층 복도를 따라 걸으며, 옆으로 펼쳐지는 화려한 풍경을 눈에 담았다. 복도 옆 난간 너머로 보이는 풍경은 낯설기 짝이 없었다.

"황제 폐하께선 즉위하시자마자 대장군이었던 주인님을 왕으로 봉하셨습니다."

"핏줄도 아닐진대 말입니까……?"

소소의 이야기는 가히 놀라웠다. 분명 운은 노비였고, 그 어미 또한 노비였다. 그런데 그가 갑자기 대호국 황실의 핏줄이 되는 건 말이 안 되었다. 왕으로 봉해지는 건 황제의 동생이나 그 친족들이었다. 가현이 말을 잇지 못하고 쳐다보자, 소소가 설명해 주었다.

"폐하께선 주인님을 형제처럼 생각하십니다. 지금의 자리에 오기까지 주인님의 도움이 컸지요. 그만큼 주인님을 아끼고 계신다는 것이 아니겠습니까. 어찌 되었든 이는 알아야 할 것 같아서 말씀드린 것입니다. 또한, 어제 배정받았던 숙소 말고 앞으로 조금 전 계셨던 곳에서 지내시면 됩니다."

"그게 무슨 말씀이십니까."

노비들이 기거하는 건물과 동떨어진 정중앙 건물 안에 있는 침실은 운의 침실과 그다지 멀리 떨어져 있지 않은 곳이었다. 노비들이 감히 사용할 공간이 아니란 뜻이었다.

"전 노비로 끌려온 것이지 상전 노릇으로 끌려온 것이 아닙니다."

처음 봤을 땐 비실비실한 것이, 딱 넘어져 골로 갈 얼굴 같았는데. 밤사이에 무슨 일이라도 있었던 것인가. 하루 새에 고집스러운 눈을 하는 가현을 살피던 소소는 특유의 깐깐한 표정으로 그녀를 붙들었다.

"전하의 명이십니다."

운의 명이라고?

아무것도 말해 주지 않고, 그 어떤 것도 풀어내지 않으면서. 도대체 이 방에서 무엇을 하라고. 못된 고집이 불쑥 치밀어 올랐다. 운을 떠올리며 입술을 잘근잘근 씹던 가현은 소소를 지나쳐 앞서 걸었다. 그 뒤를 소소가 조용히 뒤따랐다. 얼마 못 가고 멈춰선 가현이 소소를 돌아보았다.

"이곳에 들어앉은 채 밤 시중만 들라는 말씀이랍니까?"

가현의 이죽거림에 소소의 인중에 힘이 바짝 들어갔다.

"그야 모르지요. 주인님의 심중에 든 것이 무엇인지 저도 그리고 가현 님도 알 필요가 없는 것입니다."

"······."

"얌전히 주인님의 명을 따르세요. 그게 무엇이든 말입니다. 건방진 언사도 삼가시고요."

미세한 주름으로 가득한 소소의 눈동자는 뿌연 듯 선명했다. 그 속에 든 한기는 자신이 또 한 번 입을 잘못 놀렸다간 주인을 대신해 물어뜯을 기세였다.

"반항도 아니 됩니다. 처음에 말씀드렸듯이 주인님은 폐하께서 유일하게 인정하신 형제이시고, 이 나라 대호국을 수호하는 대장군이십니다. 아시겠습니까?"

그저 평범한 여인이었다면 여기서 물러섰을 테지만. 가현은 평범한 여인이 아니었다. 누구는 10년을 냉궁에 갇혀 지낸 것을 안타까워했지만, 다른 어떤 이들은 혀를 내둘렀다. 그 10년을 꾸준하게 고집을 꺾지 않은 게 아닌가. 그 고집이라면 왕비 자리도 탐할 수 있을진대, 아무것도 원치 않고 죽음만을 원하며 단 한 번도 꺼내 달라 애원하지 않았다.

태어날 적부터 가현의 고집은 쇠심줄보다 강했다. 그 고집으로 운의 마음을 파고들었고, 지금 역시 살아 있다.

"그가 날 노비로 쓰지 않는 것이라면, 내 주인이 아니지요."

소소의 말을 그대로 받아친 가현이 고집스럽게 입술에 힘을 주며 돌아서 복도 계단을 내려가 버렸다. 무섭게 굳은 얼굴로 가현의 뒷모습을 지켜보던 소소는 그만 웃고 말았다. 주인의 고집도 대단하였지만, 인제 보니 저 여인만은 못했다.

이대로 두고 봐도 재미있겠다 싶지만, 가현은 결코 힘든 일을 하면 안 되는 몸이었다. 조금이라도 상했다간 저승 문을 밟을지도 몰랐다.

운은 소소에게 넌지시 자기 뜻을 내비쳤다. 의뭉스럽게 편히 두라고 하는 말을 소소는 눈치 빠르게 알아들었다. 가현에게 어떠한 일도 시키지 말라는 거였다. 소소는 서둘러 가현을 따라나섰다. 그리고 저택의 모든 노비에게 똑같이 명했다.

* * *

메이와 다른 친구들이 모두 다른 곳으로 팔려 가게 된 뒤, 나머지 여노비들은 가현을 더 미워했다. 이 모든 사달이 가현 때문이라고 생각했기 때문이었다. 그 심중엔 가현을 위해 침실까지 내주는 운에게 있었다.

애초에 운은 가현을 첩으로도 부인으로도 들이지 않았다. 자신들과 같은 노비로 일을 시키려 했었다. 그런데 지금 와서 가현을 모셔야 할지도 모른다는 생각에 여노비들은 진저리를 쳤다.

만약 운이 처음부터 가현을 노비로 두려 하지 않았다면 모르겠지만. 자신들과 똑같은 처지의 노비인 가현을 모시게 된다는 것은 정말 성질이 나는 일이었다. 그런 데다가 소소 역시 가현에게 일을 시키지 말라고 하질 않나.

마당을 지나던 여노비들은 자신들에게 다가오려는 가현을 쏘아보곤 확 하니 고개를 돌려 버렸다. 그러곤 가현이 잡기도 전에 쌩하니 가 버렸다.

노골적으로 싫어하며 가 버리는 여노비들을 바라보던 가현은 애써 아무렇지 않은 척 다른 아이들에게 일거리를 받으려고 했지만, 그들도 마찬가지로 가현을 벌레 보듯 피해 버렸다. 이러지도 저러지도 못하고 마당 한가운데에 서 있는데,

"야, 너 여기서 뭐 해?"

어제 부엌을 가다가 부딪친 아이가 다가왔다. 린린이었다. 머리 위에 올린 소쿠리엔 빨랫감이 한가득이었다. 린린의 머리 위에 올라가 있는 빨랫감을 슬쩍 훑던 가현이 물었다.

"빨래하러 가는 길이니?"

"그럼 뭘 하러 내가 이런 걸 짊어지고 있겠어. 너 때문……, 아니 뭐 솔직히 너 때문은 아니지만. 어젯밤 일 때문에 죄다 팔려 가서 일손이 부족 하단 말이지. 난 원래 부엌을 담당하고 있는데 빨래까지 하게 생겼다고."

"팔려 갔다고? 왜?"

처음 듣는 이야기에 가현이 당황했다. 린린은 한심하게 가현을 쳐다보았다.

"그런 게 있어."

하긴, 혼절 이후에 벌어진 일에 대해서 가현은 모를 터였다. 누구도 말해 주지 않았을 테니까. 어쨌든 피해자는 가현이었다. 가현

에게 텃세를 부리려고 하다가 결국 사람 하나가 죽었다. 그는 운이 꽤나 신뢰하던 부대대장이었다.

어젯밤 소소에게 달려가 메이가 저지른 일을 고해 버린 것도 자신이었다. 때마침 지나가던 운이 그 이야기를 들었고, 그 이후엔……. 끔찍한 일이 일어나고 말았다. 아무튼 그런 일을 시시콜콜 다 이야기하기엔 말했듯 일이 많았다.

"바보같이 여기 서 있지 말고 안으로 들어가. 곧 비도 온다던데."

"괜찮으면 도와줘도 될까?"

"……네가?"

허리도 한 줌밖에 안 되는 것이 영 쓸모없어 보이는데. 도와주기는커녕 괜히 짐만 되지 않을까 걱정이 들었다. 게다가……. 소소가 신신당부하지 않았던가. 가현이 아픈 것까지 모르는 린린은 소소의 말을 속으로 생각하며 칫, 혀를 찼다.

'생각해 보면 나랑 똑같은 처지인데. 누구는 찬바람 맞아 가며 일하고 말이야.'

흠음, 가현을 위아래로 훑던 린린은 마침 잘 되었다 싶었다.

"그래, 안 그래도 서둘러서 해야 하거든. 아까도 말했지만, 날씨가 영 이상해. 비가 올 것 같단 말이야."

조금 신이 난 표정으로 빠르게 말한 린린이 따르라는 듯 어깨 짓을 하며 가현을 불렀다. 그러다가 우뚝 멈추어 게슴츠레하게 눈을 뜨고 가현을 돌아보았다.

"네가 도와주기로 한 거다. 그러니까."

"그래, 내가 도와주겠다고 한 거야. 넌 잘못 없어."

"내, 내가 딱히 무서워하는 건 아니고!"

"그래, 알아."

가현이 희미하게 웃자, 흠칫한 린린이 고개를 앞으로 했다. 그러곤 서둘러 대문을 넘어 밖으로 나갔다. 그 뒤를 가현이 조용히 따랐다.

* * *

대호국의 풍경은 확실히 춘국과 달랐다. 옷도 미세하게 달랐다. 춘국에서 귀족 여인들은 밖을 나갈 적엔 반드시 쓰개치마를 써야 하는데, 이곳의 귀족 여인들은 대놓고 얼굴을 드러내놓고 다녔다. 화려한 장신구는 물론, 하나같이 짙은 화장을 하고 있었다. 옷도 가슴을 드러내고 있었고, 허리는 기다란 끈으로 바짝 묶은 상태였다. 짐승들의 털이 달린 망토를 쓰고 있는 사람들도 제법 보였다.

"춘국과 많이 달라?"

가현이 옆을 지나는 여인들을 빤히 쳐다보자 린린이 새삼 우습다는 얼굴로 물었다.

"그래, 많이 다르구나."

뒤늦게 여인들에게서 눈을 뗀 가현은 이번엔 눈 앞에 펼쳐진 정경을 바라보았다. 거대한 붉은색의 기와로 뒤덮인 성벽을 중심으로 길게 나 있는 거리는 사람들로 북적였다. 양쪽엔 갖가지 물건들을 파는 3층 높이의 점포들이 있었고, 길가엔 수레를 끌고 가는 사람과 마차가 넘쳐났다. 린린은 괜한 것이 신기하다는 듯 콧방귀를 뀌며 가현의 소매를 붙들고 흔들었다.

"정신 좀 차려. 우리는 놀러 나온 것이 아니라고."

"미안하구나."

뼛속부터 노비였던 린린은 자신과 같은 낡은 옷을 입고도 우아해 보이는 가현을 새침하게 노려보며 이죽거렸다.

"그 말투 이상하니까 갖다 버리고."

흥!

콧방귀를 뀌며 턱을 치켜든 린린이 먼저 쌩하니 가 버렸다. 당황한 가현이 서둘러 린린의 뒤를 따랐다.

* * *

쪼로로록, 톡!

기다란 대나무에 물이 가득 차자, 그대로 기울어져 그 아래 놓인 석돌에 부딪혔다.

그 위로 뻗은 수십 개의 대나무 사이로 황제와 나란히 앉아 차를 마시는 운이 보였다. 한량처럼 비스듬히 무릎 한쪽을 세우고 앉아 있는 황제는 궁녀가 해 주는 부채질을 벗 삼아 흥얼거렸다. 그러다가 한 번씩 잔을 들어 차를 마셨다. 그 앞에 앉은 운은 시종일관 무표정을 하고 있었다.

"어제 네 밑에 있는 놈 하나의 목이 잘렸다지?"

그 무표정은 황제의 말에 깨져 버렸다.

"죽을죄를 지었습니다."

"죽을죄는 무슨."

황제가 휘휘 손을 내저으며 궁녀들을 치워 버렸다. 부채를 내린 궁녀들이 조용히 뒷걸음질 치며 화원을 나갔다.

"네 놈 밑에 있는 놈 하나 죽인 게 왜 죽을죄냐?"

"폐하의 신하가 아니 옵니까."

황제의 명이 없어도 장군들은 자신의 수하에 대한 즉결처형의 권한이 있었다. 특히나 운은 왕이 아닌가. 때문에 황제 운덕의 말대로 운은 잘못한 것이 아니었다. 하지만…… 그 이유가 몹시 재미있었다.

가현.

듣기론 춘국에서 온 후궁을 겁간하려다가 운의 검에 목이 베였다고 들었다.

그러고 보면 처음 만났을 때 운에게 들었던 그 이름을 운은 끝까지 놓지 않았다. 정말 흥미롭지 않은가. 권세를 내주어도 재물을 쥐여 주어도, 아리따운 여인을 붙여 주려 해도 어떠한 것에도 관심을 두지 않는 운이 집착하는 것이 있다는 게 말이다.

'가현…….'

처음 만난 날이 떠오른다. 황자의 난으로 큰 상처를 입고 숨을 곳을 찾아 들어가게 된 곳에서 운을 만났다. 피가 울컥울컥 새어 나오는 옆구리를 틀어쥐고 비틀비틀 걷던 운덕을 발견한 적이 검을 날릴 때였다. 갑자기 나타난 엉뚱한 놈이 맨손으로 검을 쥐는 게 아니겠는가.

'건드리면 죽여 버린다.'

마치 자신을 여인으로 아는 건지, 이상한 말을 중얼거리며 운덕을 뒤로 물렸고, 적을 맨손으로 제압했다.

뒤늦게 자신을 구한 이유가 고작 '가현'이라는 여자와 볼우물이 같았기 때문이라니. 그때 얼마나 황당하던지.

어찌 되었든 '가현'이라는 이름을 가진 여인 때문에 운 같은 소중한 이를 만나게 되었다. 해서 운덕은 그 여인이 몹시 궁금했다.

그 이전에…….

"그래, 어찌 죽일 작정이냐?"

황제의 물음에 내리깔고 있던 운이 그를 바로 응시했다. 얇은 듯 기다란 입술 끝을 비스듬히 들어 올린 황제가 새까만 눈을 빛냈다.

"가현, 그 여인 말이다."

"……모르겠습니다."

한참 만에 내놓은 대답은 정말 실없는 것이었다. 그러나 황제는 그에 타박을 놓지 않았다. 대신 예상했다는 듯 고개를 끄덕였다.

"내 그럴 줄 알았다. 날 그 여인으로 착각하고 칼까지 맞은 너다. 그런데 그 여인을 찢어 죽이겠다고? 그는 말이 안 되지 않은가."

"……."

"어쨌든 찾았으니 네 엉킨 기억들은 되찾을 수 있겠지. 그러다 보면 네가 품고 있는 것이 복수인지 아니면 또 다른 감정인지 알 수 있지 않겠느냐."

운은 그저 묵묵히 입을 다물고 생각에 잠겼다. 황제는 그런 그를 물끄러미 바라보았다. 그때, 누군가 화원 안으로 들어섰다. 태의였다.

"오, 태의 왔구려!"

"폐하, 신 들었나이다."

황제의 앞에 무릎을 꿇은 태의를 황제가 몹시 반겼다. 황제의 반김을 받으며 자리에서 일어선 태의는 운에게도 왕에 대한 예를 갖추듯 허리를 숙였다.

"오랜만에 뵙습니다, 전하."

"……오랜만에 뵙습니다, 태의 어른."

여전히 왕에 대한 예를 받는 것이 어색하고 불편하기만 한지 고스란히 그의 얼굴에 드러났다.

황제는 그럴수록 그를 놀리듯 더 운에 대한 예를 갖추라 신하들에게 신신당부했다. 태의는 원체 성정이 능글맞은 황제와 다르게 무뚝뚝하기 짝이 없는 운의 상태를 살폈다. 그러곤 그를 뒤따라온 제자에게 무언가 일렀다.

한눈에 보기에도 어려 보이는 제자는 잔뜩 긴장하며 뻣뻣해진 몸을 이끌고 앞으로 나와 들고 온 상자를 원탁(圓卓; 둥근 탁자) 위에 내려놓았다.

"어쩌 날이 갈수록 길일이 짧아지는 듯합니다."

"태의 그대가 보기에도 그러한가?"

황제의 물음에 태의가 고개를 끄덕였다.

"부디 심신을 안정시키세요. 그것만이 전하의 몸을 더 빠르게 치유할 수 있나이다."

운은 태의의 말을 한 귀로 흘려들으며 환약이 든 상자를 받아 들었다.

"그럼 이만 물러가겠습니다."

"허어, 이놈 봐라! 나와 술 한 잔 기울고 가라니까! 환약만 쏙 빼 들고 가는 네 놈 심보가 참으로 고약하구나!"

"일이 많습니다."

황제가 뭐라 하던 운은 끝까지 무표정을 일관하고 사라졌다. 대나무 너머로 사라지는 운을 지켜보며 황제가 온갖 욕지거리를 내뱉었다.

"저 멋대가리 없는 놈."

이윽고 황제의 얼굴에선 웃음기도 이죽거림도 사라졌다. 운덕이 무거운 표정으로 물었다.

"운의 상태를 어찌 보느냐."

"……말씀드렸듯 아픈 것은 마음이옵니다."

오래전 처음 만난 운을 진맥하였을 때, 태의는 당황했다.

운은 어디가 아픈 것이 아니었기 때문이었다. 고된 노동으로 몸이 조금 망가져 있기는 했으나 죽을 정도는 아니었다. 하지만 운은 고통스러워했고 태의는 결국 특단의 조치를 취했다.

바로 약을 지어 주는 것이었다.

운은 태의가 준 약을 의심 없이 받았고, 그는 정말 괜찮아졌다.

이따금 일어나는 발작에 효능이 있는 약은 아니었다. 하나 태의의 진찰은 맞아떨어졌다. 정신적인 문제가 맞았는지, 태의에게 약을 받아든 운은 그것만 먹으면 발작이 가라앉았다.

"아마 저 녀석이 붙들고 있는 가현이라는 여인 때문이겠지?"

"그 여인을 데려오자마자 이리 찾아온 것을 보니, 그 때문이 맞는 듯합니다."

태의의 말에 고개를 끄덕였다. 그러다가 짓궂은 눈으로 태의를 돌아보았다.

"네놈이 거리의 사기꾼들처럼 가짜 약을 지어 준다는 걸 알면, 운이 그놈은 아마 뒤로 넘어갈 게야."

"가짜 약이라니요. 심신을 달래 주는 것들은 몽땅 들어가 있느니. 그것이 바로 명약이 아니겠습니까."

"호박, 마늘, 율무…… 또 뭐더라. 온갖 음식을 가루로 만들어 만든 환약이 명약이라니. 그 명약 나도 한번 먹어 보자꾸나."

"……흑운 전하의 병은 마음의 병으로 어떠한 약도 소용이 없습니다. 그 약으로 전하의 마음이 안정된다면 그보다 더 좋은 약은 없는 것이지요."

태의는 그저 무뚝뚝하게 아까와 같은 대답만 하고 사라졌다. 홀로 남은 황제는 골똘히 무언가를 생각하다가 위를 향해 손짓했다. 일거수일투족을 보호하는 황제의 호위무사가 순식간에 그의 앞에 나타나 무릎을 굽혔다.

"아무래도 그 여자를 직접 봐야겠다. 운이 그놈이 알면 분명 막으려 들 테니, 은밀히 준비하라."

"명을 따르겠나이다."

* * *

화원을 나와 황궁을 벗어나는데, 누군가 운의 앞길을 막아 세웠다.

"폐하를 보러 오신 것입니까."

운과 같은 직책인 대장군의 여동생이자, 재상의 하나뿐인 딸로 몹시 귀하게 자란 귀족 여인 허여소였다. 빛깔 고운 연분홍색 복색을 한 여소는 한 떨기의 꽃과 같았다.

대호국 수도의 남성들의 심금을 울릴 정도였으나, 그를 바라보는 운의 눈동자엔 동요가 보이지 않았다. 길거리의 흔한 돌 보듯 무심하기만 했다. 게다가…… 여소가 누구인지 한참을 생각하는 듯 빤히 쳐다보더니 여소의 귓불이 수치심으로 달아오르기 직전에 떠올렸다. 그만큼 여소는 운에게 아무것도 아닌 존재였다.

"오랜만입니다."

무심한 그의 표정과 말투에 여소는 속이 상했지만, 애써 아무렇지 않은 척 곱게 웃었다.

"몸은 무탈하십니까?"

"무탈합니다."

"저, 언제 한번 저희 집에……."

"송구하나 제가 일이 있습니다."

살짝 고개를 끄덕인 운이 그대로 여소를 스치고 지나쳤다. 여소는 입술을 지그시 물며 춘국과의 전쟁 이후 처음 보는 운의 뒷모습을 바라보았다. 일그러진 눈매엔 운에 대한 원망이 깃들어 있었다. 매번 보이는 무심함에 가슴이 아려 왔지만, 그래서 더 그를 붙들고 싶었다. 어떻게 해서든 제 남자로 만들고 싶었다.

아버지와 오라버니는 어디서 굴러들어왔는지 모를 운을 천한 놈이라며 비웃었으나, 여소가 보기에 이 대호국에서 저만한 사내는 없었다.

'이 허여소의 마음을 붙든 사내이니 그것만으로도 가치 있는 사내이지.'

장대한 기골과 짙은 눈매는 알 수 없는 상처로 물기가 어려 있어 그것이 오히려 여심을 울렸다. 저번에 보았을 때보다 훨씬 멋있어진 운을 보며 입술을 잘근잘근 씹던 여소는 순식간에 날카로워진 눈으로 금모를 돌아보았다.

"춘국의 후궁이 전하의 밤 시중을 들었다는 게 사실이냐?"

은밀히 운의 저택에 사람을 심어 둔 여소는 그가 다른 여자와 밤을 지새웠다는 보고를 받곤 방 안에 있는 모든 것들을 망가뜨리며 분노를 풀었다. 금모 역시 매질을 당했다. 주인이 매질하는 것은 당연한 일이었다. 그 상흔이 아직 금모의 광대 아래 부근에 희미하게 남았다.

"게다가 그 계집 때문에 부대대장의 목까지 날아갔다지?"

"그, 그러하옵니다."

가녀린 꽃 같은 얼굴의 여소가 얼마나 잔혹한 성정을 가졌는지 누구보다 잘 아는 금모는 서둘러 답했다. 입술을 지그시 깨물며 허공을 노려보던 여소가 금모에게 은밀히 명을 내렸다.

"계속해서 빠짐없이 내게 보고하라 일러라. 알겠느냐?"

"예, 아가씨. 명심 또 명심하겠습니다."

홱, 하니 고개를 튼 여소는 우아한 자태를 유지하며 황후궁으로 들어섰다.

* * *

어째 날이 흐리더니 곧 비가 올 모양이었다. 성문 입구에서 대기하고 있던 진명과 말에 올라 집으로 가던 운은 잠시 말을 멈춰 세우곤 하늘을 향해 손을 뻗었다.

툭, 투둑. 작은 물방울이 손바닥에 부딪쳤다. 먹구름과 잿빛으로 뒤덮인 하늘은 심상치 않아보았다.

"서두르자."

"전하."

평소처럼 예, 라고 답하지 않는 진명의 갑작스러운 부름에 말고
삐를 당기려던 운이 다시 멈추었다.

"왜 그러느냐."

"저 밑을 보시지요."

"밑?"

갑자기 무슨 밑을 보라는 것인지. 진명의 손끝을 따라 고개를 돌
린 운은 길가 아래 개울가에서 홀로 쭈그려 앉아 있는 가현을 발견
하곤 미간을 좁혔다.

날이 좀 풀리긴 하였으나 혹독한 추위로 유명한 대호국이었다.
안 그래도 추운 날씨에 하늘이 심상치 않게 울더니 조금씩 빗줄기
가 떨어져 내렸다. 개울은 얼음으로 꽁꽁 얼어 있었다. 그 가운데
쭈그려 앉아 가현은 서툰 손길로 빨래를 하고 있었다. 가끔 하던
일을 멈추곤 손을 올려 후후 불었다. 그러나 이미 꽁꽁 얼어버린
손에 그 입김은 닿지 않았다.

"데려올까요?"

운의 표정을 살피던 진명이 조심스럽게 물었다.

"……두어라."

가현에게서 눈을 돌린 운이 냉랭한 기운을 내뿜으며 말을 이끌
고 가 버렸다.

"저대로 두면 안 될 것 같은데."

가현과 운을 번갈아 보던 진명은 결국 주인의 명대로 가현을 부르지 않고 말고삐를 당겼다.

* * *

끼이이익!

조금씩 내리던 비는 집 앞에 도착할 때쯤 굵어져 미친 듯이 쏟아졌다.

마찰 소리와 함께 활짝 열린 대문을 넘은 하인들이 말 위에서 뛰어내리는 진명과 운에게 굽신거렸다. 뒤이어 마중 나온 소소가 준비시킨 우산을 운에게 씌웠다.

"얼른 안으로 들어가시지요! 이러다가 열병이라도 드시겠습니다."

"소소."

운은 가지 않고 소소를 불렀다. 갑작스러운 부름에 당황하지 않고 소소가 고개를 숙였다.

"하명하시지요."

"……되었다."

한참을 머뭇거리다가 결국 말없이 돌아선 운이 우산도 집어치우고 안으로 들어가 버렸다.

"주인님께 무슨 일이라도 있었던 것입니까?"

"그 여자가 왜 개울가에서 빨래를 하고 있습니까?"

오히려 진명이 물었다. 진명의 물음에 소소의 미간의 주름이 깊어졌다. 어딜 갔나 했더니 빨래터에 갔단 말인가. 계속해서 기와를 때리는 빗줄기가 이리도 거센데. 그 몸으로 비를 맞아 가며 얼음장 같이 차가운 개울가에서 빨래를 하다니.

도대체 거기까진 어찌 간 것인지 골몰하고 있는데, 때마침 린린이 서둘러 달려오는 것이 보였다. 치마 끝자락과 신이 달려오느라 흙탕물로 엉망이었다. 우산까지 가지고 가지 않아 머리며 옷이며 할 것 없이 전부 젖었다.

"어찌 안에 계시지 않고 밖에 있습니까?"

손으로 간신히 눈앞만 막은 채 뛰어오던 린린은 문 앞에 서 있는 소소와 진명을 발견하곤 속도를 늦추었다.

"넌 어딜 갔다 오는 길이냐."

"저야 빨래터에 빨래하러……! 아, 지금 가현이 혼자 있습니다. 그래서 비를 막을 것이라도!"

"네 이놈!"

힉!

귀가 먹먹해질 정도의 고함에 놀란 린린이 어깨를 들썩이며 눈을 동그랗게 떴다. 그사이에도 비는 계속해서 퍼부었다. 잔잔하던 흙바닥엔 어느새 흙과 뒤섞인 물길이 생겼다.

"소소 님 어찌 그럽니까?"

"당장 그분을 데려오지 못할까!"

'그분'이 당최 누구인지 알 길이 없어 린린은 그저 눈만 느리게 깜빡였다. 소소가 답답하다는 듯 린린을 쏘아보다가 직접 나서기로 했다.

"되었다. 넌 집에 얌전히 틀어박혀 있거라."

린린에게 명한 소소가 여태 서 있는 진명을 향해 말했다.

"제가 가서 데리고 오겠습……."

끼이이익!

소소가 움직이기도 전에 굳게 닫혔던 대문이 다시 열렸다. 그 사이로 빠르게 뛰어나온 운은 말도 묻지 않고 그들 사이를 지나쳐 뛰어가 버렸다. 놀란 진명이 뒤늦게 운을 따라나서다가 멈춰 섰다. 소소와 린린 역시 처음 보는 주인의 낯선 모습에 그만 얼빠진 얼굴을 했다.

* * *

쏴아아아-

비는 점점 더 거세졌다. 잠시 비를 막을 것을 들고 오겠다던 린린은 오지 않았다. 비는 눈 앞을 가릴 정도로 미친 듯이 쏟아졌다. 손과 발엔 더는 감각이 없었다. 그래도 그 손으로 대충 빨래를 마친 가현은 서둘러 자리에서 일어서기 위해 몸을 일으키려 했다. 그러나 너무 오래 쪼그려 앉아 있던 탓인지 그만 비틀거리다가 개울가에 풍덩, 빠지고 말았다.

"헉!"

차가운 얼음물이 코와 입으로 울컥울컥 들어왔다. 엉덩방아를 찧듯 주저앉은 가현은 황급히 손을 들어 얼굴을 닦아 내었다. 그러다가 그만 웃고 말았다. 엉망진창인데. 이상하게 웃음이 새어 나왔다. 이렇게 힘겹게 빨래를 하게 될지도 몰랐고, 얼음장 같은 물에 풍덩 빠질 줄도 몰랐다.

가현에게 삶은 둘로 나뉘었다. 그중 첫 번째 삶은 가장 행복했던 운과의 삶이었다. 나머지 또 하나의 삶은 거죽만 남아 있는 삶이었다. 이런 삶은 생각지 않았다. 지옥 같은 삶의 끝엔 언제나 죽음뿐이라고 생각했기 때문이었다.

그런데 이 보아라. 빗물에 젖어 더 무거워진 옷을 낑낑거리다가 짜증도 내었고, 바보같이 물에 빠지지 않았겠는가. 가현이 소리 내어 웃었다.

풍덩!

또 한 번 큰 울림이 울렸다. 누군가 성큼 물 안으로 들어와 가현의 앞에 섰다. 바로 눈앞에서 보이는 비단 바지를 따라 가현이 천천히 고개를 올렸다. 빗물 때문에 흐릿해진 시야 사이로 운이 살벌하게 일그러진 눈을 하고 가현을 노려보고 있었다.

* * *

뚝.

뚝.

비죽 튀어나온 잔머리에서 타고 내려온 물방울이 뚝, 바닥으로 떨어졌다. 새하얀 목덜미를 타고 흘러내려 온 물방울은 봉긋한 가슴골 사이로 흘러내렸다. 발 앞엔 가현의 몸에서 흘러나온 물이 흥건하게 물웅덩이를 만들었다. 다 해 놓은 빨래도 던져 버리고 운의 침실로 끌려 들어온 가현은 심상치 않은 그의 표정을 그저 무표정으로 바라보았다.

"네가 왜 화를 내는 것인지 난 도통 모르겠구나."

가현과 별반 다르지 않은 젖은 몸을 하고 가현을 마주 보고 선 운의 눈썹이 바짝 올라갔다. 가현은 고집스러운 표정을 지우지 않았다.

"네가 버린 그 빨래를 하느라 내가 얼마나 고생했는지 아니?"

"쉬라는 말 못 들었습니까?"

"그건 소소라는 여인에게 들었다."

"헌데요."

가현은 그에 답하지 않고 입을 꾹 다물었다. 순간 흐릿하게 무언가가 떠올랐다. 익숙한 느낌이었다. 불쑥불쑥 치밀어 오르는 노기도 익숙한 것이었다. 어쩌면 이 여인은 오래전에도 이런 말도 안 되는 고집으로 사람을 환장하게 만든 듯했다.

"난 노비로 온 것이다."

그때, 가현이 살쾡이 같은 눈을 하고 대들 듯 소리를 높였다.

"네가 그리 말하지 않았니? 다른 건 네가 말해 주지 않았지만 그 하나는 말해 주었으니, 일이라도 해야지."

"이런."

가현을 매섭게 노려보던 운의 입매가 비스듬히 올라갔다. 화가 난 게 분명했다.

"하나는 까먹었나 봅니다."

저렇게 운의 입매가 비뚤어질 땐 제 고집도 먹히지 않았다. 그럴 때면 운의 화를 풀어 주느라 애를 먹었었다. 잠시 오래전 일을 떠올리던 가현은 저도 모르게 마른침을 목구멍 뒤로 삼켰다.

"……무엇을 말이냐."

"다른 것도 있지 않았습니까. 까먹으신 겁니까?"

순간 가현의 안색이 창백해졌다. 운은 재미있다는 듯 코앞으로 다가오며 웃었다.

"왜요, 그건 하기 싫으십니까?"

젖어서 허벅지에 들러붙은 치맛자락을 꼭 붙든 가현은 고개를 들며 그를 맹렬하게 노려보았다.

가현의 눈을 바라보던 운이 시선을 밑으로 떨어져 파르르 떨리고 있는 그녀의 입술에 닿았다. 두려워서 떨면서도. 가현은 끝까지 고집을 꺾지 않을 생각인가보다. 가현의 고집에 머리가 아파 왔다. 혼미해질 정도의 분노는 정말 처음이었다.

"참으로 대단한 고집이야."

날 선 눈으로 여전히 떨리고 있는 입술을 노려보던 운이 손을 뻗어 가현의 목덜미를 붙들었다. 그의 손이 닿자 가현의 등이 뻣뻣해졌다. 아랑곳하지 않고 비스듬히 고개를 기울인 운이 차가운 가현의 입술에 입을 맞댔다.

놀란 가현이 뒤로 물러서려 해도 더 괴롭히듯 그녀의 입술을 잘근잘근 씹었다.

"읍!"

신음과 함께 가현의 입술이 벌어지자 그 틈으로 혀를 집어넣었다. 아래쪽에서부터 타고 올라오는 것이 욕정인지 분간이 가지 않을 만큼, 가현의 혀를 뿌리 뽑듯 휘어 감으며 손을 뻗어 옷을 찢듯 벗겨 내었다.

운과 가현의 움직임에 탁상이 끼긱! 소름 끼치는 소리를 내며 앞으로 쭉 밀쳐지다가 벽에 쿵, 하고 부딪쳤다. 그 위에 놓여 있던 서책들과 벼루, 연적 등이 소란스럽게 바닥으로 떨어져 내렸다.

"아흑!"

엎드린 채로 탁상 끄트머리를 간신히 붙들고 서 있는 가현은 뒤에서 성난 짐승처럼 박아 대는 운의 허리 짓에 정처 없이 흔들렸다. 빗물로 젖은 치마는 둘둘 말려 허리 부근에 올라와 있었다. 속곳은 이미 넝마가 되어 바닥에 나뒹굴었다.

억지로 메마른 음부를 비집고 들어간 운의 물건에 안쪽에서 통증이 몰려왔다. 입술을 악문 채 고통스러운 움직임을 견디던 가현이 참지 못하고 잇새로 고통 섞인 신음을 토해냈다.

"아!"

마른 장작처럼 메마른 안에 제 물건을 억지로 밀어 넣던 운이 미간을 좁히며 가현의 허리를 붙들었다.

"이렇게 형편없어서야."

허리를 바짝 숙이며 가현의 귓가에 입술을 갖다 댄 운이 차가운 목소리로 이죽거렸다.

"감당할 수 있겠습니까."

송곳처럼 파고드는 그의 목소리는 내벽을 억지로 비집고 들어오는 물건보다 더 고통스러웠다. 바들바들 떨리는 손끝에 바짝 힘을 준 가현이 고집스럽게 이를 악물었다.

그는 가현을 비웃듯 그녀의 엉덩이를 우악스럽게 움켜쥐었다.

"힘 빼요."

그의 말에 가현은 어쩔 줄 모르는 상태로 움찔거렸다. 이쯤 하면 잘못했다고 소리치기 마련이건만. 가현은 끝까지 하지 않겠다고 하지는 않았다. 정말이지 빌어먹을 고집이었다. 그 고집에 더 분노한 운은 물건을 조금 뺐다가 뿌리 끝까지 단숨에 밀어 넣으며 꿰뚫었다.

"헉!"

끝까지 치고 들어오는 그의 성난 물건에 놀란 가현이 물고기처럼 튀어 오르다가 제 입술을 깨물고 말았다. 순간 이에 찢긴 여린 입술 사이로 붉은 피가 흘러나와 투둑, 하고 바닥으로 떨어졌다.

"아, 아!"

쿵쿵쿵!

그가 방아를 찧듯 안쪽을 무자비하게 찔러 댈 때마다 가현과 함께 그녀가 붙들고 있던 탁상까지 흔들렸다.

끼긱!

끼긱!

쿵쿵쿵!

귀가 아플 정도로 벽이 울렸다. 거칠게 쑤셔 대는 물건에 음부가 붉게 부어올라 불에 덴 듯 쓰라렸지만. 가현은 이를 악물고 그의 행위를 참아 내었다. 날 선 눈으로 제 아래에 엎드려 흔들리고 있는 가현을 노려보던 운이 속도를 내기 시작했다.

쿵쿵쿵!

요란하게 울리는 소리와 함께 가현이 아픔을 참지 못하고 소리를 내질렀다.

"아흑!"

아래가 화끈거려 불로 지진 것 같았다. 찢을 것처럼 들어와 이곳 저곳을 헤집는 그의 물건은 칼날보다 더 날카롭게 찔러 댔다.

"아아!"

여러 번을 오가며 미친 듯이 박아 대던 운이 순간 고개를 내려 드러난 가현의 목덜미를 콱, 물었다. 어느새 분노는 머릿속에 보이지 않았다. 그저 이 미칠 것만 같은 쾌락에 휩싸여 가현을 무자비하게 가졌다. 짐승처럼 본능에만 치중하여 운은 빠르게 허리를 움직였다.

순간 울컥, 뜨거운 무언가가 터지듯 나왔다.

"크흑!"

짐승처럼 울어 대며 운이 움직임을 멈추었다. 순간의 절정에 눈앞이 새하얗게 변했다.

"하아."

바르작거리며 떨던 가현의 다리가 결국 휘청거리다가 꺾였다. 힘없이 무너져 내리는 그녀의 아래에서 투둑, 희뿌연 정액이 흘러나와 바닥으로 떨어졌다.

운이 가현에게서 떨어져 문을 열고 나가 버렸다. 쾅! 부서질 듯 문을 닫고 사라져 버리는 운을 뒤로한 가현은 멍하니 시선을 내렸다.

'괜찮으십니까?'

초라한 창고 안에서 처음 그와 몸을 섞었을 때였을까. 그가 물었다. 비 맞은 강아지처럼 어쩔 줄 모르는 표정으로 가현을 제대로 만지지도 못했다. 그는 가현이 조금만 비틀거려도 사색이 되었었다.

처음은 정말 아팠지만, 그다음, 또 그다음은 괜찮았다. 아니, 좋았다. 운이 주는 그 다정한 쾌감이, 절정이 좋았다. 하지만 더 좋았던 건 이후에 땀에 젖은 몸을 끌어안고 해 주는 부드러운 애무였다. 온몸을 쓸어내리며 그는 사랑을 속삭였다.

다시 만난 그와의 행위는 고통스러웠다. 심장이 반으로 쪼개져 그 안에 시린 바람이 몰아치는 듯했다. 어쩐지 추웠다. 온몸이 벌벌 떨릴 정도로 한기가 들어찼다. 손을 들어 제 어깨를 감싸 안은 가현은 맨바닥에 몸을 옆으로 누이고 둥글게 말았다.

침실을 박차고 뛰어나온 운의 얼굴로 거센 빗줄기가 내리쳤다.

간신히 말랐던 머리와 옷이 금세 젖어 들었다. 앞이 보이지 않을 정도로 내리는 비 아래에 서서 운은 터질 듯한 제 아래를 노려보았다. 욕정은 여전히 식지 않았다.

이따금 공식적인 일로 귀족들의 집에 갈 때마다 제게 아부를 하기 위해 아름다운 여인들을 들여보낼 때가 있었다. 옷 하나 걸치지 않고 들어서는 여인들의 나체에도 단 한 번도 일지 않던 욕망이 저 여자에게만 이는 것인지.

혼란스럽기 그지없었다. 단 한 번도 느껴보지 못한 욕망이 가현의 앞에만 서면 시도 때도 없이 일어났다.

그 낯선 감정은 이상하게 텅 빈 심장을 가득 채우는 듯했다. 맘 같아선 다시 들어가 부드럽고 뜨겁던 그 안을 파고들어 절정에 오를 때까지 끊임없이 헤집고 싶었다.

정말이지 미친 생각이 아닌가!

저 여잔 자신을 버린 사람이었다. 오랜 세월 가슴에 묻고 반드시 다시 만나게 되면 똑같은 고통을 주겠다고 다짐했다. 온몸이 낭자가 되고, 색이 바랠 때까지 짓밟다가 죽이면 그만이라고 생각했는데…….

그리만 하면 끝도 없는 절망도 분노도 사라질 거라고 그렇게 확신했는데. 막상 그녀를 처음 마주했던 그땐 너무 두려웠다. 이 두려움 또한 어디에서부터 시작된 것인지 모르겠다.

그녀를 마주할 때마다 분노가 치솟았다가, 슬펐다가, 욕정이 일었다가 수도 없이 많은 감정이 그를 스치고 지나갔다. 깊이를 알 수 없는 구렁텅이에 빠진 기분이었다. 휘몰아치는 감정들을 견디지 못한 그는 결국 비겁하게 도망쳐 버렸다.

* * *

주인의 혼란은 그 밑에 있는 노비들에게까지 물들었다.

"그럼 노비야, 아니면…… 정부야?"

"정부면 우리가 모시거나 그런 건가?"

"윽! 싫다 그것은. 왜 우리가 멸망한 나라의 후궁을 상전으로 모셔야 해? 대호국의 반에도 미치지 못하는 나라의 후궁이었잖아. 게다가 노비로 팔려 온 계집인걸?"

가현에 대한 멸시와 무시가 담긴 말을 여노비들은 서슴없이 꺼냈다.

그날 그렇게 나가 버린 운은 대부분을 훈련장에서 지냈다. 그가 들어오지 않는 날이 계속될수록 노비들의 혼란이 가중되었다.

도대체 가현을 어찌 대해야 할지 모르겠다는 얼굴로.

첫날은 밤 시중을 들었다가, 그리고 자신들과 같은 노비로 부엌에 왔다가 또 주인의 명령 하에 갑자기 방을 주인의 방 근처로 옮겼다. 그리고 또다시 가현은 원래대로 여노비들이 기거하는 숙소로 와 잠을 청했다. 미치고 팔짝 뛸 노릇이었다. 이랬다가 저랬다가 계속 뒤바뀌니 가현을 무엇이라고 불러야 할지조차 헷갈렸다.

"흥, 우리들과 같은 노비인 게지. 상전은 무슨."

그때 주먹만 한 코를 가진 여노비가 심술궂은 표정으로 말했다.

"게다가 못 들었어?"

손에 든 감자를 반으로 똑 쪼개 한입에 넣고 우물거리다가 꿀꺽 삼킨 그녀가 주위를 살피면서 은밀히 물었다. 덩달아 주위를 살피던 여노비들이 얼굴을 모으며 앞에 쭈그려 앉아 있는 그녀에게 집중했다.

"뭘?"

"주인님 곧 혼인하신다는 거."

그녀의 말은 정말 기절하고도 남을 만큼 엄청난 일이었다.

기골이 장대한 윤과 스치듯 시선이 마주칠 때마다 오금이 저리고 다리가 비비 꼬였다. 그 정도로 야릇한 느낌을 주게 하는 주인은 여노비들의 환상이자 꿈과 같은 사내였다.

만약 그가 보통의 사내처럼 여자 안기를 좋아했다면, 여노비들은 누구라고도 할 것 없이 온갖 수를 써 그의 침실에 쳐들어갈 거였다. 하나, 주인은 이상할 정도로 자신의 몸에 여인의 손이 닿는 걸 끔찍하게 싫어했다.

그 사실을 알게 된 건 주인이 왕으로 봉해진 지 얼마 지나지 않았을 때였다.

흑운왕으로 봉해진 뒤, 이 거대한 가옥으로 옮겼는데, 그때 노비들을 사들였다. 새로 모시게 된 주인의 성격을 알기엔 너무 이른 시간이었는데, 그저 운의 탄탄한 몸과 얼굴에 반한 여노비 하나가 실오라기 하나 걸치지 않고 나신으로 그의 침실로 들어섰다가 피로 물든 시체로 나온 적이 있었다.

흉흉하게 번뜩이는 눈으로 문을 박차고 나선 주인의 손엔 피가 뚝뚝 떨어지는 검이 들려 있었고, 그 뒤엔 대자로 엎어진 채 싸늘한 시신이 된 여노비가 보였다.

그때, 그 장면을 목격한 수많은 노비는 주인의 성정을 바로 확인했고, 더는 그런 일이 일어나지 않도록 조심했다.

그래서 흑운왕이 남색을 하거나 아니면 예전에 여인에게 상처를 입어 그렇게 되었다고 생각했었다. 한데, 그가 가현을 안았다. 춘국에서 끌려온 후궁을.

"그 계집을 안았으니 남색을 하는 건 아닌 걸로 판명 났네."

조금 시무룩하게 중얼거리던 여노비가 슬쩍 물어보았다.

"그래, 상대는 누구신데? 지체 높은 가문의 아가씨겠지?"

흑운왕은 황제가 가장 신임하는 사람이었다. 황자의 난이 일었을 때 선봉에 서서 지금의 황제를 지켰고, 수많은 적과 싸워 이겼다. 그래서 대호국의 사람들은 흑운왕을 존경했다.

귀족들 말대로 그의 신분이 명확하지 않은 것이 좀 걸렸지만, 어쨌든 지금 대호국에서 가장 황제의 신임을 얻은 사람이 바로 주인님이 아닌가. 당연히 명망 높은 가문의 아가씨가 안주인으로 들어와야 했다.

"허가의 아가씨와 혼인 이야기가 오간다고 하더구나."

그러나 허가는 상상치 못했다.

"재, 재상의 그 여식 말이야?"

재상의 여식이라면 원래 황후로 들어갈 뻔한 여인이었다. 만약 황제가 지금의 황후를 진심으로 연모하지 않았다면, 허여소는 분명 황후가 되었을 것이다. 그만큼 아름답고, 현명하며, 가문까지 완벽한 여인은 허여소뿐이었다.

"세상에!"

기겁한 얼굴로 소리를 치는데, 뒤에 그림자가 드리워졌다.

"아직도 노닥거리고 있는 것이냐!"

양손을 허리에 쥐고 무섭게 굳은 눈으로 노려보고 있는 소소의 등장에 놀란 여노비들이 하나같이 들고 있던 구운 감자를 툭, 떨어트렸다.

"가, 갑니다!"

"지금 바로 가요!"

숯으로 검게 물든 손을 채신머리없이 아무렇게나 치마에 벅벅 문지른 여노비들이 줄행랑을 치며 달아났다.

"쯧쯧, 교육을 하면 뭘 하나."

바닥에 굴러다니는 감자를 손수 주워 재만 남은 아궁이에 툭툭 던진 소소가 벽을 빙 돌아 구석진 곳으로 걸어갔다.

"여기 있었습니까."

소쿠리 같은 것들이 가득 쌓인 곳에 쪼그려 앉아 식어 빠진 주먹밥을 물고 있던 가현은 소소의 말에도 대답하지 않고 멀거니 허공만 바라보았다. 밥을 씹는 것인지 입에 물고만 있는 것인지. 느릿느릿 우물거리는 가현을 보며 혀를 끌끌 차던 소소가 무뚝뚝하게 툭, 한 마디 내뱉었다.

"주인님은 모르십니다."

"뭘요?"

6장

"혼인 말입니다. 허가의 아가씨가 주인님께 안달이나 또 황후마마께 달려가 조른 것일 뿐. 제대로 혼사가 이루어진 것이 아니란 말입니다."

"……그래도 곧 하겠죠."

가현의 말에 어쩐지 속이 콱 메이는 것 같았다. 그에 열불이 난 소소는 참지 못하고 성을 냈다.

"거, 그만 쪼그려 앉고 일어나세요! 그리 원하는 노비로 돌아왔으니 일은 제대로 해야 할 것이 아닙니까."

"일어납니다."

서둘러 나머지 주먹밥을 입 안에 털어 넣으며 일어서던 가현이 그만 체기가 올라왔는지 콜록거렸다.

"참 나, 별! 그리 욱여넣으시면 어찌합니까!"

꼬장꼬장한 할머니처럼 타박을 놓던 소소가 가현에게 다가와 그녀의 등을 두들겨 주었다. 투박한 소소의 손길에 어쩐지 눈가가 시큰거렸다.

"크흠, 언제는 서두르라면서."

큼지막한 돌 하나가 목에 박힌 듯해서 괜스레 헛기침한 가현이
투덜거렸다.

"마음에 드는 것이 하나도 없는데, 몸까지 비실비실해서야 원.
쯧쯧."

소소 역시 투덜거리면서도 가현의 등을 두드려 주는 걸 멈추지
않았다.

* * *

"허여소가 또 찾아온 게요?"

황제 운덕이 미간을 찌푸리자, 황후가 변명하듯 말했다.

"그저 담소를 나눈 것뿐입니다."

"허, 맹랑하기 짝이 없구려. 운과의 혼사를 주선해 달라 찾아온
거 내 모를 줄 아시오?"

운덕의 눈에 노기가 서렸다.

재상에 올라 있는 허태선의 딸 허여소는 본래 황후로 거론되던
여성이었다. 그녀는 뼈대 있는 가문의 딸로서 학문과 그림, 악기
등 못 하는 것이 없을 정도로 뛰어난 여인이었다. 북제국의 여인답
게 키도 늘씬했고, 얼굴도 아름다웠다. 고집스러운 눈매와 입술 끝
에 있는 점이 매력적인 여성이었다.

반대로 지금의 원영 황후는 뼈대 있는 가문도, 그렇다고 빼어난 미모를 가진 여성도 아니었다. 본래 운덕은 황제의 자리로부터 거리가 먼 황자였기에, 지방 귀족의 여식이었던 원영과 혼인을 한 것이었다. 허나 원영은 이후에 황자의 난이 일 때, 성심껏 운덕을 보필하였고. 지금 역시 마찬가지로 그에게 마음의 안식처가 되어 주고 있는 여인이었다.

그녀는 말했듯 한미한 지방 귀족의 여식이었기 때문에 이상하게 허여소에게 만큼은 기를 쓰지 못했다. 허여소가 원영 황후 자리를 빼앗아 그 자리에 앉을 뻔한 것도 있었지만, 어쩌면 원영 스스로 그녀에게 자격지심을 느낀 탓이리라.

아무렇지 않은 척하나, 원영의 뒤에서 수군거리는 귀족들에 대한 이야기를 운덕은 익히 들어 알고 있었다.

"그러지 마오. 그대는 내가 별 볼 일 없던 황자일 때도, 죽기 직전이었을 때도 그리고 지금 역시 마음의 안식처가 되어 주고 있지 않겠소?"

조금 누그러진 얼굴로 원영을 품에 넣은 그가 낮게 속삭였다.

"그대는 내 유일한 아내이오. 그러니 당당해도 되오. 이 나라의 지존인 내 마음을 쥐고 있는 것만으로도 중앙 귀족가의 여식보다 더 높은 위치에 있는 것이니. 또한 그대는 이 나라의 황후가 아니오."

원영 황후는 말없이 그의 가슴팍에 이마를 기대며 속말을 삼켰다.

'그것이 연모입니까, 그저 전장을 누비는 이들과 같은 전우애입니까?'

"예, 폐하. 명심하겠나이다."

같은 시각.

허여소는 손에 든 종이를 방 안의 열기를 올리기 위해 둔 화로에 던져 버렸다. 탁상과 조금 떨어진 곳에 놓아 둔 화로의 불이 순식간에 종이를 집어삼켜 시커먼 재로 만들었다.

"전하께서 집에 들어오지 않은 지 벌써 여러 날이라고 하더구나."

역시 하잘것없는 계집이었을 뿐이다. 춘국에서 온 후궁을 밤 시중으로 쓴 것도 첫날 하루뿐이었다. 더는 신경 쓰지 않아도 될 것 같았다.

"전하께서 고된 훈련으로 기력이 쇠하셨을 텐데, 약재와 먹을거리 좀 준비해야겠구나."

모처럼 기분이 좋아진 여소가 의자에서 일어나 화장대 앞으로 다가가 앉았다. 조용히 뒤따른 금모가 다른 노비들과 함께 여소의 뒤에 섰다. 그러곤 준비된 빗으로 탐스러운 여소의 긴 머리를 조심스럽게 빗었다.

"전하께서 좋아하시는 음식을 미리 알아 오겠습니다, 아가씨."

눈치가 재빠른 금모의 말에 여소가 작게 웃음을 터뜨렸다.

"금모 네가 있어 참으로 힘이 되는구나."

정말 오랜만에 화기애애한 분위기가 계속될 무렵, 그 분위기는 갑작스러운 이의 방문으로 깨졌다.

"여소 님, 저 홍요입니다."

요사스러운 이름을 가진 여인은 운과 함께 전장에 나갔던 오라버니의 손에 들려온 여인이었다.

이름만큼이나 요사스러운 얼굴과 몸매로 단번에 오라버니의 첩자리에 앉은 여인은 어느 출신인지, 진짜 이름은 무엇인지 기억을 전부 잃었다고 들었다. 처음 보았을 때부터 홍요가 마음에 들지 않았던 여소는 순식간에 싸늘하게 식어 버린 눈으로 문가에 비치는 홍요의 모습을 노려보았다.

"당장 저 더러운 계집을 내 눈앞에서 치워 버려라!"

앙칼진 여소의 외침에 금모와 다른 여노비들이 서둘러 문 앞으로 다가서려 할 때였다. 드르륵, 문이 열리고 홍요가 안으로 들어섰다. 당황한 노비들이 멈칫했다.

"건방진 계집! 감히 여기가 어디라고 멋대로 들어오는 것이냐!"

풍만한 가슴과 잘록한 허리, 그리고 엉덩이를 그대로 드러내는 붉은 옷을 입은 홍요는 고고하게 웃음을 띠며 천천히 고개를 숙였다가 바로 했다. 하는 손짓, 눈빛의 움직임마다 매혹적인 꽃냄새가 나는 듯했다. 그녀가 움직일 때마다 붉은 옷에 금사로 수놓아진 꽃과 나비가 살아 움직이는 것 같았다.

붉은색 옷과 마찬가지로 붉게 칠한 입술을 길게 늘인 홍요가 손에 든 쟁반을 원탁 위에 내려놓았다. 당장에라도 찢어 죽일 듯 홍요를 노려보던 여소가 원탁으로 걸어가 쟁반 끝을 붙잡았다.

여소의 거친 행동에 그 위에 올라가 있던 도자기 주전자와 찻잔이 덜커덩 흔들렸다.

"감히!"

"여동생을 위하는 태웅 님의 마음입니다, 여소 님."

분노에 못 이겨 부들부들 떨리는 여소의 손을 멋대로 붙든 홍요가 짙은 미소와 함께 말했다.

"오라버니의 온정을 무시하시려는 겁니까?"

"너, 너!"

"차만 두고 갈 참이었습니다. 그럼 좋은 밤 되시지요."

뒤로 한 걸음 물러선 홍요가 야릇한 웃음을 흘리며 돌아서 방을 나갔다. 거의 굳은 채로 서서 그 계집을 노려보던 여소가 참지 못하고 쟁반을 던져 버렸다.

"찢어 죽일 것이야!"

와장창! 깨지는 소리와 함께 악에 받친 여소의 목소리가 별채를 나서는 홍요에게까지 들렸으나. 홍요는 그저 피식, 비웃으며 계단을 내려섰다.

고고하고 현명한 여인?

틀렸다. 허여소는 그저 철없는 애송이일 뿐이었다.

홍등을 켜고 따라나서던 여노비가 조심스럽게 말을 건넸다.

"여소 아가씨와 척을 지시면 안 되지 않을까요? 여소 아가씨는 허가에서 가장 귀히 여기는 분이십니다."

"해서 가만히 두는 것이다."

싸늘하게 가라앉은 눈으로 낮게 중얼거리던 홍요는 연못을 가로지르는 다리 위에 서 있는 허태웅을 발견하곤 얼굴색을 바로 바꾸었다.

"태웅 님."

홍요의 부름에 태웅이 빠르게 다리 위에서 내려와 그녀의 앞에 섰다. 그의 품에 자연스럽게 안겨든 홍요가 매혹적인 눈으로 그의 가슴을 쓸어내리며 입술을 달싹였다.

"기다리셨습니까?"

태웅은 제게 안겨 달라붙는 부드러운 피부와 매혹적인 향내에 취한 눈으로 그녀의 허리와 엉덩이를 쓸어내렸다. 노골적으로 끈적해지는 분위기에 여노비와 태웅을 따르던 노비들이 일제히 고개를 뒤로 돌렸다.

"여태 오지 않아 기다리고 있었다. 여소가 또 까칠하게 굴지 않더냐? 그러게 내가 직접 간다고 하지 않았어."

걱정과 욕정으로 뒤섞인 그의 시선이 좀처럼 홍요의 얼굴에서 떨어지지 않았다.

홍요는 춘국의 국경에서 우연히 만난 여인이었다. 어찌하여 제 마차에 숨어든 것인지 모르겠으나, 무엇에 쫓기고 있는 듯했다. 빗물에 젖어 달라붙는 새하얀 소복 너머로 비치는 속살과 물 냄새와 뒤섞인 알 수 없는 향내에 취해 버린 태웅은 이성을 잃고 그녀를 취했다. 그러곤 그녀를 대호국까지 데리고 들어왔다.

본부인은 무시해 버리고 홍요를 첩으로 들여앉힌 태웅은 매일 밤낮으로 그녀를 탐하느라 정신을 차리지 못했다. 여소는 갑자기 이상하게 변한 태웅을 모두 홍요의 탓이라고 여겼다.

"방으로 들어가자."

또다시 몰리는 뜨거운 욕정에 잔뜩 성이 난 아래가 고통스러웠다.

"예. 태웅 님."

곱게 웃은 홍요가 그와 함께 침실로 걸어갔다.

* * *

여전히 운은 훈련장에 들지 않았다.

"전하께 고이 갖다주세요."

결국 소소가 직접 나섰다. 소소가 제지를 가해도 여전히 여노비들의 텃세를 부리고 있었다. 힘겹게 생활하고 있음에도 꾸역꾸역 버텨 내고 있는 가현을 뜬금없이 부른 소소는 대뜸 손에 들고 있던 보자기 하나를 건네주었다. 얼떨결에 보자기를 받아든 가현이 조심스럽게 살피다가 물었다.

"······이게 뭡니까?"

"옷가지입니다. 전하께서 오지 않으신지 벌써 열흘이 넘었어요. 훈련장에 둔 옷으로는 턱없이 부족하다는 말입니다."

"아."

입술 끝을 꾹 문 채 보자기를 내려다보기만 하는 가현을 빤히 보던 소소가 부러 눈에 힘을 주었다.

"왜요. 가기 싫으십니까? 하면 제가 갈까요? 마침, 저기에 린린이 지나가는군요."

소소의 말대로 린린이 채소들을 머리에 이고 마당을 지나고 있었다. 다른 건 몰라도 저를 부르는 소리는 기가 막히게 알아듣는 린린이 다가와 물었다.

"저 불렀습니까?"

"제가!"

소소가 정말 린린에게 시킬까 봐 당황한 가현이 버럭 소리를 내질렀다.

"윽!"

순간 쨍하니 울려 퍼지는 소리에 얼굴을 잔뜩 구기던 린린이 가현에게 크게 소리 질렀다.

"기차 화통을 삶아 먹었……!"

그러다가 그만 운을 떠올리곤 멈추었다. 비가 억수로 퍼부었던 날이었을까. 주인님의 손에 붙들려 질질 끌려온 가현과 그리고 몇 시간 뒤에 몹시 분노한 얼굴로 말을 이끌고 저택을 나서던 주인님의 사이가 심상치 않아 보였다.

게다가 소소도 존대하고 있지 않은가. 저와 같은 노비가 아니라는 걸 린린은 이제 알고 있었기에 터져 나오던 목소리를 틀어막듯 입을 꾹 다물었다.

"제가 하겠습니다."

가현은 린린은 보이지도 않는 건지 서둘러 그렇게 말하고는 돌아서 가 버렸다. 도대체 뭘 하겠다는 건지. 멀뚱히 서서 보고 있는데, 등 뒤로 소소의 말이 날아들었다.

"거기 서서 뭣 하느냐. 어서 부엌으로 가지 못할까."

"가, 갑니다! 가요!"

가현에게 하는 것 반만큼이라도 하면 좋겠다고 생각하며 린린이 부리나케 부엌 안으로 뛰어 들어갔다. 홀로 남은 소소는 가현이 나간 대문 쪽을 바라보며 쯧쯧 혀를 차곤 고개를 절레절레 저었다.

* * *

"바보같이."

수없이 많은 사람이 쏟아지는 거리 한가운데에 우뚝 선 가현은 주먹 쥔 손으로 제 머리를 콩콩 때렸다. 갑자기 자신의 머리를 주먹으로 때리는 가현이 이상했는지. 주위를 지나치던 사람들이 수군거리며 가현을 흘겼다.

"훈련소가 어느 쪽인지 물어봤어야 했는데."

사람들의 수군거리는 소리가 들리지 않을 정도로 스스로에 대한 자괴감에 빠져 있던 가현은 아무래도 사람들에게 물어봐야 할 것 같아서 하던 짓을 멈추고 주위를 둘러보았다. 그런데 어째 그들이 저를 미친 사람처럼 보면서 피하는 게 아니겠는가.

'왜 저렇게 보는 거야?'

당최 알 수가 없다는 듯 사람들을 어색하게 바라보던 가현이 용기 내 제 앞을 막 지나고 있는 행인을 붙들었다.

"이보시오. 말씀 좀 묻겠소."

"뭐요!"

가는 길도 바빠 죽겠는데!

갑자기 저를 붙드는 가현에게 성이 난 중년 남자가 소리를 지르듯 되물었다. 조금 움찔한 가현이 조심스레 물었다.

"저……. 흑운 전하께서 계신 훈련소가 어디인 줄 아시오?"

금방이라도 손찌검을 할 듯 짜증스럽게 가현을 노려보던 중년 남자가 순간 눈을 동그랗게 떴다. 그리고는 가현이 입고 있는 옷을 슬쩍 살폈다. 낡았으나, 귀족가의 여노비들이 입는 복색이었다.

"혹, 흑운 전하의 집에서 나온 사람이오?"

"예, 그러한데……. 어찌 그러시는지."

"그럼 진즉 이야기를 할 것이지!"

순식간에 얼굴을 누그러뜨린 중년 사내가 껄껄 웃음을 터뜨렸다.

"그래, 훈련소를 찾고 있단 말이지? 새로 들어온 사람인가? 어찌 그걸 모르누? 뭐, 이곳에 흑운 전하 훈련소를 모르는 이는 없소, 나 또한 잘 알고 있지. 내가 근처까지 데려다주겠소!"

갑자기 다른 사람처럼 굴며 사내가 가현을 이끌고 어디론가 걸어가기 시작했다. 얼떨결에 그를 따라나선 가현은 그저 당혹스러운 표정을 지어 보였다.

다행히 그 중년 사내는 흑운왕의 훈련소를 정확하게 찾아내었다. 이상한 놈에게 걸린 건가 싶어 경계하던 가현은 멀어지는 사내를 향해 거듭 허리를 숙이며 고맙다는 인사를 전하곤 돌아섰다.

"헛!"

"하!"

돌아서자마자 언덕 위에 보이는 통나무 울타리 뒤로 훈련에 매진하고 있는 병사들이 보였다. 그 뒤로 나무로 지어진 건물들이 보였다. 마찬가지로 사람 두 명보다 더 높아 보이는 대문도 통나무로 만들어져 있었다. 보기만 해도 위축 될 정도로 거대한 대문 앞에서 서성이며 운을 찾는데, 갑자기 그림자가 드리워졌다.

"이게 누구야?"

"우리 대장 죽게 만든 그 망할 계집이잖아!"

땀 냄새와 흙냄새가 뒤섞인 케케묵은 냄새가 순간 코끝을 스쳤다. 철로 만든 은색 갑옷을 입은 사내들은 이제 막 훈련을 끝내고 온 듯 땀에 젖어 있었다.

알 수 없는 불길한 기운에 돌아서기도 전에, 누군가의 우악스러운 손에 앞섶이 붙들렸다. 그들의 험한 행동에 손에서 그만 보자기가 툭, 떨어졌다.

"너 잘 만났다!"

그 주위를 순식간에 여러 명의 병사가 에워쌌다.

* * *

가끔 분노가 치밀어오를 정도로 성질을 부리거나, 포기하고 싶을 정도로 몰아붙이며 훈련을 시켰지만 그래도 부대대장은 전장에서 함께 싸웠던 전우였다. 그리고 그날은 그 전장에서 목숨을 잃지 않고 살아 돌아온 것과 승리를 자축하기 위해 모인 자리였다. 그런데 전장에서 간신히 붙들어 온 목숨이 한순간에 사라져 버렸다. 그것도 주군의 검에.

그 때문에 부대대장의 죽음에 대해 화풀이를 할 수도 없었다. 부대대장을 위해 묵념조차 하지 못하고 평소보다 몇 배에 달하는 혹독한 훈련을 묵묵히 견뎌 냈다. 그렇게 피 토하는 심정으로 묵묵히 훈련하고 있는데, 눈앞에 그날의 원흉인 가현이 보인 것이다.

억지로 틀어막고 있던 뚜껑이 확! 열린 기분이었다. 반쯤 이성을 잃은 병사는 가현의 앞섶을 붙든 채 위로 끌어올리며 이를 갈았다.

"너 때문에 애먼 우리 대장이 죽었어!"

병사의 우악스러운 손에 허공으로 들린 가현의 눈빛이 순간 일렁였다.

죽었……다고?

죽었다는 말과 함께 저 무의식 깊은 곳에 가둬 두었던 장면들이 폭포처럼 쏟아져 머릿속을 헤집었다.

그래, 분명 자신을 겁탈하려던 저들의 대장이 목이 잘렸다. 분수처럼 쏟아지는 핏줄기 사이로 피로 얼룩진 검을 뚝뚝 흘리던 운의 모습이 선명하게 드러났다. 무의식 속에 잠가 두었던 기억들이 한순간에 몰아치자 숨이 턱, 막히는 듯했다.

"손바닥만 한 춘국에서 기어들어 온 너 같은 계집 때문에!"

공중 위에서 가현이 이리저리 흔들렸다. 병사는 그런 그녀를 쥐고 흔들며 눈에 핏발이 설 정도로 노려보았다. 곁에서 서 있던 병사들 역시 마찬가지로 흉흉한 눈빛으로 가현에게 다가섰다.

"당장 그 손 놓지 못해!"

만약 저 앞에서 진명의 소리가 들리지 않았다면, 병사들은 그대로 자신들의 검을 빼내 가현의 몸에 찔러 넣었을 것이다.

"그렇게는 못 하지! 이 계집 때문에……!"

가현의 목덜미를 틀어쥐고 있는 손을 부들부들 떨 정도로 분노에 차 있던 병사는 빠르게 다가오는 진명을 노려보다가, 그 뒤에 서 있는 운의 싸늘한 눈빛에 그만 멈칫했다.

그의 등장에 사색이 된 병사들이 서둘러 물러섰다.

"저, 전하!"

동료들의 외침에 결국 손에서 힘을 풀자, 가현이 컥! 숨을 뱉어내며 땅바닥에 떨어졌다. 빠르게 다가온 진명이 가현을 부축하곤 병사들을 향해 쯧, 혀를 찼다.

운이 느린 걸음으로 그들에게 다가왔다. 온 신경이 떨릴 정도의 위압감이 가까워졌다. 창백하게 질린 병사가 주춤거리며 뒤로 물러서 납작 엎드렸다.

"저, 전하 이것은……."

그때와 마찬가지로 저 계집 때문에 목이 달아날까 두려워 벌벌 떠는데,

"그만 올라가서 마저 훈련하도록."

운이 가라앉은 목소리로 명령했다.

퍼뜩 고개를 든 병사들이 당황하듯 운을 바라보다가, 뒤에서 턱짓으로 신호를 보내는 진명을 발견하곤 부리나케 몸을 일으켜 도망쳐 버렸다. 먼지 바람을 일으키며 도망치는 병사들을 뒤로한 운이 여전히 새하얗게 질려 있는 가현의 앞에 섰다.

"감히 여기가 어디라고."

감히…….

진명의 부축에 간신히 다리를 세우고 있던 가현은 순간 울컥 올라오는 서운함에 운을 노려보았다. 어린 시절의 운은 타박하면서도 저를 걱정하는 눈길로 바라보았다. 하나, 싸늘하게 굳어 있는 그의 새까만 동공엔 오직 그녀를 향한 질책밖에 보이지 않았다.

그에 서러움이 몰려온 것이다. 고집 따위, 철없는 것 따위. 전부 10년의 세월 동안 사라졌다고 생각했는데. 운을 다시 만난 가현은 고스란히 10년 전으로 돌아간 듯 운을 노려보았다.

이리될 줄 알았겠는가.

정말 잊고 있었는걸. 그 참혹하던 장면도, 병사들의 대장이 죽었

다는 것도 그저 잊고 있었는걸.

어느 순간부터 너무 고통스러울 땐 가현은 모든 걸 무의식의 상자 안에 그것들을 죄다 집어넣어 버리고 자물쇠를 잠갔다. 그러곤 잊어버렸다. 어렴풋하게 무언가가 일어났다는 것만 알 뿐이었다. 그래서……. 정말 이런 일이 일어날 줄은 몰랐다.

운의 병사들이 자신을 어찌 생각하는지조차 알지 못했기에. 소소의 심부름에 선뜻 나선 것이다. 그리고 지금, 운 또한 자신 때문에 아끼던 부하를 제 손으로 직접 죽였다는 것을. 가현은 지금에서야 전부 기억해 냈다.

하지만 그땐 그 대장이라는 사내가 잘못한 것이 아닌가. 자신을 겁탈하려 했다! 빌어먹을 눈과 혀를 뽑아 버리고 싶을 정도로 무자비한 악행을 저지르려던 놈이었단 말이다! 순간의 서러움과 이상한 자책감은 결국 분노로 쏟아져 나왔다.

저를 붙들고 있는 진명을 퍽! 밀쳐 낸 가현이 땅바닥에 굴러다니고 있는 보자기를 집어 운에게 던져 버렸다.

"이 반푼이 같은 놈!"

갑작스러운 가현의 행동에 당황한 진명이 말리기도 전에, 가현이 버럭 소리를 내질렀다.

"내가 여길 왜 왔겠어! 네놈이 집에 돌아오지 않으니 소소 님이 나까지 들려 보낸 것이 아니냐!"

어깨까지 씨근덕거리며, 새하얀 목덜미에 푸른 핏줄이 솟을 정도로 버럭 소리치던 가현이 홱! 하니 돌아서 언덕을 내려가 버렸다. 가현의 갑작스러운 행동에 당황한 운은 조금 멍청한 얼굴로 빠르게 언덕 아래로 내려가는 가현의 뒷모습을 바라보았다.

"하!"

순간 어처구니없다는 듯 웃던 운이 턱 끝에 바짝 힘을 주고 가현을 노려보다가 빠른 걸음으로 내려가 가현의 팔목을 붙들었다. 홀로 남은 진명은 조금 복잡한 눈으로 두 사람을 바라보았다.

"변한 줄 알았더니, 예나 지금이나 똑같이 답답한 놈!"

아무리 팔목을 쥐어짜며 도망치려고 해도 운은 미동 하나 없이 가현을 붙들고 시내로 들어섰다.

"당장 놓으라고! 놔!"

땀이 이마에 송골송골 맺혀 머리가 들러붙을 지경이 되어서야 제풀에 지친 가현이 체념한 얼굴로 터덜터덜 그의 뒤를 따랐다.

"그만 집에 들어와."

시내 중반에 들어섰을까.

가현이 힘없는 목소리로 중얼거리듯 말했다. 잠시 멈칫하던 운은 다시 묵묵히 걸었다. 그의 손은 여전히 철옹성처럼 그녀의 가느다란 팔목을 붙들고 있었다. 그의 손에 이끌려 터벅터벅 걸으며 가현이 연신 투덜거렸다.

"네가 날 들어 앉혀놓고는. 왜 네가 나가? 진짜 반푼이라도 된 것이냐?"

"말 가려서 하십시오."

그제야 멈춰 선 운이 매서운 눈을 하자, 잠시 움찔하던 가현이 흥, 콧방귀를 꿰었다.

"네깟 놈이 그런 눈 한다 한들. 난 하나도 두렵지 않아."

꼬르륵.

순간 가현의 배 속에서 요란한 소리가 울렸다. 갑작스러운 소리에 당황한 가현이 운을 보며 변명했다.

"이, 이건 그러니까."

"요깃거리 할 만한 것이 있을 겁니다."

어느새 돌아서 있는 운이 주변 건물을 살피다가 모락모락 김이 피어오르는 식당 하나를 발견하곤 가현을 데리고 그 안으로 들어갔다.

"여기 만두 주시오!"

"여기도!"

시장바닥보다 더하게 소란스러운 식당 안은 만두와 갖가지 음식 냄새로 가득했다. 2층으로 지어진 식당 안엔 사람들로 북적여 자리를 찾기까지 오랜 시간이 걸렸다. 운 좋게 들어가자마자 바로 일어서는 손님을 발견해, 운과 가현은 앉을 수 있었다. 너무 붙어 있는 자리가 어색했던 가현은 괜스레 궁금하지도 않은 붉은색 칠을 한 식당 안을 둘러보았다.

"너."

그러다가 불쑥 말 하나가 튀어나왔다.

"혼인한다던데."

어쩌자고 생각도 없이 말이 내뱉어진 건지. 하나 이미 터져 나온 말은 제멋대로 나왔다.

"재상의 여식이라지? 하긴 지금쯤이라면 자식이 있어도 모자라지 않을 나이지."

이런 말은 정말 하고 싶지 않았는데. 자격도 없는 주제에. 그를 버리고 왕의 후궁으로 가 버린 게 누구인데. 그런 주제에 이런 말을 하는 자신이 끔찍하고 비참하였으나, 정말 빌어먹게도 한 번 열린 입은 멈추지 않았다.

다행히도 바삐 움직이던 종업원 아이가 식탁 가운데로 다가와 섰다. 고마울 정도로 때마침 나타난 여아 덕분에 가현은 제 입을 틀어막을 수 있었다. 가현을 물끄러미 보던 운은 느릿하게 고개를 돌려 아이를 바라보았다.

"무엇을 드릴까요?"

먼저 차를 따라 준 아이가 가현과 운을 번갈아 보며 물었다. 처음 이곳에 온 가현은 도통 뭘 시켜야 할지 몰라 운만 바라보았다. 아이의 재촉에도 무심히 벽에 붙은 메뉴를 바라보던 운이 두 가지 정도를 시켰다.

"새우와 고기가 들어간 만두 한 접시, 고기 육수로 맛을 낸 국수 두 그릇 주렴."

"네, 금방 갖다 드릴게요!"

빠르게 멀어지는 여아의 기다랗게 땋아 내린 머리가 말꼬리처럼 흔들리는 것을 지켜보던 운이 고개를 돌리다가 가현과 눈이 마주쳤다.

"너."

어쩐지 조금 굳은 그녀의 안색이 창백했다.

"왜 부르십니까."

가현은 충격 어린 눈으로 운을 보았다. 왜 저런 눈으로 보는지 알 수 없어 운은 그저 미간을 찌푸렸다.

"아니, 아무것도 아니다."

고개를 절레절레 흔든 가현이 운을 외면하듯 고개를 돌려 버렸다. 그리고는 아이가 가져다준 차를 벌컥벌컥 들이켰다. 미지근해서 다행이지, 뜨거운 것이었다면 단번에 입천장이 데었을 것이다.

순식간에 쏟아지고 사라지는 사람들처럼 주방도 빨랐다. 금세 나온 음식은 보기만 해도 먹음직스러웠다. 불그스름한 새우 속살이 그대로 보이는 얇은 피는 한눈에 보기에도 쫄져 보였다. 모락모락 피어오르는 김과 함께 새우 꽃이 피어난 만두를 하나 집어 입에 넣던 운은 어쩐지 젓가락을 들고 머뭇거리고 있는 가현을 이상하게 보았다.

"왜 그럽니까."

"네 미래의 부인은 아나 모르겠구나."

그때 또다시 가현이 엉뚱한 말을 했다. 결국 젓가락을 내려놓은 운이 조금 굳은 눈으로 가현을 응시했다. 차가운 그의 시선에도 가현은 멈추지 않았다.

"네가 한번 혼인했었다는 것 말이다."

"……상관없습니다."

조금 전, 불쑥 튀어나온 마음 때문이 아니었다. 가현의 눈동자가 충격으로 흔들렸다.

바로 이것.

이 이상함 때문이었다.

"내가 누구니."

"무슨…… 말입니까."

덜컹!

식탁이 흔들릴 정도로 자리에서 벌떡 일어선 가현이 소리쳤다.

"내가 누구냐니까!"

순식간에 주위의 소음이 사라졌다. 동시에 쏟아지는 사람들의 시선에도 가현은 상관하지 않고 운을 노려보았다. 가현을 말없이 올려다보던 운이 천천히 자리에서 일어섰다. 그리고는 품 안에 든 돈을 꺼내 식탁 위에 내려놓았다.

"먹을 생각 없는 듯하니, 이만 가죠."

가현의 팔목을 붙든 운이 등 뒤로 쏟아지는 사람들의 시선을 뒤로 하고 식당을 빠져나왔다. 혼이 나간 얼굴로 운의 뒤를 따르던 가현이 다리에 힘을 주며 멈추었다.

"내가 가현이라는 것도, 내가 네가 모시던 집안의 아가씨라는 것은 알고 있으면서. 다른 건 기억하지 못하는 게야?"

"……."

"전부 말해 봐. 네가 누구인지. 네 어머니는 어찌 되었는지! 네가 어찌 자랐는지 전부!"

가현은 이상하게 불안했다.

"넌 혼인한 적 없어. 그런데 어째서 그걸 몰라? 그리고 보면 이상해. 처음 보았을 때부터 날 이상한 눈으로 바라봤어. 마치 다른 사람처럼."

초조하게 중얼거리던 가현이 눈물로 일렁이는 눈으로 어느새 돌아서 마주 보고 있는 운을 올려다보았다.

"분명 운인데. 네가 날 가현이라고 불렀잖아. 한데 네가 아닌 것만 같아. 혹, 너 기억이라도 잃어버린⋯⋯."

어째서 자신은 기억하고 있는 것일까? 가현이 혼란스럽게 운을 보았다. 그때까지 말없이 서 있던 운이 무뚝뚝하게 입을 열었다.

"착각입니다."

"⋯⋯뭐?"

"그저 착각한 겁니다. 벌써 오래된 이야기이니."

다른 것도 아니고 혼인인데. 그것을 착각했다고? 가현은 믿지 않는 눈으로 그를 보았다. 그러나 운은 돌아서 먼저 걸어가 버렸다. 가현이 오든 오지 않든 상관치 않고 수많은 인파 사이로 운이 멀어졌다. 우두커니 선 가현은 멀어지는 운을 멍하니 지켜보았다.

* * *

그날 밤, 또다시 비가 억수같이 퍼부었다.

여노비들의 텃세에 밀려 기어코 방을 나서고 만 가현은 건물 밖으로 나와 처마 아래 서서 미친 듯이 쏟아지는 비를 가만히 올려다보았다. 홍등 사이로 비치는 굵은 빗줄기를 바라보며 가현은 어릴 적 일을 떠올렸다.

기억도 거의 나지 않는 어린 시절의 어느 날, 가현은 음식 하나를 먹고 온몸에 두드러기가 난 적이 있었다.

'가현이 너 얼굴이!'

혀에까지 번진 것인지 간질거리고 마비까지 올만큼 꽤 심각했으나,

가현은 그저 해맑은 얼굴로 충격을 금치 못하는 부모님을 바라보았다.

'어머니, 온몸이 근질거려요.'

그때가 여덟이었나. 아홉이었나. 아마 그 즘이었을 것이다. 간지럼 증을 시작으로 열꽃이 피더니, 숨까지 턱턱 막혀 넘어가려 하는 가현을 보곤 운이 재빨리 뛰어가 의원을 업어 왔다. 그때도 운은 열넷처럼 보일 정도로 장성했고, 얼떨결에 남산만 한 운의 등에 업혀 온 의원은 넘어가기 직전인 가현을 발견하곤 서둘러 진맥을 하였다.

'혹, 직전에 무언가를 먹었습니까?'

'새우와 오징어 그리고 오이를 넣은 냉채를 먹었네. 하지만 가현이가 항상 먹던 것인데.'

'흐음, 이는 맞지 않는 음식을 먹었을 경우에 탈이 나 그러한 것입니다. 우선 지켜보도록 하지요.'

의원의 말대로 가현은 음식으로 인해 탈이 난 것이었다. 갑자기 몸 상태가 변한 것인지 어릴 적엔 잘만 먹던 새우와 게에 유달리 두드러기와 가려움증이 일었다. 벌겋게 열꽃이 핀 가현의 얼굴을 본 뒤로 운은 가현의 음식에 우연히 새우 같은 것들이 들어가지는 않는지 항상 살펴보았다.

"착각이라고? 어찌 그것을 잊어? 나보다 더 유별나게 굴면서 부엌일 하는 이들을 괴롭힌 것이 누구인데."

게다가 제가 혼인을 했는지 안 했는지 그저 착각하였을 뿐이라고?

말도 안 되는 소리였다. 그 혼인의 당사자가 특히나 자신들이 도망치려는 것을 오라버니에게 고한 꽃분이 아닌가.

"난 여전히 그 아이가 잊히지 않는데."

어째서 넌…….

그리 모든 걸 잊은 눈을 하는 것이냐.

하지만 만약 그가 기억을 잃은 것이라면, 어찌하여 자신은 기억하고 있는 것일까?

쏴아아아, 떨어져 내리는 빗줄기 사이를 배회하며 중얼거리던 가현이 이윽고 돌아서려는 데, 어디서 고통에 억눌린 듯한 소리가 빗속에 섞여들어 왔다. 흠칫한 가현이 뒤를 돌아보았다. 거센 빗줄기 사이로 보이는 것은 복도 위에 달린 홍등과 비바람이 내리치는 건물뿐이었다.

'잘못 들은 것인가?'

하지만 소리는 비를 뚫고 가현의 귀에 정확히 닿았다. 사지가 뒤틀리는 고통이라도 있는 것인지. 빗속으로 섞여 들어온 소리는 듣기만 해도 가슴이 아릴 정도로 몹시 고통스럽게 느껴졌다. 그리고 그 소리는 저 나무 너머 보이는 운의 침실 근처에서부터 들려왔다.

'설마…….'

같이 들어온 뒤, 다행히도 더는 훈련장으로 돌아가지 않고 집에 남은 운은 현재 제 침실에 들어가 있었다. 걱정스러운 눈으로 지붕만 간신히 보이는 건물을 바라보던 가현이 결국 참지 못하고 빗속으로 뛰어들었다.

* * *

뚝.

뚝.

일정하게 떨어지는 빗물 소리는 귀에 닿지 않았다. 건물 안으로 들어서자마자 더 선명한 소리가 그녀의 귓가를 에워쌌기 때문이었다.

'운아!'

설마 했던 생각이 확신으로 바뀔 무렵, 운의 침실 문을 벌컥 열어젖힌 가현은 그만 신음을 흘렸다.

"큭!"

쿠당탕!

부들부들 떨던 손으로 침대 옆 탁상을 잡던 운이 기어코 무너지듯 엎어져 버렸다. 그 옆으로 탁상도 동시에 엎어져 굴렀다.

"운아!"

"크윽!"

심장을 쥐어뜯듯 붙잡고 바닥을 구르는 운을 믿어지지 않는 얼굴로 멍하니 바라보던 가현이 빠르게 뛰어 들어가 그를 붙들었다.

"큭!"

그래도 아직 이성의 끈은 놓지 않은 것인지 덜덜 떨리는 손으로 가현의 팔을 붙든 운이 천천히 고개를 들어 올렸다. 실핏줄이 터진 눈으로 가현을 노려보고 있는 운의 얼굴은 온통 땀으로 젖어 있었다.

"운아, 너 왜 이래! 어디 아픈 게야? 응? 내 가서 의원을!"

"나……가."

서둘러 일어서려는 가현의 팔뚝을 부서질 듯 붙든 운이 살벌한 눈을 하며 떨어지지 않는 입술을 억지로 뗐다.

나가라니. 이렇게 고통스러워하면서 어딜 나가라는 것이야?

"시, 싫다. 네가 이리 아픈데 그냥 나가라니."

"나가라니까!"

픽!

있는 힘을 쥐어짠 그의 손에 그대로 밀려난 가현이 그만 뒤에 있는 침상에 머리를 부딪쳐 주저앉았다.

"으."

낮은 신음을 흘리던 가현은 비틀거리다가, 다시 쓰러져 심장을 부여잡고 악을 내지르는 운을 보곤 서둘러 일어났다.

"운아!"

도대체 어디가 이리도 아프길래. 온몸이 벌벌 떨릴 정도로 아파하는 것인지. 알 수가 없어 미칠 노릇이었다.

"운아, 정신 차려 봐. 응?"

초조함과 불안감이 눈물로 터져 나왔다. 눈물을 뚝뚝 떨어트리며 가현이 운의 어깨를 흔들었다. 그러나 운은 이미 정신을 잃어버린 뒤였다. 이대로 있다가는 그가 죽을 것 같았다. 그리 두어서는 아니 되었다.

서둘러 일어서려는데, 순간 운이 그녀의 치맛자락을 붙들어 주저앉게 했다.

"우, 운아⋯⋯?"

열기로 들끓는 그의 손에 붙들린 가현은 순식간에 그의 몸에 눌려 밑에 깔리게 되었다. 그 위로 올라탄 운의 눈은 이미 이성을 잃은 상태였다. 목덜미에 닿은 그의 숨결은 거칠고 빨랐다.

말라비틀어진 그의 입술이 목에 닿자, 뜨거운 열기가 제 몸속까지 파고들 것만 같았다. 가까이 다가온 심장은 비정상적으로 빠르게 뛰고 있었고, 저를 붙든 손등은 푸른 핏줄이 불룩 솟아 있었다.

"큭······!"

온 신경이 뒤틀려 날카로운 검으로 내장을 찔러 대는 듯한 고통이었다. 불로 달군 쇳덩이를 맨살에 갖다 대어도 이보다 큰 고통은 아니리라.

운은 이상하게도 이 고통이 눈앞에 있는 여인을 안으면 사그라들 것만 같았다. 그녀가 가현인지 아니면 다른 여인지 분간이 가질 않을 정도로 정신이 뒤틀려 버린 운은 거침없이 손을 뻗었다.

사나운 짐승과도 같은 그가 너무 두려워 심장이 펄떡거렸지만, 고통스러워하는 그를 밀쳐 낼 수가 없었다. 그래서 가현은 용기를 내어 그의 젖은 등을 꼭 끌어안았다.

저까지 더워질 만큼 뜨거운 열기로 펄펄 끓는 그의 등을 양손으로 끌어안는 사이, 치마를 들쳐 올린 운이 메마르고 비좁은 안을 어떠한 전희도 없이 파고들었다.

"헉!"

순간 몰려오는 고통에 가현이 손톱 끝으로 운의 등을 그러쥐며 미간을 찌푸렸다. 그때, 악물고 있던 그의 입술이 결국 찢어져 투둑, 새빨간 피를 떨어트렸다. 붉은 핏방울은 새하얀 가현의 목덜미를 타고 흘러 가슴골로 떨어져 내렸다.

퍽!

퍽!

짐승들도 이보다 더 거칠지는 않을 것이다. 그만큼 사람이길 포기한 듯 운은 가현의 가녀린 안을 무자비하게 찔러 들어갔다. 그런데도 가현은 그를 밀치지 않았다. 이상하게 그가 울고 있는 듯하여서. 그래서 고통스러워도 꾹 참으며 감내하듯 그를 안았다. 이를 악물고 참았지만, 이내 잇새로 고통스러운 신음이 터져 나왔다. 이러다간 아래가 찢어질 것만 같아서 가현은 억지로라도 그를 받아들이기 위해 몸을 열려 애썼다.

"읏!"

이성을 잃어버린 짐승처럼 연신 허리를 움직여 내벽을 헤집던 운이 우악스러운 손으로 가현의 양 다리를 벌렸다. 그의 손아귀에 새하얀 허벅지에 붉은 자국이 새겨졌다.

"큭!"

이윽고 그의 잇새로 짐승의 울음과도 같은 낮은 신음이 새어 나왔다. 머리끝까지 치솟는 쾌감에 허리를 바짝 세운 운이 더 격렬하게 움직였다.

"아!"

격렬한 그의 움직임에 점점 위로 밀리던 가현은 결국 벽에 머리를 쿵! 부딪쳤다.

"아윽!"

가현의 고통 섞인 신음에 운이 저도 모르게 손을 뻗어 가현의 머리를 감싸 안았다. 그는 제가 무엇을 하는지조차 인지하지 못했다. 그럼에도 본능적으로 그녀의 머리를 감싸며, 안으로 깊숙이 파고들었다.

벌어진 입구를 지나 깊은 곳까지 무자비하게 꿰뚫고 들어오는 그의 물건은 그의 몸과 마찬가지로 펄떡거리며 뜨거운 열기로 가득했다.

"아아!"

그의 허리를 다리로 감싸 안은 가현이 고통 섞인 교성을 내질렀다. 그 위로 보이는 창가 너머엔 쏴아아아, 여전히 굵은 비가 내리치고 있었다.

순가 정신을 잃은 것일까.

그렇게 오래 혼절한 것은 아닌지. 여전히 안은 어두웠다. 바닥에서 시작된 행위는 침상으로까지 이어졌다. 그의 거센 욕망에 붙들린 채, 가현은 쾌감과 고통의 경계 사이에서 흔들렸다. 어느 순간부터 기억에도 없는 것을 보니, 그 중간에 혼절하고 만 게 분명했다.

문득 옆에서 시선이 느껴졌다.

새빨간 핏줄로 가득하던 소름 끼치는 짐승의 눈은 어디로 가고. 원래대로 돌아온 운의 눈이 그녀를 보고 있었다. 운을 마주 보며 가현은 사지가 후들거리는 몸을 억지로 일으켰다.

운은 이것이 현실인지 분간이 가질 않는 것인지. 혼란스러운 눈으로 가현이 일어서는 걸 지켜보다가 물었다.

"당신이…… 왜 여기 있는 겁니까."

전혀 기억이 나지 않는 얼굴로 묻는 운을 가만히 바라보던 가현이 다른 말을 했다.

"널 연모한다, 운아."

참으로 뜬금없는 말이었으나.

가현은 운이 찢어 놓은 부르튼 입술을 들썩이며 덤덤히 말을 이어나갔다.

"단 한 번도 너를 연모하지 않은 적이 없다."

이상하게도 이 말을 먼저 해야 할 것만 같았다.

"네 마음에 들어찬 그것이 무엇인지 그냥 무시해 버릴까도 생각했었어. 그보다는 네 곁에 있는 게 더 중요했으니까. 한데 더는 무시 못 하겠다."

"……."

"네가 그렇게 아픈 이유가 무엇인지. 그것만이라도 알려다오."

가현이 애원하듯 손을 들어 그를 붙잡으려고 했다. 그때까지 무표정을 하고 있던 운이 사납게 가현의 손을 쳐 냈다. 어두컴컴한 방 안에서 짝! 소리가 크게 울렸다가 사라졌다. 그에게 또다시 내쳐진 손은 힘없이 이불 위로 떨어져 내렸다.

"……하나는 답해 드리겠습니다."

나체로 천천히 침대에서 빠져나온 운을 가현이 눈으로 좇았다.

바닥에 떨어져 있는 옷가지를 느린 듯 빠른 손으로 모두 입은 운이 가현에게 다가와 섰다. 코앞에 온 운을 따라 가현의 시선이 위로 올라갔다. 냉랭한 얼굴로 가현을 내려다보던 운이 손을 들어 그녀의 턱 끝을 붙들었다.

그의 손길에 턱 끝이 아려 왔다.

"난 말입니다. 연모 따위의 감정으로 당신을 데려온 것이 아닙니다."

무섭도록 냉랭한 그의 시선과 말에 가현의 눈빛이 흐려졌다.

"그러니 아무것도 하지 말고 그냥 얌전히 있으면 됩니다. 내가 당신을 어찌할지는 결정되면 알려 줄 테니."

가현의 얼굴을 떨쳐 낸 운이 침실을 나가 버렸다. 홀로 남은 가현은 가슴께까지 이불을 끌어 올리면서 허공을 바라보았다. 그의 말에 상처를 입은 가현의 새까만 눈동자는 빛을 잃어버린 지 오래였다.

"연모한다, 운아."

그러니 괜찮다, 나는.

가현이 홀로 속삭였다.

* * *

그날 이후 하루 동안 몸이 아파 비실거렸더니, 소소가 부리나케 다가와 가현에게 방으로 기어들어 가라고 소리쳤다. 결국 아무것도 못 하고 하루 넘게 앓고 일어난 가현은 운이 또다시 집에 들어오지 않는다는 소리에 씁쓸하게 웃었다.

"……절 말입니까?"

그런 사이에 이상한 손님 하나가 찾아왔다. 낯선 이 땅에 아는 사람이라고는 하나도 없는데. 제게 찾아온 손님이 있다는 소소의 말에 당황하고 있는데, 소소가 낮게 중얼거렸다.

"그러게 말입니다. 또 방랑벽이 도지신 건지."

"예?"

"아닙니다. 손님 기다리게 할 겁니까? 얼른 따라오세요."

누구인지 말도 안 해 주는 소소를 당혹스럽게 바라보던 가현이 얼른 뒤따라 걸었다. 주로 손님들이 머무는 건물에 도착한 가현은 문 앞에 서 있는 사내를 발견하곤 멈칫하다가, 소소를 슬쩍 바라보았다.

"모셔 왔습니다."

아무렇지 않게 사내를 피해 방 너머로 말을 건넨 소소가 가현에게 눈짓을 주었다. 도대체 어떤 손님이길래……. 망설이던 가현이 소소의 재촉을 이기지 못하고 안으로 들어섰다.

물 흐르듯 떨어져 내린 푸른색의 옷은 손이 닿기도 무서울 정도로 값비싸 보였다. 기다란 머리카락이 대호국 남자들의 평소 모습인지, 머리카락을 그대로 내리고, 반을 틀어 올려 금색 장신구로 고정을 하고 있었다.

품이 넓은 소매 끝엔 금사로 구름과 봉황이 수놓아져 있었다. 섬섬옥수 같은 손으로 대나무가 그려진 부채를 펄럭이는 남자는 언뜻 여자로 보일 정도로 고운 얼굴을 하고 있었다. 그러나 그의 눈빛은 몸에 한기가 들 정도로 냉랭했다. 선명하고 맑은 눈동자는 자신의 속까지 꿰뚫을 것처럼 날카로웠다.

"정말 만나고 싶었습니다."

부채를 펄럭이던 그의 눈꼬리가 기다란 호선을 그려 냈다. 붉은 입술 끝도 보기 좋게 말려 올라갔다. 언뜻 보면 정말 그가 가현을 반기는 것처럼 보였지만. 그의 말을 순진하게 믿을 정도로 어리석진 않았다.

"마치 오래전부터 절 알고 계신 것처럼 말씀하십니다."

가현의 날카로운 말에 남자가 그만 소리 내어 웃음을 터뜨렸다.

"아하하!"

공중 위에서 맑게 터지는 그의 웃음소리를 따라 머리카락과 옷자락이 흔들렸다. 배까지 붙잡고 웃음을 터뜨리던 사내는 그렇게 한참을 웃다가 조금 가신 얼굴로 가현을 마주했다.

"어떤 여인이 그를 붙들고 있을까 했더니. 이런 분이었군요."

"……그라면."

방 안에 들어와 처음으로 가현의 표정이 흐트러졌다.

"운이 그 사람 말입니다."

남자는 운이라는 말을 듣자마자 흐트러지는 가현을 재미있다는 듯 쳐다보았다. 흔들리는 눈으로 그를 바라보던 가현이 처음과 다르게 적극적으로 입을 열었다. 그런 그녀의 목소리가 미세하게 떨렸다.

"운을…… 잘 아십니까?"

"아니까 이곳에 온 것이 아니겠습니까."

"……친우이십니까?"

가현의 말에 남자가 어깨를 으쓱였다.

"뭐, 그리 보아도 좋지만, 그보다 더 진한 사이랄까."

그의 말에 가현의 눈빛이 더욱 다급해졌다.

"그럼, 혹 그 사람이 왜 그리 되었는……!"

"해서 아무것도 말씀드릴 수 없군요."

웃음기를 머금은 미소가 짙어졌다. 반대로 그의 눈빛은 두꺼운 얼음으로 단단하게 굳었다.

"난 그가 원하는 일은 하지 않습니다. 친우이니까요."

가현을 만나러 온 것 역시 운이 알면 분노할 게 분명한 일인데. 그건 생각하지 않는 것인지.

"난 그저 운을 붙들고 있는 여인이 누구인지 확인하러 온 것입니다. 그런데 그 확인조차 제대로 하지 못하겠네요."

알 수 없는 말로 끝을 낸 남자가 천천히 고개를 돌려 문을 바라보았다. 그의 시선이 문에 닿자마자 기다렸다는 듯 누군가 벌컥 문을 열고 들어왔다. 뛰어온 것인지. 식은땀과 초조함으로 범벅이 된 운의 등장에 남자가 실실 웃으며 한 손을 들어 보였다.

"자네 왔군!"

살벌하게 운덕을 바라보던 운이 맞은편에 앉아있는 가현을 돌아보았다.

"나와요."

성큼 다가선 운이 가현의 손목을 붙들었다. 뼈가 아릴 정도로 휘어잡는 그의 손아귀 힘에 가현이 미간을 찌푸렸다.

당황한 가현이 소리쳐 보았으나, 운은 제멋대로 가현을 끌고 구석진 곳으로 향했다. 그러곤 가현을 내팽개쳤다. 운의 거친 행동에 가현의 여린 몸이 이리저리 휘청거렸다. 발끝에 힘을 주지 않았다면 곧바로 넘어질 거였다.

간신히 다리에 힘을 준 가현은 도대체 운이 왜 이렇게 분노하는지 모르겠다는 얼굴로 쳐다보았다. 맹렬한 기세로 가현을 노려보던 운이 이윽고 어처구니없는 웃음을 흘렸다.

"사리 분별은 하는 줄 알았는데."

"……뭐?"

"다시는 그 누구도 만나지 마십시오."

제 물음엔 답하지 않고 멋대로 제 말만 하는 그를 올려다보던 가현이 서둘러 설명했다.

"난 다만 손님이 날 찾아왔다고 하여⋯⋯."

"어느 손님이 하잘것없는 노비를 찾아온답니까."

싸늘한 눈빛과 말이 가현의 심장에 날카롭게 파고들자, 그녀의 눈빛이 빠르게 흔들렸다. 그러나 운은 멈추지 않고 경고했다.

"그냥 죽은 듯이 계시는 것이 당신이 해야 할 일이라고."

"⋯⋯."

"분명 그날 이야기한 것 같은데."

"⋯⋯."

"다시 한번 멋대로 굴었다간, 경고를 무시한 벌을 받으셔야 할 겁니다."

차갑게 경고를 날린 운이 그대로 돌아서 멀어졌다. 우두커니 서서 멀어지는 그의 등을 지켜보던 가현의 눈가가 붉게 달아올랐다. 어느새 떨리는 손으로 낡은 치맛자락을 붙든 가현이 마찬가지로 떨리는 입술을 깨물며 빠르게 뛰는 심장을 가라앉히려 노력했다.

* * *

운은 어떠한 일에도 감정을 내보이는 일이 없었다. 분노도, 슬픔도, 기쁨도 그 어떤 감정들도 느끼지 못하는 사람 같았다. 그러나 오직, 가현이라는 여인에 대해서만 감정을 드러냈다. 하지만 이렇게 직접적으로 본 건 처음이었다. 운덕은 꽤 낯선 얼굴을 하는 운을 흥미롭게 바라보았다.

"화났나?"

"……."

황제의 물음에 운은 답하지 않았다. 그저 무표정으로 운덕을 응시했다. 참으로 건방진 눈빛이었다. 황제에 대한 예우 따위는 집어던진 눈빛은 제 여인을 지키려 이를 드러내는 짐승과 같았다.

"폐하께서 신경 쓰실 사람이 아닙니다."

"그대를 붙들고 있는 여인이 누구인지 궁금하지 않은가."

"……그 여인이 절 붙들고 있는 것이 아닙니다."

그의 말을 운덕은 믿지 않았다. 제가 당장에라도 이 문을 열고 나갈까 봐 안달하는 눈빛으로 쳐다보면서 붙들고 있는 것이 아니라니. 운을 빤히 보던 운덕이 이윽고 고개를 비스듬히 기울였다.

"널 그 시궁창으로 집어 던진 여자치곤 평범한 여인이더구나."

운의 눈으로 향하고 있던 그의 시선이 잠시 아래로 향했다. 탁상에 조금 가려진 운의 손이 금방이라도 무언가를 부술 듯 힘이 들어가 있었다.

"하나, 참으로 맹랑한 눈빛이야."

그의 반응을 즐기듯 입꼬리를 끌어올리던 운덕이 천천히 눈을 들어 운과 눈을 마주쳤다.

"네 눈빛처럼 말이다."

딱딱하게 굳은 그의 표정은 금방이라도 터질 것 같았다. 아무래도 이만 물러나야 할 것 같았다.

"그저 한 번의 호기심이었을 뿐이니, 너무 그리 보지 말아라. 너와 함께한 세월이 얼마인데 네가 싫어할 일을 하겠느냐."

하지만, 그 여인이 네게 독이 된다면. 싫어하는 일은 얼마든지

할 생각이었다. 혀끝을 감도는 나머지 말들을 숨긴 운덕이 생긋 눈웃음을 쳤다.

* * *

"어어! 당장 비키지 못해!"

멍하니 걷고 있던 가현은 뒤에서 들려오는 소리를 듣지 못한 채 그저 걷기만 했다. 보다 못한 린린이 가현을 붙잡아 끌어당기지 않았다면 달려오는 수레에 치일 뻔했다. 욕지기를 내뱉으며 가 버리는 수레를 바라보던 린린이 성난 얼굴로 가현을 향해 소리쳤다.

"그렇게 얼빠져 있다가 사고라도 나면 어쩌려고!"

"……미안하구나."

뒤늦게 정신을 차린 가현이 서둘러 사과를 건넸지만. 갑자기 가현을 떠맡게 된 린린은 온갖 짜증을 내며 먼저 앞서 걸어가 버렸다.

"소소 님은 도대체 왜 나한테만 떠맡기시는 건지, 원. 쳇!"

투덜거리며 앞서 걸어가는 린린을 서둘러 따라붙었다.

7장

갑작스럽게 들이닥친 운에 의해 내쫓기게 된 가현은 때마침 심부름을 하러 가는 린린을 따라 밖에 나오게 되었다. 마치 화려한 복색의 사내에게서부터 멀리 떨어지게 할 요량인 듯했다.

'그냥 죽은 듯이 계시는 것이 당신이 해야 할 일입니다. 아시겠습니까.'

애써 잊고 있던 그의 말이 또다시 불쑥 튀어나오자 가현의 눈빛이 흐려졌다.

그가 내뱉는 한마디 한마디가 날카로운 송곳이 되어 여기저기 날아와 박혔다. 그럴 때마다 가현은 그를 향해 소리치고 싶었다. 도대체 왜 그리 달라진 것인지, 말해 줄 때까지 얌전히 있으려고 했지만, 운이 이렇게 가슴을 헤집어 놓을 때면 인내심에 한계가 느껴졌다.

차라리 그 친우라는 사내에게 물을까. 어째서 그가 그리도 달라진 것인지. 기억을 제대로 하지 못하는 이유가 무엇인지. 어디가 아픈 것인지. 날 이 먼 땅까지 굳이 데려와서 하고자 하는 일이 무엇인지.

막상 물으려고 하니, 두렵기 그지없었다. 그가 날 데려온 그 이유가 듣기 무서웠다. 가끔 보이는 경멸과 분노의 눈빛이…… 두려웠다. 그 모든 것들이 저로 인한 것임일까 봐.

수없이 많은 생각들에 휩싸여 걷고 있는데, 앞에서 소란스러운 소리가 들려왔다. 웅성거리는 소리에 린린을 따라 가현은 마주 오는 말 위의 여인에게 그만 시선을 빼앗겼다.

마치 선녀가 강림한 것처럼 허리까지 길게 늘어뜨린 머리를 화려한 보석으로 치장하고, 하얀색 털로 만든 망토를 입고 있는 여인이 지나가자, 길을 지나던 사람들이 모두 옆으로 비켜서며 허리를 숙였다. 가현만 멀뚱히 제 앞을 지나는 여자를 바라보다가 그만 눈이 마주쳤다.

소란스럽던 주변의 소음이 사라질 정도로 화려한 여인에게 시선이 꽂힌 가현은 저도 모르게 그녀를 빤히 쳐다보았다. 싸늘하게 가현을 응시하던 여자는 스치듯 그 옆을 지나쳤다.

가현이 멀어지는 여자를 멍하니 바라만 보고 있자, 뒤늦게 허리를 세운 린린이 슬쩍 눈치를 살피다가 툭, 한마디 내뱉었다.

"허여소. 재상의 여식이다."

"재상의 여식이라면……."

"그래, 주인님과 혼인 이야기가 오가는 분이시지."

혼인…….

말로 들었을 때보다, 실제로 보았을 때가 참 많이 달랐다. 또다시 심장이 지끈거려오는 걸 느끼며 가현이 억지로 덤덤한 척 고개를 끄덕였다.

"그렇구나."

린린의 눈에는 가현이 덤덤해 보이지 않았다. 새하얗게 질린 얼굴로 덤덤한 척을 하는 그녀가 안쓰러우면서도 답답했다.

"솔직히 주인님이 널 왜 이곳까지 데려온 것인지는 모르겠지만, 혹여 주인님에게 마음이 있다면 접는 것이 좋을 거야. 허가 아가씨는 대단한 분이시다. 그런 분이 주인님을 원해. 아름다운 분이시나, 원하는 것은 결코 놓치지 않는 성정이셔."

"……마치 잘 아는 듯하구나."

"여기 수도에 사는 사람들이면 다 아는 사실이니까."

가현을 외면하듯 고개를 돌려 버린 린린이 앞서 걷기 시작했다. 물끄러미 린린을 바라보던 가현은 잠시 돌아서 어느새 사람들 사이로 점이 되어 사라지고 있는 허여소라는 아가씨를 지켜보았다.

린린의 말대로 참으로 아름다운 여인이었다. 이미 퇴색되어 버린 자신과는 확연히 다른 사람이었다. 왕의 후궁으로 들어가 10년을 냉궁에서 썩어 빛을 잃어버린 자신과는 달리 활짝 핀 꽃 같았다.

그래서 더…… 가슴이 아려 왔다.

'연모 따위의 감정으로 당신을 데려온 것이 아닙니다.'

그 10년의 세월 동안 미련을 떨고 있는 자신이 좀 우스웠다. 쓰게 웃던 가현이 떨어지지 않는 걸음을 옮기며 린린을 뒤따랐다.

'그래, 10년. 10년이지. 너와 내가 이별한 시간이 10년이구나.'

어쩐지 이제야 실감이 났다.

가현이 린린과 함께 수많은 인파 사이로 멀어질 즘, 한 여인이 노비와 함께 인파 사이를 비집고 나와 거리 한가운데로 들어섰다. 요염한 몸매와 아름다운 얼굴의 여인은 홍요였다. 홍요는 빠르게 흔들리는 눈으로 사람들 사이로 멀어지는 가현의 뒷모습을 지켜보았다.

"설마……."

"마님, 괜찮으세요? 안색이 안 좋으세요."

"……괜찮다."

퍼뜩 정신을 차린 홍요가 서둘러 표정을 갈무리하며 돌아섰다.

"그만 돌아가자꾸나."

"예, 마님."

의아하게 홍요를 살피던 노비가 서둘러 허리를 숙였다.

＊ ＊ ＊

'난 흑운왕과 거리가 먼 사람이오.'

언제는 이야기를 잘해 보겠다면서. 지금 와서 거리가 먼 사이라고 딱 잡아떼다니. 전과 달리 미적지근하게 굴며 저를 내치던 황후를 떠올리던 허여소가 분노를 참지 못하고 손에 들고 있던 찻잔을 던져 버렸다.

탁!

벽에 부딪친 찻잔이 산산이 부서져 바닥으로 떨어져 내렸다. 그로 인해 곁에 서 있던 노비 금모가 봉변을 당하고 말았다. 그대로 튀어 오른 조각에 얼굴이 살짝 긁혔는데도 허여소는 제 분노에 씨근덕거리기만 했다.

"그래도 황후라고 예의는 갖춰 주었더니! 어디서 감히 날 내쳐!"

중앙 귀족에 비하면 하잘것없는 지방 귀족의 여식이었다. 하늘과 땅 차이란 말이었다.

누구도 지금의 황제가 황위에 오를 것이라고는 상상치 못했다. 그러나 그는 귀족들의 예상을 뒤엎고 황자의 난에서 승기를 거두었다. 발 빠르게 황제에게 줄을 대지 않았다면, 아마 지금의 허가 역시 지도상에서 흔적도 없이 사라졌을 것이다.

그렇다고 하나 허가는 엄연히 대호국 최고의 가문이었다. 허가의 발밑의 때만큼도 미치지 못하는 한미한 가문의 여식 주제에. 저도 황후라고 건방지게 구는 꼴이 여소를 분노하게 했다. 자신이 만약 운에게 첫눈에 반하지만 않았다면, 그 자리는 이 허여소의 것이 될 예정이었다.

'그런데 은혜도 모르고 감히!'

황후에 대한 화를 쏟아 내듯 탁상을 주먹으로 내리치던 여소는 문득 떠오르는 계집의 얼굴에 금모를 돌아보았다.

"분명 그 계집이 춘국에서 온 후궁이란 말이냐."

"예, 분명 제가 두 눈 똑똑히 보았습니다."

사실 여소의 명으로 흑운왕의 집에 몰래 갔던 금모는, 운에 대한 모든 정보를 내주던 노비를 따라가 가현을 염탐했다. 제 눈이 먼 것이 아니라면. 조금 전 길가에서 마주쳤던 계집은 그때 보았던 춘국의 후궁이 맞았다.

"이 두 눈으로 똑똑히 보았습니다."

금모의 말에 여소의 눈빛이 험악하게 일그러졌다.

"무슨 수를 써서든 혼인을 성사시켜야 해. 아버지가 오시는 대로 내게 고하라."

"예, 아가씨."

이상할 정도로 그 계집이 불안했다. 그저 노비로 끌려온 계집일 뿐인데, 이런 기분이 드는 것조차 기분이 나빴다. 예감이 좋지 않았다. 여소는 손가락으로 초조하게 탁상 끝을 두드리며 허공을 노려보았다.

그저 그런 평범한 얼굴일 줄 알았는데.

낡은 노비 옷을 하고도 빛을 발하던 계집을 떠올리던 여소는 초조한 기색으로 곱게 칠한 입술을 잘근잘근 씹었다.

* * *

끼긱! 끼긱!

붉은 천 자락으로 여러 겹 둘러싸인 침상이 연신 흔들렸다. 홍요의 새하얀 허벅지에 붉은 물이 들 정도로 우악스럽게 붙든 채 연신 허리를 움직이던 태웅이 움직임을 멈추었다.

"헉, 헉! 무슨 일이 있는 게냐?"

욕정과 땀으로 뒤섞인 그의 얼굴이 시뻘겋게 달아올라 있었다.

"오늘따라 영 이상하구나."

정사에 집중하지 못한 채 딴생각에 잠겨 있던 홍요가 퍼뜩 고개를 돌리곤 그를 향해 곱게 미소 지었다.

"밖에 오래 나가 있었더니 좀 피곤하였나 봅니다."

"진즉 말해 주었다면 널 괴롭히지 않았을 텐데 말이다."

태웅이 못내 아쉬운 표정으로 안에 든 물건을 빼내려고 하자, 홍요가 양다리로 그의 허리를 감싸며 붙들었다.

"어딜 가셔요."

가느다란 팔로 태웅의 목을 끌어안은 홍요가 가볍게 입을 맞추었다. 자연스럽게 홍요를 들어 제 허벅지 위에 앉힌 태웅은 그녀를 올려다보았다. 어느새 제 위로 올라간 홍요가 요사스럽게 눈웃음을 쳤다. 그러면서 미끄러지듯 귓볼로 입술을 갖다 대며 속삭였다.

"제게는 이것이 휴식이옵니다."

"하아, 정말이지."

숨결과 뒤섞인 끈적한 목소리에 다시금 욕정이 불타올랐다. 낮게 신음을 흘린 태웅이 홍요의 엉덩이를 힘주어 움켜잡았다. 그의 손아귀에 새하얀 엉덩이가 뭉개졌다.

"그래, 내 너에게 최고의 휴식을 내주마."

들끓는 눈으로 홍요를 바라보는 그의 눈빛이 마치 집어삼킬 듯 번뜩였다. 탐스러운 그녀의 입술을 물어뜯으며 혀를 안으로 집어넣은 태웅이 위에서 아래로 치받았다.

탁탁탁!

빠르게 움직이는 그의 허리 짓에 홍요가 아래를 바짝 조이며 연신 신음을 흘렸다.

"아아! 아앙! 하!"

빠르게 움직이는 그를 따라 풍만한 두 가슴이 흔들렸다. 연신 입술을 탐하다가 고개를 내린 태웅이 흔들리는 가슴께를 물며 잘근 씹었다. 뜨거운 점막이 그의 물건을 바짝 조일 때마다 머리끝이 핑핑 돌았다. 숨이 막히도록 쾌감이 치솟았다. 태웅이 헐떡이며 미친 듯이 허리를 쳐 댔다.

"아윽! 태웅 님!"

곤두선 젖꼭지를 잘근잘근 씹어 대며 안쪽을 깊숙하게 찔러 들어오는 그의 행위에 홍요가 아래를 바짝 조이며 교성을 내질렀다.

"아아아!"

"크흑!"

쫀득하게 들러붙는 조임에 태웅이 낮게 신음을 흘리며 속도를 높이기 시작했다. 검은 수풀이 뒤엉킬 정도로 애액을 쏟아 내자, 찔꺽거리는 소리가 음란하게 퍼졌다. 동시에 침대가 바닥을 끼긱, 긁어 댔다.

"아아! 좋아요! 좀 더……!"

미친 듯이 소리를 내지르며 홍요가 잘록한 허리를 비틀었다. 머리끝까지 치솟는 쾌감에 눈앞이 흐려질 정도였다. 탐하면 탐할수록 정신을 차릴 수 없는 미약과도 같은 그녀의 신음에 태웅이 이윽고 절정에 다가섰다.

"아아윗!"

방아를 찧듯 그의 허벅지 위에서 흔들리던 홍요가 몰려오는 절정에 교성을 내지르며 허리를 활처럼 휘었다. 그녀의 허리를 붙들고 빠르게 퍽퍽 쳐 대던 태웅이 큭! 신음을 내뱉으며 정액을 울컥, 토해 냈다.

안이 정액으로 넘쳐 흘러내려도 끝까지 양물을 빼지 않고 꾹꾹 찔러 대는 그의 물건에 바르작거리며 순간의 절정을 즐기던 홍요가 몽롱한 눈으로 천장을 올려다보았다. 눈앞이 흐려지는 걸 느끼며 허리를 비틀고는 땀에 젖은 그의 어깨에 무너지듯 고개를 묻었다.

"하아, 하아!"

"하아!"

숨 막히는 절정에 헐떡거리며 여전히 그녀의 안에서 꿈틀거리는 그의 물건을 느꼈다. 아직 밤은 끝이 나지 않았다. 그는 그대로 홍요를 침대에 눕히며 단숨에 위로 올라탔다. 홍요는 그를 환영하듯 양팔을 벌렸다. 순간 그의 물건이 다시금 잔뜩 젖어 있는 내벽 안을 푹! 찌르고 들어왔다.

"아흑!"

그러나 또다시 들어오는 그의 물건에 홍요가 다시 신음을 내질렀다. 그렇게 두 사람은 짐승처럼 아침이 되도록 미친 듯이 몸을 섞었다.

헉, 헉!

하아, 하!

* * *

노비들의 계속되는 괴롭힘은 제법 견딜 만했다. 가끔 발을 걸어 넘어트리거나, 다 같이 해야 하는 설거지를 몽땅 가현에게 넘기거나. 아니면 가장 지저분한 마구간의 말똥을 치우는 일이나. 차라리 생각이 없어질 만큼 고된 일이 가현은 반가웠다.

여리여리한 게 금방이라도 항복 선언을 하고 무릎을 꿇을 줄 알 았던 가현이 제법 기세 좋게 척척 일해 나가자, 노비들은 오히려 더 심술이 났다. 개중 가현을 가장 못마땅하게 여기는 사람은 메이 와 친했던 여노비였다.

처음엔 주인님이 그녀를 첩으로 들어오는 게 아닌가 했다. 지금 까지 자신들이 알기로 주인이 어떤 여인과도 잠을 잔 적이 없는데. 춘국의 후궁을 데려와 밤 시중을 들게 하지 않았던가. 그날 단 하 룻밤밖에 알지 못하는 여노비는 가현이 저들과 비슷하게 일을 하 자, 자신들과 별반 다르지 않다고 생각했다.

소소 님이 가현에게 존칭을 사용했지만, 시간이 흘러도 가현이 첩도, 그 무엇도 아닌 채 노비 생활을 하자 본격적으로 괴롭히기 시작한 것이다. 그런데도 화가 풀리지 않았다.

"저 계집 때문에 메이가 어디로 팔려 갔는데!"

여노비들은 자신들을 위해 마련된 자리에 버젓이 가현을 데리고 온 린린을 원망하며 술을 벌컥벌컥 들이켰다. 다른 여노비들도 마 찬가지로 가현을 대놓고 무시했다.

가끔 이렇게 여노비들이 숙소 방 안에 앉아 고기와 술을 마시기 도 하는데 이런 날엔 소소 님도 모른 척해 주었다고 들었다. 그런 자리에 린린이 가현을 데려온 것이다. 노골적으로 저를 무시하며 경멸하는 여노비들의 시선에 괜스레 씁쓸해진 가현은 구석에 조용 히 앉아 앞에 놓인 빈 잔만 만지작거렸다.

"소소 님이 우리 먹으라고 삶아 주신 고기야. 언제 또 이런 걸

먹을지 모르니까 많이 먹어둬."

린린은 저들의 시선이 보이지 않는 것인지. 아무렇지 않게 가현에게 고기를 건네주었다. 린린의 행동에 열이 받은 여노비는 술에 취해 비틀거리는 몸을 벌떡 일으키며 린린에게 삿대질을 했다.

"네가 어떻게 그래! 저 계집 때문에 우리 동료들이 어디로 끌려갔는지 뻔히 알면서! 메이가 그 끔찍한 곳으로 끌려갔다고!"

"그래, 나 또한 들었어. 그런데 뭐? 메이와 다른 애들이 알면서 가현을 병사들의 방에 보냈잖아. 잘못은 그 애들이 한 것이다."

"야!"

린린의 냉랭한 말에 분노한 여노비들이 다들 들고 일어섰다.

그때, 내내 비틀거리던 여노비가 술이 가득 든 병을 들고 가현의 앞으로 성큼성큼 걸어왔다. 그리고는 가현의 머리 위에 전부 쏟아부었다.

"빌어먹을 춘국 계집!"

주르륵, 정수리에서부터 흘러내리는 술에 놀라기도 전에, 멱살이 잡힌 가현이 여노비의 손에 끌려 일어나게 되었다. 그런 그녀의 뺨을 솥뚜껑만 한 손으로 매섭게 내리쳤다.

좌악!

"야! 지금 뭐 하는 거야!"

힘없이 쓰러지는 가현에 놀란 린린이 뒤늦게 말리려고 했으나, 다른 여노비들이 린린의 양팔을 붙들었다. 나머지 여노비들은 가현의 뺨을 때린 여노비와 함께 엎어진 가현을 향해 발길질을 시작했다.

＊ ＊ ＊

"이 일은 그냥 없었던 일이다."

"머리를 잘못 맞은 거야?"

린린이 어처구니없다는 듯 가현을 바라보았다. 단정하던 머리는 죄다 뜯겨서 헝클어져 있었고, 광대뼈 부근이 희미한 보라색으로 물들었다. 입술은 찢겨 피가 났고, 양 볼은 손자국이 날 정도로 붉게 달아올라 있었다. 앞섶도 뜯겨서 가슴골이 보였다. 목덜미와 턱 주변엔 붉게 손톱자국이 나 있었다.

옷에 가려져 보이지 않을 뿐. 겉으로 보는 상처보다 안이 더 심각할 것이라고 예상했다. 가현에게 가혹한 행동을 자행한 노비들이 사라진 방 안은 아수라장이었다. 린린의 꼴 역시 멀쩡하진 않았다. 만약 린린이 나서서 도와주지 않았다면, 가현은 더 큰 상처를 입었을 것이다. 벽에 머리를 기댄 채 쪼그려 앉은 가현은 엉망진창이 된 방을 공허하게 바라보았다.

"별일도 아니다. 나 때문에 너희들이 동료를 잃어버린 것이니 맞아도 싸지 않니. 그냥 조용히 덮어라. 더는 시끄러워지고 싶지 않다."

가현의 공허한 미소에 린린은 순간 코끝이 매워 코를 찡그렸다. 울컥함을 결국 참지 못한 린린이 가현의 얼굴을 붙들어 저를 보게 했다. 갑작스러운 린린의 행동에 놀라기도 전에, 린린이 단호한 목소리로 말했다.

"넌 모르겠지만. 개들 전부 다 알았어."

"……."

"병사들이 너 겁간할 거 뻔히 알면서 네게 술상을 내준 거라고. 그 부대대장이 죽은 것도, 걔들이 팔려 간 것도 전부 너 때문이 아니라 주제도 모르고 날뛴 것이야."

"이미 알고 있었던 일이다."

"뭐……?"

뜻밖의 대답에 놀란 린린의 눈이 흐려졌다. 아주 조금 가까워진 린린을 바라보며 가현이 덤덤히 웃었다.

"우연히 들었지 뭐니."

그것도 조금 전 저에게 발길질을 하던 아이들의 입을 통해서. 여노비들은 어찌나 모든 일에 관심이 많은지, 온갖 이야기를 꺼냈다. 그중 하나가 그날 일과 관련된 사람들에 대한 이야기였다.

그날 메이라는 여노비가 다른 아이들과 함께 공모해 제게 일부러 병사들에게 술상을 가져다주라고 했다는 말부터, 겁간을 당할 걸 알면서도 그런 장난을 쳤다는 것. 전장에서 돌아온 병사들이 잔치를 벌일 경우엔 여노비들을 제외하고 남자들만 보낸다는 것까지 모두 다 들었다.

"다만 팔려 간 곳이 이곳과 비슷한 어느 집 댁일 거라고 생각했는데 말이다."

"……대호국에서 가장 끔찍한 곳으로 팔려 갔어. 그래서 저리 화가 난 것일 게다."

린린이 자조하며 웃었다. 그런 곳일 거라고 예상치 못했던 가현의 눈빛이 흔들렸다.

"듣기론 들어가자마자 이곳에서의 노동과는 확연히 다른 혹독한 일을 한다더라. 죽기 전엔 결코 빠져나올 수 없지. 그런 곳에 팔려 가서 애들이 더 화가 난 걸 거야."

"어, 어째서……!"

"어째서라니? 주인의 명이야. 그걸 따라야 하는 것이 우리들의 운명이라고."

당연하다는 듯 말하는 린린의 표정이 너무나도 삭막해 가슴이 먹먹해졌다. 어둠에 가려진 린린의 눈동자는 생명의 기운이 느껴지지 않을 정도로 탁했다.

'전 주인 나리께서 지어 주신 짝과 하게 될 겁니다.'

'그게 노비의 운명입니다, 아가씨.'

오래전 어느 날 운이 말한 적이 있었다. 팔리고 팔리는 것이 노비의 운명이라고. 그때의 눈빛과 닮아 있었다. 가현은 어떠한 말도 꺼내지 못하고 린린을 보았다.

"그리 보지 마."

벌떡 일어선 린린이 가현을 차게 노려보았다.

"네 팔자도 나보다 좋지는 않으니까."

그러곤 돌아서 방을 나가 버렸다. 홀로 남은 가현은 쓸쓸하게 웃었다.

"그래, 내 너보다 나은 것이 뭐가 있겠느냐."

* * *

언제까지 자고 있었던 것이지.

보통 새벽에 일어나 노비들과 함께 아침을 먹고 일을 시작했는데……

이상하게 늦은 기분에 억지로 눈을 뜨려던 가현은 갑작스럽게 몰려오는 두통에 그만 미간을 찌푸렸다. 그때, 차갑고 축축한 무언가가 툭, 하고 이마를 덮었다.

"내 이럴 줄 알았다."

늦은 밤 먼저 가 버렸던 린린의 목소리였다. 무슨 일인지 묻고 싶은데, 이상하게 목 안이 칼칼하여 말을 할 수 없었다. 몸은 물에 젖은 솜처럼 무거웠고, 땀에 젖어 끈적거렸다.

"무슨……."

억지로 쥐어짜 내며 소리를 내자, 목이 쓰리고 쇠 맛이 느껴졌다.

"너 지금 펄펄 끓어. 아무래도 소소 님을 불러야겠어."

"안 돼. 그냥 하루만 자면 되느니. 이래 봬도 내가 열병을 자주 앓는다. 그럴 때면 그냥 푹 자고 일어나면 되는데 뭐 하러 성가시게 사람을 부르냐."

아무렇지 않은 척 말하고 있지만, 가현이 그 방에 쓰러져있는 걸 목격했던 린린은 잘 알고 있었다. 지금 이대로 두었다간 저승길에 오를지도 모른다는 것을.

"그냥 좀 자게 두렴."

그러나 가현이 안간힘을 쓰며 린린을 붙들고 있었다. 아마 그날의 일로 팔려 간 여노비들과 죽은 부대장 때문인지도 모르겠다. 저 때문에 일이 크게 벌어지기를 원치 않는지. 가현은 되지도 않는 힘을 쓰며 린린을 붙들었다.

정말이지 이상한 계집이었다. 만약 자신이었으면 싹 다 고발하여 팔려 가게 두었을 텐데. 멍청한 건지 모자란 건지. 속으로 욕하면서도 이상하게 마음이 쓰였다. 결국 한숨을 내쉰 린린이 다시 주저앉았다.

"그냥 잠깐 감모 들었다고 할 테니, 잠이나 자든가 그럼."

"……고맙구나."

떨어지지 않은 입을 떼며 억지로 웃어 보인 가현이 다시금 잠에 빠졌다.

고맙긴 무슨.

끝까지 멍청한 소리를 하는데. 이상하게 발길이 떨어지지 않았다. 결국 누가 저를 부를 때까지 가현의 곁에 남아 그녀를 지킨 린린은 오후가 다 되어서야 자리에서 일어났다.

* * *

"설마 또 우리 이르는 건 아니겠지?"

메이와 여노비들이 팔려 간 게 가현이 전부 운에게 일렀기 때문이라고 철석같이 믿고 있는 여노비들은 여태껏 보이지 않는 가현을 떠올리며 걱정했다.

처음엔 어디로 팔려 갔는지 알지 못했다. 그러던 어느 날 우연히 애들의 소식을 듣게 되었고, 그제야 주인님이 그때 얼마나 화가 난 상태였는지 깨닫게 되었다. 아끼던 부대대장까지 죽였으니. 한낱 여노비들이 무사할까. 술김에 이성을 잃고 가현에게 손을 댄 여노비들은 하나같이 벌벌 떨었다.

"우리도 끌려가진 않을까?"

"그거면 다행이게?"

담이 가장 작은 여노비 하나의 쓸데없는 소리 뒤에 들려오는 목소리에 다른 애들이 기겁했다.

"너희들 때문에 걔 지금 열이 펄펄 끓어."

냉랭한 표정으로 린린이 서 있었다. 린린의 말에 당황한 여노비들이 슬금슬금 뒤로 물러섰다.

"이러다가 저승길에 오를 수도 있을 거 같아. 그렇게 되면 너희들 내가 다 이를 거야. 어제 너희들이 어떻게 가현을 때렸는지. 전부 다 말할 거라고."

그리 친한 사이는 아니었지만. 가현보다 자신들과 더 오랜 세월을 함께했으면서. 어쩜 저렇게 말할 수가 있는 것인지!

"야!"

그날 밤 가현에게 술을 퍼붓고 뺨을 내리쳤던 여노비가 습관을 버리지 못하고 손을 올렸다.

가볍게 손목을 휘어잡은 린린이 부서질 듯 움켜쥐며 눈을 빛냈다.

"그러니까 조심해. 내가 어젠 그냥 당했지만. 또 한 번 괴롭혔다가는 싹 다 이르는 수가 있어!"

"악!"

부서질 듯 비트는 손아귀 힘에 여노비가 온몸을 비비 꼬며 고통스러운 신음을 흘렸다.

린린은 한다면 하는 아이였다. 린린의 집요한 성정을 익히 알고 있는 여노비들은 결국 도망치는 걸 선택했다. 린린의 손에 붙들린 채 부리나케 도망치는 친구들을 어처구니없다는 듯 쳐다보던 여노비는 이를 악물곤 린린을 노려보았다. 차마 린린에게 대들진 못하고 간신히 손을 빼낸 그녀가 뒤늦게 도망쳤다.

"너, 너 두고 봐!"

그러면서도 자존심은 남았는지. 두고 보라는 말을 남기곤 사라지는 여노비를 린린이 비웃었다.

"흥, 별것도 아닌 것들이."

노비에게 친구가 어디 있는데. 그런 것 따위 없는 인생이었다. 그저 팔리면 팔리는 대로 흘러가는 인생인 것을. 괜히 되먹지 않는 텃세를 부리는 저 아이들이 우스웠다. 메이 그 아이도 마찬가지였다. 그 아이는 당연한 벌을 받은 것이다.

우두커니 서서 비웃고 있는데, 뒤에 인기척이 느껴졌다. 갑작스러운 인기척에 놀란 린린이 뒤를 돌아보았다. 가현이 온 이후로 주인님을 따라 대부분의 시간을 훈련소에서 보내고 있던 진명이었다. 평소에도 날카로운 눈빛이 오늘따라 더 날 서 있었다.

"나, 나리께서 어찌……."

"그게 무슨 소리냐."

"예? 무슨…… 소리인지 이 노비는 모르겠습니다."

모르는 척 뒤로 물러선 린린이 도망치려는데, 진명에게 붙들리고 말았다.

"똑바로 고해야 할 것이다."

살벌하게 눈을 빛내는 그의 말에 린린이 식은땀을 흘렸다.

* * *

　'여노비들이 그날 팔려 간 다른 노비들의 일로 가현 님께 텃세를 부린 모양입니다.'

　중요하게 볼 일이 있는 문서를 잠시 가지러 갔던 진명은 돌아와 운에게 다른 이야기를 보고했다. 다 듣지는 못했다. 가현이 많이 아프다는 이야기를 들은 운은 아무렇지 않게 무시해 버렸다. 그러나 아무리 무시하려고 해도 머릿속을 어지럽히는 바람에 좀처럼 일이 손에 잡히지 않았다.

　결국 훈련소를 박차고 나온 운은 빠르게 말에 올라 집으로 향했다. 갑작스러운 운의 등장에 화들짝 놀란 노비들을 무시하고 빠르게 안으로 들어서던 운은 소소의 안내로 전에 가현을 위해 마련했었던 빈방으로 들어섰다.

　눈치껏 진명이 가현을 노비들이 기거하는 골방이 아니라 이곳으로 데려다 놓은 것이었다. 뒤늦게 린린을 통해 모든 이야기를 전달받은 소소는 또다시 새로운 노비들을 구해야 할지도 모르겠다고 생각하며 속으로 혀를 찼다.

　"상태는."

　한기가 돌 정도로 차갑게 굳은 얼굴로 문 앞에 선 운이 가현을 보지도 않고 소소에게 질문부터 던졌다. 그의 심상치 않은 목소리를 빠르게 알아챈 소소가 순순히 답했다.

　"타박상이 있고, 몸살기가 있습니다. 그때 말했듯이 몸이 많이 약해서 작은 것에도 탈이 나는 게지요. 다행히 열은 떨어졌습니다.

안으로 들어가 보시지요."

소소의 말에도 운은 움직일 생각이 없었다. 문고리만 잡고 내내 서서 망설였다. 소소는 그를 위해 조용히 뒤로 물러나 멀어졌다. 그로부터 찰나의 시간이 흐를 때까지 운은 문 앞을 서성였다. 그렇게 오랫동안 머뭇거리던 운이 조심스럽게 문을 열고 안으로 들어섰다.

안으로 들어서자 희미한 약 냄새가 코끝을 스쳤다. 침상 휘장 너머 보이는 가현을 멍하니 바라보던 운은 천천히 걸음을 옮겨 그 앞으로 갔다. 그러곤 눈 앞을 가리는 휘장을 손으로 걷어 냈다. 그러자 보이지 않던 가현의 얼굴이 드러났다.

소소의 말처럼 간단한 타박상이 아니었다. 광대는 멍이 들어 부어 있었고, 입술을 찢긴 채 피딱지가 들러붙어 있었다. 안 그래도 메마른 볼은 붉게 부어올라 있었다. 저절로 손에 힘이 갈 정도의 분노가 저 밑바닥에서부터 치고 올라왔다. 당장에라도 가현을 이리 만든 계집들의 살갗을 모두 발라내어 짐승의 먹이로 던져 버리고 싶었다.

감히……!

부서질 듯 침상 기둥을 붙들며 험악하게 일그러진 눈으로 가현을 내려다보던 운이 돌아서려는데, 나약한 손이 그를 붙들었다.

"그리 험악한 얼굴로 어딜 가느냐."

가현의 여린 목소리에 돌아서던 운의 눈빛이 미세하게 흔들렸다.

"가지 말렴, 운아."

그 흔들림은 뒤이어 들려오는 말에 더 커졌다. 힘줄이 불거져 나올 정도로, 손톱이 손바닥을 파고들 정도로 힘주고 있던 손아귀의 힘이 서서히 풀렸다.

천천히 돌아선 운이 가현을 싸늘한 시선으로 내려다보았다. 내려앉은 그의 눈빛이 음영이 져 깊이를 알 수 없을 만큼 어두웠다. 분노가 일렁이는 그의 새까만 눈에 저절로 손끝이 떨려오는데도 가현은 물러서지 않고 고집스럽게 그의 옷자락을 붙들었다.

"고작 나 하나 때문에 여럿을 흠집 내려는 게냐. 그것이 더 이득이 없는 짓이 아니더냐."

분명 제 입으로 재산이라고 말했는데.

이상하게 그녀의 입을 틀어막고 싶어질 정도로 화가 났다.

"닥쳐요, 그 입."

기어코 참지 못한 운이 제 옷자락을 붙잡고 있는 가현의 손을 차갑게 내쳤다. 가현의 손이 힘없이 이불 위로 떨어져 내렸다.

"제 주제도 모르고 날뛰는 것을 봐주는 주인은 어디에도 없습니다. 그는 당신이 더 잘 알지 않습니까."

가현이 온 뒤로 뒤통수가 아릴 정도의 분노가 많아졌다. 정말이지 이렇게나 미련할 수가. 얼굴이며 몸이며 성한 곳 없게 만든 그 계집들을 위해 저를 붙드는 가현에게 미치도록 화가 났다.

'여노비들이 가현 님의 몸에 손을 댄 모양입니다.'

진명의 말 한마디에 이성을 잃고 훈련소를 뛰쳐나와 가현에게로 온 자신에게 화가 났다. 어째서! 어찌하여 자신은 이리도 머저리 같은 것인가! 저 비쩍 마른 계집의 노비였던 과거가 아직도 제 발목을 붙들고 있어서 그런 것인가? 뒤죽박죽 뒤엉킨 과거 따위가 절 붙드는 것인가?

저 계집 때문에 자신은 여전히 고통스러운 지옥 속에 살고 있는데.

오랜 세월을 죽지 못해 간신히 숨만 붙어 살고 있는데. 다시 만나면 자신을 이리 만들어 버린 가현의 숨통을 끊어 놓겠다고 다짐했으면서! 병신같이 가현이 다쳤다는 말 한마디에 이렇게 뛰어온 자신에게 환멸이 일었다.

어찌하여…… 이렇게 심장이 펄펄 끓는 것인가.

누군가 제 심장에 펄펄 끓는 물을 부은 듯, 날뛰었다. 이대로 있다간 참지 못하고 저 계집에게 분노를 풀 것 같았다. 가녀린 저 계집의 목을 쥐어 숨통이 막히도록 짓이기고 싶은 마음과 한편으로는 그대로 끌어안아 품 안에 넣어 버리고 싶은 마음이 서로 뒤엉켜 그의 머리를 더 혼미하게 만들었다.

이러다간 정말 미쳐 버릴지도 모르겠다는 두려움에 황급히 돌아선 운이 문을 박차고 나가 버렸다. 가현은 공허한 시선으로 또다시 제게 등을 보이며 사라지는 그의 냉랭한 모습을 지켜보다가 힘없이 웃어 보였다.

* * *

당장에라도 피바람이 불 줄 알았던 사람들의 예상과 다르게, 운은 아무것도 하지 않았다. 곳간에 숨어 벌벌 떨던 여노비들을 대신 혼내 준 건 소소였다.

주인이 명한 것은 아니었지만, 어찌 되었든 자신의 책임이나 마찬가지였으니. 혹독하게 벌은 주어야 했다. 소소는 그날 가현을 때린 여노비들을 훈련소로 보내, 병사들의 시중을 들게 했다.

그 일은 매우 험악해, 가고 싶어 하는 여노비들은 없었다. 그런 일을 한 달이나 하게 된 여노비들은 울면서 소소의 치맛자락을 붙들고 애원했지만. 소용없는 짓이었다.

* * *

"무슨 걱정이라도 있으십니까?"

탐스러운 홍요의 머리카락을 빗던 노비가 기어코 참지 못하고 물어보았다. 요즘 따라 이상하게 멍하니 있는 게, 혹 임신이라도 한 것이 아닌지 기대가 되었기 때문이었다.

홍요에게 첫눈에 반해 버린 태웅이 그의 아비인 허 재상의 반대에도 그녀를 들여앉혔지만, 여전히 시선들이 곱지 않았다. 허가의 가족들은 홍요를 없는 사람 취급했고, 태웅의 여동생 허여소는 아예 천것 취급했다. 그런 상황에 임신이라도 한다면 얼마나 좋을까.

태웅에겐 자식이 없었다. 정략혼을 한 부인은 한 번 유산을 한 뒤로 임신을 하지 못했다. 그런 상황에 태웅은 매일 밤을 홍요의 방에만 들었다. 그로 인해 부인의 성정이 나날이 난폭해졌다. 혹여, 홍요가 임신을 한다면 본부인의 자리는 끝이었기 때문이었다.

그렇기에 더더욱 홍요의 노비는 부디 홍요가 임신을 해 본부인의 자리를 꿰찼으면 했다. 주인이 잘되면, 노비의 위치 또한 바뀌기 때문이었다.

노비의 머릿속을 전부 꿰뚫고 있는 홍요는 묘한 미소를 띠었다.

"내가 임신이라도 한 것 같으냐."

"그, 그것이 아니오라."

허를 찔린 노비가 서둘러 손을 내저었다. 홍요는 괜찮다는 듯 웃어 보였다. 그러곤 편편한 제 배에 손을 가져다 대었다. 알 수 없는 눈으로 제 배를 내려다보던 홍요는 문득 소란스러운 바깥에 고개를 돌려 창밖을 바라보았다. 아침부터 요란을 떨고 있는 허여소였다.

"무슨 일이 있는 거니?"

"아, 그것이 주인 나리를 기다리고 있다고 합니다."

온갖 아양을 떨긴 하지만, 저렇게 목을 빼고 허 재상을 기다리는 일은 없는데. 의아하게 고개를 기울이는 홍요의 귓가에 노비가 속삭였다.

"여소 아가씨의 애원이 드디어 먹힌 모양입니다."

"……흑운왕과의 혼인 말이더냐."

허여소가 흑운왕을 갖지 못해 안달인 것은 허가의 집안사람이라면 모두가 알고 있는 일이었다. 홍요 또한 역시나 알고 있었다. 그러나 흑운왕 쪽에서 철벽을 세우는 터라. 허여소가 들어갈 틈이 없다고 들었는데……. 게다가 허 재상은 출신이 불분명한 흑운왕을 탐탁지 않게 생각했다. 어디서 데려왔는지, 어느 나라 사람인지. 황제가 입을 다물고 있었기 때문이었다.

그러나 흑운왕은 명실공히 대호국의 실세로 자리 잡고 있는 사람이었다. 수없이 많은 전장을 승리로 이끈 대장군이었고, 황제가 형제처럼 아껴 모두의 반대를 꺾고 왕으로 봉한 자였다.

아직 미혼에다가 여성들의 마음을 뒤흔들 만큼의 외모까지 갖추고 있으니. 자존심 강한 허여소라고 넘어가지 않을 수 있었을까.

그러나 듣기론 흑운왕은 여자를 가까이하지 않는다고 했다.

"주인 나리께서 직접 황제께 가 정략혼을 추진하려는 모양이어요. 우리 주인 나리께서 나섰으니 아마 아가씨께서 원하시는 대로 되지 않겠어요?"

"그건 봐야 알겠구나."

가라앉은 눈으로 창밖 너머 허여소를 지켜보며 홍요가 낮게 중얼거렸다.

* * *

화려한 황금으로 장식된 기다란 책상엔 전국에서 올라온 상소들이 둥글게 말려 쌓여 있었다. 그 가운데 앉아 상소들을 보며 정무에 집중하고 있는데, 저 멀리서 환관이 들어서는 게 보였다.

손에 들고 있던 상소를 내린 황제 운덕이 계단 앞까지 와 무릎을 굽히는 그를 내려다보았다. 넙죽 엎드려 황제에 대한 예를 갖춘 환관이 속히 말했다.

"허 재상께서 들었나이다."

"허 재상이?"

지방에 갔다 들었는데. 벌써 온 것인가.

"들라 하라."

황제의 명에 환관이 뒤로 물러나 빠르게 사라졌다. 그가 사라진지 얼마 지나지 않아 허 재상이 안으로 들어섰다.

"그동안 강녕하셨습니까, 폐하."

"나야 언제나 강녕하지 않겠소. 그대는 나날이 얼굴이 활짝 피는 듯하군. 우선 앉지."

자리에서 일어선 황제가 집무실을 빠져나와 차가 마련된 정자로 올라섰다. 그를 따라 올라선 허 재상이 먼저 앉은 황제의 맞은편 빈자리에 앉았다.

정자 아래엔 맑게 일렁이는 물을 따라 붉은색의 잉어와 흰색의 잉어가 서로 뒤섞여 움직였다. 이따금 튀어 올라 맑은 물소리를 내었다. 그 곁엔 흐드러지게 핀 매화나무가 바람을 따라 흔들렸고 가끔 날아온 꽃잎이 정자 끄트머리에 떨어져 내렸다.

황제의 곁에서 곱게 차려입은 궁녀들이 고운 손길로 차를 우려 내 황제와 허 재상의 앞에 찻잔을 놓아 주었다. 그러곤 소리 없이 조용히 이동에 정자 끄트머리에 서서 대기했다.

"그래, 내게 안부 차 든 것은 아닌 거 같은데."

향긋한 꽃차의 향기가 입 안에서 사라지기도 전에, 황제 운덕이 물었다. 그러자 허 재상이 허허, 웃음을 흘렸다. 그의 희끗희끗한 수염이 미세하게 움직였다.

"나이가 드니 자식들이 눈에 밟히는 건 저 또한 마찬가지가 아니 겠습니까."

"재상답지 않게 말을 빙빙 돌리는 군 그래."

"제가 그랬습니까. 허허."

다시금 너털웃음을 흘리던 허 재상의 주름진 눈이 깊어졌다. 황제와 그의 눈이 공중에서 마주치자, 순식간에 주위가 얼어붙었다.

"제 여식과 흑운왕 전하와의 혼인에 힘을 쓰시지요."

황후를 꼬여 내려던 걸 막아 놓았더니. 이젠 제 아비까지 이용하려고 들려 하다니. 보면 볼수록 맹랑한 여자였다. 어찌 보면 제 아비보다 더하면 더했지 덜하지 않을 거 같았다.

"내가 왜 그래야 하지?"

고개를 살짝 비튼 운덕이 정말 모르겠다는 듯 웃으며 되물었다. 허 재상은 그저 인자한 할아버지처럼 눈꼬리를 휘었다.

"왕으로 봉해졌다 하나, 귀족들은 여전히 그의 출신에 대해 떠들고 있습니다."

"그는 대호국의 영웅으로 칭송받고 있네."

"그것이 앞길에 도움이 된답니까."

오히려 독이 될지언정 말이다.

"그것이 도움이 되려면, 뒷배가 단단해야 할 텐데. 흑운왕을 받치고 있는 바위조차 너무 거대하여, 오히려 위화감을 조성하지요."

"……감히 내가 그에게 해가 된다고 이야기하는 것인가?"

싸늘하게 가라앉은 운덕의 눈빛이 위험해졌다.

"저는 그리 생각지 않지만, 다른 이들에겐 그리 보이지 않겠습니까. 폐하께서도 아시지 않습니까. 폐하께서 그를 가까이할수록 귀족들은 그를 더 몰아내려 달려들 것입니다."

"……."

"하지만, 귀족들을 대표하는 허가가 그를 받는다면."

"……."

"이야기는 달라지겠지요. 흑운왕과 허가의 결합은 분명 폐하께 큰 도움이 될 것이 자명하옵니다."

허가는 오랜 세월 대호국의 실세로 자리 잡은 사람이었다. 만약 그가 마지막에 제게 돌아서지 않았다면 황자의 난에서 이기기 힘들었을지도 모른다.

사실 황제 운덕은 황자들 중에서도 집안이 별 볼 일 없었다. 그의 모친이 한미한 지방 귀족의 여식이었기 때문이었다. 황실은 황제만 잘하면 되는 것이 아니었다. 나라를 올바르게 이끌기 위해서는 같은 편이 있어야 했다. 그렇다고 힘의 균형이 한곳으로 치우쳐져서도 아니 되었다. 그러니 만약 허가가 황제의 편에 선다면, 귀족들도 안정을 되찾을 것이다.

허 재상이 돌아간 뒤에 한참을 정자에 앉아 생각하던 운덕이 조용히 환관을 불렀다.

"운을 불러오라."

"예, 폐하."

조용히 물러나는 환관을 뒤로하고 운덕은 깊은 고심에 잠겼다.

"어찌해야 할까."

홀로 내뱉는 그의 목소리가 바람에 흩날리는 꽃잎에 뒤엉켜 흘러가다가 사라졌다.

* * *

아버지 허 재상이 여태 오지 않고 있었다. 중간에 집으로 들어오던 태웅은 문 앞까지 나와 아버지를 기다리는 여동생을 희한하게 바라보다가 들어갔다. 곱게 자른 손톱 끝을 초조하게 물어 대며 앞으로 갔다가 뒤로 갔다가 수도 없이 반복하는데, 말 울음소리와 함께 마차 소리가 들려왔다.

'아버지!'

순간 눈을 부릅뜬 여소가 대문을 뛰어나갔다. 여소의 행동에 놀란 노비들이 서둘러 그녀를 뒤따랐다.

"오셨어요?"

마부의 인사를 받으며 안으로 들어서려던 허 재상은 평소와 다르게 대문 밖을 나와 저를 기다리고 있는 여식을 보며 쯧쯧, 혀를 찼다. 분명 흑운왕 때문인 것을 모르지 않았기 때문이었다. 그래도 저렇게 한 사내에게 빠져 안달이 나 있는 여식이 우스우면서도 사랑스러워 결국엔 너털웃음을 흘리며 여소를 품에 안아 들었다.

"저……."

투박한 그의 손길을 받으며 배시시 웃던 여소가 슬쩍 멀어지며 붉게 칠한 입술을 달싹였다.

"기다리고 있어라. 좋은 소식이 들려올 테니."

아버지의 당당한 대답에 긴장으로 굳어 있던 여소의 얼굴이 꽃이 피듯 환해졌다.

"역시 아버지뿐입니다!"

양팔로 그의 목을 끌어안는 여식을 안아 들며 허 재상이 허허 웃음을 터뜨렸다. 그 뒤에서 노비 금모는 허 재상의 말에 반신반의하며 지켜보았다.

흑운왕은 여자를 경멸하며 끔찍이 여긴다고 들었다. 분명 그 집에서 나온 말이니 확실했다. 그런데 좋은 소식이라고? 설마…….

* * *

단호한 거절을 예상했던 황제 운덕은 예상과 다르게 묵묵히 입을 다물고 앉아 있는 운을 조금 희한하게 바라보았다.

"네가 원하는 일은 결코 하지 않을 작정이다. 다만 의중을 물은 것뿐이야."

"……허가 여소라면."

"매번 네게 추파를 던지던 여인 있지 않니."

참으로 안타까울 따름이었다. 매번 궁에서 운과 마주치기 위해 안간힘을 쓰는 허여소인데. 벌써 수십 번 넘게 마주한 그녀를 기억하지 못하다니. 어찌 저리 무심할까. 길가의 돌도 저렇게 무심히 대하지는 않을 것이다.

하긴, 여전히 과거에 얽매여 사는 녀석이니까.

어찌하여 운이 유독 여인에게만 무심히 구는지 잘 알고는 있으나. 운덕은 인제 그만 그가 좋은 여인을 만나 혼인을 하여 안정적인 생활을 했으면 했다. 허 재상의 말에 혹하긴 했으나, 그것 때문만은 아니었다.

"생각해 보겠습니다."

"그래, 네가 그리 답할 줄 알았……뭐?"

고개를 끄덕이던 운덕이 멈추었다. 예상 밖의 대답이 운의 입에서 흘러나왔기 때문이었다. 운은 무심히 운덕과 시선을 마주하며 말했다.

"못 배워 먹어 정치 놀음에는 관심을 두지 않으나, 세상이 어찌 돌아가는지는 잘 알고 있습니다."

"운아."

"더 할 말 없으신 듯하니 이만 물러가겠습니다."

참으로 무심하고도 무뚝뚝한 목소리로 엄청난 것을 이야기하고 있었다. 제 욕심껏 아내를 버리지 않고, 허여소를 황후로 들이지 않았다. 하나, 운의 말대로 원하는 세상을 꿈꾸기 위해서는 아직 그들이 필요했다.

운은 제 하나뿐인 형제요, 가장 강력한 검이었다. 반대로 그들에게 운은 언제든 등을 찌를 적이었다. 자신이 가까이하면 할수록 운에 대한 반발심은 더할 테였다. 그 틈을 허가가 파고들어 와 손을 내민 것이다. 운을 내주면, 그를 적으로 간주하지 않겠다는 협박이자 제안이었다.

하지만…… 말했듯 운은 형제였다. 같은 핏줄은 아니나 같은 핏줄이었던 진짜 형제들보다 더 끈끈한 피를 나눈 사이였다. 게다가…….

"가현, 그 여인은."

아름다운 여인과의 혼인 이야기를 꺼냈을 때도 차분하기만 하던 그의 눈빛이 흐트러졌다.

"네게 그 여인은 무엇이냐."

"그저 끊어 내야 할 썩은 줄 같은 것일 뿐."

흔들리던 운의 눈빛이 차분하게 얼어붙었다.

"아무것도 아닙니다, 제게는."

그래, 아무것도 아닌 그저 도려내야 하는 썩은 피부 같은 것이다.

'운아.'

운은 희미하게 들리는 가현의 부름을 끊어 내며 운덕이 황제에게 머리를 조아렸다. 그러곤 자리에서 일어나 돌아서 멀어졌다. 그가 대전의 반을 지났을까, 운덕이 그를 붙들 듯 말했다.

"난 널 장기 말로 쓸 생각 없다. 하니, 다시 와 내게 생각해 보니 싫다고 하여도 괜찮다는 말이다."

멈춰서 운덕의 말을 듣던 운은 답하지 않았다. 그저 다시 걸었다. 높게 틀어 올린 기다란 머리카락이 그의 움직임을 따라 등 뒤에서 흔들렸다. 운덕은 복잡한 눈으로 양쪽으로 열리는 문틈 너머로 들어오는 역광을 따라 사라지는 그를 말 없이 지켜보았다.

황궁을 빠져나오던 운은 연못 위의 다리에 올라 뒤를 돌아보았다. 매화나무 사이, 3층 높이로 쌓인 붉은 기와와 웅장함을 자랑하는 황궁을 물끄러미 바라보는 운의 눈빛은 암울한 색으로 가라앉아있었다.

'허가에서 네게 혼인을 청해 왔다.'

혼인……

황제의 제안에 가장 먼저 떠올렸던 건 가현 그 여자였다.

그는 평생을 황제를 위해 바친 몸이었다. 그러니 이깟 일쯤 아무것도 아니었다. 혼인이 무엇이라고. 그깟 게 무어라고. 이리 복잡해한단 말인가. 생각은 그렇게 하면서도, 운의 무의식엔 가현이 박혀 빠지지 않았다. 제게 빠져나가지 않는 가현을 보듯 황궁 사이 어딘가를 혼란스럽게 응시하던 운이 돌아서 구름다리를 벗어나 궁을 빠져나갔다.

* * *

예상과 반대로 금모의 생각은 틀리고 말았다. 흑운왕이 선뜻 그러겠다고 대답을 한 것이다. 온갖 진귀한 보석을 머리에 꽂으며 치장하고 있던 여소의 손에서 귀걸이가 떨어져 내렸다. 아끼는 것인데도 떨어진 것에 관심을 두지 않은 여소가 급히 자리에서 일어나 금모를 돌아보았다.

"정말 그렇게 하겠다고 하였다고?"

"분명 틀림없는 사실입니다. 지금 황궁에서 파다하게 소문이 퍼졌대요!"

금모의 소리침에도 여소는 손에서 힘을 풀지 않았다. 여소는 두 눈에 힘을 주고 되묻고 있었다. 금모의 표정에서 느껴지는 진심과 흥분에 여소의 손에서 힘이 풀렸다.

"정말…… 그분께서."

무표정으로 있던 여소의 얼굴이 서서히 꽃처럼 피어났다. 아직 무엇 하나 결정된 것이 없는데, 운조차 제대로 답한 것이 없는데. 와전되어 흘러들어온 말을 철석같이 믿은 여소는 말은 못 했지만 운이 절 마음에 두고 있었다고 상상하기까지 했다.

"오늘은 서역에서 온 것이 좋겠구나."

여소가 활짝 웃으며 금모와 시녀들에게 제 치장을 맡겼다. 요즘 가장 아끼는 서역에서 온 머리 장신구를 꺼내든 금모가 반으로 틀어 올린 여소의 머리 위에 꽂아 주었다. 여소는 거울에 반사되어 보이는 아름다운 자신의 모습을 만족스럽게 바라보았다.

* * *

　활짝 핀 분위기가 창문을 넘어 담을 타고 흘러들어왔다. 여노비 하나가 담 너머 그들의 대화를 모두 머릿속에 저장한 뒤 쏜살같이 어디론가 향했다. 여노비의 발걸음이 향한 곳은 여소의 처소와 멀리 떨어져 있는 별채의 홍요였다. 막 일어났는데도 아름다움을 빛을 발하는 홍요가 우아한 손짓으로 머리를 빗질하고 있었다.

　"호, 홍요 님!"

　"무슨 일인데 그리 뛰어오는 거니."

　기다란 눈매를 휘며 묻자, 여노비가 헐떡이는 숨을 애써 가라앉히며 제가 들은 모든 것을 고했다. 노비의 말이 길어질수록 홍요의 얼굴이 굳어 갔다.

　"참으로 예상 밖의 이야기구나……."

* * *

　"그…… 일은 어찌 되었습니까?"

　매일같이 훈련소에서만 지내던 운이 모처럼 집에서 지내고 있었다. 그러나 훈련소와 별반 다르지 않게 책상에는 두루마기가 가득 쌓여 있었다. 대부분 그가 맡은 군대에서 올라온 보고였다. 춘국을 복속시켰으나, 아직 완벽하게 정리한 것은 아니었다. 그 때문에 잦은 무력시위가 벌어진다는 내용이었다.

　"무슨 말이냐."

그러나 그에 대한 내용이 끊어졌다. 진명의 뜬금없는 물음 때문이었다. 고개를 든 그가 책상 앞에 서서 저를 빤히 보고 있는 진명을 의아하게 보았다.

"폐하께서 허가의 여식과 혼인 이야기를 꺼냈다고 들었습니다."

"한데."

"어찌 말씀하셨습니까."

"그것이 네게 중요한 일이더냐."

조금 딱딱한 그의 목소리에 진명이 망설였지만, 물러설 수는 없었다.

"받아들이시는 것이 어떻겠습니까."

결국 손에서 세필을 내려놓은 운이 의자 등받이에 등을 기대곤 팔짱을 꼈다. 들어나 보자는 심산으로 저를 뚫어지게 쳐다보는 운의 시선에 진명의 목울대가 크게 움직였다.

"전하께서 춘국과의 전쟁을 승리로 이끈 이후에 민심이 전하께 더 쏠려 있지 않습니까."

그의 말대로 사람들은 너도나도 운을 영웅으로 칭송하고 있었다. 적당한 것은 좋으나, 때론 그 칭송이 독이 될 수도 있었다.

"그 때문에 귀족들의 입에서 이상한 말이 나돌고 있습니다."

"……내가 황위를 탐내고 있다는 헛소문 말이더냐."

순간 놀란 진명의 눈이 크게 뜨였다.

"아시고 계셨습니까?"

"나 또한 귀가 있다. 그런 헛소문에 마음을 어지럽히는 네가 이상하구나."

"……소문이란 어디로 튈지 모를 만큼 순식간에 화마가 되어 세상을 뒤엎을 수도 있습니다. 작은 소문이 아닙니다. 어쩌면 부러 소문을 크게 만드는 것이겠지요. 폐하께서 가장 가까이 두시는 분이 전하이시니까요."

진명은 그것이 우려되었다. 어쩌면 이 헛소문을 사실로 만들어 자신의 주군을 반역죄로 참수시킬 수 있었다. 어린 시절 자신의 아비 역시 그렇게 죽어 버렸다.

아비는 청렴결백하고 올곧은 성정으로 부러지면 부러졌지 구부러지지는 않았다. 그 때문에 죽은 것이다. 귀족들은 세 치 혀로 입을 놀리는 자들을 선호했고, 아비는 그와 반대되는 인물로 매일 조정에서 선황제에게 충언했다.

그것을 좋게 보지 않았던 귀족들은 온갖 헛소문을 퍼트려 선황제를 구슬렸다. 선황제는 간자들의 혀에 놀아나 그토록 가까이했던 아비의 목을 잘라 버렸다. 광장에서 피가 뚝뚝 떨어지는 아비의 머리는 여전히 진명의 악몽 속 주인이었다.

그리고 그 악몽의 주인은 이제 운이 될 것만 같아 두려웠다. 집안이 멸문당한 뒤, 지금의 황제에게 운 좋게 발견되어 그의 수하가 되었지만. 지금 진명의 마음속 주군은 운이었다. 그 때문에 진심으로 충언했다.

"허가는 귀족들의 수장입니다. 그런 가문과 혼인으로 연결된다면, 폐하는 물론 전하를 뒤흔드는 무리는 더는 없을 것입니다. 한 번만 더 생각하여 주세요."

운은 말없이 허리를 숙이는 진명을 보았다.

'그놈이 너와 비슷하여 네게 보내는 것이다.'

진명이 제게 오기 직전 한 황제의 말이었다. 귀족들에 의해 아비의 목이 잘린 뒤, 어미는 관노비로 끌려갔다가 병들어 죽었다 했다. 이후에 홀로 남은 진명을 우연히 마주친 운덕이 그를 구한 것이었다.

술에 약간 취한 황제 운덕은 실실 웃으며 말했었다. 땟국물이 줄줄 흐르는 진명의 눈빛이 꼭 너와 같았다고. 독기로 가득 찬 그 눈이 마음에 들었다고 말이다. 그때와 같은 눈을 하는 진명을 물끄러미 올려다보던 운이 무심히 시선을 내리곤 다시 세필을 집어 들었다.

"생각해 보겠다고 하였다."

"진정입니까?"

반색한 진명의 외침에 운은 아무 말 하지 않았다. 대신 그 외침을 들은 자가 있었다. 소소의 명으로 차를 내오던 여노비였다.

'세상에나!'

폐하께서 허가의 아가씨와 혼인을 하라 명하셨다고 곡해해서 들은 여노비가 놀라 입을 틀어막았다.

그러다가 안에서 나올 기미가 보이자 화들짝 놀라며 도망치듯 어디론가 향했다. 여노비가 서둘러 뛰어간 곳은 부엌과 그다지 멀지 않은 뒷마당이었다. 그곳에선 한창 그릇을 씻는 중이었다.

"큰일이야, 큰일!"

한창 웃고 떠들며 설렁설렁 설거지하던 다른 여노비들이 황급히 뛰어온 여노비의 외침에 고개를 돌렸다. 구석진 곳에서 린린과 설거지를 하던 가현의 고개도 저절로 돌아갔다.

"무슨 일인데 그래?"

"뭔 큰일?"

동료들의 물음에 의미심장하게 눈을 빛내던 여노비가 슬쩍 가현을 보며 비웃듯 입꼬리를 올렸다.

"그게 우리 주인님께서 허가 아가씨랑 혼인하신대!"

"허."

"난 또 뭐라고. 그 이야기는 예전부터 나온 이야기잖아. 그리고 솔직히 주인님께서 허가 아가씨랑 둘이 만나는 걸 본 적도 없는데. 다 헛소문이라고."

"아이참! 내가 지금 진명 나리와 주인님께서 하는 대화를 들었는데, 황제 폐하께서 직접 말을 꺼내셨대."

"뭐?"

심드렁하던 여노비들의 눈이 일제히 커졌다. 황제의 말이라면 명령이 아닌가? 그렇다면 이 이야기는 정말 사실이 되었다는 것이었다.

"진짜?"

"그러면 정말 혼인하시겠네?"

챙그랑!

그때였다. 가현의 손에서 도자기 그릇이 떨어져 파삭! 깨져 버렸다. 그로 인해 한창 소문에 대해서 떠들던 여노비의 볼에 도자기 조각이 박혔다.

"아!"

놀란 여노비가 제 볼을 손으로 감싸며 가현을 노려보았다.

8장

"야, 너 뭐야!"

그러나 가현의 옆에 서 있는 린린 때문에 해코지는 할 수 없었다. 게다가, 소소에게 크게 혼이 나 훈련소로 내쫓긴 동료들을 생각하면, 감히 가현을 건드릴 수는 없었다.

"에이씨, 별게 다! 이 상처 어쩔 거냐고!"

대신 온갖 짜증을 내며 가현에게 부러 물을 튀긴 여노비들은 린린이 뒤쫓기 전에 도망치듯 사라졌다. 그 상황에도 시선 하나 움직이지 않고 멍하니 허공을 응시하는 가현이 짜증 나면서도 답답했다.

"설마 주인님이 너를 부인으로 들일 줄 알았어?"

린린의 냉랭한 목소리에 가현의 시선이 느리게 올라갔다. 느리게 눈을 깜빡인 가현이 멍하니 되물었다.

"······뭐?"

린린은 쯧, 혀를 찼다.

"춘국에서 왕의 후궁이었지? 그렇다면 닳고 닳았겠구나."

사납게 내리꽂히는 린린의 말이 날카로운 검이 되어 심장을 찔렀다. 안 그래도 허연 얼굴이 더 창백해졌지만, 린린은 멈추지 않았다.

"그러니까 꿈도 꾸지 마. 전하의 정실부인 자리는 아무나 할 수 있는 게 아니니까."

"……내가 꿈을 꾸었더냐."

가현은 정말 궁금해서 묻듯 멍한 눈으로 린린을 향해 되물었다. 린린은 기가 찬다는 듯 웃음을 터뜨렸다.

"네 얼굴 지금 실연당한 계집애 같아. 허가의 아가씨와 정략혼을 한다는 것 때문에 네 얼굴이 그런 거잖아."

"난, 그저……."

가현이 저도 모르게 손을 들어 제 얼굴을 감싸 안았다.

"두어 번 주인님이 상대해 준 것에 허튼 생각하지 말라는 소리야. 알아들었어?"

경고하듯 마지막까지 가현의 심장에 칼을 꽂아 넣은 린린은 깨끗하게 설거지가 되어 있는 바구니를 들어 올렸다.

"깨진 그릇이나 싹 정리하고 와."

퉁명스럽게 가현에게 한마디 더 쏘아붙인 린린이 돌아서 멀어졌다. 가현은 멍하니 산산조각이 난 도자기 조각을 바라보다가 손을 뻗어 그것을 집어 들었다. 조심히 집어 들어도 모자랄 판에, 아무렇게나 집어 든 조각 끄트머리가 기어코 여린 손가락을 파고들었다.

"아."

순간 가현의 미간이 찌푸려졌다. 아프다. 고작 작은 조각 하나가 찌른 것인데. 너무 아파서 울고 싶었다. 가현은 아직 상처가 남아 있는 입술을 꾹 물며 나머지 조각들을 하나하나 주웠다.

"그런 꿈 따위 진즉 버렸는걸."

감히 그와 부부의 연을 맺을 거라고는 생각지 않았다. 처음 그와 재회하였을 때도 그 꿈만큼은 꾸지 않았다. 린린의 말대로 저는 닳고 닳은 계집이 아니던가. 늙은 왕과 하룻밤을 보내지는 않았지만, 세간의 눈으로 보았을 때 그녀는 이미 혼인을 했던 몸이었다.

그리고…… 저를 경멸하듯, 가끔은 분노 서린 눈으로 쳐다보며. 이따금 차갑게 내치기까지 하는 운의 행동에 자신감을 잃어 갔다. 그러니 그런 꿈은 감히 꾸지 않는다.

다만……. 곁에 있고 싶었다. 10년을 냉궁에 틀어박혀 살며 원했던 단 한 가지는 살아 있는 운의 얼굴을 보는 것이다. 매번 그리던 그 얼굴이 보고 싶었다.

반듯하고 고운 이마, 짙은 눈썹, 움푹 파인 눈. 유려하게 뻗은 콧날. 날카로운 듯 짙은 턱선. 그 무엇보다 저를 온전히 사랑으로 보는 그의 다정한 눈빛…….

하나, 그는 절 차갑게 얼어붙은 눈으로 보았다. 그래도 괜찮았다. 그저 보고만 있어도 좋았다. 그렇게 생각했는데, 미련한 제 가슴은 여전히 헛된 꿈을 꾸는 모양이다.

'혼인하지 마.'

문득 그렇게 당당하게 꽃분이와 혼인하려던 운을 붙잡았던 자신이 떠올랐다. 그땐 참 당당하였는데. 오랜 세월이 흘러 나이 든 자신은 당당함은커녕 못나 있었다. 초라해져 있었다. 감히 그를 붙잡을 수 없을 만큼. 그래서 좀 슬픈 것이었다.

"그래, 참으로 잘 된 게지. 솔직히 그의 나이라면 아이도 여럿 두었을……."

아이라…….

가현의 의식이 그와 아름답던 허여소 사이에서 태어날 아이까지 상상했다. 가현의 메마른 입술 끝이 빙긋 올라갔다.

"참으로 어여쁘겠다."

그녀의 눈빛이 알 수 없는 서글픔으로 가라앉았다.

"그래, 참으로 어여쁘겠구나. 운이 네 아이이니. 분명 예쁠 것이야."

* * *

운이 혼인하든 안 하든. 가현의 노동은 계속되었다. 그날 이후, 직접적으로 해를 가하는 것은 없었지만, 이렇게 가끔 막무가내인 요구가 들어올 때가 있었다.

"개울 건너면 작은 언덕이 있을 거야. 그 길로 쭉 따라가면 약수를 기르는 곳이 있을 거다."

"갑자기 약수는 왜……."

"왜긴 왜야! 그야 물이 다 떨어졌으니까, 그렇지!"

물이 다 떨어졌다니. 그러면 저것은 물이 아니고 다른 것일까. 가현이 조금 지친 얼굴로 짧게 한숨을 내뱉었다. 그러나 그녀의 말을 거부하지는 않았다. 고된 노동 탓인지 요즘 따라 무거운 몸에 괜한 언성까지 높이고 싶지 않았기 때문이었다.

"알았다."

결국 여노비에게서 빈 물통을 받아든 가현이 돌아서 대문을 나섰다. 그런 가현을 보며 여노비가 고소하다는 듯 웃다가 부엌으로 쌩하니 들어가 버렸다.

메이의 일도 그렇고, 훈련소로 보내진 동료들의 일도 그렇고. 더는 가현에게 큰 해를 끼칠 수 없었지만, 이렇게라도 하지 않으면 분한 것이 사라지지 않았다. 굴러들어온 돌이 박힌 돌을 빼낸다고. 소소와 주인님이 가현을 감싸고도는 것을 보면 열불이 터지지 않겠는가.

가현에게 해를 가한 것은 생각하지 않고, 자신들의 동료가 팔려 나가고, 훈련소로 쫓겨난 것은 모두 저 계집 때문이라고 여노비들은 하나같이 같은 생각을 했다.

가현은 그 길로 몸의 반만 한 물통을 들고 개울을 건너다가 그만 헛디뎌 차가운 물에 빠지기도 했다. 그래도 가현은 멈추지 않고 개울을 건너 여노비가 말한 대로 언덕에 올라섰다. 여노비의 말대로 중턱에 돌로 쌓인 곳이 보였다.

'이상해.'

몸이 너무 무겁고, 피곤했다.

아직 해가 지기 전이니 조금 쉬었다 가도 괜찮지 않을까…….

그렇게 생각하며 근처 바위에 주저앉은 가현이 우거진 숲 너머로 보이는 대호국의 정경을 멍하니 바라보았다.

대호국에 비하면 춘국은 아기자기했다. 몇 배에 달하는 수많은 사람과, 3층 높이의 빼곡한 건물, 그리고 웅장한 황궁까지. 그 모든 것들을 말없이 바라보던 가현의 생각은 어느새 불에 타오르던 춘국으로 이어졌다. 느리게 눈을 깜빡이던 가현은 사라지고 없는 자신의 나라를 떠올리다가 결국 잠에 빠지고 말았다.

"헉!"

순간 번쩍 눈이 뜨였다. 흐린 시야 앞엔 어두컴컴한 숲만 보였다. 음산한 분위기의 숲속에선 이따금 부엉이가 우는 소리가 울렸다.

저도 모르게 깜빡 잠이 들어 버렸다. 서둘러 일어선 가현이 빈 물통에 물을 가득 채우곤 언덕을 내려섰다. 올라올 때보다 더 무거웠지만, 시간을 지체할 수는 없었다. 안 그래도 낯선 곳인데, 어둡기까지 하니 두려웠다.

두 손으로 끙끙거리며 물통을 짊어지고 간신히 언덕을 내려온 가현은 어두컴컴해서 보이지 않는 돌다리를 당혹스럽게 바라보았다. 아까와 다르게 물길은 금방이라도 자신을 잡아먹을 것처럼 어둡고 깊어 보였다. 그 거친 물에 반쯤 잠긴 돌길을 망설이며 바라보던 가현이 용기를 내어 돌다리 위에 올라섰다. 최대한 조심히 건너보았지만, 역시나 역부족이었다.

"윽!"

풍덩!

반도 채 가지 못하고 미끄러졌고, 그만 사나운 바위틈에 팔뚝이 찢기고 말았다.

"하아."

통증이 느껴지지는 않는 것인지. 가현은 망연자실하게 둥둥 떠 내려가는 물통만 바라보았다. 얼마나 힘겹게 떠 온 것인데…….

이대로 또 올라가서 물을 길어 오기엔 무서웠다. 우선 집으로 돌아간 다음 새벽같이 일어나 다시 와야겠다고 생각했다. 빈 물통이라도 구해야겠다 싶어 서둘러 일어서려는데, 누군가 물길을 헤치고 와 물통을 집어 들었다.

"하, 고작."

"……운이구나."

전보다 어두운 탓에 분간이 가질 않아, 조금 경계하고 있던 가현은 단번에 그의 목소리를 알아듣고 표정을 누그러뜨렸다. 운은 그것이 마음에 들지 않은 것인지, 살벌한 얼굴로 가현에게 다가섰다.

"도대체 여기서 뭘 하는 겁니까."

"아, 그것이 그만 깜빡 졸아서……."

말을 더는 잇지 못한 가현이 그의 눈치를 살폈다. 그는 어처구니가 없다는 듯 가현을 노려보았다. 운의 이마는 식은땀으로 살짝 젖어 있었다. 가파르게 올랐다가 내려가는 그의 가슴팍을 보아 급하게 뛰어온 듯했다.

하나, 말했듯 눈앞이 보이지 않을 정도로 어두웠고, 가현에겐 그의 얼굴조차 흐릿하기만 했다. 결국 화를 참지 못한 운이 언성을 높였다.

"정말이지 생각이라는 게……!"

그러다가 그의 시선에 뒤늦게 찢긴 팔뚝이 들어왔다. 말을 멈추고 팔뚝을 노려보던 운이 그대로 돌아서 걸어가 버렸다. 가현은 어쩔 줄 모르는 표정으로 서둘러 그를 따르다가 팔뚝에서 올라오는 미세한 통증에 저도 모르게 윽, 신음을 흘렸다. 가현의 신음에 잠시 멈칫하였지만, 운은 고집스럽게 돌아보지 않고 제 갈 길 갔다. 가현은 애써 통증을 삼키며 그를 뒤따랐다.

운은 집으로 들어설 때까지 말이 없었다. 살벌한 그의 기세에 가현은 아무 말도 못 하고 눈치만 살폈다. 그를 따라 대문 문턱을 넘던 가현은 들어가지 않고 마당에 나와 기다리고 있는 소소와 진명을 발견하곤 어색하게 웃음을 흘렸다.

"데리고 들어가."

가라앉은 목소리로 소소에게 명한 운이 쌩하니 안으로 들어가 버렸다. 슬쩍 가현을 살피며 한심하게 바라보던 진명도 돌아서 운을 따라 안으로 들어갔다.

"그 성질은 어디에다 두었습니까."

운의 뒷모습을 멍하니 바라보던 가현이 제 앞에 다가선 소소를 뒤늦게 돌아보았다. 소소는 엉망인 가현을 위아래로 훑으며 혀를 끌끌 찼다.

"아이들의 텃세에 적당히 넘어갈 융통성이 없으신 겝니까."

"그냥 그러고 싶지 않아서요."

후궁으로 들어간 이후, 가현은 10년 넘게 냉궁에서 이보다 더한 수모를 겪었다. 하지만 그 어떤 짓에도 가현은 표정 하나 변하지 않았고, 성을 내지도 그렇다고 그들을 벌하지 않았다. 가현의 그런 행동에 궁녀들은 나가떨어졌고 더는 괴롭히지 않았다.

"더는 재미없어지면 그만두겠지요."

세월 다 산 노인처럼 말하는 가현을 말없이 바라보던 소소는 그만 숙소로 들어가자는 말과 함께 안으로 들어섰다.

소소의 배려로 린린과 함께 방을 쓰게 된 가현은 조심히 문을 열고 안으로 들어섰다. 이미 깊은 잠에 빠진 사람처럼 벽을 보고 자는 린린을 깨우지 않기 위해 깨금발로 움직여 젖은 옷을 벗으려는데, 뒤에서 툭, 하니 까칠한 목소리 하나가 날아왔다.

"멍청한 계집."

린린은 퉁명스럽게 한마디 던지곤 더는 말이 없었다. 잠시 멈칫했던 가현은 아무렇지 않게 옷을 갈아입고 이불보 위에 몸을 뉘었다. 온몸이 천근만근이었다. 이대로 영영 눈을 뜨고 싶지 않을 만큼 피곤했다. 그러나 가현은 새벽부터 할 일이 많았다.

평소보다 조금 일찍 눈을 뜬 가현은 멍하니 천장을 올려다보았다.

'감모라도 든 것일까⋯⋯.'

어째 열도 있는 듯했고, 정신이 몽롱했다. 하지만 아무리 몸이 이상해도 일어나야 했다. 멍청하게 발을 헛디뎌 애써 가득 채운 물통을 버리지 않았던가.

억지로 몸을 일으킨 가현은 어제보다 더 무거운 몸을 이끌고 숙소를 벗어나다가 우뚝 멈추었다.

"아."

순간 가현의 눈가가 붉게 달아올랐다. 분명 제가 들었던 물통이 숙소 입구 앞에 버젓이 놓여 있었기 때문이었다. 그리고 그 안엔 맑은 물이 가득 차 있었다. 가현은 쪼그려 앉은 채로 한참을 그 물통을 애틋하게 바라보았다. 그리고 그 모습을 지켜보는 사람이 있었다.

운이었다.

벽 뒤에 몸을 숨긴 운은 쪼그려 앉아 내내 물통만 내려다보는 가현을 말없이 지켜보았다.

두어 번의 정리 이후에도 노비들의 텃세가 사라지지 않는다는 것을 잘 알았다. 하지만 그 이상 나설 수 없기에 지켜만 보았는데. 가현이 물을 길으러 가 저녁이 다 되도록 나타나지 않는 것이 아닌가.

가현이 돌아오지 않는다는 그 말에 심장이 철렁했다.

보고 따위 필요 없는데도 소소는 매번 고집스럽게 가현의 이야기를 들고 들어왔다. 오늘은 어땠고, 저 날은 저쨌고. 들은 척 안 하고 있었지만, 모두 귀담아들었다. 이따금 노비들에게 화가 나 모두 불러 모아 경고를 할까 했지만, 한편으로는 제가 왜 그래야 하는지 혼란스러웠다.

그래서 꾹 참고 있었는데, 가현이 보이지 않는단다.

그녀가 사라졌다. 그 사실에 운은 소소와 진명이 어떠한 표정으로 보는지 상관치 않고 가현을 찾으러 나섰다. 바보같이 개울에 또 빠진 그 모습에 불쑥 화가 치밀었다.

제게 부리던 고집은 어디로 가고. 아무것도 아닌 노비들에게 무방비하게 당한단 말인가. 차라리 들이박으면 들끓는 화가 사라질까. 이대로 있다간 분노를 가현에게 쏟아 낼 것 같아 입을 꾹 다물고 돌아섰다.

침실 안으로 들어서다가 문득 뒤늦게 제가 빈 물통을 들고 있다는 걸 깨달은 운은 한참을 그것을 죽일 듯이 노려보다가 결국 다시 나가 물을 길어 왔다. 그리고 지금, 운은 스스로가 한 행동에 당혹스러워하며 가현에게서 억지로 눈을 뗐다.

'뭔 머저리 같은 짓인지.'

뒷머리를 벽에 기댄 운이 허탈하게 웃었다.

* * *

다리가 저릴 때까지 물통 앞에 앉아 있는 가현에게 소소가 찾아왔다. 소소의 손에 이끌려 아침 식사 전에 잠깐 마당 후미진 곳으로 온 가현은 그녀의 투박한 손길에 치료를 받고 있었다. 뒤늦게 하품을 쩍 하며 나타난 린린은 제법 아파 보이는 상처에도 기분이 좋아 보이는 가현을 괴상하게 쳐다보았다.

"진짜 돌에 머리라도 찧은 거야? 너 지금 팔뚝이 쭉 찢어졌다고."

"뭐."

가현은 의뭉스레 답하며 웃었다. 미간을 찌푸리던 린린이 어느새 고약을 다 바르고 꼼꼼하게 붕대까지 감아 주는 소소에게 심각하게 말했다.

"아무래도 머리도 살펴봐야 할 거 같은데요?"

"쓸데없는 소리 그만하고 넌 저거나 들고 부엌으로 가렴."

"예?"

소소의 눈짓을 따라 이동해 보니, 물이 가득 찬 물통 하나가 보였다.

"그래도 물은 안 엎지르고 잘 길러 왔나 보네."

분명 비꼰 것인데. 가현이 다시금 실실 웃었다. 린린은 정말 심 각하게 고민했다. 가현이 미친 게 아닌가 말이다.

"어서 안 가고 뭐 하니."

소소의 말이 아니었다면, 린린은 가현을 붙들고 이것저것 캐물 어 보았을 것이다. 정상인지 아닌지 확인하기 위해서. 억지로 발걸 음을 뗀 린린은 서둘러 물통을 짊어지고 사라졌다.

"당분간 물이 닿지 않도록 조심해야 할 겝니다. 어째 날이 갈수 록 상처가 늘어나는군요."

마음에 들지 않는다는 듯 혀를 끌끌 대며 소소 역시 사라졌다. 조금 가벼워진 몸이 된 가현도 하루를 시작하기 위해 서둘러 그들 을 뒤따랐다.

* * *

아침을 먹고 난 뒤, 마루에 기름칠하고, 운이 기거하는 건물을 청소하느라 시간이 정신없이 흘러갔다. 냉궁에 갇혀 있을 땐 시간 이 너무 느리게 흘렀다. 옷 하나, 먹는 것 하나 마음대로 하지 못 하던 그곳의 생활은 숨이 막혔다. 이곳의 생활은 몸은 불편했지만, 시간이 빨리 지나가 좋았다. 무엇보다 살아 있는 운을 볼 수 있기 에 그것만으로도 괜찮았다.

하지만 이 생활이 그리 길지만은 않을 것이라는 걸 알았다. 그 가 정말 혼인을 할 때가 되면 떠나야겠다는 생각이 들었다. 자신을 위해서가 아니라 그를 위해서. 부디 그 이전에 그의 속내에 감추고 있는 이야기를 들을 수 있길 바랐다.

"자, 받아."

멍하니 턱에 걸터앉아 하늘을 올려다보는데, 린린이 노비들에게 내준 간식거리를 들고 와 하나를 건넸다. 손만 한 만두였다. 만두를 집어 던지듯 가현에게 건넨 린린이 조금 떨어진 곳에 주저앉았다. 그리고는 무심히 손에 든 만두를 한입 베어 물었다.

린린을 따라 가현도 만두를 조금 베어 물었다. 고소하고 짭짤한 고기와 야채들이 한데 어우러진 만두는 대호국에서 처음 맛보는 것이었다. 다른 건 입에 잘 맞지 않았지만, 이것만은 꽤 잘 먹었던 가현은 이상하게 비릿한 맛에 그만 먹는 걸 그만두었다.

"왜, 맛이 이상해?"

린린이 갑자기 먹다 말고 만두를 살피는 가현을 의아하게 보았다.

"아니, 좀 비린 것 같아서."

"그래? 난 아무렇지 않은데. 뭐가 다른가?"

손을 뻗어 가현의 손에 들린 만두를 낚아챈 린린은 입이 닿지 않은 곳을 한입 깨물었다. 조금 전 제 배 속으로 들어간 것과 별반 다르지 않았다. 언제는 잘 먹더니, 갑자기 먹기 싫은 건가.

"먹기 싫으면 내가 먹는다."

"응."

결국 그 만두는 린린의 배 속으로 들어갔다.

"야, 너 말이야."

배를 두드리며 소화를 시키던 린린이 슬쩍 가현을 불렀다. 새파란 하늘을 멍하니 바라보고 있던 가현이 린린을 돌아보았다.

"주인님이랑 전부터 알았던……, 뭐, 그런 거야?"

린린의 목소리는 매우 조심스러웠다. 가현은 그저 웃었다.

"알기는 무슨……."

이곳 사람들은 운이 춘국에서 어떤 신분으로 살았는지 모르는듯
했다. 그래서 가현은 린린의 말에 그저 모른 척했다.

"이상하잖아. 원래 주인님은 노비들의 일에 관심도 두지 않으셨
는데, 네 일은 앞장서시고. 게다가 당연하다는 듯 존칭까지 쓰고."

포기하지 않고 캐묻는 린린의 말에 가현이 애써 부연 설명했다.

"지금은 이 꼴이지만 어쨌든 한 나라의 후궁이 아니었더냐. 그
냥……. 그래서 예우를 해 주려는 것이지 별것 없다. 내게 관심 없
던 네가 별걸 다 묻는구나."

"그, 그냥 궁금하니까 그렇지!"

"갑자기 내게 관심이라도 생긴 모양이구나?"

"아니거든?"

화들짝 놀란 린린이 뛰어내리듯 턱에서 내려왔다.

"관심은 무슨!"

그리고는 괜스레 성을 내곤 홱 하니 가 버렸다. 홀로 남은 가현은
오히려 당혹스러운 표정으로 린린을 바라보았다. 갑자기 화를 내고
가 버리는 린린에게 당황해하던 가현이 뒤늦게 그녀를 뒤따랐다.

* * *

정무를 보다가도, 진명과 함께 차를 마시다가도 운의 시선은 이

따금 창 너머로 아래로 지나다니는 가현에게로 향했다. 가느다란 몸 선이 그대로 드러나는 옅은 분홍색 옷이 그녀의 움직임을 따라 흔들렸다. 창가에 죽 뻗은 나뭇가지 위에 아슬아슬하게 피어 있는 매화꽃처럼 여렸다.

금방이라도 무너질 것처럼 가녀려 보이는 것과 다르게 가현은 강단 있게 제 머리 위에 올린 소쿠리를 들고 씩씩하게 저편 건물 뒤로 사라졌다. 가현이 건물 뒤편으로 사라질 때까지 눈으로 좇던 운의 시선이 미세하게 가라앉았다.

그 지옥 끝에서 살아남아 가장 먼저 하려고 했던 일은 가현을 데려와 저처럼 망가뜨리고 죽이는 것이었다. 그런데 죽이기는커녕 그 날 이후부터는 손조차 닿지 못했다. 폐하의 명에 따라 허가의 여인과 혼인까지 마음먹었으면서도 자신의 시선은 저절로 가현에게로 향했다.

자신은 도대체 저 여자를 어찌하고 싶은 것일까……. 끝도 없이 들끓는 마음은 물론이고, 손끝이 저린 감각 또한 여전했다. 어쩌면 더 심해진 것 같았다. 그러나 운은 아무것도 하지 않을 작정이었다. 가현에게로 흐르는 시선도, 마음도 모두 끊어 내 버리듯 창가에서 돌아섰다.

* * *

탁!

가볍게 날아오른 운이 밤하늘을 반으로 쪼개듯 검을 날렸다.

달빛에 부딪힌 날카로운 칼날이 일순간 번쩍였다. 공중으로 날아올라 검을 휘날리던 운이 가볍게 착지했다. 결국 밤늦도록 아무것도 손에 잡히지 않을 정도로 어딘가에 넋을 놓고 있던 운은 머릿속을 정돈하기 위해 검을 들고 밖을 나왔다.

그러나 온 신경이 엉뚱한 곳으로 가 있는 탓인지 검술조차 도움이 되지 않았다. 무성의하게 땀에 젖은 이마를 닦아 낸 운이 결국 수련을 멈추고 돌아서려 했다.

"컥!"

그러나 얼마 가지 못하고 주저앉고 말았다. 또다. 또 그 빌어먹을 통증이 심장을 짓이기기 시작했다. 쿵쿵쿵. 빠르게 뛰는 심장 부근을 부여잡은 운이 이를 악물며 신음을 토해 내었다. 지긋지긋한 통증이었다.

"크흑!"

점점 더 갈수록 심해지는 통증에 운의 손에서 검이 툭, 하고 떨어져 내렸다.

* * *

새벽부터 자정까지 일해 몸이 피곤한데도 정신은 선명했다.

어서 잠자리에 들어야 내일 또 일할 것인데. 이상하게 잠을 잘 수가 없었다. 속도 체한 것처럼 답답했고, 메슥거리기까지 했다. 뒤척이다가 결국 자리에서 일어선 가현은 제 옆에서 곯아떨어져 있는 린린을 잠시 살폈다. 아무래도 찬물이라도 마셔야겠다 싶어 자리에서 일어난 가현이 조심스럽게 문을 열고 숙소를 빠져나갔다.

홍등마저 꺼진 밖은 어두컴컴해 을씨년스러운 분위기를 내었다. 밖으로 나오자마자 코끝을 스치고 지나치는 찬바람에 메슥거렸던 속이 그나마 가라앉는 듯했다. 그래도 찬물을 마시고 싶었기에, 종종걸음으로 부엌으로 향하는데, 저쪽에서 낯설면서 익숙한 소리가 흘러들어왔다. 결국 걸음을 멈춘 가현이 가던 길을 돌아 소리가 나는 곳으로 향했다.

"운아!"

그때와 같은 모습으로 핏발 선 눈을 하고 바닥에 엎어져 있는 운을 발견한 가현이 서둘러 뛰어가 그를 붙들었다.

"정신 차려 보아라! 운아!"

"야…….."

가현의 품에 안긴 운이 안간힘을 쓰며 가현의 팔을 붙들었다. 그녀의 팔을 붙드는 운의 손이 심하게 흔들리고 있어서 저절로 그녀에게까지 닿았다.

"약을……."

"약? 약이 있는 것이야?"

운의 입술에 귀를 갖다 댄 가현이 서둘러 물었다.

"침대 옆 서……."

침대 옆에 작은 서랍 하나가 있는 것을 기억해 낸 가현이 운을 바닥에 내려놓고 자리에서 일어섰다.

"내 금방 돌아오마!"

운을 홀로 버리고 가는 것이 마음에 걸렸으나, 운이 찾는 약이 우선이었다. 가현은 안간힘을 쓰며 뛰어갔다. 멀어지는 가현을 흐린 눈으로 바라보던 운이 결국 혼미해지는 정신을 붙들지 못하고 눈을 감았다.

* * *

초조한 기색이 역력한 표정으로 온갖 잡동사니를 다 꺼내던 가현은 서랍 깊숙한 곳에 든 주머니 하나를 발견하곤 그것을 얼른 집어 들었다. 약이 맞는지 확인하기 위해 주머니 끈을 풀고 그 안에 든 것을 탈탈 털던 그때, 작은 것 하나가 손바닥 위에 툭, 하고 떨어졌다.

"이게 어찌……."

투박하나 맑은 옥빛의 반지는 결코 잊지 못하는 것이었다. 그 반지가 운이 매일 목에 걸고 다니던 어머니의 유품과 함께 걸려 있었다. 어쩌면 바보같이 잃어버려서, 그래서 더 잊지 못했을지도 모르겠다.

그날, 입궁하던 날이 떠올랐다. 운을 떠나보내고 난 뒤 반지마저 잃어버린 걸 알고는 유모에게 일러 찾아 달라고 부탁했다. 그러나 찾지 못했고, 그 일은 여전히 가슴에 남아 있었다. 그런데…… 이것을 운이 들고 있었다. 그것도 그가 목숨처럼 여기는 어머니의 유품과 나란히.

떨리는 눈으로 반지를 내려다보던 가현은 뒤늦게 운을 떠올리곤 반지를 다시 주머니에 넣어놓았다. 그러곤 좀 더 깊숙한 곳에 있는 작은 상자를 발견하곤 약이 든 것을 확인했다. 주머니는 다시 서랍 안에 넣어 둔 뒤 자리에서 일어선 가현이 운에게로 향했다.

냉기가 흘러나오는 맨바닥에 누워 있는 운의 숨결은 아슬아슬했다. 그에게 다가가 주저앉듯 앉은 가현이 운의 머리를 제 허벅지 위에 올렸다. 그러곤 운의 입을 벌려 갖고 온 약을 먹였다. 정신을 반쯤 잃은 운은 제대로 약을 먹지 못했다.

어찌해야…….

망설이던 가현이 결국 허리를 숙여 입술을 갖다 대었다. 그러곤 그의 입 안에 혀를 집어넣어 환약이 목구멍을 타고 넘어가도록 밀었다.

제발, 넘겨야 한다.

운아…….

그때였다. 목울대가 크게 움직이더니, 약이 안으로 넘어갔다. 약이 넘어간 걸 확인한 가현은 천천히 입술을 떼며 숙이고 있던 허리를 세웠다. 약효가 생기기까지 시간이 걸리는 것인지. 운은 정신을 차리지 못했다. 땀으로 흠뻑 젖은 운이 혹여나 찬바람에 감모가 들까 걱정이 되었던 가현은 그를 꼭 끌어안은 채 깨어나기를 기다렸다.

* * *

혼미해지는 정신 끝엔 항상 반복되는 게 있었다.

'널 버렸어, 가현 아가씨가.'

그러나 이상하게도 오늘만큼은 다른 것을 본 것만 같다.

가슴이 몽글거리고, 애틋한 무언가를 본 듯한데…….

망가져 버린 머리는 그것이 무엇인지 보여 주지 않았다. 천천히 눈꺼풀을 들어 올린 운은 흐릿한 시야 사이로 보이는 가현의 잠든 모습을 멍하니 바라보았다.

'꿈인가.'

제 얼굴 위에서 꾸벅꾸벅 조는 가현을 멍하니 올려다보던 운이 저도 모르게 손을 들어 그녀의 볼에 갖다 대었다. 순간 그의 손끝이 움찔거렸다. 손끝에서 만져지는 생생한 감각에 운의 눈빛이 흔들렸다.

그제야 제가 가현의 허벅지 위에 누워 있었다는 걸 깨달은 운이 가현을 피해 자리에서 일어났다. 가현은 여전히 그 상태로 앉아 꾸벅꾸벅 졸았다. 그대로 돌아서 걸어가던 운은 결국 짧게 한숨을 내뱉으며 걸음을 멈추었다. 그러곤 돌아서 가현을 조심스럽게 안아 들었다.

무슨 잠을 그리 깊게 자는 것인지. 운은 자연스럽게 자신의 가슴에 얼굴을 묻은 채로 새근거리는 가현을 복잡한 눈으로 내려 보았다.

이윽고 가현을 안은 채로 자신의 침실 안으로 들어선 운은 도둑이 들어온 것처럼 어질러져 있는 안에 멈추었다.

당혹스럽게 서랍 주위로 어질러져 있는 것들을 바라보던 운의 눈에 뚜껑이 활짝 열린 약 상자가 들어왔다. 그러나 운의 시선은 약 상자에 향해 있지 않았다. 그는 분주하게 서랍 속에 든 주머니부터 눈으로 확인했다. 제가 둔 대로 놓여 있는 주머니를 확인한 운이 조금 누그러진 얼굴로 제 품에서 곤히 자고 있는 가현을 내려다보았다.

"하."

그의 입에서 알 수 없는 한숨이 새어 나왔다. 운이 조금씩 저릿해지는 팔에 침대로 걸어가 가현을 내려 주었다. 그 상황에도 가현은 깨지 않았다.

서툰 몸으로 분주하게 움직이며 일을 하니, 이리 깊이 자는 것이겠지. 수많은 감정이 그의 눈빛에 스쳐 지나갔다. 그 혼란 속에서 말없이 가현을 내려다보던 운이 한참 만에 돌아서 나가려다가 결국 서랍 속에 든 주머니를 챙겨 품 안에 넣었다. 그러곤 가현이 깨기 전에 사라졌다.

* * *

밤낮없이 일만 하는 탓에 처음과 다르게 조금씩 잘 먹고는 했는데. 며칠 전부터 밥상 앞에 앉아 깨작거리기만 하던 가현을 유심히 보던 소소가 가현이 곧잘 먹던 반찬을 그녀의 앞에 밀어 주었다.

"그리 세어 밥이 제대로 넘어갑니까."

퍼뜩 고개를 든 가현이 뒤늦게 소소가 저를 보며 혀를 차고 있는 걸 보곤 어색하게 웃음을 흘렸다.

"영 입맛이 없어서……."

"입맛이 없어도 먹어야 합니다. 안 그래도 비쩍 말라 일하는데 걸리적거리지 않습니까."

저렇게 가현에게 쌀쌀맞게 이야기하면서도, 귀신같이 잘 먹는 반찬을 밀어 주는 소소의 마음을 도통 이해할 수 없다는 듯 보던 린린이 고개를 절레절레 흔들었다. 그러곤 제 앞에 산처럼 쌓인 밥을 크게 퍼 입 안으로 집어넣고 우적우적 씹었다. 그러면서 얄밉게도 소소가 가현에게 밀어 준 고기반찬을 크게 집어 제 입 안으로 집어넣었다.

"음, 맛있다."

린린을 향해 매섭게 눈을 치뜨던 소소가 어처구니없다는 듯 웃고 말았다. 그러곤 이만 자리에서 일어나 멀어졌다. 소소와 마찬가지로 아침을 마친 노비들이 하나둘 일어났다. 빈자리가 하나둘씩 생겨나자 마음이 급해진 가현이 억지로 밥을 욱여넣었다. 그러다가 그만 사레들리고 말았다.

"하여간 어지간히 지랄 맞다니까."

쯧쯧 혀를 찬 린린이 투박한 손길로 가현의 등을 두드려 주었다. 연신 콜록거리던 가현이 어설프게 웃으며 뒤이어 린린이 건네준 물 잔을 받아 마셨다.

"그만 일어나야겠다."

결국 소소의 노력이 무색하게 가현은 반도 채 먹지 못하고 밥을 남겼다.

"저, 있잖아."

자신이 먹은 밥그릇과 수저를 들고 일어서는 가현을 망설이듯 바라보던 린린이 그녀를 붙들었다.

"무슨 할 말이라도 있는 거야?"

갑작스러운 린린의 행동에 가현이 의아하게 쳐다보았다. 가현의 눈치를 살살 살피던 린린이 슬쩍 입을 열었다.

"너, 이따가 나랑 같이 장 구경 안 갈래?"

"장 구경?"

"그래. 뭐 장신구도 팔고. 먹을 것도 있고. 그런데 딱히 볼 것은 없고."

가자는 건지. 말자는 건지. 헷갈리게 말하는 린린이었지만.

춘국에 있을 적에도 거의 하지 못했던 구경이었기에, 가현은 선뜻 그렇게 하겠다고 대답했다. 가현의 말에 린린이 괜스레 퉁명스레 답하곤 쌩하니 멀어졌다.

"뭐, 그럼 이따가 대문 앞에서 보자고."

가현은 어째 조금 가까워진 듯한 린린을 뒤따르며 작게 웃었다.

* * *

운은 품에 넣어 놨던 주머니를 꺼내 들었다.

목줄에 끼어 있는 반지 중 쌍가락지는 대호국으로 건너오고 난 직후에 깨어났을 때부터 제가 쥐고 있던 것이었다. 그때까지 아무 것도 기억하지 못했던 운은 손바닥을 파고들기 직전인 쌍가락지를 보곤 직전의 기억하나를 떠올렸다.

'널 버렸어, 가현 아가씨가.'

머릿속에 안개가 찬 것처럼 명확하게 기억에 남는 것은 없었으나. 드문드문 곱게 머리를 땋아 내린 어떠한 여인의 모습과 외면하듯 저를 피해 버리는 모습. 그리고 그런 그를 향해 비웃던 목소리 하나뿐이었다.

모든 것들이 조각조각 흩어져 있어도 알 수 있는 건, 가현이라는 여인에 의해 버려져 이곳 대호국까지 끌려왔다는 것이었다. 머릿속은 온통 검은 안개가 낀 것처럼 몽롱했고, 처음엔 제 이름조차 기억하지 못했다. 그러다가 어느 날 가현이라는 이름과 그녀가 자신을 버렸다는 목소리 하나가 머릿속에 울렸다.

알 수 없는 울분이 이것 때문이었나. 그 가현이라는 여인이 울분의 이유였나.

그렇게 끔찍하게 고통스러운 이유가 그녀 때문이었던가…….

수없이 많은 생각이 이어지다가 반지를 보았고, 그 반지를 손에 쥐자 미친 듯이 분노가 끓어올랐다.

몸이 감당할 수 없을 정도의 혹독한 일과 그곳에서의 학대를 견뎌 낸 것도 그 원망 때문이었다. 저를 버린 가현 때문에 대호국에서 끔찍한 일을 겪었으나, 가현 때문에 아직 살아 있는 것이었다. 손에 든 목줄을 공중으로 들어 올렸다. 눈앞에서 달랑거리고 있는 반지들을 물끄러미 보는데, 누군가 문을 두드렸다. 소소였다.

품 안에 다시 반지를 집어넣은 운이 소소를 집무실 안으로 들였다. 안으로 들어온 소소의 손에는 운을 위해 준비한 국화차와 간식거리가 들려 있었다. 운이 집무실에 있을 땐 이렇게 소소가 들어와 차와 과자, 떡과 같은 간식거리를 주었다. 거의 먹지 않음에도 고집스럽게 말이다.

오늘도 역시나 운은 과자엔 손도 대지 않고 찻잔을 집어 들었다.

그 뒤로 활짝 열린 창가 너머엔 가지에서 떨어져 내린 꽃잎들이 바람에 흩날렸다. 혹독한 추위를 견뎌낸 매화꽃은 어느새 흐드러지게 피어 있었다.

하지만 대호국은 봄마저도 서늘했고, 창가를 타고 흘러들어오는 바람은 여전히 찼다. 원체 몸에 열이 많은 운은 차가운 바람에 익숙한지 바람이 제 얼굴과 머리카락을 건드려도 눈 하나 꿈쩍하지 않았다.

그래도 감모가 드니 창문을 닫으라고 그렇게 일렀지만.

운은 참으로 고집스러운 사내였다.

'가현 그 여인과 별반 다르지 않은 고집일지도.'

속으로 혀를 찬 소소가 물러서려다가 툭 한마디 내뱉었다.

"가현 그분께서 요즘 통 먹질 못합니다."

소소의 입에서 흘러나온 이름에 찻잔을 입에 갖다 대던 운의 손이 잠시 멈칫했다. 한참 만에 시선을 들어 올린 운이 차갑게 되물었다. 평소와는 다르게 거친 반응이었다.

"통 먹질 못하는 노비의 개인적인 사정 이야기가 내가 들어야 할 중한 보고인가?"

"그냥 그렇다는 말입니다."

소소는 물러서지 않고 투박하게 제 할 말을 끝내곤 느린 걸음으로 집무실 밖을 나섰다. 홀로 남은 운은 짜증스레 손에 들린 찻잔을 탁, 내려놓았다. 그의 거친 손길에 도자기 잔 안에 들어 있던 찻물이 출렁이다가 기어코 새어 흘러나와 손등과 주위를 적셨다.

찻물이 뚝뚝 떨어지는 손을 아무렇게나 닦아 버리고 창밖으로 눈을 돌린 운은 애먼 꽃만 노려보았다. 그의 날 선 시선 때문인지. 아니면 찬 기운이 가득한 바람 때문인지. 아슬아슬하게 가지에 매달려 있던 매화꽃이 기어코 떨어져 내렸다.

고작 꽃 하나 떨어진 것뿐인데. 심장이 철렁했다. 철렁거리는 심장에 물이든 듯 그의 눈빛도 크게 흔들렸다. 꽃잎이 떨어지고 남은 빈 가지는 가슴이 저릿할 정도로 쓸쓸해 보였다. 시선을 돌리지 못할 정도로. 그래서 운은 진명이 저를 부르러 올 때까지 시선 하나 돌리지 못하고 빈 가지만 바라보았다.

* * *

장이 열리긴 열린 모양이지.

린린 외에도 여노비들 대부분이 오늘만큼은 한껏 꾸미고 거리로 나섰다. 가현의 창백한 안색은 신이 난 아이처럼 조금 상기되어 있었다. 무엇이 그리도 재미난 지. 고개를 옆으로 돌렸다가 앞으로 돌렸다가. 다시 옆으로 돌렸다가 뒤로 돌렸다가 정신없이 구는 가현에게 타박을 놓은 린린이 가현과 함께 인파 사이를 지났다.

"잠깐."

가현의 눈에 무언가가 담겼다.

"잠깐 들러 보았으면 싶은데."

가현의 말에 린린의 시선도 가판대로 향했다. 구경하는 사람들 사이로 보이는 것은 온갖 색으로 꾸며진 탈이었다. 고민하던 린린은 가현의 쓸쓸한 눈빛에 결국 고개를 끄덕였다.

"그러든가."

린린의 허락이 떨어지기도 전에 가현은 이미 걸음을 틀어 가판대 앞으로 갔다.

"뭐 별 특별한 것도 없구만."

뒤따라온 린린은 툴툴거리며 가판대에 늘어진 탈을 살피다가 따가운 상인의 시선에 괜스레 크흠, 헛기침하며 고개를 돌렸다.

하나, 린린의 말대로 가판대 위에 잔뜩 늘어져 있는 탈은 그다지 특별한 것이 아니었다. 대호국뿐만 아니라, 춘국, 바다 건너 해상국에서도 파는 흔한 탈이었다. 그런데도 가현은 뭐가 그렇게 신기한지. 탈을 빤히 내려다보았다. 그러다가 하나를 집어 들었다.

"고운 얼굴 따라가는구려. 각시탈은 대호국에서 보기 힘들다오."

가현이 손에 든 탈은 춘국의 것과 조금 달랐으나, 각시탈이었다. 무언가를 그리듯 손에 든 탈을 조심스럽게 쓸어내리던 가현은 저를 이상하게 쳐다보고 있는 린린을 뒤늦게 발견하곤 희미하게 입매를 늘였다.

"내가 가장 싫어하는 것이 각시탈이다."

"싫은데 왜 집었어?"

황당하게 쳐다보는 린린의 표정에 가현이 자잘하게 웃음을 터뜨렸다.

"그냥 잊고 있던 기억이 떠올라서. 그래서 손이 저절로 갔지."

10년이나 더 지난 장면이 한순간의 영화처럼 눈앞에서 그려졌다. 신명 나는 음악과 함께 둥글게 도는 사람들. 그 틈을 비집고 나타난 운.

서로에게로 향해 있던 숨결과 애틋한 시선. 맞닿은 손까지. 모든 것들이 선명하게 되살아났다.

'지금입니다.'

그가 제 손을 놓던 그 순간을 가현은 후회했다. 다시 그때로 되돌아간다면, 가현은 저를 놓으려는 운의 손을 잡을 것이다. 아니, 어쩌면 좀 더 과거로 가고 싶다. 하지만 그때로 되돌아갈 수는 없겠지. 가현은 손에 들고 있던 탈을 내려놓았다.

"이만 가자꾸나."

그러곤 돌아서 먼저 걸어갔다. 또 다른 장이 열린 곳으로 간 두 사람은 본격적으로 구경하기 시작했다. 10년의 세월을 홀로 냉궁에 틀어박혀 있었던 가현은 작은 것 하나에도 신이 난 얼굴로 돌아다녔다. 다리가 퉁퉁 부을 때까지.

반대편 거리와는 다르게 음식 냄새가 가득했다. 모락모락 김이 피어오르는 찐만두, 색색의 과자, 꿀로 절인 과일 꼬치. 단 한 번도 보지 못한 진귀한 음식들이 양쪽으로 길게 늘어진 가판대를 가득 채우고 있었다.

아침을 적게 먹어서 그런가. 엄마 손을 붙잡은 채 꿀에 절인 과일 꼬치를 한입 깨어 물며 지나치는 아이를 가현이 부럽다는 듯 쳐다보았다. 아이의 뒤를 쫓던 가현의 시선이 옮겨진 건 그때였다. 상인들로 보이는 사람들이 수레를 가득 채운 짐을 내리고 있었다. 그리고 그 앞에선 붉은색의 서책과 작은 붓을 들고 무언가를 적으며 물건을 살피는 사내가 있었다.

"도령……?"

화려한 붉은색 도포와 금테만 빼면 영락없는 최가 도령이었다. 없던 수염이 생기고, 10년 전보다 나이 들어 있었지만 분명 그였다. 믿어지지 않는 눈을 하고 멍하니 서서 그를 보고 있는데, 손에 든 장부를 보며 장정들에게 무언가를 이르던 그가 어쩐지 따가운 시선에 고개를 돌렸다. 그의 눈이 순간 커졌다.

"……가현?"

정신없는 주위의 소리에도 선명하게 들리는 최가 도령의 목소리에 가현이 눈물진 눈을 하고 천천히 고개를 끄덕였다. 믿을 수 없는 눈을 하고 가현을 바라보던 최가 도령이 손에 든 붓과 장부를 떨어트렸다.

흙바닥에 구르는 붓과 장부를 짓밟은 최가 도령이 한 걸음 또 한 걸음 앞으로 나왔다. 이윽고 가현이 사라질까 두려운지 뛰듯 다가온 최가 도령이 떨리는 손을 들어 올렸다. 그러곤 한층 마른 가현의 볼을 조심스럽게 감쌌다.

"어, 어떻게 가현이 네가 살아 있는 거야."

자신의 부모는 물론 춘국인의 대다수가 대호국의 검에 목숨을 잃었다고 들었다. 부모의 죽음 소식도 가슴이 찢어질 듯했으나, 생명이 꺼진 눈으로 제게 잘 가라고 인사를 하던 가현이 떠올라 몇 달을 일도 하지 못하고 지냈었다. 그런데 어째서 가현이 먼 대호국에 와 있는 것일까.

"꿈이 아니지? 제발 그렇다고 말해 줘."

"나 또한 네가 꿈만 같구나."

가현의 물기 어린 웃음소리에 참지 못한 그가 그녀를 끌어안았다. 잠시 가현을 두고 요깃거리 할 것을 찾다 돌아오던 린린은 낯선 사내에게 안겨 울고 있는 가현을 보곤 놀라 눈을 휘둥그레 떴다. 대낮에 그것도 길 한복판에서 끌어안고 있는 두 사람을 당혹스럽게 보는 사람들 많았다. 그러나 가현과 최가 도령은 오로지 서로에게만 집중했다.

"이러다가 숨이 막혀 제 명에 못 살겠구나."

품 안에 든 가현이 사라질까 두려웠는지, 힘주어 안고 있던 최가 도령이 뒤늦게 정신을 차리곤 가현을 놓아주었다.

"도대체 어떻게 된 거야, 응? 어찌 살아 있는 게야. 어떻게 네가 대호국에 와 있는 건데!"

그렇다고 완전히 놓아준 것은 아니었다. 가현의 양어깨를 붙든 최가 도령이 빠르게 말을 쏟아 냈다. 화려한 복색도, 어울리지 않는 금테 외알 안경도 모두 그때와 다른 낯선 느낌이었지만, 그는 여전히 말 많고 정신없는 최가 도령이었다. 그는 10년 전 기억 속 그대로여서 가현은 그만 참지 못하고 울음을 터뜨리고 말았다.

"살아 있으니 살아 있는 게지!"

아이처럼 우는 가현의 갑작스러운 눈물에 놀란 최가 도령이 그녀의 등을 두드려 주며 달래 주려고 애썼다.

"어찌 우는 것이야. 아무것도 묻지 않을 테니 그리 울지 마. 응?"

또다시 그에게 안겨, 그의 값비싼 옷이 젖을 때까지 울던 가현은 훌쩍거리며 괜스레 툴툴거렸다.

"빌어먹을 놈. 멀쩡하게 살아 있으면서 연락 한번 없었다니."

"철통같이 지키고 있다는데. 내가 뭘…….."

가현이 냉궁에 갇혔다는 걸 알고 있었던 최가 도령은 순간적으로 튀어나오려던 말에 서둘러 다른 말로 채웠다.

"그래 미안하다. 내가 죽을죄를 지었다."

"그래, 죽을죄를 지었느니."

그가 무슨 말을 하려고 했는지 알았지만, 가현 역시 알은 채 하지 않았다.

"대신 저것 하나 사 주든가."

그러곤 대뜸 과일 꼬치를 가리키는 가현의 행동에 최가 도령이 그만 웃음을 터뜨렸다. 속이 상할 정도로 말랐으나, 오래전 그 시절의 가현 같았다.

"내 100개라도 사 주마."

가현의 손을 잡은 그가 당당한 걸음으로 꼬치가 줄줄이 꽂힌 가판대로 가려는데, 린린이 그들을 불렀다.

"저…….."

뒤늦게 린린을 보게 된 최가 도령이 호기심 어린 눈으로 물었다.

"그쪽은 누구?"

가현과 같은 옷을 입고 있는 것으로 보아 어떤 소속이 되어 있는 것인가. 그렇게 가늠하고 있는데, 린린은 최가 도령을 무시하고 가현에게 말을 건넸다.

"해지기 전에 들어와. 늦었다간 소소 님께 불이 나도록 종아리를 맞을 테니까."

"같이 가지 않고."

가현의 말에 여전히 절 빤히 보고 있는 최가 도령을 곁눈질로 살핀 린린이 홱 고개를 돌려버렸다.

"됐어."

그리고는 한쪽 손을 휘휘 흔들곤 사람들 사이로 멀어졌다. 린린을 걱정스럽게 보던 가현은 최가 도령의 재촉에 돌아섰다. 꼬치가 잔뜩 꽂혀 있는 가판대 앞에 선 최가 도령은 가현을 향해 마음껏 먹으라는 듯 가슴을 내밀었다.

"마음껏 먹어도 된다. 내가 이래 봬도 꽤 큰 상단을 운영하고 있거든."

정말 먹고 싶긴 했는지. 금세 린린을 잊어버린 가현은 그의 말을 한 귀로 흘려들으며 과일 꼬치를 들고 한입 깨물었다. 달큼한 꿀과 상큼한 사과의 향내가 입 안을 가득 채우자, 조금 전까지 메슥거리던 속이 가라앉는 것 같았다.

괜히 한 소리인 줄 알았는데. 정신없이 먹어 대는 가현을 신기하게 바라보던 최가 도령이 하나를 더 가현에게 건넸다.

"그게 그렇게 맛있어?"

"맛있지 그럼."

아이처럼 입 안에 한가득 물고 웃는 가현의 맑은 웃음소리가 바람을 타고 주위에 울렸다.

'가현 그분께서 요즘 통 먹질 못합니다.'

내내 소소의 말을 신경 쓰던 운은 결국 황궁에 갔다 오는 길에 진명과 함께 장터에 들렀다. 그러곤 여인들이 즐겨 먹는 과일 꼬치를 사 돌아서는 길이었다. 웅성거리는 소리가 귓가에 울렸다. 아니, 그 사이로 희미하게 들리는 웃음소리에 운의 시선이 수많은 인파 사이로 향했다.

그 가운데 가현이 어떤 사내를 향해 맑게 웃고 있었다. 제 앞에서 보이던 죽은 얼굴과 다르게 활짝 핀 꽃 같았다. 숨이 쉬어지지 않을 정도로 어여쁜 미소를 어떤 사내에게 보여 주고 있었다.

우지끈, 운의 손힘에 못 이긴 꼬치 대가 부러졌다. 부러진 대의 가시가 기어코 그의 손바닥을 헤집고 붉은 피를 내었다. 가현에게 주려고 했던 꼬치를 바닥으로 그대로 내버린 운이 발로 짓이겨 버렸다. 그의 거센 발길질에 낭자 된 새빨간 사과의 잔해가 흙바닥에 뒤엉켜 나뒹굴었다.

"전하."

당혹스럽게 부르는 진명의 목소리가 들릴 때까지, 차갑게 일렁이는 눈으로 가현을 응시하던 운이 돌아섰다.

"그만 가자꾸나."

돌아선 운이 장터를 빠져나갔다. 뒤를 돌아 가현과 낯선 사내를 당혹스럽게 바라보던 진명이 서둘러 운을 뒤따랐다.

* * *

"뭐? 그럼……!"

말을 잇지 못한 최가 도령이 휘둥그레 뜬 눈을 하고 가현을 쳐다보았다.

"어, 어떻게 운이 그놈이 흑운왕이란 말이냐?"

흑운왕이라면 그 역시 익히 들어 알고 있었다. 지금 현재 황제의 가장 최측근이자, 수많은 전쟁에서 승전보를 세우는 무시무시한 괴물과도 같은 사내라고. 그에 대한 소문은 무성했으나, 어느 것도 확실한 것은 없었다.

황자의 난 시절, 현 황제의 눈에 들었다는 것 외에 흑운왕의 과거에 대해 아는 사람은 없었다. 그래서 어떤 이들은 그가 천한 신분이라고 떠들었고 어떤 이들은 숨겨진 황자일 수도 있다고 떠들었다. 사람들은 후자에 손을 들어 주었다. 황제가 즉위하자마자 그를 왕으로 봉했기 때문이었다.

게다가 지금 장안에 파다하게 퍼진 소문이 있었다. 바로 흑운왕과 허여소의 혼인 이야기. 허가에서 진귀한 보석들과 옷감을 사들이려는 것을 보면 그 이야기는 거짓이 아니었다.

"분명 전장으로 나갔다가 죽었다고 들었는데, 대호국 황제의 눈에 들기라도 했단 말이야?"

"······그것은 나도 모르지."

가현의 입가에 스치는 씁쓸한 미소에 최가 도령의 미간이 찌푸려졌다.

"그러고 보니 너."

언제나 마음 한쪽에 담아 두고 있던 첫정이자 친우 가현과 재회한 것에만 치중한 터라. 가현을 제대로 보지 못한 그는 빛바랜 듯한 그녀를 심각하게 쳐다보았다.

10년 동안 냉궁에 살았다지만, 춘국이 멸망되기 직전까지 들렸던 말에 따르면 가현은 그래도 살아가고 있다고 하였는데. 그것이 아니었나. 꽃처럼 아름답게 빛이 나던 가현은 어디로 가고, 한 손에 쥐면 사라질 것처럼 마른 팔목과 버석버석하고 뼈가 두드러지는 얼굴 하며 꼭 어딘가가 아픈 사람처럼 보였다.

"어디 아픈 것이야? 어?"

최가 도령이 황급히 손을 뻗어 가현의 얼굴을 쥐었다. 가현은 그를 흘기며 손을 쳐 냈다.

"아프긴. 그저 일이 많아서."

"일? 무슨 일? 운이 그놈이 흑운왕이라며. 그놈이 네게 그런 험한 일을 시킬 놈은 아니고. 무슨 다른 일을……."

그러고 보니 하나같이 이상했다. 그놈이 어찌 흑운왕의 자리에 있는지는 모르겠으나 가현이 있는데 혼인을 하다니. 게다가 저 옷은 뭐란 말인가. 꼭…….

"뭐가 어떻게 된 것이야."

최가 도령의 눈빛이 험악해지자, 가현은 저도 모르게 앞섶을 그러쥐며 회피하듯 웃었다.

"어떻게 되긴. 저승에 가서나 만날 줄 알았던 운과 만나 잘 지내고 있다."

"네 얼굴이 잘살고 있는 얼굴이라고? 금방이라도 길가에 쓰러져 황천길 건너도 이상하지 않을 얼굴이야!"

그의 성난 외침에 가현이 머쓱하게 웃으며 제 볼을 감싸 쥐었다.

"그리 상했니? 내 얼굴을 본 지 오래인지라……."

순간 가슴에 화가 일었으나 가현의 어색한 미소가 목에 메여 더는 화를 낼 수가 없었다.

"사, 상하긴! 너는 모르겠지만. 눈 높은 내가 품었던 첫정이 바로 가현이 너다. 여전히 고와."

화를 내던 얼굴은 어디로 가고. 다정한 눈빛으로 절 보며 아름답다고 말해 주는 최가 도령의 눈빛에 어쩐지 코가 시큰거렸다.

"곱긴 무슨……."

괜스레 옷자락을 만지작거리며 툴툴거리던 가현이 희미하게 웃었다.

"그래도 듣기는 좋네."

그런 가현을 눈에 담는 최가 도령의 눈빛은 일순간 가라앉았다가 원래의 다정한 눈빛으로 돌아왔다.

"네 귀에 딱지가 앉도록 이야기해 주마. 아름다운 우리 가현이. 꽃보다 고운 가현이."

"얼굴 화끈거리니 그만하고. 넌 어찌 지냈는지나 이야기해 주렴."

"나? 난 말이다. 저 먼 바다 건너에서 꽤나 큰 상단을……."

최가 도령도 가현도 속에 담긴 말은 하지 않고 그저 평범한 이야기를 주고받았다. 해가 지기 직전까지 이야기를 나누던 최가 도령은 되었다는 가현의 고집에도 나서서 그녀를 집까지 데려다주었다.

"가까이서 보니 으리으리하구나."

황제가 있는 궁만큼은 아니었으나 흑운왕의 이름답게 높은 담 너머로 보이는 3층 높이의 건물과 그 위를 덮고 있는 기와지붕의 위압감에 절로 고개가 수그러질 정도였다.

"……언제 다시 가?"

담 너머를 바라보며 연신 감탄사를 내뱉는 최가 도령을 빤히 보던 가현은 머뭇거리며 그에게 물었다. 가현의 조심스러운 물음에 최가 도령이 짓궂은 미소를 지으며 허리를 숙였다. 코앞까지 다가온 그의 얼굴에 가현이 피하려고 하자, 최가 도령이 가현의 어깨를 붙들며 씩 웃었다.

"왜, 오라버니 갈까 걱정돼?"

"오라버니는 무슨."

그의 능청스러운 대답에 가현이 눈을 흘겼다.

"그냥 언제 가나 묻는 거지."

말투는 까칠하면서도 그녀의 눈빛엔 걱정이 보였다.

"금방 돌아가?"

잘은 모르지만 그의 말에 따르면, 그는 운 좋게 일찍 해상국의 어느 상단주가 되었다고 했다. 그는 거의 매일을 바다 위에 살면서 온갖 나라를 돌아다니며 물건을 사고팔고 있다고 했다. 그 일로 대호국에 넘어온 것이었다.

"내 너에게 10년 전에 물었던가."

불안하게 흔들리는 가현을 말없이 응시하던 최가 도령이 한참 만에 입을 뗐다.

"다시 물을까."

손에서마저 느껴지는 앙상한 그녀의 어깨에 최가 도령의 눈빛이 한층 가라앉았다.

"나와 떠날래?"

9장

"……."

그때처럼 가현은 가지 않겠다고도, 그렇다고 가겠다고도 말하지 못했다. 그저 혼란스러운 눈을 하고 최가 도령을 보았다. 그렇게나 연모했던, 곁에서 지켜보기에 징글징글할 정도로 운을 좋아했던 가현이 제 말 한마디에 흔들리는 것을 보고 최가 도령은 확신했다.

가현과 운의 사이에 무언가가 있다는 것을.

그것을 알아내기 위해서라도 떠나지 못할 듯싶었다. 굳히고 있던 표정을 누그러뜨린 최가 도령이 희미하게 입매를 늘였다.

"아직 갈 날 멀었으니 그런 눈으로 보지 마라."

창백한 안색을 하고 최가 도령과 눈을 맞추고 있던 가현은 저도 모르게 참고 있던 숨을 내뱉으며 안도했다.

"그러면……."

"오랜만에 만났는데 이대로 갈 수는 없지. 네가 원한다면 안 떠나. 그리고 조금 전에 한 말도 진심이다, 가현아. 그리하겠다고 대답만 하면 된다."

"그만 멈추지그래."

가현의 대답을 기다리려는 그때였다. 언제부터 있었던 것인지, 어둠을 뚫고 누군가 걸어 나왔다. 어둠을 등지고 걸어오는 운의 등장에 가현의 눈이 순간 커졌다.

"운아."

미세하게 떨리는 가현의 부름에도 운은 답하지 않았다. 그저 성큼 걸어 나와 가현의 가느다란 허리를 끌어안았다. 순간 가현이 숨을 들이켰다. 허리를 파고드는 그의 손에 놀란 것이었다. 순식간에 제품에 들어온 가현을 바짝 끌어안은 운은 노골적으로 최가 도령을 비웃었다.

"그 질문은 나에게 해야 옳지 않겠소."

"네 놈이 무슨 상관이야! 당장 가현을 놓아주지 못하겠느냐!"

굳어 있던 최가 도령이 뒤늦게 정신을 차리곤 버럭 소리를 치며 가현을 잡으려 손을 뻗었다.

기세 좋게 뻗은 그의 손을 피해 한걸음 뒤로 물러선 운이 고개를 비스듬히 숙이며 가현의 목덜미에 입술을 갖다 댔다. 가현은 제 것이니, 감히 네가 가질 수 있는 것이 아니라는 듯. 노골적으로 가현의 목덜미에 입을 맞추며 최가 도령을 똑바로 응시했다. 그의 행동에 가현의 몸이 뻣뻣하게 경직되었다. 달빛에 빛나는 그의 눈빛이 싸늘하게 가라앉았다.

"보시다시피 꽤 아끼는 노비인지라."

파르르 떠는 가현을 조롱하듯 입술로 목덜미 부근을 농락하던 운이 입매를 비스듬히 올렸다. 그의 갑작스러운 행동에 멍하니 눈을 깜빡이던 최가 도령이 뒤늦게 운에게서 시선을 떼 가현을 돌아보았다. 창백하게 질린 얼굴로 굳어 있던 가현은 최가 도령의 눈을 피해 버렸다.

"값을 제대로 치러 줘야 할 텐데."

쿵.

순간 심장이 바닥으로 떨어져 내리는 듯했다.

귓가에 울리는 그의 말에 가현의 안색이 백지장처럼 하얘졌다. 미약하게 뛰던 심장이 멈출 만큼 너무나도 차가운 목소리였다. 허리께에 닿은 그의 손도, 목덜미 부근에 닿는 그의 숨결도 고통스러울 정도로 차가웠다.

"꽤 이름을 날리는 상단의 주인이니 재물은 제법 될 테고. 어떻게 지금이라도 내주랴?"

그는 가현을 정말 팔아 버리기라도 할 것처럼 굴었다. 그의 말이 너무 아파서 숨조차 제대로 쉬기 힘들었다.

"네 이놈!"

운의 말에 상처 입은 가현은 보이지 않는 것인지.

가현을 조롱하듯 이죽거리는 운에게 더는 참지 못한 최가 도령이 버럭 소리를 내지르며 주먹을 들어 올렸다. 그러나 그의 주먹은 갑자기 나타난 진명에 의해 가로막혔다.

"다른 사람도 아닌 네가 어떻게 감히!"

"감히 내 집의 재산을 함부로 가지려 한 것은 그쪽이 아닌가. 아니면 내가 누구인지 몰라 이리도 방자하게 구는 것인가."

품 안에 든 가현을 매정하게 내던진 운이 한걸음 나서자, 최가 도령을 붙잡고 있던 진명이 옆으로 비켜섰다. 진명을 뒤로하고 최가 도령의 앞에 선 운이 저보다 조금 밑에 있는 그를 내리깐 눈으로 응시했다.

"지금 당장 그대의 목을 잘라 밖에 내걸어도 될 만큼 내게 무례를 저지른 것은 그쪽이네."

손톱 끝이 손바닥을 파고들 정도로 힘주어 주먹을 쥔 채로 운을 노려보던 최가 도령은 두려운 기색 없이 입을 열었다.

"내가 무서워해야 하는 것이냐? 오냐, 목을 잘라 보아라! 내 목이라면 몇 번이든 내줄 테니. 대신 가현은 내가 데려가겠어!"

"큭."

무감한 표정으로 그를 내려다보던 운이 큭, 웃음을 터뜨렸다.

"저 노비 계집을 연모라도 하는 듯하구나."

하찮은 노비 계집을 위해 제 목숨을 기꺼이 내주겠다는 그를 향한 비웃음이었다. 최가 도령은 분노하지 않았다. 아니, 할 수 없었다. 그만큼 달라진 운이 매우 충격적이었기 때문이었다.

"가현을 아끼는 마음이 연모라면 네 말대로 연모이겠지. 하나, 그 이상으로 가현을 마음에 품은 건 내가 아니라……!"

"이만…… 이만 가 봐야지. 응?"

운이 네 놈이라고 소리치기 직전에, 서둘러 다가온 가현이 그의 옷자락을 붙들었다. 운에게로 향해 있던 최가 도령의 시선이 밑으로 떨어졌다. 그의 옷자락을 붙들고 있는 가현의 손이 떨리고 있었다.

"하."

어처구니없다는 듯 웃던 최가 도령이 한걸음 물러섰다. 그렇다고 포기한 것은 아니었다. 여전히 재수 없이 무감한 표정으로 서 있는 운과 가현을 번갈아 노려보던 최가 도령이 선언하듯 말했다.

"네 말대로 가현은 내가 사지. 그때까지 머리카락 하나 건들기만 해 봐."

"만족스러울 정도로 가져와야 할 것이다. 말했다시피 꽤나 아끼는 노비이니."

끝까지 가현의 가슴을 아무렇지 않게 헤집어 놓는 운을 보며 갈등하던 최가 도령은 애원하듯 보는 가현의 눈빛에 억지로 돌아서야만 했다. 달빛 아래로 멀어지는 그를 말 없이 바라보는 가현의 입술 끝에 미세하게 피가 새어 나와 있었다. 운은 최가 도령이 사라질 때까지 움직이지 않고 있는 가현을 싸늘하게 바라보다가 안으로 들어가 버렸다.

"들어가시죠."

뒤늦게 남은 진명이 가현을 챙겼다. 진명의 부름에도 가현은 고집스럽게 서서 그가 완전히 가 버릴 때까지 지켜보았다.

* * *

"숙소 불 꺼지는 것까지 확인하고 오는 길입니다."

침실 안에서 홀로 술잔을 기울이고 있던 운의 시선이 느리게 진명에게로 향했다.

"꽤 건실한 상단을 운영하는 상단주라고 하더군요."

"네가 하고 싶은 말이 무엇이냐."

"그자에게 그분을 보내 주시는 것이 어떻겠습니……."

탁!

소리 나게 술잔을 탁상에 내려놓은 운의 눈빛이 싸늘하게 얼어
붙었다.

"네가 상관할 일이 아니다."

"하지만."

"내 말이 들리지 않는 것이냐."

"……이만 물러가겠습니다."

더는 선을 넘지 말라는 운의 눈빛에 결국 진명이 돌아섰다. 침실
문을 닫고 사라지는 진명을 뒤로하고 술잔을 다시 들어 올리던 운
의 시선이 일순간 번뜩였다. 동시에 손에 든 술잔을 던져 버렸다.

파삭! 벽에 부딪쳐 깨어진 술잔의 잔해들이 바닥으로 떨어져 내
렸다. 그 흔적밖에 남지 않은 벽을 노려보던 운의 시선이 풍랑을
만난 배처럼 거칠게 흔들렸다.

* * *

운의 기억이 예전과는 다르다는 것을 인지하고 있음에도. 10년
만에 만난 그 사람 앞에서 자신을 초라하게 만들어 버린 운이 너무
미웠다.

매번 모질게 굴어도 괜찮다, 괜찮다, 그렇게 되새기며 참아 내
었는데.

너무 지친 탓일까. 그가 너무 미워서 고통스럽기까지 했다.

'연모합니다, 아가씨.'

어쩌면 다정하던 그의 눈빛이, 속삭임이, 손길이 여전히 그녀를 붙들고 놓아주지 않아 더 그러한 것인지도 모르겠다. 그래, 너무 지친 것 같다. 몸도 마음도. 그래서 이제는 제가 무엇 때문에 그의 곁에 남아 있으려고 하는 것인지 모르겠다.

'같이 떠날래?'

문득 최가 도령의 제안이 떠올랐다.

그와 함께 가면…… 괜찮아질까.

하지만 운과 푼 것이 아무것도 없는데. 그가 왜 이렇게까지 변해 버린 것인지. 왜 저런 눈을 하고 절 보는 것인지. 그렇게 미워하면서 자신을 먼 대호국까지 데려온 이유가 무엇인지. 그 어떠한 것도 듣지 못했는데. 이대로 정녕 떠나야 한단 말인가…….

"아직은…… 괜찮아. 그래, 아직은."

몸을 둥글게 만 가현이 눈을 꼭 감으며 스스로의 마음을 가라앉히려 애썼다.

* * *

"……정말 하시려는 겝니까."

당혹스러운 얼굴로 소소가 운을 바라보았다. 운은 소소를 등지고 창밖을 보았다. 그의 시선은 어디에 닿아 있는 것일까. 소소는 더는 묻지 못했다. 창밖 너머 어딘가를 배회하는 그의 뒷모습이 너무 고요하고 쓸쓸해 보여서 소소는 말없이 공손히 허리를 숙였다.

"말씀대로 진행하겠습니다."

소소가 나갈 때까지도 운은 뒤를 돌아보지 않았다. 그저 창밖 너머를 배회하다가, 건물을 지나는 가현을 발견하곤 뒷짐 진 손에 힘을 주었다. 환한 대낮 아래 적나라하게 드러난 그녀는 이곳에 온 그날보다 더 말라 있었다.

무엇이 그렇게 고통스러워 점점 말라 가는 것인지. 자신 때문이라는 것을 알면서도 운은 괜스레 미련해 빠진 그녀를 탓하듯 노려보다가 돌아섰다.

그가 돌아서자마자 기다렸다는 듯 가현이 고개를 들었다. 언제나 그랬듯 가현의 시선은 2층 창가로 향했다. 운의 집무실이었다.

부엌으로 지나는 길은 이곳만은 아니었지만, 매번 이쪽으로 오는 이유는 혹여나 운을 볼까 해서였다. 언제는 진명과 함께 입매를 굳히곤 무언가를 토론하는 모습도 보였고. 이따금 머리 아픈 일이 있는지 잔뜩 인상을 쓰곤 무언가를 노려보는 모습도 보았다. 가끔은 무언가를 그리듯 멍하니 내려다보고 있기도 했다. 그러나 오늘은 그가 보이지 않았다.

멍하니 집무실을 올려다보던 가현은 따가운 햇볕 때문인지 갑작스러운 어지럼증에 미간을 짚었다. 이상하게 속이 메스꺼워 제대로 못 먹은 탓인지. 아니면 정말 햇볕이 따가워 그런 것인지. 연유는 모르겠으나 이대로 있다간 혼절할 것 같았다. 고개를 내린 가현이 후들거리는 다리를 억지로 붙들고 멀어졌다.

* * *

허가에 정식으로 청혼서가 도착했다. 허여소가 기다리고 있던 흑운왕의 청혼서였다. 이로써 그녀의 원대로 정식으로 혼인 관계를 맺게 된 것이다. 그로 인해 잔치가 벌어진 듯 시끄러워졌다.

왁자지껄 떠들며 벌써부터 설레발을 치는 이들과 반대로 시끄러운 분위기를 탐탁지 않게 생각하는 이가 있었는데. 허여소의 오라비 허태웅이었다.

"출신도 불분명한 놈을 받아들이는 이유가 도무지 뭔지 모르겠군. 아버지께서 늘그막에 정신이라도 놓으신 건지."

황제를 등에 업고 훨훨 날며, 수많은 전쟁에서 승리를 거머쥔 운의 이야기는 밖에만 나가면 귀에 들릴 정도였다. 그는 대호국의 영웅이었고, 노래로 또는 글로도 이야기가 만들어졌다.

그와 같은 대장군인 태웅은 그것에 굉장한 열등감을 느끼고 있었다. 운이 나타나기 전만 해도 태웅은 나름 최연소 장군으로서 영향력을 펼치고 있었기 때문이었다. 그런데 갑자기 생각지도 못하게 지금의 황제가 황위에 올랐고, 그를 따라 나타난 운으로 인해 사람들은 태웅을 거들떠보지 않았다.

"여소의 고집을 꺾을 길이 없으니. 그런 버러지 같은 놈을 사위로 들이시는 것이겠지. 하여튼 아버님께선 여소에겐 약하시다니깐."

"그러면 흑운 전하께서 태웅 님을 형님으로 모셔야겠습니다."

은근한 손으로 태웅의 어깨를 주무르며 홍요가 말을 꺼내자, 내내 인상을 쓰고 있던 태웅이 하하, 크게 웃었다.

"듣고 보니 그러하다. 그놈이 밖에서 영웅이라 불리면 무엇 하겠나. 이곳에선 내 밑인걸."

금세 기분이 좋아진 태웅은 흑운왕 따위 잊어버리곤 짙은 여인의 냄새를 풍기는 홍요를 안아 들었다.

"하아, 오늘따라 곱구나."

순식간에 그의 탄탄한 허벅지 위에 앉게 된 홍요는 노골적으로 자신의 앞섶을 파고드는 그의 손길에 신음을 흘렸다. 앞섶을 벌리고 그 안에 든 탐스러운 가슴을 움켜쥔 태웅이 헐떡이며 고개를 숙였다. 그러곤 제가 쥔 가슴을 물었다. 그의 이빨이 여린 살을 파고들자, 홍요의 잇새로 가늘게 신음이 새어 나왔다. 까끌거리는 수염에 눈처럼 하얗던 그녀의 가슴에 붉은 흔적이 생겨났다.

"으음."

태웅은 아이처럼 홍요의 가슴을 빨아 댔다. 그의 머리를 그러쥔 홍요가 나른하게 한숨을 내뱉었다. 나머지 한 손으로 치마 아래를 파고든 그가 굳은살이 박인 손가락 하나를 안에 집어넣었다. 그녀의 안은 단 한 번도 마른 적 없이 매번 애액이 가득했다.

"매번 탐해도 꿀이 넘쳐나 정신을 차리지 못하겠단 말이지."

그는 낄낄 웃음을 터뜨리며 애액으로 번들거리는 질구 안을 손가락으로 헤집었다.

"아아……! 장난 그만하시고, 어서요. 예?"

"크큭, 보채지 않아도 되느니."

안쪽을 괴롭히던 손가락을 빼낸 그가 그녀를 잠시 일으켜 세우고 바지를 아래로 끌어내렸다. 허벅지 아래까지만 바지를 내린 태웅이 물건을 세우며 그녀를 다시 제 허벅지 위에 앉혔다. 한 몸처럼 쉽게 들어온 물건이 그녀의 안을 꿰뚫었다.

"하아!"

홍요가 신음을 토해 내며 그의 어깨를 붙들었다.

"태웅 님께 정신을 차리지 못하는 건 저 또한 매한가지가 아닙니까······. 으응!"

태웅을 바짝 끌어안으며 웃던 홍요가 가늘게 뜬 눈으로 무언가를 생각하듯 허공을 응시했다. 그러나 그 생각은 찰나였다. 아래에서 위로 움직이기 시작하는 그의 허리 짓에 머릿속이 새하얘졌다.

"아응! 아, 태웅 님!"

"하윽!"

* * *

날이 참 곱다 했다. 매번 찬바람이 이는 대호국에서 이상할 정도로 햇볕이 따뜻하다 했다. 가현은 창백하게 질린 얼굴로 앞에 서서 말을 전하는 소소를 바라보았다.

소소의 표정은 평소처럼 딱딱하고 고집스럽게 입매를 굳히고 있었다. 조금 다른 건 이따금 시선을 노비들 뒤쪽으로 둔다는 것이었다. 일렬로 서 있는 여노비들의 뒤에, 그것도 맨 구석에 서 있는 가현은 괜스레 화가 날 정도로 처량 맞아 보였다. 그 모습을 답답하게 바라보던 소소가 부러 고개를 틀며 소리를 높였다.

"해서 안채를 정리하고, 새로 가구를 들여야 하니 부엌에 상주

해야 하는 아이들 외에 전부 안채를 청소하도록 하라."

"예, 소소 님."

소소의 말에 여노비들이 손을 앞으로 모으고 공손히 답했다. 멀거니 서 있던 가현은 여노비들의 큰소리에 퍼뜩 정신을 차리곤 뒤늦게 고개를 숙였다. 미련하게 구는 가현을 보며 혀를 쯧쯧 차던 소소가 그녀를 불렀다.

"가현은 날 따르고. 나머진 원래 자리로 돌아가 일을 시작하라!"

"예, 소소 님."

소소의 명에 여노비들이 재빠르게 움직였다. 그 틈에 같이 움직이던 린린은 가현을 곁눈질로 살피곤 소소처럼 혀를 차며 멀어졌다. 가현은 느린 걸음으로 저를 못마땅하게 보고 있는 소소의 앞으로 가서 섰다.

"무슨 일입니까."

"그리 죽을상 하고 있지 마세요. 주인님과 혼인을 하실 분은 결코 만만하신 분이 아니십니다. 지금부터라도 마음 단단히 먹는 법부터 배우시란 말입니다. 내 말 아시겠습니까."

"……제가 그때까지 남아 있을까요?"

멍하니 소소를 바라보던 가현이 물었다. 가현의 물음에 소소의 눈이 당혹감으로 흔들렸다.

"그게…… 무슨 말씀입니까."

"농입니다, 농."

"예?"

"전 어디로 가면 됩니까. 안채로 가면 될까요? 어차피 부엌일은 손에 맞지 않아 매번 혼이 났는데. 청소라면 그래도 제법 하지 않겠어요?"

소소가 가지 말라고 붙들기도 전에 제 할 말만 하고 돌아선 가현이 걸어가 버렸다. 홀로 남은 소소는 건물 뒤편으로 사라지는 가현을 복잡한 표정으로 지켜보다가 한숨을 내뱉었다.

"앓느니 죽지, 내가."

* * *

"나 가까이서 봤잖아."

"뭘?"

"뭐긴 뭐야. 이 방 주인 될 분이시지. 선녀가 내려온 거 같았다니까?"

마루며 기둥이며 마른걸레로 쓸고 닦으면서도 노비들은 무슨 말이 그렇게 많은지 연신 종알거렸다. 조용한 건 가현과 린린뿐이었다. 가현은 묵묵히 마른걸레로 기둥을 닦았다. 그러다가도 가끔 거칠게 숨을 몰아쉬었다.

점심도 모두 게워 내었더니 영 매가리가 없어 힘을 쓰지 못했다. 결국엔 식은땀까지 흘리며 주저앉자, 지척에서 걸레를 짜고 있던 린린이 다가왔다.

"가서 좀 쉬어. 여기는 내가 마무리할 테니까."

"하지만."

"난 송장 치르기 싫다."

"······그러면 좀만 쉬다 올게."

미안한 얼굴로 린린에게 웃어 보인 가현이 비적비적 걸어갔다.

"어째 점점 마르는 게······."

하긴. 이곳에 오기 전까진 손에 물 한 방울 묻히지 않는 삶만 살았던 가현이었다. 그러니 매일같이 새벽에 일어나 자정이 될 때까지 일만 하는 노비의 삶을 감당할 수 있겠는가. 내내 우두커니 서 있던 린린은 가현이 놓아둔 걸레를 집어 들다가 그대로 내던졌다.

"진짜 미치겠네."

* * *

'같이 갈래?'

도령의 말이 내내 머릿속을 맴도는 것을 보니. 지치긴 지쳤나 싶었다. 하긴, 이곳에 와서 한 마음고생 몸 고생한 것만 보더라도, 진즉 지치고도 남았어야 했다.

정말로 요즘 따라 몸이 이상했다. 어딘가 큰 병이라도 난 게 아닌가 싶어 덜컥 겁이 나 누구에게 말도 꺼내지 못했다. 혹여 정말 병이 났다고 하더라도 그에게만은 알리고 싶지 않았다. 쓸데없는 고집을 부리는 것이라고 누군가는 타박하겠지만. 지금도 초라한데, 병자로 그 앞에 서는 건······ 정말 끔찍했다.

'그래도 이리 가만히 있다간 갑자기 쓰러지게 된다면 그게 더 큰 일이 아닌가.'

의원을 보러 가야 할까. 가서 내 병이 무엇이오, 묻고 큰 병이 났다고 말하면 그땐…… 떠나야 하겠지. 차라리 잘되었는지도 모르겠다. 그런데도 이렇게 망설이는 것은…….

깊은 상념에 잠긴 채 멍하니 걷던 가현은 바로 앞에 박힌 돌을 보지 못하고 지나가다가 고꾸라질 뻔했다.

"윽!"

"도대체가."

다행히도 누군가 가현을 붙들었다. 순간 안도의 한숨을 내쉬던 가현은 귓가에 울리는 낮은 목소리에 멈칫했다. 퍼뜩 고개를 드니, 운이 특유의 싸늘한 눈으로 그녀를 내려다보고 있었다.

"이젠 정신도 놓고 다니시는 겝니까."

'만족스러울 정도로 가져와야 할 것이다. 말했다시피 꽤 아끼는 노비이니.'

그의 말 위로 그날 밤의 목소리가 투영되어 엉키었다. 그날 밤에 모두 털어 내었다고 생각하였는데. 부질없는 착각이었나보다. 그날 이후 보이지 운이 보이지 않아 화가 사라졌다 여긴 것이었다.

제 팔을 붙들고 있는 운을 있는 힘껏 밀쳐 낸 가현이 이를 꽉 악물었다. 불쑥 화가 치밀어올랐다. 부들거리는 다리를 억지로 붙들고 선 가현은 날 선 눈으로 그를 노려보았다. 단 한 번도 보여 주지 않던 그녀의 눈빛에 굳어 있던 운의 눈빛이 일순간 흔들렸다.

"지금, 무슨……."

"얼마여야 만족할 게냐."

"……무슨 말을 하는 겁니까."

"네가 정한 나의 값어치가 얼마냐고 물었다."

흔들리는 눈으로 가현을 바라보던 운의 얼굴이 그대로 살벌하게 가라앉았다. 순간 그의 입매가 비뚜름해졌다.

"턱없이 부족한 노비의 품값으로 값을 치르려 하십니까."

"네가 생각하는 값만 이야기…….."

"그자에게 달려가 말해 주려고 하는 겝니까."

"누구에게 달려가든. 그는 네가 상관할 바가 아니다."

큭! 운이 갑자기 웃음을 터뜨렸다. 연신 큭큭 거리던 운이 순간 번뜩이는 눈을 하고 가현의 팔을 거칠게 잡아당겼다. 그의 손에 이끌려 코앞까지 오게 된 가현은 안간힘을 쓰며 벗어나려 애썼다. 가현의 가녀린 팔뚝을 힘주어 붙든 운이 고개를 내렸다.

"당신은 아직 내게 아무런 값도 치르지 않았어."

운은 파르르 떨리는 눈으로 맹렬하게 쏘아보는 가현을 가소롭게 응시했다.

"그러니 내가 당신의 주인이라는 말이야. 당신은 주인 말 잘 듣는 개처럼 굴어야 하고."

그의 차가운 말이 가슴을 찌르고 들어와 후벼 팠다. 가현은 울컥 목구멍을 뚫고 올라오려는 뜨거운 물기를 억누르듯 눈에 더 힘을 주었다. 가현의 상처 입은 눈은 보이지 않는지, 그는 계속해서 독기가 서린 말로 그녀를 찔러 댔다.

"당신이 아직 당신이 고고한 양반 계집이거나, 후궁인 줄 아는가?"

"……잊을 리가 없지."

후궁은 무슨.

폐비나 마찬가지였는 걸. 그것을 후궁이라고 할 수 있을까. 송장처럼 냉궁에 10년을 갇혀 살던 그것이 고귀한 후궁의 삶이던가. 그 것이 아니라면 난 진즉 그 고고함 따위 집어 던진 거였다. 내 신분이 노비이든 양반 계집이든 후궁이든.

오래전 운과의 삶이 끝난 이후부터 나의 삶은 노비의 삶보다 비참한 삶이었다.

"내가 지금 어떠한 위치에 있는지는 내가 더 잘 안다. 잘 아니 네게 값을 묻는 게다."

스스로를 짐승처럼 값을 매기려 드는 가현의 무심한 말투에 운의 눈빛이 결국 불이 일었다. 가현의 목덜미에 손을 대곤 그대로 잡아당긴 운이 고개를 내렸다.

"흡!"

곧 그의 입술이 가현의 메마른 입술에 닿았다. 그의 입맞춤에 놀라 눈을 휘둥그레 뜨던 가현이 고집스럽게 입에 힘을 주었다. 비웃듯 입매를 끌어올린 운이 가현의 입술을 거칠게 깨물었다.

"아!"

고통스러운 신음과 함께 저절로 벌어지는 가현의 입 안으로 혀를 밀어 넣은 운이 순식간에 안을 가득 에웠다. 숨이 막힐 정도로 거칠게 입 안 곳곳을 휘젓던 운은, 정신이 혼미해지기 직전에 멀어졌다.

"아직 쓸 만한 물건을 팔 머저리는 아니니."

그는 자신을 사창가에 팔려 나가는 여자의 값을 정하듯 이죽거렸다.

"쓸데없는 생각 마십시오."

멍하니 서 있는 가현을 내팽개친 운은 그대로 다리를 건너 사라 졌다. 무자비한 그의 입술에 찢긴 입술에서 비릿한 맛이 났다. 피 가 맺힌 입술을 소매로 아무렇게나 벅벅 닦아 낸 가현은 기어코 참 고 있던 눈물을 흘리며 멀어지는 그를 노려보았다.

노려보는데 그나마 남아 있던 힘까지 쓴 것인지. 내내 힘주고 서 있던 다리에 힘이 풀려 그대로 주저앉았다. 그 상태로 가현은 린린 이 부르러 올 때까지 운을 욕하며 앉아 있었다.

"빌어먹을 놈! 이 천하의 나쁜……!"

* * *

툭!

날카롭게 허공을 노려보던 여소가 손에 쥐고 있던 귀걸이를 내 팽개쳤다. 운에게 직접 전해 주려던 과자 바구니는 형태가 보이지 않을 정도로 짓이겨져 주위에 나뒹굴었다. 과자를 전해 주는 틈에 앞으로 자신이 살 집을 구경하려고 했던 허여소는 그만 못 볼 꼴을 보고 말았다.

꽃이 흐드러지게 핀 다리 밑에서 운이 어떤 계집과 입을 맞추고 있었던 것이다. 그리고 그 계집은…….

"춘국의 후궁 계집!"

역시나 불안했다. 그 계집이 말이다. 여인 따위 거들떠보지 않던 사람이, 전장이 끝나자마자 춘국에서 그 계집을 데려와 하룻밤을 보내었다. 흑운왕의 집에 심어 둔 첩자의 보고에 따르면 그 계집과 다투기도 하는 듯했다. 마치 연인처럼. 그 하찮은 계집 때문에 집까지 들어오지 않았다고 했다.

여소는 태어날 적부터 원하는 것을 가지지 못한 적이 단 한 번도 없었다. 대호국의 초대가문인 허가의 재력으로 진귀한 보석은 물론, 값비싼 원단과 심지어 친구들까지 모두 원대로 되었다.

만약 이 허여소가 흑운왕이 아니라 황후의 자리를 원했다면, 지금 자신은 이곳이 아니라 궁에 들어가 있었을 것이다. 그만큼 허여소에게 이 세상은 뜻대로 이루어지는 놀이터나 마찬가지였다. 그런데…… 감히 그가 자신의 자존심을 짓밟고 수치심을 주었다. 뒷골이 당길 정도로 몰아치는 분노는 처음이었다.

파삭!

결국 분노를 참지 못한 여소가 화장대 위를 장식하던 도자기 화병을 거울을 향해 던져 버렸다.

놀란 금모와 다른 여노비들이 화들짝 놀라 휘둥그레 뜬 눈으로 여소를 바라보았다. 여소는 씨근덕거리며 깨진 거울 속의 일그러진 자신의 얼굴을 죽일 듯이 노려보았다.

"금모."

"예, 예 아가씨."

"그 계집을 치워야겠다."

여소의 명령에 금모가 서둘러 고개를 끄덕였다.

"예, 알겠습니다. 아가씨."

금모가 사라진 지 얼마 지나지 않아 누군가 안으로 들었다.

홍요였다.

"저, 홍요입니다."

안 그래도 운 때문에 예민해져 있던 여소는 들어오라는 허락이 떨어지지도 않았는데 멋대로 들어오는 홍요를 쏘아보았다.

"천한 계집이라 우위도 가리지 못하는 것인가. 네년이 오라버니의 총애를 받는다 하여 나와 같은 곳에 서 있더냐!"

여소의 독설에도 홍요는 그저 교태가 섞인 미소를 흘리며 다가와 섰다.

금모는 새삼 감탄사를 삼키며 홍요를 곁눈질로 보았다. 어쩜 저렇게 뻔뻔한 것인지. 낯짝이 두꺼운 것인가. 하긴, 이따금 성질을 부리는 태웅의 본부인에게조차 저런 얼굴만 보였다. 그것이 더 본부인의 성을 돋구었다.

"긴히 드릴 말씀이 있어 무례를 저지른 것이니, 부디 넓은 아량으로 이해해 주세요."

"네가 나와 이야기를 나눌 사이는 아니지 않은데, 무슨 말을 하는 것이냐."

홍요의 말에 여소가 비웃었다. 매번 내쳐도 고집스럽게 찾아오는 홍요와 거의 말을 섞지 않았던 여소였다. 그런데 긴히 드릴 말씀이라니.

"너와 나눌 이야기는 없으니 썩 꺼져라!"

"흑운왕 전하의 이야기인데도 궁금하지 않으십니까."

당장에라도 탁상에 놓인 찻잔을 던질 듯 집어 들던 여소가 움찔했다. 뜻밖의 이름이 홍요의 입에서 흘러나왔기 때문이었다.

"네가…… 어찌?"

혼란스러운 표정으로 홍요를 보던 여소가 기어코 그녀의 속살거림에 넘어가 버렸다. 금모와 여노비들을 모두 내친 여소는 경계하듯 제 앞에 앉은 홍요를 노려보았다.

"내게 헛소리를 지껄였다간 가만두지 않을 것이다."

그러면서 홍요의 말이 시작도 되기 전에 먼저 경고부터 했다. 홍요는 알았다는 듯 입꼬리를 끌어올렸다.

"분명 여소 님께 도움이 될 것입니다."

* * *

비가 왔다. 모처럼 휴식을 얻은 가현은 처마 밑에 쭈그리고 앉아 손을 내밀었다.

톡, 토독. 떨어지는 빗방울이 새하얗고 마른 손바닥 위에 떨어졌다가 주름 사이로 주르륵 흘러내리길 반복했다.

"모처럼 만의 휴식인데 참으로 기구한 날씨로다."

그 옆에서 린린은 투덜거리며 흐린 하늘을 치켜뜬 눈으로 올려다보았다.

"노비의 삶과 같구나. 사랑도 기구하고, 휴식도 기구하고."

무엇이 그렇게 한이 많은지. 린린의 목소리가 여느 때와 다르게 힘이 없었다.

"하긴, 무엇 하나 기구하지 않은 것이 있겠어. 그저 이리 답답한 마음 비에 흘려보내고 마는 게지. 그렇게 또 살아가는 거고."

어쩐지 쓸쓸한 린린의 말을 들으며 가현은 잊고 있던 옛 기억을 떠올렸다. 지금처럼 초라하지 않았던 그땐, 참 당당했고 아름답다 자부할 수 있을 정도로 언제나 웃고만 다니던 때였다. 운이 날 싫은 표정으로 쳐다볼 때도 울긴 하였으나 그래도 비참함은 아니었다.

그렇게 원하던 운과 결코 이어져 아무도 모르게 이따금 만나 사랑을 나눌 적이었을까. 그는 언젠가 가현에게 물었다. 노비의 뜻이 무엇인지 아느냐고.

'이따금 노비라는 말만 듣기만 해도 말입니다. 그것만으로도 숨이 턱턱 막힙니다. 누군가에게 평생을 속해져 원하는 것도 모른 채 생을 마감해야 하는 기구한 삶이 보이는 것 같아서 말입니다.'

그때 가현은 운의 말을 더는 듣지 못하고 그의 입을 틀어막아 버렸다. 그러곤 당당하게 말했다. 고작 그런 것으로 슬퍼하냐며, 세상에 얼마나 많은 뜻이 있는데. 내 반드시 찾아주겠다고 했다.

그날 가현은 별로 좋아하지도 않는 책을 모두 꺼내 들어 '노비'의 원뜻이 아닌 예쁘고 어여쁜 뜻을 찾으려고 애썼다. 하나, 아무리 찾아보아도 찾지 못했다. 그러다가 찾아낸 것이 고작 사모할 노(孥)에 슬플 비(悲)였다. 억지로 결합해도 사랑마저 슬프다니. 운의 말을 들을 적에도 울지 않던 가현은 그때 엉엉 울고 말았다.

그다음 날 가현은 벌겋게 달아오른 눈을 식히며 운에게 처음으로 허무맹랑한 거짓말을 했다.

'아주 오랫동안 평생 사랑한다는 뜻도 있더구나! 글자란 모름지기 내가 원하는 뜻으로 결합하면 그 의미를 갖춘 것이 되지 않겠느냐. 그러니 넌 앞으로 내가 알려 준 대로 네 가슴에 새겨야 한다.'

'어찌 새기면 되겠습니까.'

'가현을 평생 사랑한다. 이렇게.'

운은 이상하게 눈시울을 붉히며 웃었다.

지금 와서 생각해 보면 참으로 억지가 아닌가 싶었다.

피식.

갑자기 멍하니 비를 내리 보던 가현이 웃음을 흘리자, 연신 투덜거리던 린린이 인상을 찌푸렸다.

"미친 게냐? 갑자기 왜 웃어?"

가현은 린린의 말을 들리지 않는지 아예 소리 내어 웃었다. 린린은 가현을 미친년 보듯 보다가 고개를 저었다. 그러다가 린린의 눈빛에 복잡함이 서렸다. 말없이 가현의 옆모습을 바라보던 린린이 망설이다가 입을 뗐다.

"야. 나와 같이 갈 곳이 있어."

린린의 뜬금없는 말에 가현이 웃음기가 섞인 얼굴로 돌아보았다.

"또 장에 가는 것이야?"

"……그래."

"그러면 혹 의원에게 들릴 수도 있을까?"

"의원?"

린린의 눈에 걱정이 서렸다. 사실 가현이 이따금 새벽에 일어나 가슴을 주먹으로 내리치는 모습을 보았다. 안 그래도 몸도 차고, 꼭 말라비틀어진 것이 안쓰러워 죽겠는데. 진짜 큰 병이 난 게 아닌가 걱정이 된 것이다.

"그러니까 밥도 잘 먹고 해야지! 오늘도 거의 먹질 못했잖아! 많이 아픈 게야? 응? 지금 나와 가자. 내 잘 아는 의원이 있으니."

가현의 마른 볼과 어깨를 여기저기 주무르며 호들갑을 떠는 린린의 모습은 정말 처음 보는 것이었다. 언제나 툴툴거리며 무심한 태도로 주위에 벌어지는 일을 무시하던 그녀가. 고작 의원이라는 말에 이렇게 호들갑이라니. 자신만큼이나 린린도 저에게 마음을 내준 것 같아 괜스레 웃음이 새어 나왔다. 가현이 또다시 갑자기 웃자 린린이 인상을 일그러뜨렸다.

"야! 지금 웃을 때냐고! 어서 일어나. 내 소소 님께 말할 테니."

가현은 금방이라도 팔목을 붙들고 일어서려는 린린을 만류했다.

"아픈 게 아니라 체기가 좀 있어 약 좀 지으려고 하는 것이다. 내가 어릴 때부터 곧잘 체하곤 했거든."

"참이냐?"

의심 가득한 눈으로 묻는 린린에게 가현이 고개를 끄덕여 주었다.

"그렇다니까."

한참을 의심 가득한 눈으로 가현을 살피던 린린은 뒤늦게야 얼굴을 누그러뜨렸다.

"하여간 그놈의 몸뚱이는 어디다 써야 하는 건지."

원래대로 돌아온 린린은 가현의 몸뚱이에 대해 욕을 하며 짧은 휴식을 맞췄다. 가현은 린린의 그런 모습이 귀여워 다시금 웃다가 그녀에게 타박을 들었다.

* * *

린린이 아까부터 이상했다. 주위를 힐끔거리다가 멈칫하고. 또

걷더니 다시 멈추길 반복했다. 내내 린린을 살피며 따르던 가현은 결국 궁금증을 참지 못하고 린린의 소매를 붙잡았다.

"무슨 일이 있는 것이야? 꼭 뭐 마려운 강아지 같구나."

"뭐 마려운 강아지라니!"

내가 지금 개놈의 새끼라는 거야? 버럭 화를 내는 린린을 타이르며 가현이 설명했다.

"그것이 아니라 네가 하도 초조해 보여 그런 것이다."

"초, 초조하긴! 내가 언제!"

보기에도 평소와 다르지만. 더는 언급했다가 린린의 눈이 더 부리부리해질 것 같아 가현이 서둘러 고개를 저었다.

"그래, 알았느니. 어서 가던 길을 마저 가자."

린린은 다시 걸었다. 하지만 얼마 못 가고 멈춰 섰다.

"안 돼."

갑자기 멈춘 린린보다 그녀가 내뱉은 말이 더 이상하게 들렸다. 안된다니.

"무엇이 안 되는데?"

"너는 왜 그렇게 모질지 않아서! 왜 그리도 비실비실해서는!"

린린은 가현을 원망스럽게 노려보며 소리쳤다. 갑작스러운 린린의 눈빛에 가현의 눈빛이 흔들렸다.

"무슨 일 있는 게야?"

무슨 말을 하고는 싶은데, 차마 말을 하지 못하고 가현을 죽일 듯이 노려보던 린린의 눈가가 벌겋게 달아올랐다.

"가지 말자, 우리."

"……뭐?"

덥석 가현의 손목을 붙든 린린이 가던 길 말고 반대로 돌아서 가려는 데, 갑자기 누군가 그들을 막아 세웠다. 험상궂은 사내 셋과 노비의 복색을 한 어떤 여인이었다.

"금모……."

그들을 잘 알고 있는지 크게 당황한 얼굴로 서 있던 린린이 그녀를 불렀다. 금모는 린린을 싸늘하게 바라보다가 그 너머에 서 있는 가현을 돌아보았다.

"돈을 받아먹었으면 곱게 데려와야 하지 않겠어, 린린?"

돈이라니.

돈을 받았다니?

가현은 도통 이해를 하지 못해 의아한 눈으로 제 앞을 가로막고 있는 린린의 등을 바라보았다. 린린은 금모를 노려보기만 했다. 금모는 그런 린린을 비웃었다.

"그동안 그쪽의 일거수일투족을 몰래 고한 것이 린린이오."

"……그게 무슨?"

린린이 뭘…… 했다고?

나의 일거수일투족을 누구에게 고해?

"오늘도 아가씨의 명에 따라 고이 데려와야 하건만, 인제 와서 못 하겠다는 거야, 린린?"

금모의 이죽거림에 린린의 눈에 힘이 가해졌다.

"닥쳐!"

당장에라도 금모에게 달려들 듯 소리치는데, 고운 목소리 하나가 들려왔다.

"린린 내 널 아꼈건만."

고운 목소리는 차갑고도 냉랭했다. 그 목소리와 함께 모습을 드러낸 여인은 언젠가 저잣거리에서 마주쳤던 허여소였다. 하늘에서 내려온 선녀처럼 곱게 차려입은 여인의 등장에 사내들과 금모가 옆으로 비켜섰다. 그 앞을 지나 린린의 앞으로 다가온 허여소가 가녀린 손으로 린린의 뺨을 내리쳤다.

짝!

허공으로 살이 찢기는 소리가 날카롭게 울려 퍼졌다.

"지금 무슨 짓입니까!"

놀란 가현이 린린을 자신의 뒤로 이끌며 허여소를 노려보았다. 허여소는 가소로운 얼굴로 가현을 돌아보았다.

"무슨 짓이긴. 버르장머리 없는 노비년 계집에게 제대로 알려 주는 게지."

"린린은 엄연히 흑운왕의 밑에 있는 사람입니다! 당신의 노비가 아니라!"

"큭!"

아하하하!

가현의 맹렬한 소리침을 비웃듯 허여소가 손으로 입을 가리며 깔깔 웃음을 터트렸다. 그녀의 웃음을 따라 그녀의 머리에 달린 장신구가 흔들렸다.

"뭐라! 린린이 흑운 전하의 사람이라!"

린린은 고개를 푹 숙이곤 피가 날 때까지 입술을 악물었다. 허여소를 노려보던 가현이 돌아서 린린을 보았지만, 린린은 가현을 외면해 버렸다.

린린…….

가현의 눈빛이 혼란으로 일렁였다.

"린린은 그동안 날 대신하여 너의 일거수일투족을 보고해 온 내 사람이다."

"말……도 안 돼."

여소의 말에도 가현은 믿을 수 없다는 듯 린린을 바라보았다. 린린은 퉁명스럽고 가끔 타박을 주긴 했으나. 진심으로 자신을 위해 준 친구였다. 그런 린린이 첩자 노릇을 하였다니. 그는 결코 말이 되지 않는 일이었다.

"무슨 착각을 하는 것인지 모르나, 린린은 그런 사람이 아닙…….."

"맞아."

"……린린아."

"맞다고. 지금까지 네가 입고 먹는 것까지 빠짐없이 여소 아가씨께 고했어."

얼굴이 벌겋게 달아오른 얼굴로 린린이 고개를 들었다. 린린의 말에 충격을 받은 가현의 눈이 커다래졌다.

"어, 어째서 네가 그런 짓을……!"

"어째서긴. 돈을 받았으니 돈을 받은 만큼 충실히 이행한 것이지. 오늘 역시 마찬가지로 내 명대로 네년을 이곳으로 불러들인 것이란다."

가현을 외면하고 있는 린린과 여전히 믿어지지 않는 눈으로 린린을 보고 있는 가현을 비웃으며 허여소가 말했다.

"하나, 넌 내 명을 어기려 했으니. 벌을 주어야겠지. 당장 저 계집을 내 앞에 무릎 꿇려라."

허여소의 명에 호위무사들이 움직였다. 그때까지 린린을 바라보던 가현이 그녀의 앞을 막아서며 다가서는 그들을 노려보았다.

"얌전히 따라갈 테니, 린린은 그냥 놔줘요."

비루하기 짝이 없는 복색을 한 가현의 눈빛은 순식간에 그들을 압도했다. 가현의 안에서부터 흘러나오는 알 수 없는 위압감에 그들이 꼼짝 못 하자, 허여소가 주먹을 말아 쥐며 소리쳤다.

"뭣들 하는 게야!"

허여소의 앙칼진 외침에 정신을 차린 호위무사가 다시 앞으로 나서려는데, 가현이 다시 한번 힘주어 말했다.

"멈추라 했습니다, 아가씨."

호위무사들은 마치 가현을 지키는 사람들처럼 또다시 저도 모르게 멈추고 말았다. 그들에게서 눈을 뗀 가현이 천천히 허여소를 돌아보았다. 가현의 냉기 어린 눈빛에 허여소는 저도 모르게 움찔했다.

"린린에게 더 손을 대었다간, 이 자리에서 목을 찌를지언정 당신의 뜻대로 하지 않을 것입니다."

가현의 목소리에 담긴 기개는 대호국의 어머니라 불리는 황후의 목소리보다 그들의 신경을 바짝 조였다. 천한 옷을 입고도 우아함과 품위가 꺾이지 가현을 보며 금모는 속으로 감탄했다. 화려하게 치장한 허여소가 오히려 초라해 보이기까지 했다.

"내게 볼일이 있어 그동안 린린에게 첩자 노릇을 시킨 듯한데, 이대로 조용히 물러나는 게 어떻겠습니까."

눈 하나 깜짝하지 않고, 저를 응시하는 가현의 위압적인 눈빛에 얼어 있던 허여소는 뒤늦게 정신을 차리곤 얼굴을 붉혔다. 가현에게 당한 것 같은 느낌에 치욕스러웠기 때문이었다.

가현을 죽일 듯이 노려보던 허여소는 눈매를 일그러뜨리며 가현과 그 뒤에 서서 멍하니 가현의 등을 바라보는 린린을 번갈아 노려보았다.

당장에라도 저 두 년을 찢어 죽이고 싶지만. 이렇게 쉽게 죽일 수는 없지. 특히나 이런 치욕을 받고 말이다!

"다음엔 네게 직접 연락하겠다. 하나, 린린이 내 명을 어긴 건 어긴 것이니!"

"……."

"린린은 그동안 내가 건넨 돈을 두 배로 환산하여 갚도록 하라! 열흘 내로 갚는다면 얌전히 놔주겠다. 이만하면 후한 처사가 아니더냐."

"……."

"한데, 네가 그 많은 돈을 갚을 수 있을지 모르겠구나. 하지만 갚지 않으면 어찌 되는지는 린린 네가 더 잘 알겠지."

끝까지 치사하게 굴며 사색이 된 린린을 비웃던 허여소는 그대로 돌아서 유유히 멀어졌다. 근처에 세워 둔 마차에 오르는 허여소를 노려보던 가현이 절망에 빠진 린린을 돌아보았다.

"그동안 저자에게 받은 금액이 얼마냐."

"왜, 갚아주게?"

고개를 치켜든 린린이 가현에게 버럭 소리를 질렀다.

"네가 뭔 돈이 있어서! 너 때문이야! 너 때문에 내가……!"

"해서 지금 네가 한 짓이 잘한 짓이라는 게냐."

처음 보는 가현의 낯선 차가움에 린린이 말을 하다 말고 입만 벙긋거렸다.

"난 널 친우로 생각했어, 린린. 해서 좋았다. 이 황량하고 차가운 대호국에서 이겨 낼 수 있었던 건 너처럼 좋은 친우를 만났기 때문이었어."

흔들리는 눈으로 가현을 바라보던 린린의 눈가가 서서히 붉어졌다.

"난……. 나는."

"처음부터는 아니었지만."

어쩔 줄 모르는 얼굴로 서 있는 린린을 빤히 보던 가현의 눈빛이 한결 누그러졌다.

"그래도 지금은 날 친우로 생각하여 허여소의 말을 어기려 한 것이 아니냐."

"……미안해."

린린은 그만 참지 못하고 울음을 터뜨렸다.

"미안해, 가현아. 나도……. 나도 널 친우로 생각했어. 그런데……. 정말 미안해."

* * *

린린에겐 부모가 없었다.

대신 자식 같은 어린 남동생 하나가 있었다. 어린 남동생은 현재 친척댁에서 살고 있다고 들었다. 워낙 집안이 가난하여, 굶는 일이 다반사였다.

그 때문인지 친척댁에서 동생을 버리려고 했다. 뒤늦게 사정을 알고 린린은 어떻게 해서든 생활비를 보낼 테니 동생을 내쫓지 말아 달라고 부탁했다. 해서 린린은 흑운왕의 저택에서 일하면서 모은 돈을 친척댁에 보냈다고 했다. 하지만 그것만으론 부족했다.

그때, 린린에게 유혹의 손길이 내밀어졌다.

그들은 거의 대부분이 젊은 아가씨들이었다. 재력과 권력을 거머쥔 데다가 아름다운 외모를 지닌 흑운왕에게 어떻게 해서든 닿기 위해 귀족가의 아가씨들은 린린에게 몰래 돈을 쥐여 주고 그의 정보를 듣곤 했다. 개중 가장 큰돈을 쥐여 주는 이는 허여소였다고 했다.

그리고 린린이 지금까지 받은 돈은 상당했다.

"지금까지 받은 돈을 전부 동생에게 주었는데 어찌 갚겠어? 게다가 그 배를 갚아야 한다니."

린린은 자조하며 말했다.

"어차피 난 잡혀가게 될 테지만 그래도 고마……."

"잡혀가긴. 내게 방도가 하나 있을 듯하다."

"네가 뭔 돈이 있다고?"

미간을 찌푸린 린린이 가현을 믿지 못하는 눈으로 쳐다보았다.
가현은 그저 웃었다.

* * *

'감히 내게 뻣뻣하게 고개를 들다니!'

여전히 울분이 가라앉지 않았다. 그 계집에게 이상하게 진 것 같
은 기분을 떨치지 못했기 때문이었다.

이대로 돌아가 뺨이라도 한 대 치면 속이 시원할까.

"아가씨, 저 앞에 흑운 전하께서 오십니다."

덜커덕거리는 마차 안에서 내내 표정을 굳히고 있던 여소의 안
색이 누그러졌다.

"마차를 세워라!"

마차를 세우자, 여소가 급히 안에서 내렸다. 말을 타고 오던 운
은 제 앞을 가로막는 여소의 등장에 고삐를 붙들며 움직임을 서서
히 멈췄다. 덩달아 움직임을 멈춘 진명이 말에서 내려 여소를 향해
허리를 숙였다.

"집에 가시는 길인가 봅니다."

뒤늦게 말에서 내려선 운이 여소의 앞에서며 답했다.

"예."

여소는 오랜만에 보는 그의 얼굴을 가만히 올려다보았다.

그래, 자신이 아는 얼굴은 이런 얼굴이었다. 바늘 하나도 들어가
지 않을 정도로 냉랭하고 차가운 얼굴. 황량한 사막을 그라고 칭한

다고 해도 어울릴 그런 사내였다.

그런데 그가 단 한 번도 보인 적 없는 뜨거운 눈을 하고 그 계집을 바라보았다. 그 계집의 입술을 미친 듯이 탐했다. 온전히 내가 받아야 할 것들이었다. 해서 더 용서할 수 없었다. 여소는 뜨겁게 타오르는 심장을 감추며 생긋 웃었다.

'그 계집을 한 번에 보낼 방도가 있겠어.'

"어딜 다녀오시는 겁니까."

특유의 메마른 눈으로 저보다 한참 아래에 있는 여소를 가만히 내려다보던 운이 무심히 답했다.

"훈련소에서 오는 길입니다."

"……그렇습니까."

망설이듯 머뭇거리던 여소가 조심스럽게 말을 이었다.

"저, 혹 시간이 되……."

"그럼 이만 물러가겠습니다."

여소가 말을 꺼내기도 전에 무뚝뚝하게 답한 운이 빠르게 말 위에 올랐다. 하나로 높이 틀어 올려 묶은 그의 검푸른 머리카락이 옷자락과 함께 펄럭이며 멀어졌다. 여소는 황당하게 말을 끌고 멀어지는 운을 돌아보다가 입술 끝을 물었다.

"그 계집만 사라지면 괜찮겠지."

그 빌어먹을 계집에게 보이던 다정한 눈빛도, 그 입맞춤도 모두 자신의 것이 될 것이었다. 그 계집만 눈앞에서 치워 버린다면 말이다.

며칠 후, 가현은 소소에게 부탁해 받은 종이와 붓으로 누군가에게 서신을 써서 보냈고, 그 서신을 받은 주인에게서 답신이 왔다. 가현은 빨래터에 가는 날에 린린과 함께 답신에 적힌 장소로 나갔다.

"미리 와 있었구나."

시내에서 조금 떨어진 후미진 곳의 찻집이었다. 그 안 맨 구석에 자리 잡고 먼저 차를 마시고 있던 최가 도령이 가현을 발견하곤 반색하며 손을 흔들었다. 뻣뻣하게 굳은 몸으로 가현을 뒤따르던 린린은 도통 이게 뭔 일인지 감이 잡히지 않았다.

"그럼 누구의 명이신데. 먼저 와야지."

장난스럽게 웃으며 그가 맞은편 자리에 두 사람을 안내했다.

"이쪽은 누구?"

린린은 기생오라비 같은 최가 도령을 살피다가 그와 눈이 마주치곤 움찔했다. 최가 도령은 실실 웃으며 린린을 빤히 보았다.

"내 소중한 친우다."

그의 부담스러운 눈빛을 피하려 노력하던 린린은 가현의 망설임 없는 대답에 코가 시큰거렸다. 린린은 괜스레 콧등을 찡끔거렸다.

"오, 그렇군. 나 또한 가현의 소중한 친우지. 최가 호준이라고 하오. 편히 부르시오."

린린은 그에게 어정쩡하게 고개만 숙였다. 화려하고 값비싼 복색의 호준에게 감히 반말할 수는 없었기 때문이었다. 매번 도령을 도령이라 불러 희끄무레한 기억 속에서 호준을 간신히 찾아낸 가현은 작게 웃었다.

가현을 따라 피식거리던 호준이 슬쩍 본론으로 들어갔다.

"그래, 급한 일이라고?"

"혹 이것을 팔면 얼마나 나올까 해서 말이지."

품 안에 지니고 있던 노리개와 반지 등이 든 비단 주머니를 상위에 올려놓았다. 뒤늦게 가현이 무엇을 하려고 하는지 알게 된 린린이 험상궂게 인상을 구기며 버럭 소리를 질렀다.

"미쳤어, 너!"

린린의 언성에 놀란 사람들이 일제히 세 사람이 앉아 있는 곳을 바라보며 수군거렸다. 린린은 가현을 노려보았다. 가현은 린린의 눈빛을 고집스럽게 무시하며 그에게 주머니를 밀었다. 흥미로운 눈으로 두 사람을 바라보던 호준이 주머니 안에 든 것을 살폈다.

"좀 낡았지만, 값을 제대로 치르면 집 한 채는 살 것 같다."

"다행이구나."

안에 든 것은 후궁으로 들어갈 적 어머니 옥씨 부인이 주었던 물건이었다. 어머니에 대한 원망으로 받지 않았지만, 옥씨 부인은 고집스럽게 짐에 딸려 보냈고 어쩌다 보니 대호국까지 함께 온 것이었다. 대호국의 병사들이 들이닥치기 직전, 우습게도 챙겼던 건 그토록 원망했던 어머니가 주신 것들뿐이었다.

은장도와 패물이 담긴 작은 주머니. 사실 대호국에 오기까지 주머니는 잊고 있었지만. 처음 대호국에 와 옷을 갈아입을 때, 허리춤에 차고 있던 주머니가 떨어졌고, 그때 제가 어머니가 쥐여 준 주머니도 함께 딸려왔다는 걸 깨달았다. 이후에 버리지도, 그렇다고 쓰지도 못하고 들고 있었던 것인데. 이렇게 쓰게 되었다.

"제값에 팔 수 있게 도와주었으면 해."

"팔든 말든 난 절대 안 받아!"

더는 참지 못한 린린이 벌떡 일어나 도망치듯 뛰쳐나가 버렸다. 가현은 린린을 돌아보지 않았다.

"흐음, 저 여인 때문에 이것들을 모두 팔겠다고?"

"어차피 쓸모없는 것이야."

"한데 대호국까지 잘도 가져왔구나."

"그냥…… 어리석게도 여전히 놓지 못했나 봐."

가현이 씁쓸히 웃었다. 말없이 가현을 바라보던 그가 주머니를 들어 제 소매 안에 집어넣었다.

"나 역시 장사치이니 내게 팔아, 그럼."

그의 말에 잠시 멈칫하던 가현이 한참 뒤에 고개를 끄덕였다.

"……그래."

"그나저나 생각 중인 거야? 내 제안 말이다."

"아직 생각 중이다. 곧 끝날 것 같지만."

"그 생각이 내게로 흘러왔으면 좋겠구나."

그는 더는 그에 대한 언급 없이 값을 잘 치러 주겠다며 장난스러운 대화를 이어갔다. 가현은 그와 사사로운 대화를 나누다가 도망치듯 뛰쳐나간 린린을 쫓기 위해 자리에서 일어섰다. 호준은 매우 아쉬운 얼굴로 가현에게 다음을 기약했다.

그를 뒤로하고 바깥으로 나온 가현은 얼마 가지 못하고 골목길 벽에 등을 기대고 서 있는 린린을 발견했다. 괜히 돌멩이를 툭툭 치며 화풀이를 하는 린린에게로 다가섰다.

"고작 도망친 곳이 이곳이냐."

"도망은 무슨! 너에게 열불이 나 나온 거야."

"열불이 나든 그것은 나중 문제이니, 내가 주는 도움은 받아."

"내가 거지인 줄 알아!"

고개를 든 린린이 가현을 쏘아보았다. 가현은 덤덤히 린린의 살벌한 눈빛을 받아 내었다.

"첩자 노릇을 한 주제에 잘도 자존심을 세우는구나."

허를 찌르고 들어오는 가현에게 분했는지 린린의 얼굴이 불타는 고구마처럼 활활 타올랐다.

"그게 뭐! 그게 뭐 어때서! 엄연히 정당한 대가로 주고받은 것이야!"

"그래, 정당한 대가."

고개를 끄덕이던 가현이 생긋 웃었다.

"그렇다면 더더욱 받아야겠구나. 날 친우라 했지? 나 또한 널 친우로 생각한다. 하나, 이 돈을 받지 않으면 난 널 더는 친우로 생각하지 않을 것이다."

"그깟 것 얼마든지……!"

버려 주겠다고 소리쳐야 하는데.

목구멍이 턱 막혀 더는 말이 나오지 않았다. 주먹을 꽉 쥐고 입만 벙긋거리던 린린이 결국 한숨을 길게 내뱉었다.

"갚을 거야."

머리가 윙윙거릴 정도로 화를 낸 탓에 기운이 다 빠졌다. 어깨를 쭉 늘어트린 린린은 그런데도 반드시 갚겠다며 으르렁거렸다.

"그래, 당연히 갚아야지. 가진 거라곤 이 비루한 몸뚱이와 그것뿐인데. 갚지 않을 생각이었느냐."

가현의 우스갯소리에 린린이 눈을 치켜뜨고 노려보았다.

"재수 없는 계집. 내 더러워서라도 반드시 갚는다."

턱 끝을 세운 가현은 린린을 받아치듯 웃었다.

"기대할게, 린린."

* * *

잠자리에 들기 전 거울 앞에서 금모에게 머리 손질을 받고 있던 허여소가 미간을 좁혔다.

"그나저나, 그 계집이 도대체 어찌 그리 상세히 알고 있는 게지?"

그 계집이라 일컫는 사람은 홍요밖에 없었다. 그날 둘이 은밀히 무언가를 속닥거리던 걸 기억해 낸 금모는 조심스럽게 머리를 빗겨 주며 허여소를 살폈다. 도대체 무슨 말을 전해 들었는지 궁금했지만, 그녀가 먼저 이야기를 꺼내지 않는 이상 물을 수 없었다. 괜히 물었다가 뺨을 맞을 수도 있기 때문이었다. 게다가 린린과 가현의 일로 심기가 몹시 예민해져 있었다. 궁금증에 입술이 근질거리는 것을 참으며 금모는 머리를 빗기는 데 집중했다.

다음 날 아침, 여소는 아버지와 오라버니를 배웅하자마자 홍요를 자신의 방으로 불러들였다. 노비들은 홍요를 제 방으로 부르는 여소를 놀라 기절할 듯 바라보았다. 오랜만에 바깥을 나온 허태웅의 본부인은 여소가 저 빌어먹을 천한 것에게 홀린 게 분명하다며 열을 냈다. 그들이 무슨 눈빛을 하고 자신들을 향해 수군거리는지 관심 없는 여소는 자신의 궁금증을 풀기 위해 홍요를 의자에 앉혔다.

"너."

홍요는 묻지 못해 안달 난 여소를 여유롭게 바라보았다. 홍요의 은근한 여유로움에 순간 확 열이 올랐으나, 여소는 애써 화를 억눌렀다.

"도대체 정체가 뭐야? 어찌 그 일에 대해 상세히 알고 있는 거지?"

"그것이 중합니까."

"중한 것은 아니지만, 궁금하지. 게다가 넌 내 오라비의 첩이 아니냐. 혹 네 과거가 문제가 될까 염려가 되는 점도 있다."

홍요의 과거가 어떻든 여소는 처음부터 홍요가 사창가나 그보다 더 밑바닥에서 왔다고 철석같이 믿고 있었기에, 태웅 오라비의 명예를 흠집 내는 것은 전혀 걱정하지 않았다. 홍요를 집안으로 끌어들인 것부터 이미 명예가 실추되었다고 생각했기 때문이었다.

홍요 역시 여소가 거짓 변명을 하는 것을 알고 있었지만, 그저 웃고 말았다.

"제가 춘국 출신이 아닙니까. 그 일은 장안이 떠들썩할 정도로 유명한 이야기였습니다."

분명 뭔가 다른 것이 있는데, 그것이 도통 뭔지 몰랐다. 홍요는 절대 말할 생각이 없는지 더는 털어놓지 않고 계속해서 말을 빙빙 돌렸다. 결국 제풀에 지친 여소는 홍요에 대해 아무것도 알아내지 못했고, 홍요는 그저 앞일만 생각하라는 말과 함께 방을 나섰다.

감히 제게 충고까지 하고 가는 홍요가 얄미웠지만, 그녀의 말대로 앞일이 더 중하니 더는 그에 대해 궁금해하지 않기로 했다. 홍요가 가진 비밀은 그 이후에 알아내도 충분했다.

"아가씨!"

홍요가 자리를 뜬 지 얼마 지나지 않아 금모가 호들갑스럽게 안으로 들어섰다. 허여소는 성가신 표정으로 금모를 보았다.

"무슨 일인데 그리 소란인 게야."

그러다가 금모의 품에 들린 상자를 보았다. 보기에도 제법 묵직해 보이는 상자였다. 금모는 당혹스러움이 역력한 표정으로 여소의 앞에 내려놓았다.

"이게 뭔데?"

금모가 답하기도 전에 성급하게 상자를 연 여소는 상자를 꽉 채운 금화에 눈이 커졌다.

"이게 다 뭐야?"

"그, 그것이 린린이 보낸 그……."

"뭐라!"

그로부터 고작 사흘밖에 지나지 않았다. 그런데 여소를 비웃듯 돈을 갚은 것이었다. 상자 안에 든 금화는 자신이 그동안 린린에게 건네준 돈의 두 배 이상은 될 정도로 많아 보였다. 세어 보지 않아도 알 정도로 넘쳐났다.

린린을 대호국에서 가장 험하다는 사창가에 팔아넘길 생각을 하고 있었던 여소는 절 비웃듯 계획을 빗나가 버린 린린에게 분노했다.

쾅!

화를 참지 못한 여소가 탁상을 주먹으로 내리쳤다. 조금 전 홍요
가 마시던 찻잔이 휘청거리다가 그대로 바닥으로 떨어져 내려 와장
창 깨졌다. 화들짝 놀란 금모와 다른 노비들이 슬그머니 뒤로 빠졌
다. 씩씩거리며 번쩍이는 금화 상자를 쏘아보던 여소가 뿌드득 이
를 갈았다.

"도대체 어떻게!"

분노 뒤에 몰려온 것은 당혹감이었다. 린린의 사정은 누구보다
자신이 잘 알고 있었다. 태생부터 천하디천한 집안에서 태어났고,
살기 위해 노비가 되었다. 먼 친척들도 거지 같은 삶을 살았다. 친
구라고는 흑운왕의 저택에서 일하는 노비들뿐이었다. 도움을 받고
싶어도 도움을 받을 수 없는 처지였다. 그래서 더 당황한 것이었다.

흑운왕에게 도움을 청한 것인가 생각해 보았으나, 그 또한 있을
수 없는 일이었다. 그동안 린린이 무슨 짓을 해 오며 돈을 벌었던
가. 만약 린린이 돈이 필요한 이유와 그동안 해 온 일을 알게 된다
면 흑운왕은 린린의 목을 그대로 잘라 버렸을 것이다.

"금모!"

입술을 잘근잘근 깨물며 생각에 잠겨 있던 여소가 금모를 불렀
다. 화들짝 놀란 금모가 서둘러 여소에게 다가와 머리를 숙였다.

"너는 지금부터 린린 그 계집이 이 돈을 어떻게 마련했는지 알아
와! 알겠느냐!"

"예, 예! 금방 다녀오겠습니다!"

서둘러 자리를 뜬 금모를 뒤로한 여소는 금화 상자를 노비들에게

버리듯 던져 버렸다.

"창고에 갖다 놔. 혹여라도 도둑질한 것이라면, 흑운 전하께 알려 드려야 하지 않겠니. 도둑고양이를 잡아야 한다고 말이다."

은밀히 웃음을 흘리는 여소의 눈빛이 광기로 일렁였다.

* * *

"짐은 모두 정리했으니, 출발일만 정하면 됩니다."

수하는 갈 생각이 전혀 없어 보이는 느긋한 주인을 슬쩍슬쩍 살폈다. 호준은 여유로운 얼굴로 금사로 수놓은 붉은 비단 소매를 펄럭이며 술잔을 기울였다.

"출발일은 어찌…… 할까요?"

"아직 생각이 오지 않아서 말이다. 좀 더 기다려 보자꾸나."

생각이 오지 않다니.

말의 문맥이 영 이상했다. 수하가 고개를 갸웃거리자 입술을 술로 적시던 호준이 씩 웃었다.

그리고는 품이 넓은 소매 안에서 비단 주머니 하나를 꺼내 툭 던졌다. 얼떨결에 받아든 수하는 제법 묵직한 주머니에 눈을 치떴다.

"이, 이건 왜 주시는 겁니까?"

"왜긴. 실컷 놀라고 주는 돈이지. 몇 날 며칠 밤새워 술을 마시고 놀아도 남을 돈이니 가서 사람들과 나누렴."

"예?"

"열심히 잘 놀아라. 출발일은 생각보다 좀 늦을 것도 같구나."

알 수 없는 말을 중얼거리며 고개를 홱 젖히곤 술을 들이켠 그가 소리 나게 탁, 빈 술잔을 내려놓았다. 그리고는 뒷짐을 지며 자리에서 일어나 유유히 멀어졌다. 멍하니 그를 돌아보던 수하는 이게 웬 떡이냐 싶은 얼굴로 주위를 살피며 품 안에 주머니를 숨겼다.

대낮부터 시끌벅적한 주위를 벗어나던 호준은 입구에 서 있는 여자에게 호기심을 보였다.

"분명 흑운 전하의 시녀 둘이 이곳에서……."

"아! 기억 합니……!"

여자에게 호감을 보인 것이 아니라, 그 입에서 나온 말에 호기심이 생긴 것이었다. 이곳에서 일하는 아이에게 무언가를 캐묻는 여자를 유심히 보던 호준이 슬쩍 그쪽으로 걸어갔다.

"누구와 만났는지는 모르고?"

"그것이 바다 건너온 상단주라고 들었는데, 이곳에 자주 나타나시거든요."

"상단주?"

"예. 분명 오늘도 오셨어요."

"날 찾나 보구나."

그림자가 드리워지는지 모르고 떠들어 대던 아이가 흠칫 놀라 돌처럼 굳어 버렸다. 덩달아 당황한 여자가 아이의 뒤에서 웃고 있는 호준을 발견하곤 눈을 휘둥그레 떴다.

"어!"

그때, 호준을 알아차린 아이가 저도 모르게 삿대질하며 외쳤다. 아이의 외침에 여자의 얼굴이 경악으로 물들었다.

"이분이에요! 이분이 그 상단주님이어요!"

말을 꺼내면 꺼낼수록 여자의 얼굴이 퍼렇게 질리는 건 모르는지, 아이는 신이나 발까지 동동 굴렸다.

"그럼 찾았으니, 전 이만 가 보겠습니다."

뒤로 길게 땋은 머리를 팔락이며 꾸벅 고개를 숙인 아이가 종종 걸음으로 사라졌다. 홀로 남은 여자는 이러지도 저러지도 못하는 얼굴로 뻣뻣하게 서서 호준만 보았다. 그 앞으로 다가선 호준이 허리를 살짝 굽히며 눈을 가늘게 뜨고 웃었다.

"날 찾아온 손님이 맞는 듯한데. 어찌하여 날 캐묻고 다니는지 물어봐도 될까요, 아가씨?"

"캐, 캐묻긴 무슨! 다른 이를 찾고 있었습니다!"

버럭 소리를 내지른 여자가 쌩하니 도망쳐 버렸다.

"흐음, 수상함이 물씬 풍기는데."

팔짱을 끼고 선 호준이 날카로운 눈으로 골목 너머로 사라지는 여자를 지켜보았다.

* * *

"뭐라, 상단주 최호준 말이냐!"

"예! 분명 혼인식 준비에 필요한 물건을 사들였던 그 상단입니다."

화려한 복색의 상단주는 얼마 전 허가에 와 주인님과 술잔을 기울이던 자였다. 바다 건너 먼 해상국에서부터 이곳 대호국까지 꽤 이름을 날리는 상단을 갖고 있었다. 설사 바다 깊은 곳에 있는 물건이라도 최호준은 쉽게 구해 올 수 있었다.

그가 구하지 못하는 물건은 없었고, 귀족들은 물론 왕족들까지 그의 능력을 높이 샀다. 최호준은 그 능력으로 재물을 엄청나게 모았다. 웬만한 귀족들은 감히 그에게 재물로 비견될 수 없을 정도로.

"그런 자가 어찌 린린에게 돈을 내준단 말인가!"

그렇기에 더더욱 믿을 수 없었다.

"그것이, 그곳에서 일하는 아이의 말론 물건을 팔았답니다. 린린이 아니라 그……."

"그 춘국의 계집!"

"예, 그 계집이요."

하!

여소는 어처구니없다는 듯 웃음을 터뜨렸다. 보잘것없는 나라의 후궁이어도 꽤 값나가는 물건은 쥐고 온 모양이었다. 언제나 자신의 신경을 건드리는 계집이었다.

지금 중한 것은 춘국의 계집이니 린린은 다음에 처리하자 생각했다. 자신은 이제 운의 부인이 될 것이고, 그렇게 되면 린린은 자연스럽게 자신의 노비가 된다. 그렇게 되면 린린을 벌하는 것이야 일도 아니었다.

여소는 망설이지 않고 금모에게 서신을 건넸다.

"그 계집에게 직접 건네주어라."

"……예, 아가씨."

손에 든 서신을 꼭 쥔 금모가 돌아서 방을 나가 버렸다.

"누가…… 나에 대해 물었다고?"

연락도 없이 찾아온 도령을 후미진 구석으로 끌고 온 가현은 미간을 찌푸렸다.

"도대체 누가 나에 대해 캐묻고 다닌다는 거야?"

"복색이 어느 댁 노비 노릇을 하는 것 같던데."

"……혹 오른쪽 볼에 점이 있더냐."

심각하게 묻는 가현의 말에 그의 얼굴도 덩달아 심각해졌다.

"아는 사람이야?"

"물론. 잘 알지."

가현의 눈빛에 냉기가 서렸다. 허여소 그 여자의 노비였다. 이름이 금모라고 하였던가. 미간을 좁힌 채 골똘히 생각에 잠긴 가현을 쳐다보던 호준이 그녀의 어깨를 덥석 붙들었다. 놀란 가현이 고개를 들었다.

"걱정돼서 안 되겠어. 그냥 당장 떠나자. 이곳에 더 남아 있으려고 하는 이유가 뭔데! 이상한 계집이 널 캐묻기나 하고 말이야. 게다가……."

턱 끝에 힘을 잔뜩 준 그의 눈빛이 복잡한 감정들로 얽혔다.

"운, 그 개자식의 혼인식 날이 잡혔어."

멍하니 호준을 올려다보던 가현의 눈동자가 일순간 흐려졌다.

"허가에 물건을 댄다더니 어째 이 댁보다 소식이 빠르구나."

가현은 아무렇지 않은 척 웃어 보였다. 그 웃음이 더 그의 가슴을 쓰리게 했다.

"그리 웃지 마."

"그러면 울까."

"가현!"

"다 들린다."

"가현아……"

가현의 양어깨를 쥐며 그가 애타게 그녀를 불렀다.

"나 후회했어, 그날."

"……."

"널 그때 납치해서라도 데리고 갔어야 했다고 후회했다고. 냉궁에 갇혔다는 소식에 내 가슴이 얼마나 미어졌는지 알아?"

그의 진심 어린 목소리에 코끝이 먹먹해지고 시큰거렸다. 가현은 억지로 눈물을 참으며 입꼬리를 올렸다.

"전쟁이 일어나고 널 잃었다는 생각에 여러 날을 미친놈처럼 살았어. 그런데…… 널 이곳 대호국에서 다시 만난 거야."

"……."

"넌 내 하나뿐인 친우이기 이전에 내 심장보다 더 소중한 사람이다. 그런 네가 말라 비틀어져 가는 꼴 더는 못 봐, 난."

운이 가현을 아끼고 사랑해 주었다면 몰랐겠지만. 10년의 세월이 그를 바꿔 놓은 것인지. 운은 더 이상 가현을 위해 목숨을 내놓던 그 남자가 아니었다. 자신이 보기에 운은 완벽하게 다른 사람이었다. 호준은 손에서 느껴지는 앙상하게 마른 어깨에 더 확신했다. 그리고 결심했다. 반드시 가현을 데리고 떠나겠다고.

같이 갈까, 라는 물음을 그는 더는 하지 않았다. 출발 날짜가 정해지면 알려 주겠다고만 말하곤 돌아서 가 버렸다. 홀로 남은 가현은 눈물진 눈으로 멀어지는 그를 지켜보다가 안으로 들어갔다.

가현과 호준이 사라지고 난 자리에 누군가 불쑥 숨기고 있던 몸을 드러냈다.

'세상에……!'

그 상단주와 춘국의 계집이 몰래 떠나려는 모양이었다. 설마, 둘이 그렇고 그런 사이인가? 이는 분명 여소 아가씨께 희소식이었다. 빨리 알려야겠다는 생각에 돌아서던 금모는 몇 걸음 떼기 전에 제 머리를 주먹으로 콩 쥐어박았다. 서신을 깜빡한 것이었다. 고민하던 금모는 마침 커다란 빗자루를 들고 대문을 나서는 남노비를 불러 세웠다.

"이거 춘국의 그 계집에게 전해. 꼭, 전해야 해!"

얼떨결에 서신을 받아든 남노비는 확 하니 뛰어가 버리는 금모를 어이없게 바라보다가 뒤늦게 성을 냈다.

"뭐 저런 버르장머리 없는 계집이 다 있어!"

흙바닥에 빗자루를 내팽개치며 씩씩거리던 남노비는 손에 들린 서신을 내려다보았다.

"춘국의 계집이라니."

설마 가현을 말하는 것인가. 춘국에서 끌려온 가현을 모르는 사람은 이곳에선 거의 없었다. 일은 서툴렀지만, 누구에게 할 것 없이 잘 대해 주었고, 얼굴도 예뻐서 여노비들과 다르게 남노비들은 가현을 꽤 좋아했다. 개중 하나가 자신이었다.

머리를 긁적이며 서신을 빤히 보던 그가 빗자루를 집어 들고 대문 안으로 들어갔다. 그러곤 가현이 있을 만한 곳을 찾아다녔다.

가현은 그다지 멀리 떨어져 있지 않은 곳에서 새하얀 이불을 빨랫줄에 널고 있었다.

"가⋯⋯!"

가현을 발견하고 반색하던 남노비는 바람에 펄럭이는 새하얀 이불 사이로 드러나는 가현의 아름다운 얼굴에 그만 숨을 멈추었다.

반으로 곱게 묶은 결 좋은 머리카락이 바람에 이리저리 나부꼈다. 빨랫줄에 널어놓은 이불을 손으로 툭툭 치며 반듯하게 만들던 가현은 성가신 표정으로 머리카락을 귀 뒤로 넘겼다. 그러다가 멍하니 넋을 빼고 저를 보고 있는 그를 발견했다.

"내게 무슨 용건이라도 있는 것이야?"

"아! 어, 어! 그게⋯⋯!"

순식간에 벌겋게 달아오른 얼굴로 어쩔 줄 모르는 그가 재미나 가현이 그만 웃음을 터뜨렸다. 물방울이 톡, 튀기는 듯 맑은 웃음소리에 노비의 얼굴은 더 빨갛게 달아올랐다. 이러다가 혼절할 것 같아 가현은 계속해서 터져 나오려는 웃음을 꾹 참고 그에게 다가섰다. 붉은 얼굴로 힐끔거리며 가현을 보던 노비가 수줍게 뒤로 감춘 서신을 건넸다.

"저기 이거⋯⋯. 그, 그럼 난 가 볼게!"

가현이 받아들자마자 돌아선 그가 제대로 설명도 안 하고 도망쳐 버렸다.

"뭐야 이건. 고백이라도 받은 거야?"

이불을 같이 널고 있던 린린이 인상을 쓰며 다가와 가현의 손에 들린 서신을 빼 들었다. 그러곤 가현이 말하기도 전에 서신을 펼쳐 들었다.

"린린!"

린린을 타박하듯 미간을 좁힌 가현이 린린에게서 다시 서신을 빼앗아 들었다.

"쳇, 뭐 별거라고."

툴툴거리는 린린을 뒤로한 가현은 서신에서 눈을 떼지 못했다. 내내 툴툴거리던 린린은 갑자기 굳은 얼굴로 서신을 빤히 내려다보는 가현을 이상하게 보았다.

"뭔데 그래?"

"……아니, 아무것도."

서둘러 서신을 접어 품에 숨긴 가현이 린린을 지나쳐 빈 빨래 바구니를 집어 들었다.

"그만 가자."

영 이상하게 행동하는 가현을 빤히 지켜보던 린린이 뒤늦게 가현을 따라갔다.

"도대체 뭔데 그래."

"아무것도 아니라니까."

아무것도 아니긴. 분명 뭔가 있는데.

"혹시 허가에서 온 거야?"

분명 가현에게 다시 연락하겠다고 했다. 그 말은 린린의 머릿속에도 선명하게 남아 있었다. 린린이 가현의 어깨를 붙들며 소리를 높였다.

"뭐냐니까!"

돌아선 가현이 린린의 손을 쳐냈다.

"아무것도 아니라고 했어, 린린. 더는 묻지 마."

가현의 차가운 목소리에도 린린은 고집을 부렸다.

"내 말이 맞지! 그렇지!"

그러다가 저 앞에서 운이 진명과 함께 나오는 것이 보였다. 당황한 가현과 린린이 옆으로 비켜섰다. 고개를 숙여 그를 보지 않으려고 해도, 운에게 절로 시선이 향하는 것은 어쩔 수 없었다. 그 또한 가현을 보고 있는 것인지 시선이 느껴졌다. 그의 시선이 닿는 정수리가 어쩐지 화끈거렸다.

조용히 운의 앞으로 나온 진명이 린린에게 물었다.

"무슨 소란이냐."

"아, 아무것도 아닙니다."

아무것도 아니긴. 분명 싸우는 소리였다. 진명은 린린이 말을 할 때까지 가지 않을 작정인지 살벌하게 굳은 얼굴로 서 있었다. 가만히 허리를 숙이고 있는 가현을 응시하고 있던 운이 그래도 돌아섰다.

"……그만 가자."

저벅. 저벅.

멀어지는 그의 발걸음 소리가 귀에 들리지 않을 때까지 가현은 고집스레 고개를 내렸다.

"아하하!"

금모에게 상세히 전해 들은 여소가 갑자기 웃음을 터뜨렸다. 당황한 금모가 여소를 바라보았다.

"아가씨 갑자기 왜……."

"재미있지 않으냐. 다른 사내와 몰래 떠나려 한다니! 그 얼마나 웃긴 이야기인가!"

눈물까지 맺힐 정도로 웃던 여소는 속을 틀어막고 있는 돌덩이가 밑으로 쑥 내려간 기분이었다. 어쩌면 일이 더 쉽게 끝이 날 수도 있을 것 같았다. 여소는 화장대 앞으로 가 앉았다. 자연스럽게 여소의 뒤를 따라간 금모가 빗을 집어 들었다.

"오랜만에 네가 큰일을 했으니, 내 너에게 선물을 하나 해 주마. 무엇이든 말하렴."

결 좋은 머리카락을 빗던 금모의 얼굴이 환해졌다.

"참입니까?"

거울을 통해 금모를 바라보던 여소가 활짝 웃었다.

"물론 참이지."

그렇게 말하곤 여소는 평소보다 화려하게 치장했다. 그러곤 해가 저물 즘, 금모와 함께 밖을 나섰다.

"어찌 될까."

창가에 서서 여소가 나가는 것을 지켜보던 홍요가 은근히 웃었다.

"이렇게 했는데도 안 끊어질까."

역겨울 정도로 징글징글한 그 인연은.

부디 허여소가 그들의 인연의 실을 끊어 주길 홍요는 바랐다.

짹짹!

대문에서 눈을 뗀 홍요가 새장 안에서 요란하게 우는 새를 바라보며 생긋 웃었다.

"너도 기대가 되는 게지?"

* * *

황제의 술상은 저잣거리의 평민들 것보다 못했다.

안줏거리라고는 아무것도 없었고, 술병 하나와 잔 두 개가 전부였다. 하나 황제는 진귀한 음식이 가득한 술상은 싫어했다. 이것이 그에겐 진귀한 술상보다 더 값진 것이었다.

전각에 비스듬히 기대앉은 황제 운덕은 이따금 들려오는 풀피리 소리를 벗 삼아 잔을 기울였다. 그 옆에서 운은 전각 아래 달빛에 은은하게 비치는 물을 말없이 바라보았다. 바람에 흩날리는 꽃잎을 따라가던 운덕의 눈에 옛 기억이 스쳤다.

"널 처음 만났을 때가 떠오르는구나."

황제 운덕은 과거의 이야기를 자주 하지는 않았다. 이따금 이렇게 운과 술잔을 기울이다가 이야기를 하곤 했다.

"너의 첫인상이 어떤 줄 아느냐."

"……어떠했습니까."

운의 물음에 운덕이 피식 웃었다.

"아주 지독하였지."

평온하기만 하던 지금의 대호국과 다르게 피 냄새가 진동하던 때였을까. 갑작스럽게 선황제가 승하하고 황자의 난이 시작된 것이었다.

운덕의 꿈은 그저 가늘고 길게 사는 것이었다. 하루 벌어 하루 먹고 사는 평민들의 삶처럼 그냥 사랑하는 이들과 함께 살아가는 것. 그것이 그의 꿈이었다. 계승권도 없는 황자일 뿐이었지만 엄연히 황제의 핏줄이었고, 황자들은 자신들에게 해가 될 거라고 여겨 운덕을 싸움에 끌어들였다. 운덕은 살기 위해 황자의 난에 끼어들게 되었다.

피 끓는 전쟁터에서 운덕은 시간이 어찌 흐르는지 모른 채 지칠 때까지 검을 날렸다. 그러다가 그만 큰 상흔을 입게 되었고, 도망쳐야 했다. 아무도 찾지 않는 곳을 찾다가 우연히 들어간 곳이 대호국에서 가장 험하다고 하는 노역장이었다.

그곳까지 흘러 들어가게 된 운덕은 운명처럼 한 사내를 만났다. 피가 울컥울컥 새어 나오는 옆구리를 틀어쥐고 비틀비틀 걷던 운덕을 발견한 적이 검을 날릴 때였다. 갑자기 나타난 엉뚱한 놈이 맨손으로 검을 쥐는 게 아니겠는가. 날카로운 칼날이 손바닥을 파고드는데도, 눈 하나 꿈쩍하지 않고 검을 맨손으로 틀어쥔 사내는 운덕의 앞을 막아서며 살벌하게 들끓는 눈으로 말했다.

'건드리면 죽여 버린다.'

마치 자신을 여인으로 아는 건지, 이상한 말을 중얼거리며 운덕을 뒤로 물렸고, 적을 맨손으로 제압했다. 순식간에 그에게 당한 적은 검 한번 날려 보지 못하고 그대로 쓰러졌다. 피가 떡이 되어 숨이 끊어졌는데도 그는 미친 듯이 주먹을 퍽퍽! 내리꽂았다. 만약 운덕이 그를 붙들지 않았다면, 그의 얼굴이 죄 망가져 형태를 알아볼 수 없을 때까지 멈추지 않았을 것이다.

* * *

그 뒤로 정신을 잃은 것인지.

퀴퀴한 냄새가 가득한 골방에서 눈을 뜬 운덕은 구석에 쪼그리고 앉아 있는 사내를 발견하곤 호기심을 보였다.

'고맙긴 한데, 넌 도대체 누군데 날 구한 것이냐?'

10장

죽은 것인지 산 것인지. 숨소리도 하나 없이 가만히 앉아 있던 그가 고개를 움직였다. 덥수룩한 머리카락 사이로 보이는 눈빛은 순간 숨이 멎을 것 같은 살기로 들끓었다.

무슨 분노와 울분이 가득하여 저런 눈을 하는 것인지 새삼 궁금하였으나, 목구멍에 주먹만 한 돌덩이가 박힌 듯 어떠한 소리도 나오지 못했다. 운덕은 마른침만 꿀꺽 삼키며 사내의 눈빛을 마주했다.

'일어났으면 얼른 꺼져.'

메말라 갈라진 입술을 느리게 달싹이며 운덕에게 욕지거리를 한 그는 그대로 일어서 방을 나가 버렸다. 지금 와서 생각해 보면 정말 재수 없는 놈이 아닌가. 그래도 어쩐지 그가 밉지는 않았다.

어찌 되었든 운덕 또한 운의 말을 무시하곤 진명이 자신을 구하러 올 때까지 이곳에 몸을 숨겼다. 자연스럽게 노역장에서 살게 된 운덕은 매일 운을 관찰하는 것으로 하루를 보냈다.

운은 매일 새벽같이 일어나 자정이 다 될 때까지 일만 했다. 광활한 광산을 오르내리며 무거운 돌을 등에 짊어지고도 운은 신음 하나 흘리지 않았다. 고작 먹는 거라곤 주먹밥 하나뿐이면서, 우습게도 운은 자신의 몫을 제 골방에 숨어 지내는 운덕에게 주었다. 그것을 몰랐던 운덕은 운이 제 몫을 먹고 나머지를 건넨 줄로 착각했었다.

그 사내의 이름을 알게 된 건 그로부터 며칠이 지난 어느 날이었다. 참으로 멋없는 이름을 가진 운의 몸은 온통 흉터로 가득했고, 이따금 발작을 일으키곤 했다. 운덕이 그를 깨우려 할 때면 간신히 정신을 차린 운은 운덕의 볼우물을 손끝으로 매만지며 씁쓸하게 웃고는 했다.

그 이상한 행동으로 운덕은 운이 자신을 구해 준 이유를 알게 되었다.

자신의 볼우물이 운의 연인과 닮았기 때문이었다.

얼굴도 이름도 모르는 그 여인에게 고맙다고 인사를 해야 할지. 우스운 생각을 하며 운덕이 운에게 물었다.

'연모하는 여인과 닮은 것이냐?'

'연모?'

운덕의 물음에 운은 처음으로 미친 듯이 웃었다. 미친놈처럼 웃던 운이 운덕의 목덜미를 틀어쥐며 이죽거렸다. 또다시 그 눈빛이었다. 운은 전장에서 보았던 피비린내 나는 눈보다 더 섬뜩한 살기가 흐르는 눈으로 운덕을 노려보았다.

'그 계집은 내게 연모가 아니다. 그저 죽이고 싶을 뿐이지. 지금 당장 눈앞에 있다면 그 계집의 목을 꺾어 날 괴롭히는 독을 없애고 싶다. 그 계집을 죽이기 위해서라도 난 반드시 이곳을 나갈 거야.'

참으로 이상한 말이었다.

정녕 그 여인을 죽이고 싶다면 운은 운덕을 구하지 않았을 것이었다. 그리고 이렇게 숨겨 주지도 않았겠지.

하나, 운덕은 아무 말도 꺼낼 수 없었다. 그렇게 말하는 운의 얼굴이 너무 절박하여서.

그로부터 이틀 뒤 진명이 수하들과 함께 운덕을 데리러 왔다.

'너 내 아우 할래?'

그리고 운덕은 운에게 제안했다. 이곳에서 나가게 해 주겠다고. 운은 말없이 운덕이 내민 손을 보다가 한참 뒤에 잡았다.

* * *

"널 그때 그곳에서 데려온 것이 내겐 큰 행운이었다. 아니, 널 만난 것부터 행운이었지. 그 공은 어쩌면 가현 그 여인일지도."

웃음기가 섞인 목소리로 옛 기억을 꺼내던 운덕이 실실 웃으며 다시 술잔을 들었다. 운은 말없이 운덕의 빈 술잔에 술을 채워 넣었다.

"운아."

그런 그의 시선을 운덕이 붙들었다. 자연스럽게 시선을 올린 운이 올곧고 선명한 눈으로 운덕을 바라보았다.

"하문하십시오, 폐하."

"혼인식 날이 정해졌다지?"

그 올곧고 단단한 눈은 언제나 이리도 사적인 일로 곧잘 흔들렸다. 그것이 재미있기도 했고 한편으론 투기가 나기도 했다.

"……예, 그렇습니다."

"그 여인을 어찌할지 아직 정하지 못한 게냐?"

"……."

"아니, 그 가현이라는 여인이 정녕 네게 독과 같으냐?"

"……."

짐승의 날것처럼 가슴에 품은 울분을 드러낼 때면 언제나 그 앞엔 가현이 있었다. 운은 그를 독이라 칭하지만, 운덕은 다른 것으로 보였다. 하나 저 고집불통은 자신의 말을 듣지 않겠지. 스스로 깨우쳐야 했다.

"독이든 아니든 비겁하게 혼인으로 도망을 쳐 다른 여인에게 마음의 상처를 주지는 마라, 운아. 넌 비겁하게 도망치는 놈이 아니지 않느냐."

대신 운덕은 염려가 담긴 말로 운을 타이르곤 다시 술과 바람, 이따금 흩날리는 꽃잎에 집중했다. 운은 그 옆에 무릎을 꿇고 앉아 운덕의 빈 잔에 술을 따라 주었다.

* * *

하품을 쩍 하던 문지기는 옆을 지나는 운을 뒤늦게 발견하곤 등에 힘을 주며 경례했다. 짧은 고갯짓으로 문지기에게 답한 운이 무심히 활활 타오르는 화로를 지나 성문을 빠져나갔다.

"나오셨습니까."

미리 말을 대기시키던 운을 기다리던 진명이 그에게 다가와 허리를 숙였다. 그러나 운은 진명을 보지 않았다. 저 너머 벽에 숨어 자신을 지켜보고 있는 어린 소년에게 시선을 두었다.

"나와."

운의 묵직한 한마디에 진명이 의아하게 뒤를 돌아보았다. 삐쭉거리며 벽에서 나온 아이가 주춤주춤 느린 걸음으로 운에게 다가왔다. 운은 무심히 아이가 다가올 때까지 기다려 주었다.

"이 늦은 시각에 여긴 왜 기웃거리는 거지?"

자정이 다 되어 가는 시각에 이런 어린아이가 이 근처를 얼쩡거리다니. 영 수상하여 진명이 경계하듯 아이를 살폈다.

"저, 저는 심부름을 왔습니다……!"

머뭇거리며 말을 꺼내던 아이가 기어코 눈을 꽉 감으며 소리쳤다. 귀가 얼얼할 정도로 소리를 친 아이는 손에 들고 있던 서신을 운에게 던지듯 건네곤 줄행랑을 쳤다. 어처구니없는 얼굴로 사라지는 아이를 바라보던 진명이 운에게 물었다.

"쫓을까요?"

"되었다."

진명의 말을 거절한 운이 서신을 펼쳤다. 곧 운의 미간이 좁혀졌다. 그를 살피던 진명이 조심스럽게 물었다.

"심각한 일입니까?"

"들러야 할 곳이 있다."

진명을 스쳐 빠르게 말에 오른 운이 고삐를 붙들고 말의 머리를 틀었다.

"주군! 주군 잠시 기다……!"

순식간에 가 버리는 운을 부르짖던 진명이 당황한 기색이 역력한 얼굴로 서둘러 말에 올랐다.

* * *

홍등의 불이 꺼지고, 집안을 밝히던 모든 불이 꺼졌다. 모두가 잠이 들 시각이었다. 드르륵, 그 정적을 깨고 문을 연 가현이 주위를 살피며 바깥으로 나왔다.

"기다려."

건물을 빠져나오기도 전에 잠이 든 줄 알았던 린린이 가현의 옷자락을 붙들었다. 당황한 가현이 뒤를 돌아보았다.

"안 잔 거야?"

"잠든 척한 거야."

"뭐?"

가현이 미간을 찌푸렸다. 잠이 든 척을 했다니. 그러고 보니 린린은 여느 때처럼 코를 골지 않았던 것 같다. 뒤늦게 그를 깨달은 가현이 허탈하게 웃음을 흘렸다.

"같이 가자."

가현의 옷자락을 놓은 린린이 앞서 걸었다. 이번엔 가현이 린린의 옷자락을 붙들었다.

"혼자 가도 된다."

"허가의 아가씨 성정이 어떠한 줄 알아? 네게 무슨 짓을 할지 모른다고."

"죽이기야 하겠느냐."

"……."

우습다는 듯 웃던 가현은 딱딱하게 굳은 린린의 얼굴에 웃음을 멈추었다.

"죽을 수도 있겠구나."

"같이 가."

"너와 상관없는 일이야, 린린. 게다가 너까지 방에 없으면 어찌하려고. 네가 남아 잘 둘러대야 할 게 아니냐."

여린 얼굴과 다르게 가현은 굉장히 고집스러웠다. 정말이지 짜증이 솟구쳐 오를 정도로 답답하기 짝이 없었다. 미련하게 곧이곧대로 허여소의 말을 듣고 자정에 길을 나서려는 것도 그러하고. 융통성 없이 같이 가겠다고 말하지도 않았다. 욕지거리라도 내뱉어야 속이 시원하겠다는 듯 험악하게 구겨진 얼굴로 린린이 쳐다보자 가현이 작게 웃음을 터뜨렸다.

"그러다가 얼굴 터지겠구나."

툭툭 가볍게 린린의 어깨를 두들긴 가현이 그대로 멀어졌다. 돌아선 린린이 가현을 노려보다가 한숨을 푹 내쉬었다.

"한 시간 내로 돌아오지 않으면 소소 님께 당장 고할 거야."

"……다녀오마."

잠시 멈춰선 가현이 조용한 걸음으로 밖을 나섰다. 린린은 걱정이 한가득인 얼굴로 가현을 지켜보았다.

* * *

도와달라며 서둘러 와 달라는 여소의 말과 다르게 분위기는 매우 평온했다. 전혀 위험해 보이는 인물도 없었다. 흐트러짐 없이 완벽한 얼굴로 앉아 차를 마시고 있을 뿐이었다.

"급하신 건 없는 듯하니 이만 돌아가 보겠습니다."

싸늘하게 여소를 내려다보던 운이 돌아섰다. 탁! 소리 나게 찻잔을 내린 여소가 그를 붙잡았다.

"그냥 불렀다면 무시하셨겠지요."

천천히 돌아선 운이 특유의 냉랭한 기운이 감도는 눈으로 여소를 응시했다. 그 시린 눈빛만으로도 여소는 제 볼이 뜨겁게 달아오르는 것을 느꼈다.

"이 늦은 시각에 혼인도 안 한 여인이 사내를 부르는 것은 옳은 일이 아닙니다."

저 강렬한 시선만으로도 자신의 마음을 사로잡는 사내는 운밖에 없었다. 그렇기에 보면 볼수록 욕심이 났다. 여소는 느리게 운을 훑어 내렸다. 고귀한 아가씨답지 않게 노골적으로 훑는 끈적한 시선에 운의 새까만 눈동자에 경멸이 스쳤다. 그를 알아챈 여소가 눈을 반달로 만들었다. 탐욕스러운 자신의 욕망을 그에게 들켰는데도 여소는 개의치 않았다.

"후후, 겉으로 보는 것처럼 고리타분하십니다, 전하. 뭐, 그런

점이 마음에 들지만요. 우선 자리에 앉으시지요."

"마차를 부르겠습니다. 집까지 모실 테니 준비되면 나오시지요."

"매정하게 굴지 마시고 앉으세요. 전하께서 혹할 만한 이야깃거리를 들고 왔으니 말입니다."

"……반드시 혹할 만한 이야기여야 할 것입니다."

"그렇지 않으면 제게 벌이라도 주시게요?"

"……."

운이 답하지 않자 여소가 다시금 웃었다.

"아주 우연히 춘국의 과거를 기억하는 사람에게서 어떤 이야기 하나를 들었습니다."

느리고 우아한 손짓으로 탁상 위에 놓인 술잔을 빙빙 돌리며 여소가 이야기를 시작했다. 언제나 제 명치끝을 아리게 하는 춘국이 여소의 입에서 언급되자 운의 얼굴이 미세하게 일그러졌다.

"영민하나 신분이 미천하여 노비로 살았던 한 사내와 철없이 그 사내를 얻으려 했던 반가의 아가씨 이야기지요."

"……혹할 만한 이야기는 아닌 듯합니다. 혼자 오신 건 아닌 것 같으니 먼저 나가 보겠습니다."

싸늘하게 말을 건넨 운이 그대로 돌아서 문 쪽으로 걸어갔다.

"그 가련한 사내는 온 마음을 다해 그 여인을 연모하였지만, 그 여인은 왕의 후궁 자리가 탐나 그를 처참하게 버렸다 합니다."

채 두 걸음도 가지 못하고 운은 멈추었다. 발끝부터 타고 오르는 냉한 기운이 그의 온몸을 얼어붙게 했다. 천천히 시선을 든 여소는 느리게 입매를 끌어올리며 운의 등을 올려다보았다.

"혹여나 훗날 제가 천한 노비와 놀아난 것을 왕이 알까 두려웠던 그 아가씨는 사람을 시켜 그에게 약 하나를 먹였다고 합니다. 그 노비의 이름은 운이었고, 그 아가씨의 이름은 가현이라지요."

"그 여인 때문에 이곳 대호국까지 끌려와 모진 고초를 당했으면서, 그녀를 데려온 이유가 뭘까 생각을 해 보았습니다."

"……닥치시오."

허리춤에 차고 있는 검 손잡이를 꽉 쥔 그가 살기로 들끓는 눈을 하고 여소를 돌아보았다. 여소는 멈추지 않고 그를 도발했다.

"그 여인에게 복수하려고 데려온 것입니까."

"……닥치라고 했소."

"눈빛을 보아하니 그 여인을 똑같이 만들 작정으로 데려온 것이 맞……!"

쾅!

성큼 다가온 운이 주먹으로 탁상을 내리쳤다. 그 위에 놓여 있던 그릇들과 술잔이 덜그럭거리다가 그대로 바닥으로 떨어져 파삭! 깨져 버렸다. 갑작스러운 그의 행동에 놀란 여소는 저도 모르게 제 치맛자락을 힘껏 쥐었다.

하나, 그가 여소의 심장을 파고들어 낭자할지언정 허여소는 멈출 생각이 전혀 없었다. 목덜미의 푸른 핏줄이 팽팽하게 솟을 정도로 뻣뻣해진 목을 들어 올린 여소가 그를 피하지 않고 받아쳤다.

"죽일 거면 당장 죽이세요. 옛정에 망설이시는 것이라면 제가 대신해 드리겠습니다."

"당신이 상관할 일이 아니라고 했어!"

미친 듯이 폭발할 것 같은 힘을 누르기라도 하듯 탁상 끄트머리를 쥔 손등에 핏줄이 불거졌다. 분노와 살기로 일렁이는 그의 새까만 눈에 숨이 넘어갈 것처럼 두려웠으나 여소는 악으로 버텼다.

"난 며칠 후에 당신의 아내가 될 사람이에요. 난 지금껏 단 한 번도 내 것을 다른 이와 나누어 본 적이 없어요!"

악에 받친 여소의 얼굴을 들끓는 눈으로 사납게 응시하던 운의 입술이 냉소로 비틀렸다.

"고작 정략혼에 많은 기대가 있는 것 같은데."

우악스럽게 여소의 가녀린 턱을 힘주어 붙든 운이 코앞으로 홱 끌어당겼다.

"흑!"

턱뼈가 부서질 듯 조이는 그의 힘에 여소의 목울대가 크게 움직였다. 코앞까지 다가온 그의 새까만 눈동자는 등줄기가 저려 올 정도로 섬뜩하게 가라앉아 있었다.

"그대가 기대하는 그 어떤 것도 이 정략혼엔 없다는 걸 기억하시오. 다시 한번 더 이런 일로 내 심기를 거스른다면 그대의 목을 내어놓아야 할 것이오."

"……난 허가의!"

"큭, 혼인으로 날 당신의 것이라 칭하면서 이건 모르나 보군. 혼인 후 당신은 허가의 사람이 아니라 내 집안의 사람이 되오. 아시겠소? 내가 그대의 목을 비틀어도 허가에선 결코 관여할 수 없다는 뜻이오."

악에 받친 얼굴을 하고 있던 여소의 눈이 두려움으로 일렁였다.

그녀를 경멸스럽게 바라보던 운이 쥐고 있던 턱을 내팽개쳤다. 휘청거리며 쓰러지듯 제자리에 앉게 된 여소가 눈물로 얼룩진 눈으로 발악하듯 입술을 깨물었다.

돌아선 운은 빠른 걸음으로 문으로 다가가 활짝 열었다. 그러나 나가지 못했다.

"……왜, 당신이."

사색이 된 채로 얼어붙은 가현이 문 앞에 서 있었다. 가현의 등장에 당황한 운의 눈빛이 빠르게 요동쳤다.

멍하니 운을 올려다보던 가현의 시선이 그의 뒤에 있는 여소에게로 돌아갔다. 여소는 가현을 기다렸다는 듯 비웃음을 머금고 입을 열었다.

"그 노역장이 어떠한 곳인지 아십니까. 대호국, 아니 이 대륙에서 가장 혹독한 곳이지요. 차라리 죽고 싶을 정도로 끔찍한 고통을 그분께선 여전히 겪고 계십니다."

"닥쳐!"

운이 고함을 지르며 여소의 말을 막으려고 했지만, 여소의 말은 이미 날카로운 가시가 되어 가현의 심장 한가운데에 꽂혔다.

"당신이 곁에 있는 한, 저분은 평생을 그 고통에서 빠져나오지 못할 겁니다. 당신이 그분을 저리 만들어 놓은 걸 알았는데도 설마 아무렇지 않은 얼굴로 곁에 있겠다고 하지는 않으시겠지요?"

린린의 말대로 죽이는 것은 아니었다. 차라리 죽임을 당하는 것이 더 나았을지도 모르겠다. 거칠게 일렁이는 운의 시선을 외면하듯 천천히 돌아선 가현이 그대로 밖을 나섰다.

가현……!

당장에라도 가현을 붙들어야 하는데 손이 움직이질 않았다.

"아 참, 그 여인은 아마 돌아가지 않을 거예요. 다른 사내와 함께 떠난다고 하더군요."

여소는 굳어 있는 운을 향해 비소를 날렸다. 여소의 말도 비소도 운에겐 닿지 않았다.

심장이 미친 듯이 뛰었다. 머릿속이 텅 비어 어떠한 목소리도 나오지 않았다. 발이 땅에 들러붙은 건지 움직일 수도 없었다.

저 어두움 속으로 가현이 사라지고 있는데, 당장 쫓아가 그녀를 붙들어야 하는데…….

어떻게 된 일인지 빌어먹을 이 몸뚱이가 움직이질 않았다. 그저 넋을 놓고 서 있던 운은 움직여지지 않는 몸을 간신히 이끌며 가현을 쫓았다.

* * *

허여소가 건네준 서신에 적힌 대로 올 적엔 보슬비가 내렸는데, 어느새 빗줄기가 굵어져 가현의 정수리와 어깨를 아프게 내리쳤다. 가현은 저벅저벅 흙탕물로 변한 땅 위를 홀로 걸었다. 어디로 가야 하는지 길은 알지 못한 채, 그냥 걷기만 했다.

'그 여인 때문에 이곳 대호국까지 끌려와 모진 고초를 당했으면서, 그녀를 데려온 이유가 뭘까 생각을 해 보았습니다.'

'그 여인에게 복수하려고 데려온 것입니까.'

여소의 말이 계속해서 머릿속을 윙윙 울렸다.

나와 운의 사이는 결코 그런 것이 아니라고 소리치고 싶었지만 그랬던 거였……구나, 하고 납득이 되어 버렸다.

처음 운과 재회하였을 때부터 느끼고 있었던 불안감이, 그 기시 감이 무엇이었는지 가현은 이제야 알 것 같았다.

"기다……!"

운은 자신을 죽이고 싶었던 것이다. 그래서 자신을 이곳 먼 대호 국까지 데리고 온 것이다. 비바람이 눈 앞을 가리든 말든 그저 멍 하니 걷고 있는데, 누군가 뒤에서 가현의 팔을 거칠게 붙잡았다. 순식간에 뒤로 돌아간 몸이 이리저리 휘청거렸다.

안 그래도 앙상한 몸은 금방이라도 꺾일 듯했다. 어쩌면 그 자리 에서 가현의 목은 이미 꺾인 건지도 모르겠다.

그것을 원했는데, 분명 가현을 죽이기 위해 그 끔찍한 지옥에서 버텼는데. 어째서 텅 비어 버린 그녀의 눈이 이토록 무섭고 두려울 까. 손에 쥔 팔을 놓치면 그녀는 빗물에 쓸려가 버릴 거 같아 운이 손에 힘을 더 주었다.

"나는 너와 못다 한 이야기를 나누고 싶었다, 운아."

멍하니 운을 올려다보던 가현이 느릿하게 입을 뗐다. 메마른 입술 새로 나오는 목소리는 가슴이 시릴 정도로 공허했고, 탁했다. 듣기 좋게 울리던 그녀의 맑고 선명하던 목소리는 어디에도 없었다.

"그런데 난 그럴 자격도 없는 것이었어."

사납게 일그러진 얼굴로 가현을 응시하던 운이 떨어지지 않는 입을 억지로 뗐다.

"……변명이라도 해 봐."

변명……?

"내가 널 사지로 몬 것은 똑같은데 무슨 변명이 필요하겠느냐."

가현이 바스러질 것 같은 미소에 운의 눈동자가 빠르게 흔들렸다. 미친 듯이 쿵쾅대는 심장은 금방이라도 터질 것 같았다. 무섭다, 두렵다. 이대로 그녀를 잃어버릴 것 같……? 잃어버린다니. 처음부터 제 손으로 버리려 데려온 여인이 아닌가…….

"네 마음에 품은 것이 독이었구나, 그렇지?"

잊을 때마다 발작하며 고통스러워했던 것이, 온몸에 가득하던 흉측한 흉터들이 모두 자신으로 인한 것이었다. 그것을 가현은 스스로 용납할 수 없었다.

"……처음부터 널 욕심 내지 않았다면."

죽어서도 인정하고 싶지 않았던 말을 가현은 피 토하는 심정으로 꺼냈다.

"그랬다면 넌 이렇게 고통 속에서 살지 않았을 게야."

운은 차마 말을 잇지 못했다. 가현의 말이 전부 맞았다. 저 또한 그렇게 생각하고 있었다. 전부 가현 때문에 벌어진 일이라고 원망하고 또 원망했다. 빗속에 그대로 노출된 가현의 얼굴은 핏기가 보이지 않을 정도로 창백했다.

"나에 대한 마음은 사라지고 그 자리에 오직 나로 인한 독밖에 남지 않은 것이었어. 그런데도 난 바보같이 네가 날 데려와서."

"……."

"그래서 아니라고 하지만, 그래도 아직 나에 대한 마음이 남아 있다고 그렇게 생각했는데. 넌……. 날 죽이기 위해 데려온 것이구나. 한데, 왜 날 죽이지 않니?"

입이 붙어 버린 것처럼 어떠한 목소리도 새어 나오지 못했다. 무슨 말이라도 해야 하는데 입이 열리지 않았다.

"망설이지 않아도 되는 것을. 여전히 넌 바보같이 다정하기만 하구나."

가현이 공허한 웃음을 흘리며 돌아섰다. 순간, 아슬아슬하게 뛰던 신경이 툭 끊겼다. 순간적으로 제 손에서 빠져나가는 가현을 붙든 운이 목소리를 쥐어짜며 물었다.

"지금…… 어딜 가는 거야."

"지금 여기서 날 죽이지 못하겠다면, 날 보내 주렴."

이 바보 같은 놈은 저를 죽이지 못할 거였다. 그러니 여태까지 그 독을 품고 있으면서도 저를 놓지 못하고 있는 것이겠지.

어째서 그가 전장으로 가지 않고 노역장으로 팔려 갔는지는 묻지 않아도 알 수 있었다. 그 이야기를 듣는 순간 오라비의 얼굴이 떠올랐으니까. 아마도 오라비는 내게 운을 살려 주겠다고 거짓을 말한 것일 테다. 그리고 뒤에선 운을 다른 곳으로 팔아 버린 것일 테지. 참으로 순진하게도 자신은 그것을 철석같이 믿은 것이다.

그 바보 같은 순진함으로 운을 사지로 내몬 건 바로 자신이었다. 그리고 이 바보 같은 놈은 차라리 행복하게 잘 살기나 하지.

아니, 차라리 절 만난 순간 숨통을 끊어 놓지. 그래서 그만 자유로워지지. 그러지도 못하고 절 끌어안고 매일 밤을 고통스러워하고 있었다. 그러니 자신이 그를 놓아야 했다. 운은 자신을 놓을 수 없을 테니까.

"죽일 테냐."

가현의 도발에 운의 눈빛이 살벌하게 들끓었다. 힘주어 붙들고 있던 가현의 팔목을 내던진 운이 허리춤에 차고 있던 검을 빼 들었다. 날카로운 소리가 빗소리에 뒤섞였다가 사라졌다. 하늘 높이 빼 든 검을 꽉 쥔 운이 가현의 가녀린 목에 갖다 대었다.

"죽이지 못할 듯싶은가."

기개 어린 그의 목소리와 다르게 검을 쥔 손이 바들바들 떨렸다. 흔들리던 검날이 기어코 목에 흠집을 내었다. 벌어진 틈으로 주르륵, 흐르는 피에 운의 얼굴이 험악하게 구겨졌다.

"제기랄!"

챙그랑!

바닥에 내던져 버린 운이 가현을 향해 제 울분을 토해 내었다.

"처음부터 널 데려오지 말았어야 했어!"

10년간 가슴에 품었던 독을 거침없이 내뱉은 운을 바라보며 가현은 이를 악물고 터져 나오려는 울음을 참았다. 죽일 듯이 가현을 쏘아보던 운이 턱 끝에 힘을 주었다.

"독이라고 했는가. 그래 넌 내게 끔찍하고 역겨운 독밖에 되지 않는다."

"……."

"그러니 차라리 이대로 떠나 내 눈앞에서 영영 사라져 버려. 혹여, 다음번에 다시 만나게 된다면, 그땐 네년의 숨통을 끊어 놓을 것이니."

운이 허리를 숙여 내던진 검을 주워들었다. 그러곤 비와 함께 어둠 속으로 홀연히 사라졌다. 그가 점이 되어서 사라질 때까지 우두커니 서 있던 가현이 메마른 미소를 지었다. 뒤늦게 돌아선 가현은 정처 없이 다시 길을 따라 걷기 시작했다. 그러나 몇 걸음도 채 가지 못하고 쓰러졌다.

'연모합니다, 아가씨.'

'제가 감히 아가씨를 가져도 되겠습니까?'

빗물에 볼을 파묻은 채 엎어져 있던 가현은 운의 물음에 답하지 못하고 눈꺼풀을 내렸다.

쏴아아아아아아–

바닥에 쓰러진 그녀의 가녀린 몸 위로 비가 미친 듯이 쏟아져 내렸다.

* * *

새벽이 다 되어도 가현이 오지 않자, 더는 기다릴 수 없었던 린린이 방을 박차고 나섰다. 조금 전까지 미친 듯이 쏟아지던 비는 여전히 내렸지만, 아까보단 빗줄기가 가느다래졌다. 그 빗속을 뚫고 밖으로 나오던 린린은 갑자기 끼이익, 열리는 대문에 설마 가현인가 싶어 빠르게 발을 놀리다가 멈추었다.

가현이 아니라 주인님이었다. 물에 들어갔다 나온 것처럼 머리부터 발끝까지 젖어 있는 주인의 창백한 얼굴은 섬뜩할 정도로 무서웠다.

"오셨습니까, 전하."

당황한 린린이 이러지도 저러지도 못하는 얼굴로 어정쩡하게 서 있는데, 소소가 나와 그를 마중했다. 안으로 들어서던 운이 걸음을 멈추었다.

"오지 않을 거다."

알 수 없는 말을 소소에게 건넨 운은 차갑게 얼어붙은 얼굴로 소소와 린린을 스쳐 지나갔다. 누구인지 운은 말하지 않았지만 린린과 소소는 누가 오지 않는다는 것인지 정확하게 알아들었다. 운이 건물로 들어갈 때까지 굳은 채 서 있던 소소가 천천히 뒤를 돌아 린린을 마주했다. 린린은 그만 참지 못하고 눈물을 흘렸다.

"가현이가…… 안 옵니까?"

"일찍 일어났구나. 이왕 나온 거 부엌으로 가 일 좀 거들렴."

소소는 아무것도 듣지 못했다는 얼굴로 린린을 지나쳤다.

"그렇게 아꼈으면서! 가현이 어디 있는지는 알아봐야지요!"

린린이 억울해 죽겠다는 얼굴로 소리쳤으나, 소소는 들은 척도 안 하고 들어가 버렸다. 눈물로 얼룩진 눈으로 소소를 쏘아보던 린린은 그대로 철퍼덕 주저앉았다.

"그러니까 내가 분명 같이 간다고……. 이 빌어먹을 계집!"

* * *

새벽녘이 가까워져 올 때야 허여소가 집으로 돌아왔다.

허여소의 얼굴을 보아 일이 잘된 모양이었다. 그때부터 아침이 가까워져 올 때까지 잠에 들지 못하고 창가 의자에 앉아 있던 홍요는 뒤에서 느껴지는 인기척에 입매를 늘였다.

"요즘 들어 통 잠에 들지 못하더니."

두툼한 손으로 가느다란 허리를 끌어당겨 품에 안은 태웅이 습관처럼 홍요의 목덜미에 입술을 묻댔다.

"으음."

아침부터 달라붙는 그의 애무에 고개를 살짝 비튼 홍요가 눈을 지그시 감았다 뜨며 신음을 흘렸다.

"그냥요. 비가 갠 날씨가 참으로 마음에 들어서요. 어쩐지 화창할 것 같습니다."

호호호, 작게 웃던 홍요가 손을 들어 그의 볼을 부드럽게 쓸어내렸다.

"어서 나갈 준비 하시지요."

"음, 싫다. 난 너와 더 있다 갈 생각이다."

"중한 회의가 있다 하지 않으셨습니까."

홍요의 말을 들은 척도 안 하고 그녀를 침대로 끌어들인 태웅은 기세 좋게 걸치고 있던 옷을 벗었다. 가늘게 웃음을 흘리며 침대에 누운 홍요가 매혹적으로 입술 끝을 끌어올렸다. 나른한 듯 그녀의 얼굴과 몸을 탐욕스럽게 훑던 태웅이 위에 올라탔다.

"너와의 시간은 아직 충분하구나."

그가 고개를 숙이자 뜨겁고 습한 기운이 입술에 닿았다. 까끌까끌한 턱수염과 함께 그의 입술이 홍요의 입술을 간지럽혔다.

"그러시다면야."

양팔로 그의 목을 끌어안은 홍요가 입술을 천천히 벌리며 그를
받아들였다.

* * *

'아버지! 아버지! 운이가 또 절 피합니다!'

참 그리운 꿈의 한 장면이었다. 그토록 좋아하는 유과를 잔뜩
사 주었는데, 운은 여전히 가현을 피하기만 했다. 그게 참 서러웠
던 어린 가현은 아비에게 달려가 그를 끌어안으며 엉엉 울음을 터
뜨렸다.

'또 운을 괴롭힌 게냐.'

허허허.

가현을 안아 든 아버지 서 대감은 보고 있던 서책마저 놓아두곤
아이를 달래 주었다. 아비의 옷에 콧물이며 눈물이며 범벅으로 만
든 가현은 여전히 서러운지 훌쩍였다.

'저는 운이가 참 좋은데, 어찌하여 운이는 절 좋아하지 않는 걸
까요?'

'아니다, 운이도 가현이 널 참으로 좋아한다. 이리 어여쁘고 고
운 아이를 누가 싫어하겠느냐.'

'한데 운이는 저만 보면 인상을 쓰는걸요.'

'이 아비도 어릴 적 좋아하는 여인의 앞에선 인상을 쓰고 있었다.'

'왜요?'

순진무구한 물음에 아버지가 웃었다.

'그야 부끄러우니까 그런 게지.'

언제부턴가 아버지의 꿈이 나오지 않았는데. 참으로 오랜만에 슬프고도 아름다운 꿈을 꾸었다.

뜨고 싶지 않은 눈을 억지로 뜬 가현은 따끔거리는 목을 틀어쥐었다. 그러면서 흐린 시야로 주위를 돌아보았다.

이곳이 어디인가.

콧속으로 흘러들어오는 기분 나쁜 냄새는 분명 약 냄새였다. 차갑고 시린 냉궁에서 언제나 맡았던 냄새였다.

어머니 옥씨 부인은 가현이 정신을 놓았다고 생각했다. 그래서 이상한 약재를 지어 와 가현에게 억지로 먹이곤 했다. 아니면 이상한 부적을 가져오기도 했다.

절로 찌푸려지는 이마를 짚으며 몸을 일으키는데, 누군가 방문을 열었다. 구부정한 허리를 주름진 손으로 툭툭 치며 안으로 들어서는 노인의 손엔 사기그릇 하나가 들려 있었다.

"깨어났구려."

"이곳이 어디입니까."

"어디긴. 조그마한 마을 귀퉁이 의원이지."

퉁명스레 답한 노인이 자리에 양반다리를 하고 앉았다. 그리고는 가현의 말도 없이 덥석 손을 붙들었다. 놀란 가현의 몸이 경직되었다.

"그리 긴장하지 마시오. 맥을 짚으려 함이니."

뻣뻣하게 굳은 손목을 쭉 끌어당긴 노인이 게슴츠레 눈을 감았다.

"도대체가 성한 곳이 없어 큰일이구먼. 맥이 약해도 너무 약해.

태아가 냉기에 잡아먹히겠어."

도통 무슨 소리인지 알 수가 없었다. 골병이 들어있다는 건 알지만 태아라니. 그 무슨 말인지 몰라 가현이 당황한 기색이 역력한 눈으로 노인을 보았다. 그때 눈을 뜬 노인이 쯧, 혀를 차며 손을 놓아주었다.

"드시오."

그러곤 들고 들어왔던 그릇을 가현에게 밀었다.

"전 괜찮습니다."

"이거라도 마셔야 아이가 버틸 것이오."

"아이라니. 아까부터 무슨 말씀을 하시고 계시는 것입니까."

가현이 미간을 찌푸리고 그를 쏘아보았다. 노인은 기가 찬 눈으로 가현에게 타박을 놓았다.

"그러니 몸을 험악하게 다루었지! 몸속에 든 애 죽이고 싶면 들지 말든 가 알아서 하시오!"

에잉!

못마땅한 소리를 내며 어정쩡하게 자리에서 일어난 노인이 구부정한 몸을 이끌고 방을 나가버렸다. 벼락을 맞은 사람처럼 넋을 빼고 있던 가현의 시선이 저절로 아래로 향했다. 손으로 배를 감싼 가현은 아직 납작하기만 한 배를 멍하니 내려다보았다.

"아이라니……."

이런 것엔 무지하기만 했다. 후궁으로 궁에 들어갔으나, 왕과 합방을 한 적이 없으니 아이를 가질 일도 없었다. 그런데 지금껏 속이 메스껍고 울렁거리던 것이 다 이 배 속에 자리 잡은 아이 때문이었다. 당혹스러웠다. 어쩌자고 지금 온 것인가. 어쩌자고…… 이런 모자란 어미에게 왔단 말인가.

머릿속이 새하얗게 변했다.

"헉!"

울컥 치밀어 오르는 격함을 토해 내듯 가현이 허리를 숙였다.

"정말…… 안에 있는 것이니? 그런 것이야?"

배를 꼭 쥔 가현이 배 속 아이에게 말을 건넸다. 이윽고 가현의 눈가가 붉어지더니 뜨거운 눈물이 차올랐다. 차오르던 눈물이 넘쳐 후드득 치맛자락 위로 떨어져 내렸다.

"어쩌자고 내게 온 것이야. 어쩌자고 내게……."

참으로 복잡한 감정에 눈물이 마를 길이 없었다. 당혹스러우면서도 걱정이 되었다. 아직 손에 쥐어지지 않은 이 아이를 그 사람에게 보여 주지 못한다는 사실이 슬프다가도. 그의 아이를 갖게 되었다는 사실이 가슴을 벅차게 했다.

* * *

"의원에 데려다주고 오는 길입니다. 저, 한데……."

'태맥이 잡히는구려. 조금만 늦었으면 큰일 날 뻔했소.'

의원의 말을 전해야 할지 감이 잡히질 않았다. 이제 곧 혼인하게 될 것인데, 괜한 불상사로 전하의 심기를 어지럽혀야 하는 것인가. 끊어져야 할 인연이라면 여기서 끊어지는 것이 낫지 않을까.

하지만 어찌 되었든 전하의 태가 아닌가…….

"되었다."

무수히 많은 생각을 하며 망설이고 있는데, 운이 손을 내저었다.

"더는 내게 보고할 필요 없는 사람이다."

"저, 하지만……."

"되었다 하였다, 진명."

고개를 든 운이 냉랭함이 감도는 시선으로 진명을 올려다보았다. 입술을 지그시 문 진명이 허리를 깊숙이 숙였다.

"물러가겠습니다."

진명이 집무실을 나가 버렸다. 툭, 손에서 붓을 내려놓은 운이 자리에서 일어섰다. 책상을 벗어나 창가로 다가선 운은 따갑게 내리쬐는 햇살 너머 그 어딘가를 응시했다.

'네 마음에 품은 것이 독이었구나, 그렇지?'

'……처음부터 널 욕심 내지 않았다면.'

'그랬다면 넌 이렇게 고통 속에서 살지 않았을 게야.'

그 말은 자신조차도 언제나 하던 말이었다. 가현 그 여인이 내 인생에 들어오지 않았다면 어땠을까……. 그런 생각을 수도 없이 했는데, 가현의 입으로 들으니 속이 뒤틀리는 기분이었다.

끔찍한 기분이었다.

'죽일 테냐.'

가현의 목덜미에 실금처럼 붉은 피가 흐르는 순간, 심장이 멈추는 듯했다. 그 순간 깨달았다. 자신은 결코 제 손으로 그 여자를 죽일 수 없을 것이라고…….

그러니 버려야 했다.

* * *

밖을 나서려는데 린린이 앞을 가로막았다. 양팔을 길게 뻗은 린린이 고개를 쳐들며 진명을 사납게 응시했다. 가현이 어디로 사라졌는지 몰라 미칠 지경인 린린은 눈에 뵈는 게 없었다.

"나리는 아시지요!"

성가시게 린린을 보던 진명이 미간을 찌푸렸다. 앞길을 막은 린린에게 화를 낼 법도 했지만, 진명은 그냥 짜증스레 쳐다보기만 했다. 린린이 이렇게 제멋대로 구는 게 익숙한 것도 있었고, 귀찮기도 했기 때문이었다.

"무슨 짓이냐."

"가현이 어디 있는지 아시지요? 제게 말씀해 주세요."

"당장 비키지 못할까."

진명의 으름장에도 린린은 눈 하나 꿈쩍하지 않았다. 고집스럽게 입을 앙다물고 눈을 부릅떴다. 진명이 가현에 대해 말을 할 때까지 비키지 않을 작정이었다. 진명은 잠시 고민했다. 혹여나 린린에게 그 여자가 있는 곳을 알려 주었다간, 임신한 것까지 알게 된다면 일이 복잡해졌다. 잠시 갈등하던 진명은 그대로 손을 뻗어 린린의 어깨를 밀어 냈다.

"비켜!"

그러곤 린린이 붙잡기 전에 순식간에 그 길을 빠져나갔다.

"분명 알고 있어."

린린은 재빠르게 도망치는 진명을 보며 씨근덕거렸다.

"내가 이대로 물러설 줄 알아?"

어림없는 소리! 린린은 어떻게 해서든 진명의 뒤를 캐기로 했다. 소소가 시킨 일을 모두 뒤로 하고 진명을 쫓았다. 워낙 눈치가 빠른 자라 린린은 그만 들킬 뻔했지만. 운 좋게도 들키지는 않았다. 해가 저물 때까지 진명의 뒤를 몰래 따르던 린린은 진명이 저잣거리 너머에 있는 동네 의원으로 들어가는 것을 보았다.

'뭐지?'

눈을 가늘게 뜨고 담 앞으로 간 린린이 허리를 바짝 숙이고 안을 들여다보았다. 진명은 구부정한 노인과 이야기를 몇 마디 나누곤 다시 돌아서 나왔다. 놀란 린린이 서둘러 짚더미 뒤로 몸을 숨겼다. 그 앞을 진명이 스쳐 지나갔다.

진명이 보이지 않을 때까지 숨을 죽이고 있던 린린이 조심스럽게 몸을 일으켰다.

"그쪽은 뭘 보는 거요?"

그러다가 옆에서 들려오는 목소리에 화들짝 놀라 뒤로 주저앉았다.

"윽!"

엉치뼈를 타고 오르는 통증에 린린이 인상을 쓰며 엉덩이를 벅벅 문질렀다.

"그렇게 튀어나오면 어떻게 합니까!"

"그러게 왜 남의 집을 엿봐."

씩씩거리는 린린에게 퉁명스레 타박을 놓은 노인이 구부정한 등을 툭툭 두들기며 안으로 들어가 버렸다.

"잠시 들어와 보던가. 약이라도 발라 줄 테니까."

"흥. 병 주고 약 주는 것도 아니고!"

안으로 쌩하니 들어가 버리는 노인을 따라가며 욕을 날리던 린린이 어기적거리며 일어섰다.

"돌팔이기만 해 봐. 가만 안 둘 테니까!"

안 들어갈 것처럼 투덜거리면서도 린린은 노인을 따라붙었다. 노인은 걸걸한 목소리로 린린에게 잠시 의자에 앉아 있으라고 말하곤 안으로 들어가 버렸다.

중문을 들어서자 환자들이 대기하는 곳으로 보이는 나무 의자들이 구석에 일렬로 늘어져 있었다. 대충 아무 의자에 앉은 린린은 기둥마다 줄줄이 매달린 약초들을 불퉁한 얼굴로 살폈다.

그러다가 순간 린린의 눈길이 멈추었다.

맞은편에서 문을 열고 나오던 가현은 린린과 눈이 마주쳤다. 놀란 가현의 눈이 커졌다.

"린린?"

"……너!"

얼이 빠진 얼굴로 가현을 보던 린린이 저도 모르게 가현을 향해 삿대질했다.

"너 여기 있었던……. 윽!"

조금 전 다친 걸 잊고 벌떡 일어서던 린린이 통증과 함께 주저앉았다. 당황한 가현이 서둘러 린린에게 다가섰다.

"어디 다친 거야?"

린린이 다친 곳을 살펴보려는데, 갑자기 눈을 번뜩이며 린린이 가까이 온 가현의 팔을 덥석 붙들었다.

"너 진짜 죽었어!"

주인님도 비에 홀딱 젖어 들어왔더니만.

가현의 창백한 낯을 보아 주인님과 같이 있었던 게 분명했다. 하지만 가현은 분명 허여소 아가씨의 서신을 받고 나간 것이있다. 그리고…… 가현은 돌아오지 않았다.

"살아 있는 걸 보니 죽이지는 않은 모양이다."

"다행히도 죽이지는 않더구나."

투박한 린린의 말이 그저 반가운지 가현은 우스갯소리로 그녀의 말을 받아쳤다. 린린은 샐쭉한 눈으로 가현을 흘겼다.

"입만 살아서는."

그러면서 린린은 가현의 몸에 혹 상처가 있는지 살폈다. 린린의 시선에 갑자기 긴장한 가현이 허리를 꼿꼿이 세우며 이불로 슬그머니 배를 가렸다. 다 죽어 가는 병자처럼 보랏빛으로 물든 입술만 살피느라 린린은 가현의 움직임을 눈치채지 못했다.

"그런데 이곳은 어찌 안 거야?"

"어찌 알긴. 진명 나리 뒤를 몰래 쫓았지."

"……아, 그럼."

노인이 말한 나그네가 아마도 진명인가 보다.

운이 그놈은 갈 거면 아예 매정하게 끊어 내지. 뭣 하러 애먼 그를 시킨 건지. 괜스레 이상한 원망이 들어 애꿎은 이불만 쥐어뜯었다.

"혹 뺨이라도 때린 거야?"

"뭐?"

그때, 린린이 갑자기 엉뚱한 질문을 했다. 가현이 눈을 동그랗게 뜨고 쳐다보자, 린린이 답답하다는 듯 제 가슴을 주먹으로 퍽퍽 내리쳤다.

"너 쫓겨난 거 말이야!"

"아."

자신이 쫓겨난 걸로 되어 있나 보다. 그런 것은 아니지만, 어찌 되었든 자신은 더는 그곳으로 돌아갈 수 없다. 가현이 말없이 웃어 보이자, 잘못 알아들은 린린이 성을 냈다.

"내 예상이 맞은 거지! 허가의 아가씨 뺨을 내리치는 것을 주인 님께서 보신 게 분명하다니까! 그래서 주인님께서 화를 내신 거지! 도대체가 넌 그놈의 성질 좀 죽여야 해! 누누이 내가 말하지 않았 어! 너는 더는 후궁 나부랭이가 아니라 노비라고! 아가씨가 성질을 부리든 머리를 쥐어뜯든 그냥 당하고 있었어야지!"

이미 모든 걸 결정해 놓았는지, 린린은 당연하게도 가현이 허가 의 아가씨를 때려 쫓겨난 줄 알고 귀가 얼얼할 정도로 소리를 높였 다. 그러다가 제풀에 지쳐 숨을 헐떡였다. 가현이 가만히 바라보자, 연신 숨을 몰아쉬던 린린이 우뚝 멈췄다.

"……아니면 너 설마!"

검지를 치켜든 린린이 가현을 가리키며 눈을 휘둥그레 떴다.

"주제도 모르고 주인님께 연모한다 고백이라도 한 거야?"

야무지게 일만 잘하는 줄 알았더니. 이야기를 꾸미는 재주 또한 상당했다. 가현이 피식, 웃음을 흘렸다.

"그래, 그래서 쫓겨났다. 더는 눈에 보이지 말라더라."

입을 떡 벌리고 가현을 쳐다보던 린린이 귀가 찢어질 듯 소리 질렀다.

"미쳤어, 얘가!"

그러면서 가현의 등짝을 손바닥으로 내리쳤다. 가현은 웃음을 터뜨리면서 린린의 손을 막았다.

"이 처자가 미쳤나!"

그때 문을 열고 들어서던 노인이 기함하며 소리쳤다. 화들짝 놀란 린린이 가현을 때리는 걸 멈추며 뒤를 돌아보았다.

"지금 누구에게 손을 대는 것이오!"

"뭐, 뭐예요 할아버지는?"

당황한 린린이 어정쩡하게 자리에서 일어났다. 구부정한 몸을 이끌며 다가선 노인이 부리부리하게 뜬 눈으로 린린을 쏘아보았다. 강렬한 시선에 얼어붙은 린린의 목울대가 크게 움직였다.

"안 그래도 조심해야 할 몸에……!"

"제 것입니까."

나지막하나 날 선 가현의 목소리가 노인의 말을 끊어 버렸다. 말을 멈춘 노인이 가현을 돌아보았다. 무표정으로 받아친 가현은 노인이 내밀기도 전에 사기그릇을 빼앗듯 받아들었다.

"잘 마시겠습니다."

언뜻 냉기가 서린 가현의 눈빛을 못마땅하게 바라보던 노인이 홱 돌아선 어기적어기적 걸어가 문을 넘었다.

쾅!

부서질 듯 닫히는 문소리에 물고기가 튀듯 가슴이 널뛰었다.

"뭐, 뭐 저런······! 뭐 저런 고약한 노인네가 다 있어!"

"어젯밤 빗속에 너무 오래 있어 몸이 많이 약해졌다고 하더구나. 그래도 이 근방에서 실력 있는 의원이라고 하니 너무 그리 화낼 것 없다."

씩씩거리는 린린을 달래듯 그녀의 손을 붙들어 끌어 앉힌 가현이 옅게 웃어 보였다. 가현의 말에 금세 걱정으로 물든 린린이 놀란 눈으로 물었다.

"많이 안 좋아? 약을 먹어야 할 정도로?"

'태아에게 좋은 것이니 빠트리지 말고 드시오.'

머릿속을 스치는 노인의 말을 떨쳐 내며 가현이 고개를 저었다.

"그냥 약간 감모가 든 것이니 그리 보지 말렴. 누가 보면 내가 큰 병환을 앓는 줄 알겠다."

"······하지만 네 얼굴은 누가 뭐라 해도 큰 병을 앓는 환자인걸."

린린의 심각한 중얼거림에 가현이 웃음을 터뜨렸다.

* * *

"같이 가자. 내가 가서 같이 빌어 줄 테니까. 너 갈 데도 없잖아."

"다행히도 내 몸 하나 의탁할 사람이 있다."

발길이 떨어지지 않는지 가현의 손을 꼭 붙들고 있던 린린의 눈이 휘둥그레졌다.

"그······!"

"그래. 대신 부탁이 있어. 이것을 나 대신 그에게 전해 주겠어?"

가현은 품 안에 든 서신을 린린에게 건네었다. 재빨리 받아든 린린이 다부진 눈으로 고개를 끄덕였다.

"걱정하지 마. 가는 길에 들러서 전해 줄게."

"고맙다, 린린."

"……이제 못 보는 거지?"

린린의 물음에 가현의 입가에 씁쓸한 미소가 스쳤다.

"어쩌면."

가현은 잠시 린린의 얼굴을 눈에 담았다. 이곳에 와 친구라고 사귄 것이 린린이었는데. 이렇게 막상 헤어지려고 하니 가슴이 먹먹해졌다.

"그동안 고마웠어, 린린."

"그렇게 말하지 마. 진짜 꼭 떠나는 것 같잖아. 그냥……."

입술을 꾹 깨물며 린린이 울컥 올라오는 눈물을 참았다.

"돈도 갚아야 되는데, 반드시 다시 만나야지."

그렇게라도 가현이 다시 돌아오길 바랐다.

"그래, 알았다. 꼭 다시 오마."

가현이 웃음기 섞인 목소리로 말했다.

린린 또한 친구라고 말할 수 있는 사람이 지금껏 없었다. 생각보다 가현이 많이 소중해졌나 보다. 평소에 없는 눈물이 다 나오는 걸 보면 말이다. 그래도 자존심상 눈물을 꾹 참으며 린린이 씩씩하게 돌아섰다.

"나 간다!"

"소소 님께 대신 인사 전해 줘."

"……그래, 알았어."

가현은 말없이 제 어깨를 감싸 안으며 멀어지는 린린을 지켜보았다. 지척에서 마른 약초를 솎아내던 노인이 퉁명스레 말 한마디 던졌다.

"갈 때 가더라도 지어 준 약은 들고 가시오. 먼 길 떠나려면 필요할 테니."

쭈그려 앉은 몸을 지팡이에 의지에 일으켜 세운 노인이 안으로 쌩하니 들어가 버렸다. 다른 건 몰라도 아이에 있어서만큼은 집착이 심한 노인 같았다. 어쩌면 오래전 손주를 잃었을지도. 린린에게 물이 든 것인지. 노인의 과거를 상상하며 가현이 안으로 들어갔다.

* * *

린린은 정말 가는 길에 곧바로 호준에게 서신을 건네준 모양이었다. 하루도 안 되어 찾아온 것을 보면 말이다.

그는 늦은 밤 굳게 닫힌 대문을 두드리다가, 노인의 지팡이에 이마를 얻어맞았다. 이마 한구석에 주먹만 한 혹을 매달고 들어온 호준은 내내 심각한 얼굴로 가현을 보았다. 그것이 영 우스꽝스러워 비실비실 웃음이 새어 나왔다. 심각한 상황에 웃기만 하는 가현이 얄미웠던 호준은 짜증스레 미간을 찌푸렸다.

"그리 웃지 마."

"네 꼴이 웃겨서 웃음이 나온다."

"크흠!"

괜스레 헛기침하며 손으로 혹을 만지작거리던 호준도 그만 웃고 말았다. 가현과 마주 앉아 새어 나오는 웃음을 참지 못하고 웃던 그는 다시금 심각해진 얼굴을 했다.

"……그놈이 널 보내 준대?"

"왜 데리고 가기 싫으냐? 언제는 같이 가자며 생떼를 썼으면서."

"생떼는! 아주 부드러운 제안이었지!"

"그리 부드러워서 내 손을 꼭 쥐었느냐."

"쳇! 그래 생떼든 뭐든. 그놈이 널 보내 준다고 했냐고."

"……그러니 여기 있는 게지. 난 간이 작아 도망 노비는 되지 못한다."

장난스러운 태도를 일관하는 가현이 영 이상했지만. 이왕 이렇게 된 거 더는 묻지 않고 가현을 데려가야겠다고 마음먹었다.

"사흘 후 데리러 오마. 그때까지 저 괴팍한 노인에게서 잘 살아남아."

"걱정 말렴. 내겐 지팡이를 휘두르지 않으니 걱정 없다."

"아, 그러셔."

"이보오! 자정이 훌쩍 넘었소이다!"

마치 어릴 적 동무로 돌아간 것처럼 가현과 티격태격하던 호준은 눈에 불을 켜고 방문을 두드리는 노인의 등쌀에 못 이겨 일어나야 했다.

* * *

시끌벅적하게 나타났다가 사라진 호준 탓인지 잠이 통 오지 않았다.

침대가 삐걱, 요란하게 소리를 낼 정도로 뒤척이던 가현은 결국 자리에서 일어나 침대를 빠져나왔다. 문을 열고 나온 가현이 중문을 넘어 마당으로 나섰다. 봄이 다가오는 대호국의 밤은 여전히 한겨울처럼 시렸다. 자리옷만 입고 나온 탓에 온몸에 한기가 빠르게 차오르자 가현이 손으로 어깨를 감쌌다.

'처음부터 널 데려오지 말았어야 했어!'

요란스러운 소음이 사라지고 정적이 몸을 감쌀 때마다 그의 목소리가 심장을 찔러 댔다.

'넌 내게 끔찍하고 역겨운 독밖에 되지 않는다.'

제가 고작 그에게 그런 존재라는 것이 참을 수가 없었다. 간신히 붙들고 있던 신경이 끊기는 기분이었다. 온몸에 남아 있던 피가 사라지는 듯했다. 다른 사람도 아닌 평생을 가슴에 품었던 그에게서 그런 말을 듣는다는 게 끔찍했다.

그리고…… 그런 말을 하게 만든 스스로가 혐오스러웠다.

'그러니 차라리 이대로 떠나 내 눈앞에서 영영 사라져 버려. 혹여, 다음번에 다시 만나게 된다면, 그땐 네년의 숨통을 끊어 놓을 것이니.'

그래, 운아……. 그리하마.

나는 너에게 독과 같은 존재밖에 되지 않으니 사라져 주마.

그렇게 다짐했다.

그것이 내가 네게 해 줄 수 있는 유일한 것이라면 가현은 기꺼이 당장에라도 제 목숨 줄을 끊어 놓을 생각이었다. 어차피 자신의 삶은 10년 전 그날 끝이 났다. 수도 없이 버리려 한 목숨 따위 지금 와서 버린다고 한들 무엇이 달라질까.

지금 당장에라도 죽을 수만 있다면, 그럴 수만 있다면 좋으련만……

이 모자란 어미에게 찾아온 아이 때문에 죽을 수도 없었다. 못나게도 절 붙잡는 아이가 못내 원망스러웠지만. 그런 마음 애써 잊어버리고 가현은 모든 기억을 털어 내듯 눈을 지그시 내리감았다.

"떠나면 되느니."

미친 듯이 널뛰는 가슴을 가라앉히며 가현은 발끝에 감각이 없을 때까지 서 있다가 안으로 들어갔다.

가현이 들어간 지 얼마 지나지 않아, 누군가 모습을 드러냈다. 운이었다. 운은 시린 달빛 아래에서 가현이 들어간 곳을 응시했다. 희미하게 새어 나오는 불빛이 꺼질 때까지 운은 그 자리에 우두커니 서 있었다.

진명에게 더는 이야기 듣지 않겠다고 한 지 얼마나 되었다고, 그녀를 버리겠다고 다짐한 지 얼마 되었다고, 몸이 제멋대로 그녀에게로 오고 말았다.

그녀를 보지 않고서는 숨이 막힐 것 같아서, 그래서 온 것인데……. 막상 마주한 지금이 더 고통스러웠다. 알 수 없는 고통으로 일그러진 눈으로 가현이 서 있던 빈자리를 노려보던 운이 억지로 눈을 떼고 돌아섰다.

* * *

"뭐라!"

여소가 참지 못하고 자리에서 일어나 사내의 뺨을 내리쳤다. 따갑게 부어오르는 뺨에도 사내는 눈 하나 꿈쩍 않고 고개를 숙였다.

"태기가 있다는 게냐! 감히 그 천한 계집이 전하의 아이를 가졌다는 게냐고!"

혹시 몰라 붙여 둔 이에게 들은 보고는 여소의 이성을 잃게 만들기에 충분했다. 여소는 미친 사람처럼 날뛰며 방 안에 있는 장식품과 거울을 모두 박살 냈다. 얼어붙은 금모와 노비들은 구석에 딱 달라붙어 벌벌 떨었다.

11장

만족스러운 밤이었다.

가현 그 계집은 그런 말을 듣고도 뻔뻔하게 곁에 있을 사람이 아니었다. 예상대로 그 계집은 운을 떠났다. 혹시 모를 불상사에 대비해 여소는 호위무사를 시켜 가현의 뒤를 지켜보게 했다.

그 계집이 대호국 땅을 떠날 때까지 지켜보라고 했는데 이렇게나 끔찍한 소식을 들고 온 게 아니겠는가.

쨍그랑!

방 안을 장식하던 것들이 모두 산산이 부서져 여기저기 흩뿌려졌다. 여소는 분이 풀리지 않는지 아수라장이 된 한가운데 서서 씨근덕거렸다.

"이게 무슨 소란인 게야!"

방 안에서 들리는 소란이 온 집안을 시끄럽게 하자, 보다 못한 허여소의 아버지 허 재상과 허태웅이 안으로 들어섰다. 눈치 빠른 홍요가 밖에서 수군거리는 하인들을 모두 물리고 방 안 노비들을 내보냈다.

"무슨 일인지 선이 네가 고하라!"

아버지의 등장에도 얼굴을 풀지 않고 씩씩거리는 여소와 그 앞에서 고개를 숙이고 있는 호위무사 선을 번갈아 보던 허태선이 물었다. 허태선의 물음에 호위무사가 슬쩍 눈을 들어 여소의 눈치를 살폈다.

"말하지 마!"

버럭 소리를 지르며 앞으로 나온 여소가 그의 입을 틀어막았다.

"어허!"

버릇없이 자신의 앞을 막아선 여소가 못마땅했던 허태선이 인상을 썼다. 태웅은 또 누가 여소의 성질을 건드린 것인지 흥미롭게 지켜보았다. 여소는 한마디도 하지 못하도록 호위무사에게 나가라고 소리쳤다. 허태선의 눈치를 살피던 호위무사는 여소의 명대로 방을 나갔다.

"네가 지금 이 아비를 가로막은 것이냐!"

여소가 아무리 버르장머리 없다고 해도 아버지에겐 아부를 떨며 여우처럼 굴었다. 그래서 더 당혹스러운 것이었다. 눈을 부릅뜨고선 여소는 태웅과 문 앞에 서 있는 홍요를 번갈아 노려보았다.

"다 내보내요!"

다른 사람은 몰라도 홍요에게 만큼은 알리고 싶지 않았다. 이건 자존심의 문제였다. 이제 막 혼인할 사내에게 다른 계집이 있는 것도 모자라, 아이까지 가졌다는 건 여소에겐 수치스럽고 자존심이 상하는 일이었다.

"안 그러면 절대 입을 열지 않을 거예요!"

"허, 참!"

허태선은 기가 막힌 듯 연신 코웃음을 쳤다. 꿈쩍 않고 고집스럽게 입을 다물고 있는 여식을 험악하게 노려보던 태선이 결국 태웅과 홍요를 내보냈다. 태웅은 아쉬운 얼굴로 입맛을 다시며 홍요의 어깨를 감싸 안고 방을 나갔다.

"이제 되었느냐."

태웅과 홍요가 나가자마자 여소가 눈물 바람으로 아비의 품에 뛰어들었다.

"흑! 아버지!"

여소의 말은 길었다.

정오가 훌쩍 지날 때까지 허태선은 작은 소리 하나 내지 않고 그동안의 이야기를 모두 전해 들었다. 이야기가 끝이 난 뒤에도 허태선은 입을 굳게 다물고 있었다. 금방이라도 터질 것처럼 아슬아슬한 분위기 속에서 여소는 아버지의 눈치를 살폈다.

숨이 막힐 정도로 주위를 에워싸는 정적에 마른침이 꼴깍 넘어가는 소리만 크게 울렸다. 흉흉한 기색이 역력한 얼굴로 허공을 노려보던 허태선은 그만 분노를 참지 못하고 탁상을 주먹으로 내리쳤다.

쾅!

그의 성난 주먹질에 여소의 가슴이 화들짝 놀랐다.

"아, 아버지."

"감히 내 여식을 두고 다른 계집을 품어!"

말은 바로 하라고 혼인이 결정된 것은 최근 일이었다. 여러 여인과 몸을 섞든 아니든 상관할 수 있는 일이 아니었다.

대호국의 사내들은 본부인 외에도 첩을 여럿 두고 있는 이들이 많았고, 태웅 또한 홍요를 첩으로 들였다. 본부인이 버젓이 살아 있는데도.

허태선 또한 부인이 있으면서 틈만 나면 유곽을 드나들었다. 그런데도 그는 마치 운이 부정을 저지르고 집안을 모욕 주었다고 여겼다.

이러다가 애먼 운의 목이 아비의 손에 떨어질까 염려가 되었던 여소는 황급히 그의 시선을 돌렸다.

"그는 결코 잘못한 것이 없어요. 다 그 요망한 계집 때문이라고요! 그 계집 때문에 전하가 얼마나 모진 고생을 하며 살았는데요!"

여소의 말에도 허태선의 얼굴이 풀릴 기색이 없자, 여소가 서둘러 덧붙였다.

"이제 곧 혼인합니다. 하나뿐인 여식의 혼인식을 망칠 참이어요? 전 그리는 못 합니다. 지금 가장 문제가 급한 것은 전하를 벌하는 것이 아니라, 그 계집을 처리하는 것이어요."

아비의 팔을 부여잡은 여소의 눈이 칼날처럼 날카롭게 빛났다.

"전하의 아이는 오직 내 배 속에서 태어날 아이뿐입니다, 아버지."

"시끄럽다! 흑운왕과의 혼사가 코앞이니, 괜한 일 벌이지 말고 얌전히 몸단장하고 있어!"

"아버지!"

듣기 싫다는 듯 자리에서 일어난 허태선이 사라졌다. 여소는 이를 악물며 아버지를 노려보았다.

"그분은 온전히 내 것이어야 합니다, 아버지!"

* * *

"분명해. 이제 마님이 집에 오시니까 쫓아낸 거야."

"버려진 거지."

"하긴, 괜히 곁에 붙어 있다가 마님께서 아시면 어떻게 하려고."

"그나저나 어디로 갔을까?"

"뭐 노역장이나 사창가에 팔려 갔겠지."

"킥킥!"

그동안 가현을 못마땅해하던 여노비들은 키득거리며 그녀를 조롱했다. 그러다가 그만 날아온 걸레에 얼굴을 얻어맞았다.

"꺅!"

계속해서 날아오는 걸레에 여노비들이 하나같이 펄쩍 뛰었다.

"야! 미쳤어!"

"린린, 너 진짜 죽을래!"

의기양양하게 그들에게 걸레를 날린 린린이 이를 갈며 경고를 날렸다.

"다시 한번 그 주둥아리 놀려 봐. 걸레로 안 끝날 테니까!"

살벌한 린린의 표정에 주춤거리며 뒤로 물러선 여노비들이 줄행랑을 쳤다. 그들이 사라지고 난 자리에 시원하게 물을 뿌린 린린은 더러운 것을 씻어 내듯 빗자루로 벅벅 닦아 내었다. 팔뚝에 힘줄이 솟을 정도로 힘주어 닦아 내던 린린은 그만 분을 참지 못하고 빗자루를 내던졌다.

"빌어먹을 계집들!"

"애먼 빗자루에 뭔 짓이냐."

파리한 안색으로 아무렇지 않은 척하던 가현을 떠올리며 혼자 씩씩거리던 린린은 빗자루를 주워드는 소소를 보며 입을 삐죽였다.

"화가 나서 그럽니다."

"집안 물건 모두 던지겠다는 말로 들리는구나."

소소의 무뚝뚝한 표정에 잠시나마 가라앉았던 화가 불쑥 솟아올랐다.

"어찌 그리 야박해요?"

조금 전과 달리 다시금 불쑥 솟은 화는 서러움에서 비롯된 것이었다.

"잘해줄 때는 언제고. 주인님이 버리니까 같이 버리는 거여요? 그럴 거면 뭘 하러 잘해 줘요! 가현이 걔가 뭐라는 줄 알아요? 소소 님 무릎 시큰거리는 거 잘 살피다가 뜨거운 물로 적신 천으로 주물러 주랍니다!"

"……."

"한데 지금 보니 아주 쌩쌩하네요! 하긴, 마음이 돌덩이처럼 단단한데 그놈의 무릎도 단단하지 않겠어요? 그러니 나는 안 해 주렵니다!"

귀청이 떨어져 나갈 정도로 분풀이를 하던 린린이 쌩하니 뛰어가 버렸다.

"예절 교육을 다시 시켜야지, 원."

린린을 타박하는 소소의 목소리가 어째 매가리가 없었다.

'이리하면 좀 나을 겁니다. 언제 한번 의원에게 가 제대로 진찰 받으셔요. 아셨죠?'

든 자리는 몰라도 난 자리는 안다고.

가현이 사라진 자리가 너무 커서 가슴에 바람구멍이 난 것처럼 허했다.

"린린, 네 말대로 그리 모질게 갈 거 마음 주지 말 걸 그랬구나."

며칠 전만 해도 가현이 종종걸음으로 왔다 갔다 하던 주위를 돌아보며 소소가 씁쓰레한 표정을 지었다.

* * *

혼인식은 흑운왕의 저택에서 치러졌다.

사람들은 대문에서부터 잔치 분위기를 내는 저택 앞을 기웃거리며 구경하느라 여념이 없었다.

흑운왕과 허가의 결합을 보기 위해 중앙 귀족들이 마차를 이끌고 차례대로 줄지어 들어왔다. 길바닥에 넙죽 엎드린 평민들은 평소에 보지 못하는 광경에 입을 벌리고 있다가 뒤이어 오는 마차에 눈을 휘둥그레 떴다.

아무리 형제 같은 사이라고 하나 황제가 직접 나서다니. 게다가 모습을 잘 드러내지 않은 원영 황후까지 함께했다.

"폐, 폐하께서 어찌⋯⋯!"

황제와 황후의 등장을 예상하지 못했던 귀족들은 당황한 기색으로 옆으로 비켜섰다.

"좋은 날이 아니오. 어서들 일어나시오. 곧 식이 시작하지 않소."

평민들과 마찬가지로 엎드리며 예를 갖추는 귀족들에게 인자한 미소를 지어 보인 황제 운덕은 원영 황후의 손을 잡고 대문을 넘었다.

대문에서부터 얼기설기 얽힌 붉은색의 천이 마당을 가로질러 지붕까지 이어졌다. 이따금 바람에 흔들리는 천 아래 붉은 천이 깔려 있었다. 그 양옆으로 귀빈들의 자리가 마련되어 있었다. 혼인식을 위해 마련된 단상 위에도 의자가 놓여 있었는데, 허태선은 서둘러 그 자리로 황제와 황후를 앉혔다.

"오실 줄은 몰랐습니다."

"운이가 누구인가. 내 형제가 아닌가."

당연하다는 듯 형제라 말하는 황제에게 허태선이 만족스럽게 웃어 보였다.

"폐하의 말씀이 옳사옵니다."

그가 자리에 앉은 지 얼마 지나지 않아 북소리가 울렸다. 혼인식이 시작된 것이다.

쿵! 쿵!

웅장한 소리와 함께 신랑이 입는 복색을 차려입은 운이 등장했다. 황제 운덕은 기쁘면서도 복잡한 눈으로 들어서는 운을 바라보았다.

사람들은 흰칠한 운의 등장에 감탄사를 연발했다. 운이 황제가 앉은 바로 아래까지 다가와 섰다. 운이 도착하자, 다시 쿵! 하고 북소리가 울렸다. 화려한 꽃으로 수놓은 붉은 천으로 얼굴을 가린 신부가 도착했다.

운은 허여소가 제게로 다가올수록 이상하게 초조해졌다.

'떠납니다, 오늘.'

들어오기 직전 진명의 말을 들었기 때문일까.

손에 쥔 모래처럼 바람에 이끌려 사라질 듯 아슬아슬하던 가현의 마지막 모습 때문일까…….

이대로 영영 그녀를 보지 못하면 어찌하지.

여소가 한 걸음 한 걸음 다가서도 운의 시선은 그녀에게로 향하지 않았다. 굳게 닫힌 대문 저 너머 어딘가를 초조하게 응시했다.

이대로 영영 떠나 버린다면…….

생각이 끝이 나기도 전에 몸이 멋대로 움직였다.

얼굴을 가리고 있던 부채를 내던진 운이 갑자기 대문을 향해 뛰기 시작했다. 놀란 여소가 중간에 멈춰 그를 돌아보았다. 가현에게로 달려가는 그의 행동에 붉은 천에 가려진 여소의 얼굴이 험악하게 구겨졌다.

"큭!"

운덕은 그제야 호탕하게 웃으며 술잔을 들어 올렸다. 얼빠진 얼굴로 일어서 있던 허태선의 얼굴이 종잇장 구겨지듯 구겨졌다.

"네 이놈!"

황제와 황후가 눈에 보이지 않는 것인지 이성을 잃은 허태선이

상을 발로 차며 자리를 들고 일어났다.

'그리 가셔도 늦었습니다, 전하. 전하는 반드시 제게 돌아와야 할 것입니다!'

찢을 듯 치맛자락을 힘주어 붙든 여소가 대문을 죽일 듯이 노려보았다.

* * *

분명 호준이 온다 하였다.

그러나 들이닥친 사람은 호준이 아니었다. 검은 복면을 쓰고 쳐들어온 사내는 자신을 막아서며 버티는 노인의 목을 단번에 베었다.

분명 어디서 본······.

피가 뚝뚝 떨어지는 검을 이끌며 다가오는 사내를 멍하니 바라보던 가현이 뒤늦게 도망치려 했다. 그러나 순식간에 다가온 사내가 가현의 머리를 낚아챘다.

"아흑!"

"당장 놓지······ 못하겠느냐!"

버둥거리던 가현은 소매에 품고 있던 은장도를 꺼내 그의 팔을 찔렀다. 순간의 고통에 사내의 손에서 힘이 풀리자, 가현이 간신히 벗어났다. 그러나 얼마 가지 못하고 문턱에 발이 걸려 넘어졌다. 엎어지기 직전 반사적으로 배를 감싸 안은 가현은 코가 깨졌다. 팍! 하고 검붉은 피가 튀었고, 나머지는 목구멍으로 울컥 넘어갔다. 순간의 통증에 눈앞에 흐려질 정도로 머리가 몽롱해졌다.

코가 깨지든 무릎이 깨지든 그는 중한 것이 아니었다. 어떻게 해서든 아이를 지키기 위해 바르작거리는 손으로 배를 감싸고 기어가기 시작했다. 재미난 놀이를 하듯 가현을 잠시 두고 보던 사내가 느린 걸음으로 다가서 손을 뻗었다.

"아아아아아악!"

가현의 발목을 틀어쥔 사내는 무자비하게 꺾어 버렸다. 우두둑, 뼈가 비틀리는 소리와 함께 발목이 기이하게 꺾였다. 그러곤 끝까지 붙들고 있는 가현의 은장도를 빼앗았다.

"헉!"

순간 정신이 혼미해질 정도로 몰려오는 고통에 악을 쓰던 가현은 그 와중에도 아이만은 살려야겠다는 간절함이 들었다.

고통에 움찔거리는 손가락으로 흙바닥을 긁으며 어떻게 해서든 그에게서 벗어나려 노력했다. 애꿎은 흙만 손톱을 파고들었다. 하찮은 벌레 보듯 가현을 내려다보던 사내가 허리춤에 찬 검을 빼 들었다. 새벽녘에 주위를 드리우던 검은 구름이 사라지고 난 자리에 드리운 햇살에 검날이 번쩍였다.

* * *

삶은 너무나 혹독하였다.

'네 마음에 품은 것이 독이었구나, 그렇지?'

가현의 말대로 몸 안엔 온통 역겨운 독만 가득했다. 악바리같이 살아남기 위해서는 독이라도 품어야 했고, 그 독이 가현이었다.

처음 이곳 대호국으로 끌려왔을 때, 검은 구름이 드리운 것처럼 정신이 혼미했다. 모진 학대와 고된 노역에 차라리 죽어도 괜찮겠다 싶었다. 그냥 아무 생각 없었다. 해가 뜨면 뜨는 대로. 지면 지는 대로 그렇게 살았다. 그러던 어느 날 문득 누군가 말을 걸었다.

'널 버렸어. 가현 아가씨가.'

제가 누구인지, 고작 이름밖에 알지 못한 채 거죽만 남은 몸으로 살아가던 때였다. 가현, 그 계집이 이 지옥으로 날 버렸구나. 그 생각을 하다 보니 몸 안에 똬리를 틀고 있던 분노가 터져 나왔다.

그래, 죽으면 안 되지.

나만 이리 고통스러우면 아니 되지.

이 빌어먹을 곳을 벗어나 그년의 목을 틀어쥐기 전엔 절대 아니 되지.

악착같이 살아남았다. 뜬금없이 아우가 되어 달라며 제게 손을 내미는 운덕의 손을 잡은 것도 다 그 때문이었다. 살아남아 가현이라는 계집을 죽이는 것. 그것은 삶의 원동력이나 마찬가지였다.

막상 만난 가현은 앙상했고 초라한 여인이었다. 상상하던 것과 달라 그런지 차마 죽일 수가 없었다. 죽일 수도 그렇다고 가질 수도 없었다. 그녀를 곁에 둘수록 알 수 없는 혼란에 점점 더 고통스러웠다. 머리가 망가져 버린 탓일까. 스스로가 무엇을 원하는지 알지 못했다.

허여소의 농간에 놀아난 것에 분하긴 했지만, 차라리 잘 되었다 싶었다. 이대로 가현을 버리면 괜찮으리라 생각했다. 그러나 발작은 여전했고, 이 빌어먹을 몸뚱이가 또 제멋대로 그녀에게 달려가고 있었다.

고삐를 힘차게 당기며 말의 허리를 발로 찼다. 말이 고개를 젖히며 울음소리를 냈다. 앞이 보이지 않을 정도로 미친 듯이 내달리는 말에 몸을 의지한 채 운은 좀 더 속도를 높였다.

깍!

콰당!

앞을 지나던 사람들이 미친 듯이 달려오는 말에 놀라 옆으로 몸을 날렸다. 고이 널려 있던 가판대 위의 꽃신들이 여기저기 튀어 올라 바닥으로 떨어졌다. 그 옆을 빠르게 스치는 운의 얼굴이 매섭게 굳어 있었다.

성문을 지나 한적한 길로 들어선 말은 어느새 약방 앞에 도착했다. 뛰듯 말에서 내려온 운은 서둘러 들어서려다가 멈칫했다. 알 수 없는 불길한 냄새가 그의 발목을 잡았다. 비릿한 냄새는 분명 전장에서 매일 맡았던 피 냄새였다. 약재 냄새와 뒤섞인 피 냄새에 운의 새까만 눈동자가 일렁였다.

문은 기이할 정도로 활짝 열려 있었다. 주위는 무서울 정도로 고요했다. 알 수 없는 불안감이 발끝에서부터 타고 올라왔다. 쭈뼛 솟을 정도로 느껴지는 섬뜩함에 이를 악문 운이 손을 뻗어 반쯤 열린 문을 밀었다.

끼이이익.

문이 열리는 소리가 귀를 날카롭게 울렸다. 열린 문을 지나 안으로 들어서던 운은 문턱 사이에 허리가 반쯤 꺾인 채로 눈을 까뒤집고 죽어 있는 노인을 먼저 발견했다. 부릅뜬 눈과 입가엔 진득한 피가 가득했다. 약간의 난투가 벌어졌었는지, 주위에 약재와 소쿠리 같은 것이 널려 있었고, 문 한 짝이 부서져 있었다.

안 그래도 느리게 뛰던 심장이 멈추었다. 우두커니 서서 노인을 바라보던 운의 눈빛이 거침없이 흔들렸다.

안…… 돼.

퍼뜩 고개를 돌린 운이 부서진 문 너머로 시선을 돌렸다. 정신이 깨어나기 전에 몸이 멋대로 달리기 시작했다. 노인을 스쳐 안으로 들어가던 운의 걸음이 다시 멈추었다. 한기가 손끝을 타고 올라오자, 마치 시간이 멈춘 사람처럼 눈 하나 깜짝하지 않던 운의 얼굴이 서서히 일그러졌다.

조금 전 마주쳤던 노인은 그나마 성한 것이었다. 다리가 기이하게 뒤틀린 채로 흙바닥에 엎어져 있는 가현의 주위엔 얼마나 많은 피가 흘러나왔는지 웅덩이를 만들고 있었다.

아아…….

거침없이 일렁이는 눈으로 가현을 바라보던 운이 움직여지지 않는 다리를 억지로 이끌고 다가갔다. 옆으로 꺾인 채 눈을 감고 있는 가현의 얼굴 앞에 선 운이 손을 뻗었다. 코끝에 갖다 대는 그의 손가락이 미친 듯이 떨렸다.

살아…… 있다.

"하!"

손끝에서 느껴지는 미세한 온기에 운이 참고 있던 숨을 내뱉었다.

손을 그러쥐듯 주먹을 쥔 운이 다시 손을 뻗어 가현을 안아 들었다. 누가 가현에게 손을 댔는지는 지금 머릿속에 없었다. 아슬아슬한 맥박을 정상으로 되돌려 놓는 데만 집중했다. 제멋대로 떨리는 손에 상처가 벌어질까 두려웠다.

상처에 닿지 않도록 조심스럽게 안아 든 운이 몸을 일으키는데, 진명이 수하들과 함께 문을 박차고 들어왔다.

"전하……!"

그러다가 운의 품에 든 가현의 처참한 모습에 진명이 저도 모르게 신음을 토해 내었다. 처음 보는 낯선 얼굴로 운이 진명에게 명을 내렸다. 그의 얼굴은 소름 끼칠 정도로 표정 변화가 없었다.

"반드시 찾아 내 앞으로 데려와야 한다."

"……네, 전하!"

이를 악문 채 허리를 숙인 진명이 수하들과 함께 빠르게 사라졌다. 피 웅덩이를 그대로 밟으며 운이 약방을 나섰다.

* * *

"이, 이게 무슨!"

혼인식을 시작도 못 하고 돌아가게 된 손님들에게 일일이 사과를 전하고, 뒷정리까지 앞서서 정리하던 소소는 피투성이가 된 몸을 하고 들어서는 운을 발견하곤 눈을 크게 뜨다가 그의 품에 안긴 가현을 보곤 경악했다.

운은 소소와 노비들이 눈에 보이지 않는지, 건조하게 메마른 표정으로 그들을 스쳐 제 침실로 들어섰다. 빠르게 침실로 들어가 가현을 눕히고는 뒤좇아 들어온 소소에게 명했다.

"소소, 의원을 불러와."

무표정에 미세하게 섞인 초조한 기색을 알아챈 소소가 서둘러 침실을 나갔다. 홀로 남은 운의 손가락은 미친 듯이 떨리고 있었다.

소소가 나간 지 얼마 지나지 않아 태의가 도착했다. 태의는 안으로 들어서다가 피로 엉망이 된 운을 보고 멈칫했다.

"이게 도대체……!"

그러다가 뒤늦게 발견한 가현을 보곤 기함했다.

"우선 옷부터 벗겨야 합니다! 어서 서두르시오, 어서!"

태의가 소소의 손을 빌려 피로 들러붙은 옷을 벗겨 내려 애썼다. 운은 멀찍이 떨어져 서서 눈 하나 움직이지 않고 모두 지켜보았다. 그 모습이 참 기이할 정도로 고요했다.

"세, 세상에……. 이게 다!"

그러다가 옷 아래에 드러난 앙상한 몸과 흉측하게 드러난 가슴 흉터에 그의 눈이 또다시 흔들렸다. 오래되어 보이는 가슴께 흉터는 절로 기함이 터져 나올 정도로 끔찍했다. 불룩 튀어나온 붉고 기다란 자국이 여린 그녀의 가슴께에 가득했다. 놀라던 소소는 태의의 성난 표정에 부리나케 정신을 차렸다. 그러곤 태의를 도와 가현의 몸을 옆으로 틀었다.

"쯧!"

어깨에서부터 엉덩이 바로 위 부근까지 대각선으로 그어진 붉은 상흔은 심각할 정도로 깊게 벌어져 있었다. 더는 참지 못하고 소소가 눈가를 붉혔다. 등의 상흔은 물론, 손톱도 깨져 있었고, 발목까지 비틀려 있었다. 하나, 그것들은 중한 것이 아니었다.

운은 숨조차 쉬지 못하고 멍하니 참혹한 그녀의 몸을 눈에 담았다. 적나라하게 드러난 그녀의 몸에 온몸이 피가 전부 빠져나가는 기분이었다. 분주하게 움직이는 주위 사람들의 말소리조차 들리지 않을 정도로 운은 넋을 놓고 서서 가현을 바라보았다.

"사산아가 있습니다!"

계속해서 아래에서 흐르는 피에 맥을 짚던 태의가 소리쳤다.

"이런 망극한 일이!"

기함한 소소가 털썩 주저앉았다. 뒤늦게 소식을 듣고 달려온 린린과 여노비들은 가현의 처참한 모습에 충격에 빠졌다.

"뭐……라 했소, 방금."

가현을 데리고 온 순간부터 지금까지 단 한마디도 하지 않고 있던 운이 말을 걸었다. 그는 태의의 목덜미를 거세게 움켜쥐었다.

"뭐라 했냐고 묻잖아!"

* * *

태의의 말은 거짓이 아니었다.

소소와 여노비들의 도움을 받아 가현의 배를 미친 듯이 누르자, 아이처럼 보이지 않은 둥그런 무언가가 진득한 피와 뒤섞여 울컥 쏟아져 나왔다.

"흐윽!"

린린은 더는 참지 못하고 울음을 터뜨렸다.

"몸이 차오! 서둘러 열을 끌어올리지 않으면 죽을 겁니다!"

울 시각도 없었다. 가현의 맥이 끊어질 듯 아슬아슬했다. 끅끅 울음을 참으며 가현의 몸에 손을 뻗는데, 운이 다가와 노비들을 모두 밀쳤다. 그의 거센 손길에 노비들이 옆으로 비켜섰다.

그들을 뒤로하고 허리를 숙인 운이 절박한 손짓으로 가현의 온몸을 주물렀다.

안 된다……!

이리 가서는 절대 안 된다!

손끝에 닿는 한기에 미칠 것만 같았다. 이대로 그녀가 숨이 끊어질 것 같아 무섭고 두려웠다. 머릿속이 윙윙거리며 뒤틀려 댔다. 가현을 죽인 것은 어쩌면 이름 모를 사내가 아니라 바로 자신이었다. 그것이 그를 미치게 했다.

"가지 마. 이대로 가면 안 돼."

중얼거리며 침대가 들썩거릴 정도로 가현의 온몸을 주물렀다. 주인의 절박한 행동에 누구 하나 숨조차 쉬지 못하고 다가서지도 못했다.

"하아……."

거의 끊어진 숨이 미세하게 새어 나온 건 그때였다. 미친 듯이 주무르던 손을 멈춘 운의 시선이 천천히 위로 향했다. 가현의 가슴이 미약하게나마 오르락내리락하고 있었다. 뜨거운 무언가가 울컥 치밀어 올라 그의 목구멍을 때렸다. 천천히 얼굴을 내린 운이 가현의 심장에 귀를 갖다 대었다.

쿵. 쿵. 쿵. 쿵.

아슬아슬 하나 분명 심장이 뛰고 있었다.

하아…….

가현을 따라 그도 숨을 길게 내쉬었다. 그 순간을 숨죽이고 지켜
보던 사람들이 일제히 힘을 잃고 주저앉았다.

* * *

"받으세요."

가현에게서 한시도 떨어지지 않고 있다가 자정이 되어 나오는데,
소소가 무언가를 쌓은 강보 하나를 그에게 들려 주었다. 보지 않아
도 알 수 있었다. 자신과 가현의 아이였다.

견디기 힘들 정도로 끔찍한 지옥 속에 들어앉은 기분이었다. 온
몸에 모든 피가 식어 버린 듯했다. 싸늘하게 식어 버린 아이의 온
기가 너무 차가웠다. 소소는 한참을 서서 넋을 놓고 아이를 내려다
보는 운을 안타깝게 바라보다가 조용히 멀어졌다.

자정이 넘어설 때까지 그 자리에 서서 넋을 놓고 있던 운은 아이
를 안고 어디론가 향했다.

아이를 한 손에 안고 말에 올라탄 운은 어느 언덕 위에 올라섰다.

'신선의 기운이 흐르는 땅이라고 하더구나.'

황제로 즉위한 지 얼마 지나지 않아 운덕이 운을 조용히 불렀다.

그러더니 이곳으로 올라왔다. 언덕 위에 올라서니 대호국이 한눈에 들어왔다.

'이 땅에 흐르는 기운이 대호국에 드리우는 암운을 막는다고 하더구나. 죽어 가는 사람도 살릴 정도로 신성한 기운이 있다는데, 막상 와 보니 별거 없네, 하하!'

운덕은 그래도 이렇게 언덕 위에 서서 대호국을 내려다보니, 대호국을 품 안에 끌어안고 있는 것 같아서 좋다고 말했다. 세상이 한눈에 들어오는 것도 좋았지만, 운은 복잡한 머리를 씻어 내기에 평화로운 곳이라고 생각했다. 이후에 운은 머리가 복잡하거나 할 때 이곳을 올라 대호국을 내려다보았다.

한 귀로 흘려들었던 말이었는데.

아이를 품에 안고 이곳까지 올라온 이유는 미신처럼 느껴지던 그 말이 간절해서였다.

이미 꺼져 버린 생명이었지만. 이 아이를 불쌍히 여긴 신선이 목숨이라도 내줄 거라고는 감히 생각하지 못했다.

다만…… 못난 이 아비 때문에 이렇게 가 버렸는데.

아무 데나 묻어 줄 수는 없었다. 아이를 품에 안은 채 말에서 내려온 운은 주변을 돌아보았다. 그러다가 언덕 맨 위에 우뚝 솟은 나무를 발견했다. 족히 몇백 년은 된 듯한 나무 아래가 적당해 보였다. 그 앞으로 가 무릎을 굽히고 앉은 운은 아이를 내려놓고 맨손으로 흙을 팠다. 그러다가 그만 돌에 손을 찧어 주르륵, 피가 흘렀다. 흙과 뒤엉긴 피만 보더라도 쓰라리고 아플 텐데 운은 멈추지 않았다.

퍽퍽!

미친 사람처럼 맨손으로 흙을 판 운은 적당한 구덩이가 만들어지고 나서야 멈추었다. 느리게 고개를 든 운이 잠시 강보에 싸인 아이를 돌아보았다. 천천히 손을 뻗은 운이 아이를 들어 올렸다. 아이를 들어 올리는 운의 어깨가 서서히 흔들렸다. 이윽고 그의 눈에서 뜨거운 눈물이 뚝 떨어져 내렸다.

아아…….

이곳은 지옥이었다.

끔찍한 지옥.

수천 개의 바늘이 온몸을 찌르고 들어오는 듯했다. 그보다 더 끔찍한 고통에 온몸이 벌벌 떨리고, 그 떨림이 아이에게까지 전해져 흔들렸다. 고개를 푹 숙이고 아이를 품에 안고 있던 운이 머뭇거리다가 아이를 땅에 묻었다. 차갑고 시린 땅속에 아이를 묻은 운은 결국 참고 있던 것을 토해 내듯 소리 없이 눈물을 쏟아 내었다.

* * *

아침이 다 되어 돌아온 운의 손은 성한 곳이 없을 정도로 상해 있었다. 하루 새에 그의 얼굴은 반쪽이 되어 병자처럼 까칠했다.

"오셨습니까."

잠 한숨 자지 못한 것은 소소도 마찬가지였는지. 붉게 달아오른 눈으로 운을 살피던 소소가 조심스럽게 말을 건넸다.

"……손님이 들었습니다."

가현이 있는 침실로 들어서던 운이 멈춰 섰다. 소소는 뒤에서 운을 걱정스럽게 지켜보다가 설명했다.

"친우분이시랍니다."

"……."

말없이 서 있던 운이 건물 안으로 들어섰다. 길쭉한 복도를 지나 맨 안쪽 방 앞으로 다다른 운이 문을 열고 안으로 들어섰다.

의자에 앉아 살벌하게 굳은 얼굴로 가현을 내려다보고 있던 호준이 인기척에 고개를 들었다. 천천히 자리에서 일어난 호준의 시선이 운을 잡아먹을 듯 사나웠다.

분명 어제까지만 해도 있었던 가현은 사라지고, 낭자한 피와 난장판이 된 약방을 보자 호준은 초조해졌다. 그러다가 뒷정리를 하는 운의 수하를 발견했고, 가현이 이곳으로 왔다는 이야기에 속히 온 것이었다.

그런데……. 가현의 얼굴이 어찌 이렇게 차가운가.

전부 저 빌어먹을 놈 때문이었다!

운은 무표정으로 그의 시선을 마주했다.

쾅!

의자가 넘어질 정도로 벌떡 일어난 호준이 운에게 성큼 다가와 주먹을 날렸다.

퍽!

묵직한 마찰음 소리가 크게 울렸다.

"너 이 새끼!"

거센 주먹에 운이 콰당! 묵직한 소리와 함께 넘어졌다.

"헉!"

놀란 소소가 손으로 입을 틀어막았다.

"지금 뭣 하는 겝니까! 감히 누구에게 손을 대는 것이오!"

저잣거리 부랑배처럼 주인의 몸에 손찌검하는 호준을 보다 못한 소소가 나섰으나. 그는 아랑곳하지 않고 발로 운의 놈을 내리찍었다.

"네 놈이 저리 만든 게야! 네 놈이!"

"그만두지 않으면 병사들을 부르겠소!"

소소가 팔뚝을 붙들며 말리려 애썼다. 성가시게 구는 소소를 거칠게 떨쳐 낸 호준은 멈추지 않고 운을 향해 발을 날렸다. 그러다가 그만 잘못 맞아 입술이 찢겨 피가 흘렀다. 온몸이 흔들릴 정도로 맞는 대도 운은 아무런 반발도 없이 그가 주는 매를 맞았다.

"가현을 이리 만드니 좋더냐! 가현이 지금껏 어찌 살아왔는데!"

분이 안 풀리는지 씩씩거리던 호준의 눈에 뜨거운 눈물이 차올랐다.

"가현은 네 목숨을 구걸하고 스스로 왕에게 팔려 갔어!"

처절한 그의 목소리에 솜 주먹으로 등을 내리치던 소소가 멈칫했다.

"너 때문에! 너 하나 살리자고 늙은 왕의 후궁으로 들어가 10년을 갇혀 살았다고!"

멍하니 듣고 있던 운이 천천히 몸을 일으켰다. 손을 뻗어 운의 목덜미를 우악스럽게 틀어쥔 그가 눈물을 줄줄 흘리며 소리쳤다.

"그 10년의 세월 동안 냉궁에서 무엇을 하며 지냈는지 알아!"

멍하니 가라앉아 있던 운의 눈동자에 거친 풍랑이 일었다.

"넌 모르겠지! 알려고도 하지 않았겠지! 가현은 매일 밤 자결을 시도했다!"

헉!

가슴에 새겨진 흉한 상흔들이 무엇으로 인함인지 알게 된 소소는 기함하며 입을 틀어막았다. 이곳이 현실인지 분간이 가질 않는 듯 운은 넋을 놓고 도령이 흔드는 대로 흔들렸다.

"네가 죽었다는 소문을 듣고는 왕과의 합방 일에 자결하다가 미쳤다는 소문까지 퍼졌단 말이다! 그런데도 이 바보 같은 것이 너 따라가겠다고 끊임없이 자결을 시도했다더라!"

어미가 남 이야기 좋아하는 사람이 아니었다면, 호준 역시 모를 일이었다. 그녀는 매일 춘국의 이야기를 호준에게 서신을 써서 보냈고, 충격적인 가현의 이야기에 몇 번이나 그녀를 빼내기 위해 시도했다. 그럴 때마다 가로막혔고, 10년이 지나서야 만나게 된 것이었다.

끔찍하고 지독했다. 운을 포기하면 그만인걸. 모른 척하고 잘살면 그만인걸. 그놈의 고집불통은 되먹지도 않을 짓으로 매일을 살았다. 그것이 어디 산 것인가? 산송장도 그보다는 편안한 삶일 것이다.

그토록 모질게 살아남아 이곳까지 건너와 운을 만났는데. 어찌 된 일인지 운은 가현을 내쳤다. 그리고……. 가현은 등에 깊은 상흔을 남기고 깨어나지 못하고 있었다. 게다가, 사산아까지 낳았다니.

가슴에 울화가 치밀었다. 머리가 얼얼할 정도로 분노가 치솟아올랐다. 그 울분을 모두 토해 내기 위해서라도 운을 때려죽이고 싶건만.

창백한 그의 낯빛과 탁하게 죽어 있는 눈빛에 손에서 저절로 힘이 빠졌다.

"개 같은 놈. 난 처음부터 네가 마음에 들지 않았어."

운을 내치듯 내던진 호준이 자리를 털고 일어났다. 운은 정신이 나간 사람처럼 힘없이 옆으로 쓰러졌다.

"이젠 내가 안 된다. 가현의 몸이 나아지는 대로 데려갈 테니, 그런 줄……. 하!"

돌아서던 호준은 버젓이 문 앞에 서 있는 허여소를 발견하곤 웃음을 터뜨렸다. 정말이지 기가 차서 말도 안 나왔다.

"난 성질이 더러워 차마 축하한다는 말은 못 하겠구나."

허여소와 운을 번갈아 노려보던 그는 성난 걸음으로 방을 나가 버렸다. 스쳐 지나가는 호준을 곁눈질로 응시하던 여소가 안으로 들어서며 말했다.

"차라리 잘 되었습니다. 데려갈 사람이 있으니 말입니다."

사람이 다 죽어 가는데 아랑곳하지 않고 저런 말을 하다니. 가현의 일로 먹먹해졌던 가슴이 여소로 인해 화가 차올랐다.

"나가시죠."

억지로 여소의 팔을 잡아끌고 방을 나가 버렸다.

"지금 감히 내 몸에 손을 대는 게야!"

"조용히 하세요, 아무리 눈에 뵈는 게 없다 하나 환자가 안에 있습니다!"

침실로부터 멀리까지 끌고 나온 소소는 여소가 성난 눈을 하든 말든 사납게 소리쳤다. 혼인식이 치러지기 전에 운이 뛰어나가 버려 엉망이 되었다. 홀로 남은 여소는 웃음거리가 되었고, 그것이 딱해 이곳에서 지내겠다는 여소의 청을 들어주었다. 허태선은 여식의 고집에 화를 내다가 뒷목을 잡고 가 버렸다.

만약 가현에게 끔찍한 일이 생길 것을 알았다면, 결코 여소를 안에 들이지 않았을 것이다. 소소는 자신을 탓하며 여소에게 경고했다.

"주인님께서 따로 부르실 때까지 이곳은 오지 마세요."

"감히 어디다 대고 훈계냐! 난 전하의 정실부인이다! 넌 내 말을 들어야 할 노비에 지나지 않아!"

"혼인식을 치르지 않았는데, 부인이라니요! 아직 정식으로 그 무엇도 한 것이 없으니, 아가씨는 그저 객일 뿐입니다! 똑바로 처신하세요."

"너, 너!"

"아니 그러시면 당장 내쫓을 겁니다!"

호통을 치듯 여소에게 소리친 소소가 그대로 돌아서 멀어졌다. 혼자 남은 여소는 분을 참지 못하고 악을 질렀다.

"아아악!"

지나가던 노비들은 화들짝 놀라다가 슬금슬금 도망쳤다.

"날 업신여긴 것을 반드시 후회하게 해 줄 테야!"

방방 뛰며 악을 질러 대던 여소는 문득 드는 걱정에 가현이 잠들어 있는 침실 쪽을 노려보았다.

'당장 선이부터 찾아야겠어!'

기필코 끊어 놓아야 할 계집의 숨이 붙어 있다.

혹여 깨어나기라도 한다면……!

그건 결코 아니 되었다!

초조하게 손톱을 물어뜯던 여소가 서둘러 자신의 침실로 들어
갔다.

* * *

'가현은 네 목숨을 구걸하고 스스로 왕에게 팔려 갔어! 너 때문
에! 너 하나 살리자고 늙은 왕의 후궁으로 들어가 10년을 갇혀 살
았다고!'

그런 것인가…….

날 살리기 위해 후궁으로 들어간 것인가…….

'그 10년의 세월 동안 냉궁에서 무엇을 하며 지냈는지 알아!'

후궁 자리가 탐이 나 자신을 처참하게 버렸다고 생각했다.

그런데 그것이 아니었다고……?

'넌 모르겠지! 알려고도 하지 않았겠지! 가현은 매일 밤 자결을
시도했다!'

느리게 몸을 일으킨 운이 가현에게 다가섰다. 그의 얼굴은 온통
피범벅이었다. 눈 한쪽을 잘못 맞았는지, 부어올라 있었고, 콧대엔
푸르스름한 멍이 들어 있었다. 입술은 찢겨 피딱지가 엉켜져 있었
다. 다리를 잘못 맞은 것인지 걸을 때마다 삐걱거렸다.

운은 통증이 전혀 느껴지지 않는지 그저 가현의 앞으로 걸어가 섰다. 무슨 깊은 잠을 그리 자는 건지. 가현은 간간이 숨결만 흘릴 뿐 눈을 뜨지 않았다. 말없이 가현을 내려다보던 운이 천천히 손을 뻗었다. 턱밑까지 올라와 있는 이불이 그의 손에 의해 들춰졌다. 이불을 들추자 새하얀 천으로 둘러싸여 있는 가슴 부근에 오래된 흉터가 드러났다.

'불을!'

춘국의 전쟁이 끝난 직후 가현이 이곳으로 끌려왔을 때였다. 옷을 찢으려는 절 막은 가현은 생명줄 잡듯 옷고름을 붙들며 소리쳤다.

'불만 꺼다오. 하면, 네 원대로 해 줄 것이니.'

단순히 두려워 그런 것이라고 생각했는데, 자결로 인한 흉터를 보여 주지 않으려 애썼던 것이었다.

큭!

갑자기 몰려오는 고통에 가슴을 부여잡은 운의 무릎이 내리꽂듯 꺾였다. 간신히 침상 끄트머리를 붙든 운이 거칠게 숨을 몰아쉬었다.

어찌하여 당신이 날 버렸다고 생각했을까.

망가진 머릿속이 농간을 부린 것인가.

'널 버렸어, 가현 아가씨가.'

매일 밤 저를 괴롭히던 여자 목소리는 무엇일까. 그 또한 농간을 부린 탓일까.

두려웠다. 이 모든 것이 정녕 사실이라면…… 자신은 이 여인에게 정말 끔찍한 짓을 저지른 것이다. 차마 입에 담지 못할 짓을 한 스스로를 결코 용서하지 못할 것이었다.

아니, 지금 역시 그러했다.

운은 가현의 얼굴에 감히 손을 대지 못하고 그 주위만 간신히 배회했다. 생채기가 가득한 손으로 허공에서 가현을 더듬던 운의 얼굴이 일그러졌다.

"헉!"

갑자기 머리가 깨질 듯 아파졌다. 머리를 틀어쥔 운이 피가 날 정도로 입술을 깨물며 주저앉았다. 끊임없이 몰아치는 고통을 이를 악물고 참아 내던 운은 결국 구역질을 참지 못하고 방 안을 뛰쳐나왔다.

침실 바로 앞에 있는 후원에 엎어지듯 주저앉은 운이 나오지 않는 것을 게워 내려 애썼다. 머리는 계속해서 울렁거렸다. 속은 뒤틀려 내장까지 튀어나올 것만 같았다. 돌을 부여잡고 아무것도 없는 빈속을 괴롭히자 구역감이 조금씩 잦아들었다. 머리는 여전히 깨어질 듯 아팠다. 누군가 망치로 머리를 세게 내리치는 듯했다.

입가에 묻은 침을 소매로 아무렇게나 닦아 내며 비틀비틀 몸을 일으킨 운이 돌아서는데, 누군가 앞에 서 있었다. 조금 전과 다르게 외출복을 입고 서 있는 여소와 금모였다. 운의 눈치를 살피던 금모가 황급히 고개를 내렸다.

침묵이 길어질 즘, 여소가 나섰다.

"잠시 집에 다녀올까 합니다."

"……."

운은 말없이 서 있었다. 침묵으로 일관하는 그에게 당황한 여소는 괜히 팔에 걸친 겉옷을 만지작거렸다. 무슨 말이라도 해야 할 것 같아 한 걸음 더 다가서려는데, 운이 싸늘하게 그녀를 스쳐 지나갔다. 여소의 얼굴색이 싸해졌다. 애먼 겉옷을 구기며 홱 돌아선 여소가 운의 등 뒤에 소리쳤다.

"전 이제 전하의 부인입니다! 저 여인이 그리된 것은 안타까우나, 나 또한 혼인식을 망쳤다고요!"

그것이 참으로 원망스러운지 목소리에 서운함이 묻어났다. 금모는 가현을 저리 만든 것이 여소라는 걸 잘 알았다.

"부디 서둘러서 정리하세요."

뻔뻔함이 극에 달하는 것을 지켜보며 금모는 잠시나마 운을 동정했다.

"다행히도 바다 건너온 상단주가……!"

"소소!"

들은 척도 안 하고 서 있던 운이 갑자기 큰소리로 소소를 불렀다. 온 집안을 울리는 주인의 목소리에 놀란 노비들이 바깥으로 뛰어나왔다. 여소는 끝까지 저를 돌아보지 않고 소소만 찾는 운을 황당하게 쳐다보았다. 뒤늦게 나온 소소가 운의 앞에 섰다.

"부르셨습니까."

"객을 들일 사정이 아니니, 당장 내보내도록 하라."

싸늘하게 명을 내린 운이 소소를 스쳐 침실로 들어가 버렸다. 노비들은 여소의 얼굴이 험악하게 구겨지는 걸 보다가 슬그머니 자리를 떠났다. 악에 받친 얼굴로 운을 향해 손을 뻗는 여소의 앞을 소소가 막아섰다.

"들으셨지요. 제가 문까지 배웅하겠습니다. 짐은 바로 댁으로 보내 드릴 테니 걱정하지 마시고요."

소소의 목소리가 평소보다 쌀쌀맞았다.

"궁에서 오랜 세월 궁녀로 지내었다고 들었다. 황제의 벗이라 칭할 정도로 폐하와 가깝다지."

"제 이야기는 어디서 또 들으셨나 봅니다."

무뚝뚝한 소소의 말대답에 여소의 눈이 사납게 치켜 올라갔다. 당장에라도 뺨을 내리칠 듯 그녀의 손이 부들부들 떨렸다. 그러나 여소는 이를 악물고 참았다.

"아무리 벗이라 칭할지라도 늙어 다 죽어 가는 노인네 하나 소리 소문없이 사라져도 모를 게야."

하지만 다음번엔 참지 않을 거였다.

"그렇지?"

저보다 살짝 아래에 있는 소소에게 협박하는 조로 비아냥거린 여소가 홱 하니 고개를 틀곤 멀어졌다.

"다시 돌아올 테니 침실에 먼지 하나 없이 청소해놔!"

우연히 지나던 여노비에게 분풀이하듯 명을 내린 뒤 성난 걸음으로 앞서가는 여소를 보며 발을 동동 굴리던 금모가 소소에게 뒤늦게 꾸벅 인사를 하곤 뒤쫓아 갔다. 소소는 가라앉은 눈으로 여소를 지켜보았다.

* * *

퍽!

픽!

두툼한 몽둥이로 매질을 당하던 선은 결국 이기지 못하고 엎어졌다. 밧줄로 팔이 꽁꽁 묶여 몸을 제대로 가누지 못하고 얼굴이 흙바닥에 그대로 처박혔다.

"똑바로 일으켜 세우지 못할까!"

허가의 주인 허태선의 성난 외침에 하인들이 선에게 달려들어 그를 부축했다. 억지로 일으켜진 선은 이를 악물며 쭈그려 앉았다. 여소는 곁에서 아버지의 눈치를 살피기만 했다. 선에게서 돌아선 허태선이 여소를 맹렬한 기세로 노려보았다.

"분명 네게 일을 벌이지 말라 했건만!"

어쩌자고 이런 일을 벌인 것인지. 제 여식의 뒤틀린 집착에 머리가 다 지끈거렸다. 이미 일은 벌어졌다. 흑운왕은 수하들을 모두 풀어 범인을 찾고 있다고 했다. 허태선은 차마 여소를 탓하지 못하고 애먼 선에게 소리쳤다.

"그따위로 일을 처리하면 어쩌자는 게야!"

"그것이 흑운 전하께서 오시는 바람에……. 큭! 하, 하지만 거의 숨이 끊어지기 직전이었습니다! 결코 깨어나지 못할 겁니다!"

검에 베인 채 바르작거리는 가현의 숨통을 끊어 놓지 못한 건, 혼인식을 치러야 할 운이 들이닥쳤기 때문이었다. 그가 도착하기 전 간신히 몸을 피했던 선은 허태웅의 밑에 있는 병사들에게 붙들려 끌려온 상태였다. 뒤늦게 아버지와 여소가 무슨 작당을 했는지 일의 전말을 알게 된 태웅은 괜히 아버지의 옆에 버젓이 서 있는 여소에게 눈길을 주었다.

'하여간 저놈의 성질머리!'

사실 노비 계집 하나 죽이는 게 뭔 상관이란 말인가. 문제는 그 계집의 배 속에 흑운왕의 아이가 들어있었다는 것이다. 사실, 첩 여럿 둔 사내들은 대호국에서 흔했다. 그 첩에게서 태어난 사생아들도 발길에 차일 정도로 많았다. 그런데 그걸 용납 못 하고 일을 벌이다니. 일을 벌였으면 제대로 처리하든가.

그 계집을 제 침실에 두고 태의까지 불러들인 걸 보면 꽤 아끼는 계집일 텐데, 태웅은 이상하게 불안했다. 여소를 누이로서 아끼지만, 매번 이렇게 일을 만들 땐 학을 떼는 그였다.

"죽을……죄를 지었습니다, 주인님."

울컥울컥 핏덩이를 토해 내며 선이 죄를 빌었다. 운이 들이닥쳤다는 말에 허태선은 이러지도 저러지도 못한 얼굴로 얼굴만 구겼다. 운을 하찮게 여기는 것은 맞았지만, 어디까지나 속마음일 뿐. 지금 상황에 자신들이 일을 꾸몄다는 걸 흑운왕이 알게 된다면 성가신 일이 생길 게 분명했다.

쯧, 못마땅하게 혀를 찬 태선이 손을 휘휘 저으며 태웅을 불렀다. 아버지의 갑작스러운 부름에 태웅이 서둘러 걸어와 머리를 숙였다.

"너는 당장 선을 수도 밖으로 빼내어라."

단순히 들으면 선을 보호하는 듯했지만, 오랜 세월 아버지의 곁을 지키며 터득한 결과. 허태선은 지금 선을 몰래 죽이라고 명하는 것이었다.

"예, 아버님."

속히 고개를 든 태웅이 선의 주위에 서 있는 수하들에게 눈짓했다. 빠르게 알아들은 수하들이 선을 질질 끌고 사라졌다. 선은 곧바로 수레에 태워져 바깥으로 빼돌려질 거였다. 그리고 가는 도중에 죽게 될 것이다.

"너는 당장 집으로 들어오고! 괜히 그곳에 남아 분란만 만들게 분명하다!"

"그 계집의 상태를 확인하기 위해서라도 제가 남아 있어야 하는 게 옳습니다, 아버지!"

황급히 아버지의 팔에 팔짱을 낀 여소가 분주히 입을 움직이며 그의 마음을 돌리려 애썼다. 태웅은 곁에서 콧방귀를 끼었다. 그 계집의 상태 때문이 아니라 필시 운 때문이겠지. 도대체 뭐에 홀려 그놈에게 저리 집착하는 것인지. 홍요의 치마폭에 사는 제 주제는 생각지 못한 태웅은 속으로 여소를 흉봤다.

"그 계집이 깨어나 전하께 말이라도 꺼낸다면 큰일이 아닙니까."

솔직히 노비 계집 하나 죽인 일로 자신의 가문이 어찌 될 것이라고는 생각지 않았다. 그러나⋯⋯. 이상하게 불안했다. 허태선은 자신의 감을 믿었다.

허태선은 고민했다. 그 계집이 혹여 무언가를 알아챘다면 결코 깨어나서는 안 되는 것 아닌가. 선의 말대로 깨어나지 않고 저세상으로 떠나 버리면 좋겠지만, 만에 하나라는 게 있지 않은가. 여소의 말대로 그 계집의 상태를 살펴봐야 하긴 했다. 그래야 다음 수를 생각할 수 있었다.

그렇다고 여소를 그 안에 들이자니 불안했다. 하지만 여소 말고는 딱히 방법이 없었다. 그 계집 하나 때문에 황궁보다 경계가 삼엄했다. 괜히 다른 아이를 몰래 들여 엿보다가 오히려 들통나는 수가 있다. 여소는 혼인을 핑계로 그 집에 들어앉을 수 있었지만, 다른 이들에겐 핑곗거리가 없었다. 허태선은 금모에게 여소를 신신당부하며 맡겼다.

"만에 하나 여소의 머리카락 하나 다칠 시, 네년의 사지를 찢어 발겨 개 우리에 던져 줄 테다. 알아들었느냐."

"예, 예! 명심하겠습니다! 아가씨 머리카락 하나 안 다치게 지킬 것이어요!"

허태선의 살벌한 말에 금모가 사색이 된 얼굴로 고개를 미친 듯이 끄덕거렸다. 눈을 게슴츠레하게 뜨고 금모를 살피던 허태선이 한참 만에 돌아섰다. 뒷짐을 지고 멀어지는 허태선을 뒤로하고 굳은 채 서 있던 금모가 풀썩 주저앉았다.

* * *

'아버진 흑운왕을 괜히 건드린 것이야. 그자의 진짜 모습을 아버진 몰라.'

어젯밤에도 태웅은 홍요의 온몸에 붉은 반점을 내며 깔아뭉갰다. 홍요의 안에서 끊임없이 자신의 욕망을 채우던 태웅은 지친 얼굴을 하고 홍요를 꼭 끌어안았다. 그러곤 다른 때처럼 홍요의 아름다움을 칭송하지 않고, 흑운왕에 대한 이야기를 꺼냈다.

'그 자식은 범인을 잡는 걸로 끝나지 않을 놈이야. 그만큼 무서울

정도로 질긴 놈이지.'

허여소가 맹랑하게도 제 아버지를 끌어들여 가현을 죽일 거라곤 생각지 못했다. 가현을 죽일 거면 제대로 숨통을 끊어 놓아야 함에도 일 처리를 허술하게 해, 태웅은 무척 곤란한 듯했다.

'그가 괜히 전쟁 영웅이라는 소리를 듣는 게 아니야.'

그는 분명 흑운왕을 천한 놈이라 깔아뭉개며 자신의 자존심을 세웠었다. 그런데 막상 일이 터지니 그에 대한 두려움이 생긴 걸까. 아니면 전장에서 함께 적들과 싸울 때 무언가를 본 것일까…….

'집안의 평화를 위해서라도 그 계집은 결코 살아나서는 안 된다.'

"걱정하지 마세요. 기필코 태웅 님의 뜻대로 될 겁니다."

홍요는 깊은 잠에 빠진 태웅을 감싸 안으며 속삭였다.

늦게까지 잠을 자고 느긋하게 일어난 홍요는 나체로 이불을 빠져나왔다. 늘씬한 듯 풍만한 몸매가 햇살 아래 적나라하게 드러났다. 길쭉하게 뻗은 팔을 하늘 높이 들어 올리며 기지개를 켠 홍요는 창가에 매달아 둔 새장 앞으로 다가가 섰다. 노란 새는 영 맥없이 쓰러져 헉헉대고 있었다. 그 곁엔 먹다 만 먹이통이 널브러져 있었다.

"참으로 질긴 생명줄이야."

무감하게 새를 바라보던 홍요가 손을 들어 새장 문을 열었다. 손을 뻗어 새를 손안에 넣은 홍요는 그대로 새의 목을 비틀었다.

으드득!

기괴한 소리와 함께 새가 축 늘어졌다.

"해서 더 죽이고 싶구나."

홍요는 숨이 끊어진 채 축 늘어진 새를 만족스럽게 바라보았다.

다른 뜻은 없다.

이번에도 그저 내가 살기 위함이니까.

* * *

분명 죽을 것이라고 장담한 선의 말은 점점 신뢰를 잃어 갔다.

대호국에서 가히 최고라 칭하는 태의가 꼭 붙어 매일 밤낮을 지켜본 탓인지, 가현의 안색이 눈에 띄게 좋아졌다. 매일 아침 금모에게 전해 듣는 가현의 상태에 여소는 점점 초조해졌다.

운의 명으로 진명은 몇 날 며칠 대호국의 수도를 이 잡듯 뒤지고 있었다. 운은 잠을 자지 않는 것인지, 한눈도 팔지 않고 가현의 곁을 지켰고, 그도 모자라 사병들을 불러 모아 침실을 보호하게 했다. 금모는 살벌한 경계에 침실 안으로 직접 들어가지 못하고, 간신히 태의의 수제자에게 약간의 돈을 쥐여 주고 가현의 상태를 들었다.

"읔!"

초조하게 손톱을 딱, 딱 깨물던 여소가 기어코 피를 보았다. 손톱 아래 찢긴 피부에서 붉은 피가 새어 나왔다. 쓰라린 통증에 잠시 미간을 찌푸리던 여소는 초조함을 참지 못하고 자리에서 일어났다. 어젯밤처럼 도자기가 날아올까 두려웠던 금모가 뒤로 물러서며 여소의 눈치를 살폈다.

"어찌하지."

여소는 방을 빙빙 돌았다.

"어찌할까."

어찌하지, 어찌할까.

이 말을 반복하며 돌던 그때, 위험한 생각이 여소의 머릿속을 스치고 지나갔다. 금모는 번뜩이는 여소의 눈빛을 불안하게 지켜보았다.

"아가씨, 댁에서 서신 하나가 도착했습니다."

때마침 누군가 문을 두드렸다. 서둘러 문 앞으로 간 금모가 노비가 건네는 서신을 받아들곤 문을 닫았다.

"아버지에게서 온 서신이냐."

"그것은 아니온 듯한데……."

붉게 물든 봉투가 꼭 누구를 떠올리게 했다. 금모의 생각은 정확했다. 금모에게서 빼앗듯 낚아챈 서신은 홍요가 쓴 것이었다. 봉투 안엔 종이가 아닌 뭉툭한 무언가가 잡혔다. 미간을 찡그린 여소가 봉투를 거꾸로 든 채 탈탈 털었다.

툭!

손바닥 위에 손가락 한 마디만 한 크기의 병 하나가 떨어졌다. 약병을 유심히 보던 여소가 그것을 탁상 위에 내려놓곤 서신을 펼쳐 들었다. 짧고 굵은 한 문장은 순식간에 읽혔고, 여소의 입에서 헛웃음이 터져 나왔다.

"이런 맹랑한 계집 다 있나!"

불안하게 여소를 지켜보던 금모가 마른침을 꿀꺽 뒤로 넘기며 서신에 쓰인 문장을 곁눈질로 읽었다.

[나약한 새 한 마리 죽이는 데 아주 용한 약입니다. 혼인 선물입니다, 아가씨.]

* * *

"난 요즘이 가장 편하지 뭐야? 팔뚝이 으스러질 정도로 무거운 사기그릇을 들지 않아도 되지."

린린은 조심스러운 손길로 가현의 하얀 손을 닦으며 연신 좋알거렸다. 가현은 열흘이 넘도록 눈을 뜨지 못했다. 결국 참다못한 린린은 태의에게 화풀이하듯 욕설을 날렸다.

돌팔이부터 시작하여, 가현이 일어나지 않으면 동네방네 돌팔이라고 소문낼 거라고까지 했다. 태의는 린린의 말을 한 귀로 흘려들으며 가현 스스로가 깨어나길 거부하는 것이니, 탓하려거든 나 말고 가현을 탓하라고 전하곤 자리를 떴다.

"태의는 무슨! 노망이 들어도 단단히 들었어, 아주! 가현이 네가 깨어나길 거부하고 있다니! 일어나서 너 이렇게 만든 놈들 싹 다 벌줘도 모자랄 판에. 그렇지, 가현아?"

매정한 가현은 여전히 잠만 잤다.

"노망난 돌팔이 말처럼 그런 거 아니지?"

가현의 손을 내려놓은 린린이 붉게 달아오른 눈을 하고 가현의 얼굴을 내려다보았다.

"바늘 하나 찔러도 안 들어갈 것처럼 매사에 무뚝뚝하게 굴던 주인님이, 글쎄."

순간 울컥 치솟는 뜨거움에 린린이 잠시 말을 멈추었다.

하아…….

시큰거리고 뜨거운 것이 기어코 눈을 비집고 튀어나오려고 하자 린린이 고개를 젖혔다. 그리고는 눈을 깜빡이며 눈물을 참았다.

새벽녘의 일이 자꾸만 떠올랐다. 갑자기 꾼 악몽에 화들짝 놀라 깨어난 린린은 혹여나 가현에게 일이 생긴 게 아닐까 걱정이 들었다. 몰래 방을 빠져나와 그 길로 가현이 잠든 침실로 들어서려는데, 살짝 열린 문틈 사이로 희미한 울음소리 같은 것이 들렸다.

가슴이 먹먹해지고, 코끝이 시큰거릴 정도로 울고 있는 건 주인님이었다. 그 낮에 함께 태의의 말을 들은 탓일까. 가현이 스스로 깨어나지 않으려 한다는 말은 린린에게도 충격적이었기에. 그 때문에 주인님도 저리 눈물을 보이는 것일까.

"그렇게 우시는 건 처음 봤지, 뭐야. 주인님 잠도 안 주무셔. 먹지도 않으시고. 소소 님이 좇아다니면서 아무리 애원해도 들은 척도 안 하셔."

너만 봐. 그런데 이상하게 만지지는 못하더라. 그냥 지척에 서서 한참을 너만 보다가 진명 나리가 오시면 잠시 자리를 비우고. 또 나타나 너만 멀거니 보다가…….

"이러다가 주인님마저 쓰러질 거 같아. 그러니까 얼른 일어나. 주인님이 잘못했으면 일어나서 뚜드려 패든가 하라고!"

매정한 계집은 들리지 않는지 눈 하나 꿈쩍하지 않았다. 린린은 기어코 울음을 참지 못하고 터뜨렸다.

"내가 그때 남아 있었으면! 너한테 못된 말만 안 했어도 네가 이런 험한 꼴 안 당했을 텐데……. 흐윽!"

매번 가현에게 모질게 말하며 주제를 알라 소리친 이유는 주인과 이루어지는 노비들은 거의 없었고, 비참하게 죽어 버리는 게 대부분이었기 때문이었다. 허가의 아가씨와 혼약이 맺어진 이상 더더욱 가현을 떨어트려야 한다고 생각했다.

그랬는데……. 아이라니.

린린은 온몸을 떨면서 울어 재꼈다. 방문을 넘을 정도로 큰 울음소리에 문 앞을 지키고 서 있던 병사들이 들여다보기까지 했다.

"이제 어찌해! 그 불쌍한 애는 어찌해! 가현아! 제발 깨어나서 뭐라도 말해 줘! 그냥……. 흑! 그동안 모질게 굴었던 거 벌 다 받을 테니까……. 그러니까 깨어나기만 해 줘, 응? 그 빌어먹을 놈 찾아내면 내 목숨을 내걸고서라도 찢어 죽일 테니까!"

그러니까, 제발 일어나 줘 가현아…….

오랫동안 울어 대던 린린이 지친 얼굴로 자리에서 일어났다. 가현의 몸을 닦던 천과 바닥에 있던 대야를 든 린린은 시무룩한 얼굴로 방을 나섰다. 침실 바로 앞엔 운의 명령으로 병사들이 가현을 지키고 서 있었다. 그들 중 대부분이 가현과 불미스러운 일을 겪은 자들이었다.

문 앞을 바로 앞에서 지키고 있던 병사 하나가 힐끔 린린을 쳐다보곤 다시 앞으로 고개를 돌렸다. 그 옆을 지나 건물을 빠져나오던 린린의 얼굴이 순간 일그러졌다. 모퉁이에 삐죽 튀어나와 있는 계집 때문이었다.

"너, 뭐야! 지금 염탐이라도 하라고 시킨 거지!"

"그, 그런 거 아니거든!"

슬쩍슬쩍 눈알을 돌리며 건물 안을 살피던 금모는 뒤늦게 린린을 발견하곤 화들짝 놀랐다.

"아니긴!"

분명 제 주인이 시킨 게 분명했다. 린린이 성난 걸음으로 다가오자 금모가 부리나케 도망쳤다. 쫓아갈 듯 발을 굴리던 린린이 큰소리로 경고했다.

"한 번만 더 얼쩡거리기만 해 봐! 바로 주인님께 이를 테니까!"

뒤에서 쩌렁쩌렁하게 울리는 린린의 목소리에서 간신히 도망친 금모가 구석으로 몸을 숨겼다.

"헉, 헉!"

숨 가쁘게 숨을 몰아쉬던 금모는 그만 긴장으로 풀린 다리에 풀썩 주저앉았다. 놀란 가슴을 부여잡고 연신 헉헉거리는 금모의 얼굴이 시름으로 가득했다.

"난 못 해."

뭘 못 하겠다는 건지 금모는 겁에 잔뜩 질린 얼굴로 연신 중얼거렸다.

"나, 난 절대 못 해."

* * *

짝!

여소의 매서운 손길에 금모가 나가떨어졌다. 바닥에 엎어진 금모의 몸이 덜덜 떨렸다.

"다시 말해 봐! 뭐라! 못 해! 네년이 지금 내 명을 어기겠다는 게야!"

"벼, 병사들이 너무 많습니다."

"해서! 병사들이 많은 것이 무어라고!"

금모의 안위는 여소에게 중한 것이 아니었다. 가현이 깨어난 이후에 벌어질 후폭풍이 두려웠다. 어린 시절부터 놀이 동무처럼 같이 커 왔지만. 여소는 뼛속까지 귀족이었고, 단 한 번도 금모를 노비 이상으로 보지 않았다. 노비는 언제든 주인의 말에 복종해야 했다. 죽으라면 죽어야 했고, 살라면 살아야 했다. 그런 금모에게 여소는 죽으라고 명하고 있었다.

"네가 내 말에 복종해야 하는 처지라는 걸 잊은 게야!"

"아, 아가씨. 제발 살려 주시어요."

엉엉 울음을 터뜨리며 금모가 무릎을 꿇었다. 그리고는 손에 땀이 차도록 빌고 또 빌었다.

"흐윽…… 다른 건 모두 다 하겠습니다. 제발 이것만은."

금모를 죽일 듯이 내려다보던 여소의 눈에 한기가 들어찼다.

"정녕 못 하겠다 이거구나. 네 아비의 목이 잘려 나가도, 네 어미가 몹쓸 짓을 당해도, 네 어린 동생을 개밥으로 주어도, 그래도 못 하겠다 이거구나."

금모의 아비와 어미는 물론 어린 동생까지 줄줄이 허가의 노비로 살고 있었다.

협박과도 같은 여소의 말에 금모의 눈이 크게 뜨였다.

"아, 아가씨!"

"지금 여기서 모두 들켰다간 난 죽는다. 한데, 내가 못할 게 무어야. 네 어미든 네 아비든!"

금모의 턱을 틀어쥔 여소가 이글거리는 눈으로 소리쳤다.

"네 동생이든 모조리 죽여서 내가 산다면! 난 기필코 할 것이다, 금모야."

턱을 쥔 손을 내려놓은 여소가 다시 손을 올려 백지장처럼 새하얀 금모의 볼을 쓸어내렸다.

"다시 말해 보아라. 하겠느냐, 아니면 못 하겠느냐."

"……하, 하겠습……. 흑!"

울컥 치미는 눈물에 목구멍이 막혀 말도 제대로 나오지 않았다. 금모는 어떻게 해서든 답하기 위해 고개가 떨어져 나갈 듯 흔들었다.

"혹여 내게 무슨 일이 생긴다면, 반드시 구해 줄 테니 걱정 말렴. 날 믿으렴, 금모야."

"예, 예 아가씨. 흐윽……."

* * *

가현을 간호하는 일은 소소와 린린이 도맡아 했다.

여노비들이 도와주려고 했지만, 린린은 그들 중 누구도 믿지 않았다. 혼인식날까지 가현을 조롱하던 것들이 인제 와서 도와주려

하다니. 역겨울 정도로 간사한 것들이었다.

모두를 물리친 린린은 고집스럽게 자정이 넘도록 가현을 간호했다. 어제도 평소처럼 새벽같이 일어나 가현의 침실을 드나들었다. 욕창이 생길까 저어되어 가현의 몸을 옆으로 틀어 주었고. 이따금 가현에게 이야기를 들려주었다. 몸과 머리를 정성스럽게 물에 적신 천으로 닦아 줄 때면 온몸이 흠뻑 젖었다.

그런데 그만 린린이 다리를 삐끗하고 말았다. 그것도 애먼 곳에서 넘어져서 말이다. 잘만 다니던 계단에서 굴러떨어지다니. 철딱서니 없는 짓을 한 건 린린이건만. 오히려 린린이 더 성질이 나 보였다.

"아, 진짜! 누가 밤에 날 밀친 게 분명하다니까요!"

린린은 고래고래 소리를 지르다가 그만 소소로부터 등짝을 얻어맞았다.

"악!"

"시끄럽다고 하지 않아!"

린린에게 타박을 놓은 소소가 투박한 손길로 삐끗한 발목 위에 뜨거운 물로 적신 천을 올려 주었다.

"당분간 쉬도록 해."

"그럼 간호는요? 소소 님도 그 여시 같은 허가 아가씨 때문에 바람 잘 날 없이 바빠 들여다보지도 못하지 않습니까! 제가 이래 봬도 어린 시절부터 무쇠 뼈라 소문이 자자했답니다. 이만한 일로 끄떡도 없으니."

"이러다 쓰러지면! 송장 치우기 싫으니 누워 있어라! 잠도 자지 않고 피곤함에 계단을 굴렀으면 네 몸 상태가 어떠한지 깨달아야지!"

"아, 진짜! 내가 졸기라도 했으면 몰라! 진짜 누가 날 뒤에서 밀었다니까요!"

소소는 들은 척도 하지 않고 자리에서 일어났다.

"방 안을 벗어나는 것을 들켰다간, 간호는커녕 쫓겨날 줄 알아!"

"소소 님! 소소 님, 잠깐만요!"

매정하게 방을 나가 버리는 소소를 애타게 불러 댔지만 그녀는 들은 척도 하지 않고 쾅! 문까지 닫아 버렸다.

"아, 진짠데!"

안 그래도 금모와 여우 같은 허가의 아가씨 때문에 불안한데. 머저리같이 다치고 말다니. 린린이 답답한 표정으로 두 배는 부어오른 다리를 내려다보았다.

사실 허여소는 제집에서 돌아온 이후로 침실 밖으로 거의 나오지 않았다. 금모도 그날 염탐한 것 이후로 보이지 않았다. 어쩐지 린린은 그 고요함이 더 불안했다. 지금까지 허여소에게 돈을 받고 첩자 노릇을 했던 린린은 그 여자가 얼마나 무서운지 잘 알았다. 그 때문에 가현의 곁에 더 달라붙어 있었는지도 모르겠다.

"그나저나."

가현을 걱정하던 린린이 미간을 찡그렸다.

"분명 내 등짝에 닿긴 닿았는데."

소소의 말대로 좀 피곤하기도 했지만 분명 누군가 계단 앞에서 등을 밀친 게 느껴졌다. 자신이 진짜 피곤해 머리가 돈 게 아니라면 말이다.

하지만 자정이 다 지나, 불이 꺼진 상태였고. 앞이 분간이 가지 않은 상황이었다. 영 께름칙한 기분에 린린은 한참을 인상을 쓰고 앉아 있었다.

* * *

"이틀 동안 다른 일은 제쳐 두고 간호에만 집중해야 한다, 알아 들었느냐."

"예, 소소 님."

소소는 린린을 대신해 주근깨가 그득한 여노비에게 가현의 간호를 맡겼다. 가현을 조롱하던 무리 중 하나였다.

"내 지켜볼 테니 제대로 해야 한다."

그것을 알고는 있어 다른 노비들에게 시킬까도 했지만, 지금은 손이 부족해 남는 아이가 이 아이뿐이었다. 소소의 경고 섞인 눈빛에 여노비가 빠르게 고개를 끄덕였다.

"명심, 또 명심하겠습니다. 소소 님."

"소소 님, 잠시 이쪽으로 와 보십시오. 잘못 섞여 들어온 물건이 있는데 확인이 필요합니다."

어린 남자 노비 하나가 소소에게 달려와 그녀를 불렀다. 게슴츠레 뜬 눈으로 여노비를 보고 있던 소소가 한참 뒤에 남자 노비와 함께 멀어졌다. 숙이고 있던 고개를 슬그머니 든 여노비는 참고 있던 숨을 내뱉었다.

"휴! 어련히 알아서 잘하려고. 린린보다 내가 나을 텐데 소소

님은 괜히 그러신다니까."

"얘."

홀로 투덜거리고 있는데, 옆에서 누군가 그녀를 불렀다. 괜히 찔끔한 여노비가 당황한 얼굴로 옆을 돌아보았다.

"까, 깜짝 놀랐잖아!"

허가 아가씨의 시중 노비로 같이 온 금모였다. 가현의 일로 정신이 없는 데다가, 아직 혼인식 조차 제대로 치르지 않은 상태인지라 금모와 딱히 가까워지지 않았다. 그렇다고 엄연히 정실부인이 될 허여소 아가씨의 시중 노비인데 함부로 할 수도 없었다. 여노비는 속으로 짜증을 숨기며 금모에게 웃어 보였다.

"무슨 일인데?"

* * *

"너도 참 기구한 삶이다."

충격적인 일이었다.

지금껏 많은 기구한 이야기를 들었지만, 눈앞에서 직접 마주한 건 또 틀렸다. 어린 시절부터 함께했던 동료들이 팔려 가 버린 것 때문에 가현에게 화가 나 있긴 했지만, 이렇게 되리라곤 생각하지 못했다.

'영영 깨어나지 못할지도 모른대. 태의님 수제자가 그렇게 말하는 걸 들었는걸?'

소소 님이 주의를 주긴 했지만, 노비들만 기거하는 골방까지 막을 수는 없었다. 그동안 가현과 동고동락하며 살았던 여노비들은 가현의 상태를 매일같이 떠들어 댔다.

'이제 아이도 영영 못 낳을 거래.'

'반신불수가 될지도 모른대.'

하는 말들이라곤 확실한 것이 하나도 없었다. 하지만 떠들어 대는 애들 모두 가현의 처참한 모습을 목격했다. 아이의 형체도 보기 힘들 정도로 핏덩이가 아래에서 쏟아져 나오는 것도 보았고, 다리 한쪽이 기괴하게 비틀려 있는 것도 보았다. 어깨부터 엉덩이 바로 위까지 길게 베인 피부는 구역질이 날 정도로 벌어져 붉은 피가 스멀스멀 나오는 것도 모두 보았다.

린린을 대신해 가현의 간호를 하게 된 여노비도 마찬가지였다. 이상하게 시큰거리는 코에 훌쩍거리던 여노비가 가현의 몸을 조심스럽게 닦아 주었다.

"마른 장작도 이것보단 튼튼하겠네."

침상 위에 드러난 가현의 맨몸은 악 소리가 절로 나올 정도로 말라비틀어져 있었다. 살결은 점점 푸석푸석해졌다. 그래도 생각보다 상태가 괜찮았다. 린린이 온갖 귀한 화장품을 들고 와 정성스레 발라 주지 않았다면, 여기저기 각질이 일어나 가뭄 든 땅처럼 갈라져 있을 것이다. 질투가 났던 머릿결도 버석버석했다.

이젠 제 머릿결보다 상해 있는데 이상하게 기분이 좋지 않았다. 계속 가슴이 저릿하고, 뜨거운 무언가가 울컥 쏟아져 나올 것 같았다.

젖은 천으로 가현의 몸을 닦아 내던 여노비는 연신 훌쩍이며 머리부터 발끝까지 전부 닦아 내곤 새 옷으로 갈아입혔다. 그러곤 옆에 놓인 의자에 앉아 가현을 지켜보았다.

"하암."

그나저나, 왜 이렇게 졸린지······.

아까부터 오는 잠에 연신 하품을 하던 여노비는 기어코 쏟아지는 잠을 참지 못하고 꾸벅거리다가 고개가 꺾였다.

고개가 꺾인 채 이리저리 휘청거리던 여노비의 몸이 천천히 기울더니 바닥에 쿵! 떨어졌다. 의자와 함께 나뒹굴게 된 여노비는 아프지도 않은지 코까지 골며 잤다. 그 옆에서 흔들거리며 움직이던 의자가 서서히 멈췄다.

드르륵.

동시에 침실 문이 열렸다. 자정이 가까워져 오는 시각에, 잠시 자리를 비운 것인지 병사들은 보이지 않았다. 문을 여닫고 들어선 금모는 손에 들린 호롱불을 재빨리 껐다. 그러곤 달빛에 의지해 바닥에 엎어져 있는 여노비에게 다가갔다. 누가 업어 가도 모를 정도로 잘 자고 있었다.

'이거 먹을래? 바다 건너온 귀한 과자인데, 나 혼자 먹긴 많아서.'

소소 님이 사라지자마자, 절 부르던 허여소의 시중 노비 금모가 난데없이 다가와 의아해하던 여노비는 얼떨결에 고급 과자를 받아 들었다. 생전 고급 과자라고는 먹어 본 적이 없었던 여노비는 의심도 없이 금모가 건넨 과자를 홀라당 집어 먹어 버렸다.

과자에 뭐가 들은 줄 알고, 이렇게나 쉽게 먹다니. 하긴, 저였어도 과자에 홀렸을 것이다. 금모 역시 과자라곤 입에 대 본 적 없었으니까.

오늘 낮의 일을 떠올리며 금모는 쓰러진 채 깊은 잠에 빠진 여노비를 내려다보았다.

의심 한 자락 없이 먹은 죄로 여노비는 얼마 동안 깨어나지 못할 것이다. 그리고 이 계집이 모든 죄를 뒤집어쓰셨지. 나 하나 살기 벅찬 몸에 금모는 여노비에 대한 죄책감을 느낄 여력이 없었다.

'미안해. 하나, 노비의 인생이 원래 이런 것을. 탓하려거든 우리의 운명을 탓하자꾸나.'

금모는 매정하게 돌아섰다. 그러곤 며칠 새에 확연히 마른 가현을 돌아보았다.

그래, 당신도 나도 모두 이런 운명을 타고났기 때문이야.

그러니까 난 잘못한 것 없어.

금모는 떨리는 손으로 품 안에 든 약병을 꺼내 들었다. 가현의 코앞에 선 금모는 약병 뚜껑을 열고 가현의 입가로 가져갔다.

툭!

비스듬히 기울어진 병을 타고 흘러나온 약이 물방울이 되어 입술에 떨어질 때였다. 갑자기 문이 벌컥 열렸다. 금모의 시선이 느리게 문 쪽으로 돌아갔다.

"내가 딱히 감시하려는 건 아니지만. 그래도 잘하고 있나 들…… 뭐야."

다리를 쩔뚝이며 들어서던 린린이 멈추었다. 바닥에 나뒹구는 의자와 그 옆에 엎어져 코를 고는 노비 그리고…….

고개를 돌린 린린이 가현의 앞에 서 있는 금모와 그녀의 손에 들린 약병을 한차례 훑었다.

"지금 뭐 하는 거야, 너."

저것이 무엇인가. 딱 보아도 영 수상쩍은 게 불안했다. 린린의 얼굴이 순간 험악해졌다. 멍하니 린린을 바라보던 금모는 저도 모르게 손을 움직였다.

"이, 이건 그러니까······."

투둑!

기울어진 병에서 또다시 약이 흘러나왔다.

"하아······."

때마침 벌어진 가현의 입 속으로 약이 흘러 들어갔다. 시간은 느리게 흘렀다. 목울대가 느리게 움직이더니 순간 가현의 몸이 발작을 일으키기 시작했다.

"너!"

새된 목소리와 함께 뛰어온 린린이 금모를 있는 힘껏 밀쳤다. 린린의 거센 손길에 나가떨어진 금모가 벽에 쿵! 부딪치며 주저앉았다. 힘없이 떨어진 약병이 데구루루 구르며 약을 토해 냈다.

사지가 뒤틀리며, 가현의 목이 뒤로 꺾였다. 침대가 움직일 정도로 가현의 몸이 흔들렸다.

"가현아! 가현아, 정신 차려! 가현아!"

금모는 넋을 놓고 린린의 품 안에서 비틀리는 가현을 바라보다가 뒤늦게 정신을 차렸다. 손으로 땅을 짚고 일어선 금모가 도망치려고 했다. 가현의 뺨을 내리치며 몸을 꼭 붙들고 있던 린린이 금모가 도망치려는 걸 발견하곤 고래고래 소리 질렀다.

"독살이야! 독살!"

온 저택을 울리는 고함에 잠시 휴식을 취하고 있던 병사들이 부리나케 뛰어 들어왔다.

"무슨 일이……!"

문을 박차고 들어서던 병사들은 린린의 품 안에서 미친 듯이 발작을 일으키다가 하얀 거품을 물고 축 늘어지는 가현을 발견하곤 사색이 되었다.

"가현아! 가현아!"

안 돼!

"가현아!"

린린이 울부짖으며 가현의 머리를 꼭 끌어안았다.

* * *

잠깐의 시간이었다. 정말 찰나의 순간에 벌어진 일이었다. 영문 모를 시체를 발견했다는 소식에 진명에게 가 있던 사이에 벌어진 일에 집안은 또다시 아수라장이 되었다.

혼비백산하며 뛰어온 소소는 속히 태의를 불렀고, 눈도 제대로 뜨지 못하고 새벽녘에 달려온 태의는 가현을 살피느라 정신없었다. 그 사이에 진명과 함께 들어선 운은 그나마 침착한 소소에게 일의 전말을 듣게 되었다.

아수라장이 된 침실 한가운데, 우두커니 서서 운은 아무것도 하지 못하고 넋을 놓고 가현을 바라보았다.

또다시……. 가현을 지키지 못했다.

그것도 내 집에서…….

어찌하여 그녀는 이렇게 매번 사지로 내몰리는 것인가. 그 또한 제 원죄인 것인가. 제가 받아야 할 벌을 그녀가 대신 받기라도 한 것인가……. 누군가 심장을 찢고 들어와 헤집는 듯했다. 머리가 윙윙 울렸다. 미친 듯이 솟구치는 화에 머리가 지끈거렸다.

핏발 선 눈으로 가현을 바라보던 운이 천천히 뒤를 돌아보았다. 심상치 않아 보이는 주군의 눈빛에 문 앞에서 벌벌 떨던 병사들이 주춤거리며 뒤로 물러섰다.

허리춤에 차고 있던 검을 빼든 운이 그들에게로 걸어갔다.

"주, 죽을죄……. 컥!"

검은 병사가 말을 다 하기도 전에 그를 찌르고 들어갔다. 목을 틀어쥔 병사가 울컥! 피를 토하며 쓰러졌다.

주위에 서 있던 노비들은 참지 못하고 눈을 돌렸다. 동료의 죽음에도 병사들은 굳은 얼굴로 서서 지켜보기만 해야 했다. 이는 명백한 그들의 잘못이었다.

주군은 분명 명했다. 한시도 눈을 떼지 말고 가현을 호위하라고. 혹, 무슨 일이 있거든 교대를 하라고. 그러나 지금 죽은 병사 둘은 어느 명도 지키지 않았다.

그 책임에 대한 죽음이었다.

"힉!"

넋을 빼고 앉아 있던 금모가 엉덩이를 움직이며 뒤로 물러섰다. 병사 둘의 죽음을 코앞에서 지켜본 금모는 제정신이 아니었다.

병사 둘의 피로 엉망이 된 운의 얼굴은 사지가 벌벌 떨릴 정도로 소름 끼쳤다.

천천히 돌아선 운이 검붉은 피가 뚝뚝 떨어지는 검을 든 채로 금모를 돌아보았다. 그의 새까만 눈과 마주친 금모가 경련하며 고개질을 했다.

"아, 아니에요. 난 아니에요! 난 아니야! 아니라고!"

미친 사람처럼 금모가 울부짖었다. 그 누구 하나 금모를 동정하는 사람은 없었다. 분명 금모가 가현을 독살하려 했고, 그를 목격한 사람이 다름 아닌 린린이었다.

린린이 누구인가.

다른 건 몰라도 린린이 입바른 말이나 거짓말을 못 한다는 건 이 저택에서 일하는 사람들은 모두가 알고 있었다.

"전하, 모셔 왔습니다."

때마침 소소가 여소를 질질 끌고 다가왔다.

"놔라! 놓으라니까! 죽고 싶은 게야!"

소소와 여소가 나타나자 사람들이 길을 만들어 주듯 옆으로 비켜섰다.

"감히 누구 몸에 손을 대는 것이야!"

그 틈을 비집고 가운데로 들어선 소소는 여소에 대한 예우 따위 집어치우고 그녀를 내팽개치듯 운에게 던졌다.

"네년이 이러고도 목숨을 부지할 것 같으냐!"

노비들은 물론 이곳에 모인 모두는 절대 금모 혼자 이 일을 벌였으리라고 생각지 않았다. 여소에 대한 극진한 정성으로 멋대로 일을 벌였다고 해도, 이는 너무 말도 안 되는 일이었다. 누가 시키지 않고 서야……

노비들이 수군거리며 여소를 의심스럽게 보았다. 여소는 차갑게 굳은 소소의 얼굴을 향해 악을 내지르다가 뒤늦게 굴러다니는 머리를 발견하곤 히익! 놀라 나자빠졌다.

"꺅!"

그러다가 그만 손에 피를 묻혔다. 여소가 꺅꺅 소리를 질러 댔다.

"이 계집이 아가씨의 노비가 맞습니까."

그 앞으로 다가선 운이 여소에게 물었다. 그의 목소리는 사람의 목소리라고 할 수 없을 정도로 기이했다. 그것이 여소를 두렵게 만들었다. 비릿한 피 냄새가 콧속으로 스며들어 오자 구역질이 일 것 같았다.

피로 뒤덮인 운의 모습에 위축되어 입만 벙긋하던 여소의 시선이 저 뒤에 주저앉아 있는 금모에게로 향했다. 여소와 눈이 마주친 금모의 눈에 여소를 향한 기대와 두려움이 보였다. 마른침이 꼴깍 뒤로 넘어갔다.

"맞아요."

금모는 긴장하며 여소를 지켜보았다. 그래, 분명 자신을 지켜 준다고 하였다. 이따금 물건을 집어 던지거나 때렸지만, 여소와 함께한 세월이 얼마인데.

금모는 여소를 믿……

"하지만 금모가 모두 일을 벌인 거예요!"

여소에 대한 믿음으로 일렁이던 금모의 눈빛이 팍 식었다.

"탓하려거든 시키지도 않은 일을 멋대로 벌여 날 실망시킨 금모를 탓하라고요!"

세상에!

주위를 에워싸고 있던 사람들은 하나같이 저렇게 될 줄 알았다며 속으로 여소를 흉봤다. 소소는 경멸이 이는지 주름진 손을 꼭 그러쥐며 여소를 노려보았다.

감히 손바닥으로 하늘을 가리려 하는 건가.

지금 여기 어느 누구도 금모 혼자 이런 짓을 꾸미리라고 생각지 않았다. 분명 허여소의 짓이었다. 그러나 허여소는 입에 침도 안 바르고 뻔뻔하게 거짓말을 했다.

"그동안 널 아끼며 동무처럼 여겼거늘, 어찌하여 이런 짓을 꾸몄느냐!"

그리고는 우습게도 금모를 꾸짖었다. 사람들의 수군거림이 더 커졌다.

"아니야! 아니……!"

넋을 빼고 소리치던 금모는 죽일 듯이 노려보는 여소의 성난 눈빛에 가족들을 떠올렸다. 금모는 악에 받친 얼굴로 입을 꾹 다물고 흙바닥을 그러쥐었다. 할 수 있는 거라곤 고작 여소를 원망스럽게 바라보며 우는 것뿐이었다.

"그렇습니까."

고요할 정도로 가라앉은 얼굴로 여소를 바라보던 운이 금모에게로 향했다. 금모가 주춤거리며 뒤로 물러섰으나. 운의 손이 더 빨랐다.

검날 끝이 금모의 한쪽 눈을 꿰뚫었다. 푹! 소름 끼치는 소리와 함께 들어간 검이 멀어지자, 엎어진 금모가 한쪽 눈을 붙잡고 고통스럽게 악을 질렀다.

"아아아아아악!"

사색이 된 얼굴로 금모를 바라보던 여소가 그대로 혼절했다.

"이년을 감옥으로 끌고 가라. 내 직접 고문하겠다."

"예, 주군!"

속히 경례한 병사들이 금모를 질질 끌고 감옥으로 가 버렸다. 소소는 냉랭한 얼굴로 노비들을 시켜 여소를 데려가게 했다.

* * *

"손톱만치도 안 될 정도로 아주 미세하여 목숨은 부지하였으나……."

태의는 차마 말을 잇지 못했다. 차라리 죽는 것이 나을 정도로 가현의 몸은 말이 아니었다. 오랜 세월 냉궁에 지낸 탓인지 냉기가 가득한 데다가, 아이까지 유산했다. 그런 상황에 독살이라니! 이 여인의 기구한 삶은 언제 끝이 날까.

태의는 새삼 가현이 불쌍했다.

"오늘이 고비입니다."

태의는 차마 다른 말은 못 하고 한마디만 남기곤 자리를 떠났다. 태의가 떠난 뒤 고열이 시작되었다. 열을 간신히 내리면 갑자기 차가워졌다.

날이 새도록 반복되는 상황 속에서 소소는 노비들과 함께 분주히 움직였다.

운은 바위처럼 한자리를 지키고 서서 가현에게서 시선을 떼지 않았다.

12장(上)

"아가씨 방의 경계는 빈틈이 보이지 않을 정도로 삼엄합니다. 아가씨의 시중 노비는 매일 밤 고문을 받는다고 합니다."

"……."

"아마도 더는 버티지 못할 겁니다."

여소는 점점 더 일을 꼬이게 했다.

그저 철없는 것으로 끝나지 않았다. 손을 써 볼 틈도 없이 사태는 심각해졌다. 황제와 형제지간이며, 대호국의 영웅이라 칭송받는 흑운왕의 저택에서 감히 독살이 일어났다.

황제는 오늘 아침 회의에 들어, 이번 일에 대해 불편한 심기를 드러냈다. 다른 곳도 아닌 대장군의 집의 경계가 뚫린 것에 이유를 든 것이었다. 이 나라를 지키는 대장군의 집에 독살 사건이 일어났으니, 이는 곧 나라의 안보가 흔들리고 있는 것이나 마찬가지일지도 모른다고 말이다.

안보가 흔들린다니!

그런 말도 안 되는!

황제는 일부러 일을 심각하게 만들고 있었다. 이상하게 일을 크게 키우는 황제를 눈치채지 못하고 귀족들은 정치적인 이유로 흑운왕을 암살하려는 무리가 생겨난 게 아닌가 엉뚱한 걱정을 하며 당장 범인을 잡아야 한다고 떠들어 댔다.

그러면서 용의 선상에 올라 대장군의 집에 갇혀 있는 허여소의 아비인 허태선을 힐끔거렸다. 그 상황에 허태선이 할 수 있는 거라곤 아무것도 모른 척 입을 꾹 다물고 있는 것뿐이었다.

급히 궁을 빠져나온 허태선은 혹시 모를 상황에 대비해 흑운왕의 저택 인근에 심어 둔 첩자로부터 보고를 받곤 머리가 더 어질어질해졌다.

쾅!

미친 듯이 치솟는 화에 허태선이 탁상을 주먹으로 내리쳤다. 탁상을 내리친 손등이 그의 목덜미만큼이나 붉게 달아올랐다.

"황제 폐하께서 언급하셨다! 폐하께서 나섰으니 이를 어찌해야 한단 말인가!"

이 일은 결코 자신의 딸이 한 짓이 아니어야 했다. 그러기 위해서는 무슨 일이 있어도 그 시중 노비의 입을 틀어막아야 했다.

허태선은 은밀히 수하의 귓속에 무언가를 속삭였다. 주인의 말을 모두 전해 들은 수하가 빠르게 자리를 벗어났다.

같은 시각, 허태선이 기거하는 건물을 지켜보는 사람이 있었다. 홍요였다.

"마님, 괜찮으세요?"

홍요의 안색이 파리하게 질리자, 노비가 조심스럽게 살폈다. 홍요는 억지로 입매를 끌어올리며 서둘러 후원을 벗어나는 허태선의 수하를 지켜보았다. 곱게 물든 그녀의 입술이 일그러졌다.

'이런 일도 똑바로 못 하다니!'

허여소를 너무 과대평가한 것이었다. 어찌 된 일인지 허여소가 일을 벌일수록 이상하게 일이 꼬여 갔다. 설마, 별일이야 있겠는가. 허가는 대호국에서도 가장 권세 있는 가문이었다. 아무리 황제라 하여도 고작 이런 일로 벌하진 않을 게다.

* * *

"으아아아아악!"

어두컴컴한 감옥 안에선 연일 가녀린 금모의 울부짖음이 울려 퍼졌다.

치이이이익!

펄펄 끓는 쇳덩이가 허벅지를 타들어 가게 했다. 끔찍한 소리와 함께 역겨운 냄새가 연기와 함께 스멀스멀 올라왔다.

이제는 한계였다.

엄마의 목이 떨어지든, 아버지의 사지가 찢기든. 동생이 끔찍한 매질을 당하든 이제 안중에 없었다. 그저 이 지옥에서 더는 고통받지 않는 것이 중요했다.

"헉, 헉!"

고개를 뒤로 젖히고 악을 질러 대던 금모의 고개가 툭, 꺾였다. 이곳저곳 찢긴 옷 사이로 모진 고문의 흔적들이 드러났다. 손톱은 빠져 피딱지가 앉아있었고, 쇠사슬로 묶인 발목은 퉁퉁 부어 검게 변해 있었다. 콧대는 짓이겨졌고, 검에 찔린 눈 한쪽은 천으로 엉성하게 묶어 놓았다.

"아직 살 만한가 보구나."

가녀린 여인이 겪기엔 너무 끔찍한 일이었으나. 금모를 바라보는 운의 시선엔 동정조차 보이지 않았다.

부서질 듯 턱을 휘어잡은 그의 손에 금모의 고개가 위로 올라갔다. 시야가 흐려 앞이 잘 보이지 않았는지, 금모가 눈을 느리게 깜빡였다.

"네년이 여기서 입을 다문다고 널 버린 주인이 감동이라도 할 줄 아느냐."

"으으으으……."

"목숨이라도 부지하고 싶으면 내게 사실대로 고해야 할 것이야. 시간은 충분히 주었다. 오늘까지 대답이 없으면, 네게 더는 기회가 없다."

"으으……아……."

"쉽게 죽일 거라 기대는 말려무나. 차라리 죽여 달라 애원하며 빌 때까지 참혹한 지옥을 맛보게 해 줄 테니."

운이 금모의 턱을 거칠게 내던졌다.

쿵!

의자와 함께 벽에 부딪친 금모가 좌우로 흔들렸다. 덜컹덜컹

소리를 내던 의자가 제자리를 찾았다. 다시 금모의 고개가 푹, 꺾였다. 운이 숙이고 있던 허리를 세웠다. 활활 타오르는 화롯불이 돌아서는 그의 무표정 위로 일렁였다.

"전하, 잠시 나와 보셔야겠습니다."

수하 하나가 급히 감옥 안으로 들어섰다. 운은 수하들에게 금모를 맡기고 그와 함께 바깥으로 나왔다.

"네 이놈!"

병사들에게 가로막힌 허태선과 허태웅이 삿대질하며 소리 지르고 있었다. 그들의 뒤엔 허가에서 데려온 사병들이 검을 치켜들고 있었다.

"당장 내 딸을 내놓지 못할까!"

금방이라도 전쟁이 일어날 것처럼 긴장감이 흘렀다. 허가의 사병들과 흑운왕의 사병들은 서로에게 검을 겨누며 긴장 태세에 돌입했다.

"검을 내려라."

그러다가 뒤에서 들리는 운의 명에 수하들이 멈칫하다가 슬그머니 검을 내렸다.

"당장 내 딸을 내놓지 않으면!"

"그렇지 않으면 치기라도 하시겠다는 겁니까."

저벅저벅 느린 걸음으로 대문 앞까지 나아간 운이 허태선과 허태웅 앞에 섰다. 흑운왕의 수하들은 일제히 경례하며 옆으로 비켜섰다. 그들에게 가로막혀 있던 태웅은 빈틈을 뚫고 나와 운의 목덜미를 덥석 틀어쥐었다.

"혼인식을 엉망으로 만든 것도 모자라, 감히 내 누이를 방에 가두었더냐!"

허태웅이 험악하게 일그러트린 얼굴로 언성을 높였다. 운의 시선이 미끄러지듯 아래로 향했다.

"아직 독살 혐의에서 벗어나지 못했습니다. 감히 허가라 할지라도."

목덜미를 틀어쥔 태웅의 손에 손을 가져다 댄 운이 서서히 힘을 주었다.

목덜미가 시뻘겋게 달아오르도록 이를 악물고 참던 태웅이 통증을 참지 못하고 악! 소리를 내며 손에서 힘을 풀었다. 그를 내팽개친 운이 더러운 것이 손에 묻은 것처럼 품 안에서 꺼낸 손수건으로 손을 닦았다.

"내 집에서 일어난 일에 관여할 수 없지는 않겠습니까. 전쟁을 원하지 않고서야 말이지요."

운의 살벌한 시선에 허태웅은 주춤거리며 뒤로 물러섰다. 빈틈을 보이는 순간 달려들어 물어뜯고도 남을 짐승의 눈빛에 두려움이 느껴졌다.

"내 딸과 허가를 모욕한 죄는 훗날 기필코 받게 될 것이오!"

이를 악물고 운을 노려보던 허태선이 홱 하니 돌아서 계단을 내려가 버렸다.

"아, 아버지!"

당황한 태웅이 뒤늦게 허태선을 따랐다. 뒤에서 경계하며 검을 치켜들고 있던 허가의 병사들이 주춤거리며 뒤로 물러서다가 옆으로 비켜섰다. 그리고는 자신들의 주인을 쫓아갔다.

"전하! 큰일 났습니다, 전하!"

그들이 사라질 때까지 지켜보는데, 여소의 침실에 식사를 나르던 노비 하나가 헐레벌떡 뛰어왔다.

"누군가 쳐들어와 부인을 납치……!"

부인이라고 칭하기에도 뭐 했지만, 우선은 주인과 혼인을 하려했던 몸인지라 노비들은 허여소를 부인이라고 불렀다.

"부인을 납치했어요! 부인께서 사라지셨단 말입니다!"

갑작스러운 노비의 말에 급히 고개를 튼 운의 눈이 살벌하게 가라앉았다. 허태웅과 허태선이 병사들을 이끌고 말에 오르는 게 보였다.

갑작스러운 난동인 줄 알았더니, 잔머리를 굴린 거였나…….

"병사들이 전부 기절을 했어요! 머리엔 피도 난다고요!"

노비는 눈물 바람으로 방방 뛰며 숨이 찬 목소리로 모든 걸 이야기했지만. 늦어도 너무 늦었다.

마치 운에게 시간을 주지 않으려고 함인지, 여소가 사라진 지 한 시간도 지나지 않아 금모의 숨이 끊어졌다. 연유는 심장마비로 인한 급사였으나, 께름칙한 게 한두 개가 아니었다.

* * *

"너는 사태가 가라앉을 때까지 조용히 몸을 숨기고 있어야 한다.

알아들었느냐!"

"흑, 흑!"

"뭘 잘했다고 울어!"

며칠 새에 얼굴이 많이 상한 여소는 어미의 가슴팍에 얼굴을 묻고 있었다. 여소와 꼭 닮은 얼굴의 부인은 그저 여소가 안타까워 아이의 등을 토닥여 주었다.

여소는 날 때부터 어미의 미모를 꼭 빼닮아 허태선의 심장에 꽂힌 아이였다. 그러나 어여쁜 건 재롱을 부릴 때나 어여쁜 것이지. 딸아이 하나로 그동안 선조들을 뒤이어 공고히 다져온 가문이 흔들릴 뻔했다.

만약 여소가 제 여식이 아니었다면 태선은 흑운왕이 손을 뻗기 전에 제힘으로 사지를 비틀어 버렸을 거였다. 그만큼 머리가 아플 정도로 분노한 상태였다. 이대로 있다간 딸아이나 부인 둘 중 하나에게 손찌검을 할 것 같았다.

성난 표정으로 자리에서 벌떡 일어난 허태선이 침실을 박차고 나가 버렸다. 아무것도 모르는 철없는 그의 아내는 괜히 남편을 흉보며 여소를 달래느라 정신없었다.

＊ ＊ ＊

"이것이 노인이 손에 쥐고 있던 조각이오고."

진명이 또 다른 하나를 탁상 위에 내려놓았다.

"이것이 시신의 목에 걸려 있던 것이옵니다."

진명은 뒤늦은 운의 명으로 노인의 시체를 거두기 위해 약방에 들렀다가 우연히 물건 하나를 주웠다. 그것은 말 그대로 노인의 손에 들려 있었다. 어찌나 힘을 꽉 쥐고 들고 있던지. 손가락뼈를 전부 으스러뜨린 뒤에야 얻을 수 있었다.

독특한 생김새의 옥 조각 가운데 문양 비슷한 것이 새겨져 있었지만 쪼개진 반만 남아 제대로 알아보기 힘들었다.

진명은 우선 그것을 증거물로 취득하곤 노인을 묻어 주었다. 그러곤 곧바로 가현을 그리 만든 범인을 수색했다.

독살이 일어나기 전, 운은 진명으로부터 수도를 막 벗어난 자리에서 시체 하나를 찾았다는 보고를 전해 받았다.

한데, 그 시체의 얼굴은 누가 일부러 손을 쓴 듯 칼로 낭자 되어 알아보기 힘들었다. 그것이 의구심이 들게 했고, 때마침 노인이 손에 쥐고 있던 옥 조각과 맞아떨어지는 조각을 발견한 것이다.

운이 손가락을 움직여 나란히 놓인 옥 조각을 이어 맞췄다. 조각들이 정확히 맞아 들어갔다. 조각을 바라보던 운의 시선이 옆으로 향했다.

피로 얼룩진 것은 시체의 품 안에서 나온 은장도였다. 대호국의 첫날밤 가현에게서 빼앗아 구석으로 집어 던진 게 다름 아닌 자신이었다. 그 때문에 정확히 기억했다.

"실은 증거든 무엇이든 이제 중한 것이 아니었다."

갑작스러운 그의 말에 진명이 혼란스럽게 바라보았다. 운은 조각을 이어 맞추자 드러난 문양을 빤히 내려다보았다.

"증거가 있든 없든, 증거는 물론 이유를 만들어서도 흔적도 남김

없이 죽일 작정이었지."

우습게도, 허태웅이 집으로 쳐들어왔을 때 우연히 보았던 손목에 차고 있던 팔찌와 정확히 맞아떨어지는 문양에 실소가 터졌다.

대호국의 장군들은 수하들과 마치 피를 나누듯, 팔찌나 목걸이 등을 나눠 가졌다. 그렇다고 다 하지는 않았다. 주로 자기 과시가 심한 사람들이나, 제 것에 대한 남다른 집착을 가진 사람들만 했다.

허여소의 호위무사였던 선은 호위무사로 있기 전에 태웅과 전장을 누볐던 병사 중 하나였다. 그것까지는 자세히 알지 못하는 운은 그저 짐작하듯 조각을 바라보았다.

"진명아, 모조리 남김없이 죽여야겠다. 폐하께서 실망하신다면, 그 또한 상관없다. 더는."

운이 천천히 고개를 들며 진명을 마주했다. 진명은 입술을 꽉 물고 운을 쳐다보다가 천천히 허리를 숙였다.

〈다음 권으로〉